BUBBLES S'ENFLAMME

DÉJÀ PARUS

Les Tribulations d'une jeune divorcée	Agnès ABÉCASSIS
Mariée à tout prix	Zoë BARNES
Ni fleurs, ni couronnes	James BIRRELL
Six filles dans le vent	Laura Shaine CUNNINGHAM
L'amour est un sport comme un autre	John DEARIE
Mécano Girl	Janet EVANOVICH
Les Secrets d'une femme au foyer (pas) désespérée	Jenny ECLAIR
Un caméléon, une araignée et 157 escargots	Lissa EVANS
Le Puits des histoires perdues	Jasper FFORDE
Du côté des garçons	Alex GEORGE
Les Infortunes de Lucas	Alex GEORGE
L'Amour sans les ennuis	Lauren GRODSTEIN
Embarquement immédiat	John HARDING
La Mâle donne	John HARDING
Chaud business	Wendy HOLDEN
Chic et choc à New York	Corrie KARASYOV et Jill KARGMAN
L'Art d'accommoder les restes	Nina KILLHAM
Ma vie sur un plateau	India KNIGHT
Nos amis les hommes	India KNIGHT
P... d'anniversaire !	Merrill MARKOE
Quatre de cœur	Jane MOORE
Un pour toutes	Frances PYE
Pretty Man	Ariel RICAUD
Presque parfaites	Carmen RICO-GODOY
Ma sœur, ce boulet	Claire SCOVELL LAZEBNIK
Je vous aime	Catherine SIGURET
Bubbles se lâche	Sarah STROHMEYER
Bubbles coupe les cheveux en quatre	Sarah STROHMEYER
Bubbles s'enflamme	Sarah STROHMEYER
Blonde attitude	Plum SYKES
Débutantes divorcées	Plum SYKES
Tout peut arriver	Jonathan TROPPER
Femme au bord de la crise de mère	Alejandra VALLEJO-NÁGERA
Le Diable s'habille en Prada	Lauren WEISBERGER
People or not people	Lauren WEISBERGER
Changement de programme	Owen WHITTAKER
Sauve qui peut l'amour !	Lili WRIGHT

SARAH STROHMEYER

BUBBLES S'ENFLAMME

Traduit de l'américain
par Robert Macia

Fleuve Noir

Titre original :
Bubbles Ablaze

Première publication : Penguin Group

ISBN : 978-2-265-08331-8

REMERCIEMENTS

Lors de la Grande Dépression, mon grand-père, que je n'ai jamais connu, lituanien et mineur de son état à Kingston, Pennsylvanie, perdit son boulot quand les mines fermèrent. À l'inverse de ses voisins et compagnons d'infortune, partis dans les collines creuser leurs propres trous, il choisit de se pendre haut et court, abandonnant sa famille, déjà misérable, à son triste sort.

Drôle de façon de commencer mes remerciements, d'autant qu'il s'agit d'un polar rigolo mettant en scène une coiffeuse délurée, du moins en apparence, mais c'est ainsi. Néanmoins, j'ai pu, grâce à ces collines et aux traces des temps difficiles qui existent toujours, donner vie à mes personnages, des plus simples aux plus torturés. Merci à Rachel Sweterlisch pour toutes ces histoires qu'elle m'a racontées, ainsi qu'à Lisa, sa fille, qui m'a mise sur la piste de la famille Koolball, mon imagination faisant le reste.

Merci à Elaine Urban du Salon *Hair World* à Bethlehem, Pennsylvanie, et à Wendy McCole, originaire de Shenandoah (prononcer *Shen-doh*), Pennsylvanie, qui, les premières, m'ont convaincue que ces terres de charbon pouvaient devenir l'endroit idéal pour la prochaine enquête de Bubbles – un ou peut-être deux meurtres en perspective, pas moins. Une petite visite aux corons de Centralia et le tour était joué. Merci aux mineurs de *Pioneer Coal Tunnel* à Ashland qui ne ménagèrent pas leur temps pour m'initier à la petite histoire du charbon ainsi qu'à tous ceux qui animent le *Museum of Anthracite Mining.*

Merci à Kim Martin pour son idée de la voiture pour ados casse-cou. Brillant concept qui pourrait sauver pas mal de jeunes vies. À Ann Marie Gonsalves pour m'avoir rappelé que Bubbles était aussi et surtout une fille aux racines minières. À Barbara Peters et à Charles, mon mari, pour m'avoir empêchée de « devenir chèvre » grâce à leurs conseils avisés et à leur soutien indéfectible. Alexandra Merriman aura été d'une aide incomparable dans le décryptage du sens esthétique chez les adolescents. Aucun Bubbles n'aurait pu être écrit sans mon éditeur, Ellen Edwards; mon agent, Heather Schroder de ICM; toutes les filles à la langue bien pendue du Middlesex; sans oublier toutes les Bubbles à travers le monde.

Je voudrais, pour finir, remercier mon père, John Strohmeyer, lui-même fils de mineur, qui a su se battre avec force et détermination pour transcender une enfance particulièrement difficile. En vieux routier du journalisme qu'il est, il a su m'éviter quantité de grosses boulettes qui autrement m'auraient échappé.

CHAPITRE 1

Ma première erreur au commencement de ma carrière fut de croire qu'un reporter débutant pouvait mener de front une enquête particulièrement délicate et une vie sexuelle torride. Où avais-je la tête? Il me suffisait d'observer tous ces vieux routiers de la profession, pour comprendre que la seule fois où le sexe coexiste avec le journalisme, c'est dans la rubrique des faits divers. Généralement au chapitre « meurtre ».

Mon cas, malheureusement, ne fit pas exception.

La soirée avait commencé entre des draps de satin rouge au Passion Peak, un de ces petits hôtels romantiques pour amoureux transis des Poconos où je rêvais de me retrouver depuis que j'étais gamine.

Steve Stiletto, le sculptural photographe de l'Associated Press, était en retard, comme toujours. À croire que les grands reporters sont plus habitués à éviter les balles qu'à consulter leur montre. Chez eux, la ponctualité doit être en option. Même lorsqu'il s'agit de faire l'amour à une poupée Barbie polono-lituanienne en chair et en os répondant au doux nom de Bubbles et privée de relations sexuelles depuis six mois, vingt jours et quatre heures. Eh oui, je tenais un décompte rigoureux !

Pour une fois, il avait une bonne excuse. Le Président était en tournée électorale en Pennsylvanie pour soutenir les candidats républicains et Steve avait été chargé de lui tirer le portrait à chaque escale. Dès le retour de l'*Air Force One* à Washington, Steve m'avait promis d'expédier les clichés à l'agence de New York et de me rejoindre aussitôt dans cet établissement de rêve pour vivre notre première nuit de véritable intimité.

De mon côté, je m'organisais en conséquence pour que tout baigne dans l'huile. J'avais changé une bonne dizaine de fois la disposition des bougies parfumées autour du jacuzzi en forme de coupe de champagne et dénoué mon corset, pour lui faciliter la tâche, au risque de me niquer les faux ongles en acrylique. Après un bon moment passé étendue sur le lit circulaire à contempler mon reflet dans la glace fixée au plafond – en réalité jusqu'à ce que je commence sérieusement à songer à une liposuccion –, je me décidai à appeler la réception.

— Est-ce que M. Steve Stiletto a laissé un message pour moi, par hasard ?

— Non, pas Stiletto, répondit le bonhomme. Salvo.

— Monsieur Salvo ?

Mon patron au *News-Times* de Lehigh.

— Pourquoi ne m'avez-vous pas passé la communication ?

— Au cas où cela vous aurait échappé, vous êtes dans un établissement spécialisé dans les lunes de miel. Nous avons pour règle d'or de ne pas déranger nos clients. Je lui ai dit de nous envoyer un fax que je vous transmettrai dès que possible.

— Il n'a pas eu l'air fâché ?

— Que je sache, la mention « dès que possible » ne se

réfère pas exclusivement à des pratiques que les bonnes mœurs réprouvent. (J'entendis un bruit de papier que l'on déchire.) Je vous l'apporte tout de suite. Sur papier à en-tête de l'hôtel, évidemment.

Un fax du *News-Times* ne pouvait signifier que de gros emmerdements et je ne me trompais pas. La feuille contenait un message de la plus haute importance ainsi que des indications pour me rendre sur-le-champ au « puits numéro 9 » (sans autre précision) près de Slagville où un homme d'affaires de Lehigh venait d'être retrouvé abattu d'une balle en pleine poitrine en début de soirée. Voilà qui promettait de forts remous médiatiques.

Puisque j'étais dans les environs, concluait mon patron, je pouvais faire un saut là-bas, rejoindre la meute des journalistes de Lehigh Valley, et lui pondre un papier pour le lendemain matin. À condition que je me magne. La police tenait une conférence de presse à vingt-trois heures trente – soit exactement une demi-heure avant le bouclage du canard.

Le fax était daté de vingt et une heures quinze.

Il était onze heures au réveil en forme de cœur posé sur la table de nuit.

M. Salvo allait disposer ma jolie tête blonde sur un plateau.

J'ensevelis mon panty en dentelle dans un fuseau en Lycra noir, passai un top à col roulé abricot et griffonnai un mot pour Stiletto, le plus sexy possible, mais qui, au fond, ne sonnait que comme un appel désespéré pour qu'il reste éveillé jusqu'à mon retour. Je le laissai en évidence sur la coiffeuse et filai.

La scène du meurtre devait être blindée de reporters, vu l'heure, pensai-je en m'engageant sur la Route 15. Comme la plupart des grands axes de Pennsylvanie, le revêtement était aussi lisse qu'un sol en tomettes.

Badaboum, paf, pif, paf! Je pris la bretelle et me retrouvai sur une route secondaire désertique et battue par les vents. De temps à autre, mes phares faisaient surgir d'impressionnants concasseurs de charbon, noirs comme l'enfer, dans leurs faisceaux.

Nous étions en octobre et des tourbillons de feuilles mortes venaient s'abattre sur mon pare-brise, que je balayais régulièrement d'un coup d'essuie-glaces tout en essayant de ne pas rater l'entrée de ce fichu puits numéro 9. Je croisai les doigts pour glaner suffisamment d'infos lors de la conférence de presse et pouvoir balancer mon papier au téléphone avant minuit. Si je me plantais, M. Salvo penserait probablement que j'avais préféré m'envoyer en l'air avec Stiletto au lieu de couvrir l'événement et je pouvais dire adieu à d'autres reportages d'actu.

M. Salvo me mettait rarement sur ce genre de coup. D'habitude, ces enquêtes sur le vif (si je puis dire) étaient réservées aux stars de la rédaction, diplômées des grandes écoles de journalisme comme Columbia, ou aux vieux crocodiles du canard. Une simple coiffeuse comme moi, uniquement armée de son certificat d'études, et malgré huit années au Centre de formation pour adultes, n'avait généralement droit qu'aux rebuts de l'info : fête de la fraise et autres foires agricoles.

J'avais harcelé mon directeur pendant des mois pour qu'il me donne un bel os à ronger, ainsi que la chance de jouer dans la cour des grands. Et voilà que l'occasion se présentait, et moi, qu'est-ce que j'avais fichu? Laissé filer. Et tout ça pourquoi? À cause du cul. Oui, du cul. Je m'en voudrais toute ma vie. Déjà, j'avais foiré la fac en raison d'une sortie de route avec celui qui allait devenir mon ex-mari, Dan le Magnifique. Bordel! Je devrais me coller les jambes à la Superglue.

Quelle blague ! Rien n'existe qui pourrait me protéger contre un mec comme Stiletto, le sosie craché de Mel Gibson. Ses longs et tendres baisers feraient fondre l'acier le mieux trempé. Et encore, je n'avais pas encore vu à quoi il ressemblait sous ses Levi's moulants, et...

Absorbée par mes visions de Stiletto nu, je faillis rater l'entrée de la mine. Le chemin était défoncé comme un champ de manœuvre. À deux reprises, ma Camaro tapa du cul. Mon pauvre moteur soufflait comme un phoque en gravissant la colline, que j'atteignis pratiquement debout sur l'accélérateur.

Et là, je sus que je n'aurais jamais dû me monter le bourrichon.

Le terre-plein devant la mine était totalement désert. Aucun flic et pas l'ombre d'un journaliste. Je m'étais attendue à trouver la scène du drame protégée des curieux par des bandes jaunes et un cordon de flics. Mais non. Rien d'autre à l'horizon que quelques arbres chétifs couverts de suie.

J'avais dû me gourer. Mal interpréter les indications du fax. La conférence de presse devait avoir lieu ailleurs, au commissariat ou je ne sais trop où.

J'allumai le plafonnier qui diffusa une lumière chétive dans l'habitacle. Ma batterie devait être en bout de course. Je consultai ma montre. Onze heures et demie passées de quelques minutes. Je n'étais pas du tout en retard. Je parcourus le fax de mon patron, à la recherche de la moindre erreur. À part peut-être le numéro indiqué en haut et à gauche. Toutes les communications en provenance du *News-Times* débutaient par 457. Celle-ci commençait par 238. Sans compter l'indicatif : 570, correspondant à cette partie de la Pennsylvanie et non 610 pour la province de Lehigh.

Ce n'était pas M. Salvo qui m'avait envoyé ce fax.

Une sorte de hululement lugubre résonna dans la nuit et je me sentis subitement terriblement seule et démunie.

À ces moments-là, on regrette de ne pas avoir de téléphone portable. Ces machins me faisaient peur. Non pas à cause des dommages qu'ils peuvent causer au cerveau ou sur la route. Mais parce que, distraite comme je suis, je craignais d'oublier de raccrocher en fin de communication et de me retrouver avec des factures de plusieurs milliers de dollars qui me ficheraient définitivement mal avec mon banquier.

J'ouvris la boîte à gants et en tirai la lampe torche jaune que j'avais achetée chez ShopRite. J'attrapai mon sac, vérifiai que mon carnet de notes s'y trouvait et sortis de la bagnole pour jeter un rapide coup d'œil aux alentours avant de retourner fissa à l'hôtel. Histoire d'assurer mes arrières, pour ainsi dire.

Une brise frisquette soufflait sur ces hauteurs et je croisai les bras pour me réchauffer. Dommage que je n'aie pas pensé à prendre une veste. Mon petit top synthétique à quatre-vingt-dix pour cent se révélait aussi isolant qu'un Kleenex. Je fis quelques mètres, mes talons dérapant sur le sol caillouteux, pour inspecter le coin. Ça sentait les feuilles en décomposition et un vague relent de bois brûlé. Pas le moindre signe d'une conférence de presse qui se serait déroulée ici quelques minutes auparavant. Seuls un wagonnet bringuebalant près de l'entrée du puits, quelques outils rouillés, un tas de bastaings couverts de mousse.

Et le dernier modèle de Lexus Gold immatriculé STINKYK4.

STINKYK4 ! J'en restai comme deux ronds de flan.

Pas possible. Ce gros lourd ! Le roi de la vanne à trois ronds ! Il n'y avait qu'un Stinky K dans ma vie et il vivait ici à Slagville. De son vrai nom Karl Koolball, et c'était vraiment un drôle d'oiseau. Stinky cassait les bonbons à tout le monde avec ses blagues de potache. Style coussin péteur sur les sièges de ses collègues. Le genre de mec à dévisser les salières à la cafétéria, quand il n'était pas absorbé par son boulot de cartographe à la mine.

Malheureusement, c'était aussi le mari de Roxane, ma cousine préférée qui, non seulement m'avait initiée à l'univers excitant des salons de coiffure familiaux mais aussi fait découvrir les charmes des concerts en plein air à l'âge de quinze ans.

Cet empaffé de Stinky Koolball venait sûrement de me monter un char. Maman avait probablement raconté à Roxane que je me trouvais au Passion Peak dans les Poconos et il s'était rué sur l'occasion pour me jouer un de ses coups foireux. Mais comment avait-il pu se procurer du papier à en-tête du *News-Times* ?

La Lexus était vide et bouclée à clé. Cela ne pouvait signifier qu'une chose : Stinky se planquait dans les buissons pour m'espionner et se payer une bonne tranche de rigolade à mes frais.

— Je suppose que tu es content de toi, Stinky Koolball ! criai-je. Ma nuit est fichue.

Je tendis l'oreille. Pas de réponse. J'optai pour une approche moins agressive.

— Allez, Stinky, mon poussin. Arrête, c'est pas drôle.

Silence. Parfait. Je tournai les talons pour regagner la Camaro. Quel gâchis ! Je m'installai au volant et tournai la clé de contact. Avec un peu de bol, Stiletto m'attendait vautré sur le lit circulaire, une coupe de champagne sur la table de nuit, en rêvant de moi... À moins qu'il n'ait pensé que je m'étais défilée une fois de plus.

Merde, la bagnole ne voulait pas démarrer. Un vague

cliquetis, un râle, puis que dalle. J'insistai encore, mais sans résultat. J'étais en rideau. La poisse.

Je me laissai aller sur mon siège et commençai à sangloter doucement. Le sort s'acharnait contre moi. Un sorte de fatalité – en l'occurrence le mari de ma cousine – m'empêchait d'aller retrouver Stiletto, me refusait le droit de prendre un tournant décisif dans ma vie et de connaître enfin le bonheur avec un homme qui m'aimerait toute mon existence. Un mec qui me faisait vibrer sexuellement de la tête aux pieds à chaque fois qu'il souriait.

Le vent s'était renforcé au point de faire vibrer la carlingue. Pas de chauffage. Pas de lumière. Pas de radio. Et aucun moyen de communiquer avec le monde extérieur. Il ne me restait plus qu'à attendre que Stinky regagnât sa voiture pour me ramener à l'hôtel.

Je n'attendis pas longtemps. Un coup de feu éclata du côté du wagonnet.

Mon cœur rata un battement. La saison de chasse reprend tôt cette année, pensai-je, au comble de l'optimisme. À moins qu'il ne s'agisse de l'effondrement d'une galerie ?

Deux nouveaux coups de feu retentirent, provenant du puits numéro 9.

La gravité de la situation m'apparut avec la violence d'un uppercut. J'étais là, mère célibataire, seule dans ces bois, victime d'un affreux malentendu, à des kilomètres de toute maison, la batterie à plat et en prise avec un dégénéré qui avait décidé de me foutre sacrément les jetons.

Que faire ? Rester assise dans ma bagnole à attendre que ça se tasse ou essayer de dénicher Stinky pour qu'il cesse de jouer au con.

— Stinky ! hurlai-je de nouveau en sortant de la Camaro pour me diriger vers le puits. (Je trébuchai sur une racine et faillis me péter la gueule.) Stinky Koolball, sors de là ! Sors immédiatement si tu ne veux pas avoir affaire à Lulu Yablonsky !

Génial ! Je le menaçais de prévenir ma mère comme si j'étais encore en première année de maternelle.

— Aaaahh ! Oooooh ! Aaaahh !

Ça ressemblait à des râles et ça venait de la droite juste derrière moi.

Je restai un moment interdite, hésitant sur la marche à suivre. Lentement, très lentement, je dirigeai le faisceau de ma lampe vers le wagonnet, puis à l'intérieur de celui-ci. Je découvris, horrifiée, le corps d'un homme, les jambes dans une position bizarre, portant une chemise blanche maculée de taches de boue. Le visage ensanglanté.

Ce ne pouvait pas être… C'était…

Stiletto !

CHAPITRE 2

— Stiletto, gémis-je en me hissant à ses côtés. Steve, dis quelque chose.

Je déboutonnai sa chemise pour l'aider à respirer.

— Doux Seigneur, Bubbles, bredouilla-t-il, tu crois vraiment que c'est le moment.

Même à moitié dans les vapes, Stiletto ne pensait qu'à ça.

— Désolée, répliquai-je en m'écartant légèrement pour examiner ses blessures à la lumière de ma lampe torche.

Pas de gros bobos, apparemment. Mais beaucoup de sang. Stinky perdait-il complètement la boule? Utiliser sans modération coussins péteurs et poil à gratter, c'est une chose; exploser mon petit ami en est une autre. Il ne m'avait guère habituée à ce genre d'humour.

— Qu'est-ce que tu fiches là? demandai-je. Tu n'es pas avec le Président?

— Je voulais te faire une surprise, soupira-t-il. J'ai refilé le bébé à Cardozo pour venir te rejoindre.

Je levai les yeux au ciel.

— Comme c'est adooorable! Tu as laissé tomber le Président pour moi.

— Il embrasse moins bien que toi, répliqua-t-il en esquissant un de ses fameux sourires qui me faisaient craquer. J'étais en chemin quand Salvo m'a envoyé un mail sur mon mobile. Une conférence de presse à propos d'un meurtre. Il voulait que je prenne quelques clichés puisque j'étais dans les parages. L'affaire d'une petite demi-heure. Tu parles !

Stiletto releva la tête et se massa la nuque en grimaçant.

— On dirait que j'ai pris un joli coup. Tiens, touche.

Je passai doucement la main sur l'arrière de son crâne. Même sous son épaisse tignasse brune, je détectai une bosse pratiquement de la taille d'un pamplemousse. Inutile de l'inquiéter.

— Ce n'est pas trop grave, soufflai-je tout en pensant que le pauvre garçon devait être conduit d'urgence à l'hosto le plus proche.

Je consultai ma montre.

— Onze heures quarante-cinq. Tu es arrivé quand ?

Il essuya son nez sanguinolent du revers de la manche.

— Aux environs de neuf heures. La conférence était prévue pour la demie. Quand j'ai vu qu'il n'y avait personne, j'ai appelé Salvo depuis la Jeep.

Quelle Jeep ? Bizarre. Je ne me souvenais pas en avoir aperçu une dans le coin. Je préférai la boucler sur le sujet, étant donné l'incompréhensible attachement de Stiletto pour ce vieux machin pourri. Dans son état, je craignais un gros malaise si je lui apprenais tout à trac qu'elle avait disparu.

— Et toi, qu'est-ce que tu fous là ? embraya-t-il. Tu ne devais pas m'attendre à l'hôtel ?

— M. Salvo m'a envoyé un fax concernant un homme d'affaires de Lehigh qui s'était fait buter dans cette mine.

Pour moi, la conférence devait avoir lieu à onze heures trente.

— Tu parles d'une daube, commenta-t-il en s'asseyant. Au téléphone, Salvo ne comprenait pas un traître mot de ce que je lui racontais. Quel mail ? Quel meurtre ? Tout ce dont je me souviens ensuite, c'est d'avoir pris un poing en pleine poire et de m'être cogné en tombant à la renverse. Quand les lumières se sont rallumées, je te trouve là en train de me déshabiller.

Je m'assis sur les talons pour réfléchir.

— Tu n'as pas entendu les coups de feu ?

— Quels coups de feu ?

— Trois. Du côté de la mine. Peu de temps avant de tomber dans les vapes.

— Bizarre. (Puis, ouvrant des yeux comme des portes cochères :) On n'aurait pas bougé, là ?

Exact. Non seulement le wagonnet bougeait, mais il commençait même à prendre de la vitesse. Droit dans les entrailles de la terre. Je sentis un vent de panique m'envahir et aucune envie de jouer aux apprentis mineurs en plein milieu de la nuit.

— Comment ça s'arrête ? hurlai-je en cherchant un machin ressemblant à un frein.

— Il faut qu'on sorte d'ici, répliqua Stiletto en m'attrapant la main.

Trop tard. La pente devenait plus raide et le wagonnet descendait à un train d'enfer.

Je parvins à trouver le levier de frein et tirai de toutes mes forces. Sans résultat. Nous filions de plus en plus vite. Je fermai les yeux et bredouillai une prière.

— Aaaaaahh ! m'entendis-je brailler tandis que nous nous enfoncions dans les ténèbres.

De l'eau qui tombait de la voûte m'éclaboussa le visage, me trempant les cheveux.

Stiletto me prit le levier des mains et s'arc-bouta dessus pour le débloquer, provoquant un affreux crissement. Ça sentait la rouille et le vieux métal chaud. Le wagonnet ralentit. Ce qui n'était pas mal du tout, vu qu'on allait droit sur une sorte de lac souterrain. L'eau fusa autour de nous.

Nous nous arrêtâmes.

— Waouh !

Je posai ma tête sur l'épaule de Stiletto. Toujours aussi musclé, le bonhomme. L'endroit était crasseux, froid et ruisselant d'humidité – un peu comme ma cave avant que je n'achète un déshumidificateur rechargeable. Je frissonnais à chaque goutte que je prenais sur la tronche. J'étendis la main. Les parois ne se situaient qu'à quelques centimètres de part et d'autre du wagonnet. Plutôt étroit, le passage.

— Ça va, Bubbles ? murmura Steve. Tu parles d'une nuit ! Pas vraiment le style de câlins prévus au programme.

Je revis, le temps d'un éclair, la piaule douillette où nous aurions dû nous trouver. Draps de satin rouge, la douce lumière des bougies. À la trappe ! D'autant que nous étions coincés dans les profondeurs abyssales d'une mine désaffectée. Il serait toujours temps de repenser plus tard à nos éventuels ébats. Si jamais on sortait de là vivants.

— Je me sentirais plus rassurée si j'y voyais quelque chose, poursuivis-je en inspectant de la main le fond du wagonnet. Qu'est-ce que j'ai fait de cette foutue torche ?

— Elle a dû tomber pendant la dégringolade. Mais j'y pense, on peut essayer avec mon appareil !

J'entendis le grésillement d'un flash en train de se charger.

— Tu te fais exploser la tronche, renverser cul par-dessus tête, et tu trouves le moyen de ne pas paumer ton appareil !

— C'est un pote de l'AP qui me l'a ramené de Thaïlande. Il est tout petit. Du coup, je le garde toujours dans ma poche revolver.

Un éclair illumina subitement le tunnel. Et ce que j'aperçus me glaça le sang.

— Oh, mon Dieu ! Recommence.

— Tu l'as vu, toi aussi ?

Cette fois-ci, Stiletto se pencha à l'avant, au risque de nous foutre par terre, et actionna de nouveau le flash. Les rails disparaissaient pratiquement sous l'eau. Rien devant.

À part le cadavre appuyé contre le mur de droite.

Ma première pensée fut pour cette pauvre Roxane. Stinky venait d'exécuter sa dernière blague.

— Tu crois que c'est le mec qui a été tué ?

Stiletto ne répondit pas. Il sauta dans la flotte sans se soucier de ses blessures.

— Tu viens ?

Il me tendit la main pour m'aider à descendre. Je m'agrippai à son cou en essayant d'éviter de lui faire bobo.

Malgré son air dégagé, tous les sens de Stiletto semblaient en alerte. Il me porta sur une dizaine de mètres avant de me déposer en terrain sec.

Il faisait noir comme dans un four et je ne voyais pas le bout de mon nez. Stiletto farfouilla dans les ténèbres.

— Je l'ai ! s'exclama-t-il.

Et la lumière fut. Steve exhibait triomphalement une lampe de mineur.

— Je ne veux même pas savoir où tu te l'es procurée, soufflai-je.

— Je la lui ai piquée, répondit-il en orientant le faisceau vers le sol. Elle était autour de son crâne. Pourquoi elle s'est éteinte ? Mystère. C'est la question à mille dollars.

Je m'agenouillai. L'homme avait la cinquantaine, les cheveux bruns soigneusement peignés sur le côté. Il portait un polo Izod rose, une veste verte Eddie Bauer, une paire de Dockers à pinces kaki et des Rockport Professional Walkers marron. Côté ornements : une fausse Rolex, une fine chaînette en or autour du coup et un sourire de VRP multicarte, malgré le trou rouge de deux centimètres en pleine poitrine.

— J'imagine que c'était lui le destinataire des coups de feu que tu as entendus, dit Stiletto en mitraillant le corps comme un malade avec son minuscule appareil.

Ce n'était pas Stinky. La farce virait drôlement macabre.

— Il est mort ?

Stiletto s'interrompit brusquement et me dévisagea comme si j'étais la dernière des abruties.

— Tu en as de belles ! Évidemment qu'il est mort !

Je contemplai le cadavre pendant que Steve continuait à enfiler cliché sur cliché. Le visage de ce type m'était vaguement familier. Le genre de familiarité que l'on éprouve avec les stars de cinéma ou de la télé. Des gens pas vraiment inconnus, mais qu'on ne connaît pas tout à fait.

Steve s'accroupit pour le shooter sous son meilleur profil. La presse écrite est généralement friande de belles photos de cadavres frais, à condition bien sûr qu'il ne s'agisse pas de celui d'un misérable révolutionnaire étranger ou d'un réfugié quelconque. Dans les salles de rédaction, ce genre de clichés s'arrache comme des petits pains. Au fond, le métier de journaliste, en y réfléchissant, n'est le plus souvent qu'un métier de voyeurs et de pipelettes.

— J'ai dans l'idée qu'on ne s'est pas tout à fait dérangés pour rien, reprit-il.

J'acquiesçai.

— Le fax ne donnait pas l'identité du mort. C'est qui ?

Il me regarda, éberlué.

— Tu ne lis pas le journal ? s'exclama-t-il. C'est pas bien, ça.

Je me pinçai les lèvres. Dieu sait si mon patron revenait régulièrement sur le sujet. J'étais censée lire le *News-Times* tous les jours, de la première à la dernière page, y compris les résultats sportifs et les cotations de la Bourse. En fait, je ne m'intéressais qu'aux *Comics*, aux annonces matrimoniales et aux coupons de réduction. Apparemment, d'après la réaction de Stiletto, le mec refroidi devait être un gros poisson. Mais qui ?

Malheureusement, je n'eus pas l'occasion de répéter ma question. Une forte lueur blanc et jaune illumina subitement les parois du tunnel. Sur le coup, je crus qu'il s'agissait des flics, alertés par les coups de feu et venus nous secourir. L'espoir fut de courte durée. Une formidable explosion retentit une nano-seconde plus tard, suivie du fracas d'un éboulement. Stiletto se précipita vers moi et m'attrapa la main.

— C'était quoi ? demandai-je.

— Aucune idée, mais on ferait bien de se tirer fissa.

Adieu cadavre et wagonnet. Je me ravageai les orteils avec tous les petits cailloux qui se glissaient dans mes sandales, mais je la fermai. Un éboulis nous obligea à prendre sur la droite – à moins que ce ne soit à gauche. La lampe frontale de Stiletto projetait d'inquiétantes ombres sur les poutres soutenant le plafond couvert de suie.

Je commençais à manquer d'air. J'avais l'impression d'étouffer. Steve fonçait tout droit. Mais où ? Nous étions coincés dans cette mine. Il n'y avait pas de sortie. C'était fichu.

Le faisceau de lumière éclaira une sorte de précipice. Je plantai mes talons dans le sol et refusai d'avancer.

— Allez, Bubbles, s'impatienta-t-il. Tu ne vas pas flancher maintenant ?

Je pointai le trou du menton. Stiletto acquiesça tandis que je me plaquais de toutes mes forces contre le mur. Un second bruit d'éboulement retentit. Nous fermâmes les yeux. J'essayai de prier, mais Jane, ma petite fille, occupait entièrement mon esprit. Seigneur, faites qu'elle ne quitte pas ses études pour aller vendanger en France avec cette ordure de G. !

Puis j'eus l'impression que le monde s'effondrait.

Nous attendîmes que le grondement s'éteignît et que les dernières pierres finissent de rouler. Nous toussions comme des malades, tentant vainement de nous libérer les bronches. Mais nous étions vivants et c'était déjà pas mal.

— Tu n'as rien, Bubbles ? s'enquit Steve en me serrant contre lui.

Je posai la tête contre sa poitrine.

— En tout cas, je respire encore.

— Tu sais, reprit-il d'une voix rauque, c'est sans doute idiot, mais j'ai l'impression qu'on en veut à notre peau

— Notre peau ?

— Regardons les choses en face, répliqua-t-il en me décochant un petit sourire contrit. D'abord on nous attire dans cette mine désaffectée. Je me fais assommer et jeter dans un wagonnet. Le wagonnet se détache mystérieusement et nous entraîne au fond où nous tombons sur un cadavre. Là, tout explose.

Je me démêlais nerveusement les cils, collés par un mélange de poussière et de mascara.

— Je me demande, poursuivit-il, qui peut m'en vouloir à ce point. J'ai bien quatre, cinq noms en tête. Quelques nostalgiques de Milosevic, un couple d'escrocs du Bronx. Mais je les imagine mal venir traîner leurs guêtres dans un coin aussi paumé de Pennsylvanie. (Il me serra plus fort contre lui.) Bubbles, c'est à nous deux qu'on en veut.

Je recensai rapidement la liste de mes ennemis potentiels et n'y trouvai l'ombre d'aucun dictateur, d'Europe centrale ou d'ailleurs. À part quelques clientes mécontentes de leur couleur, mon ex-mari, Dan le Magnifique, sa femme, Wendy, et une poignée de lascars dont j'avais écorché les noms dans mes articles... Mais ça me semblait bien léger.

Restait Stinky, mais ça me paraissait tout aussi absurde. Nous avions dansé ensemble le jour de son mariage avec Roxane et partagé quelques vaisselles lors d'une poignée de réunions familiales. De fait, il avait râlé parce que je lambinais devant l'évier et qu'il avait lavé plus d'assiettes que moi. Mais était-ce suffisant pour souhaiter me rayer du monde des vivants ? Sans compter qu'il ne connaissait pas Stiletto.

— Je ne peux pas croire que Stinky m'en veuille à ce point, dis-je. J'ai été parfaite dans la *Danse des canards.*

Stiletto me saisit par le coude.

— Stinky ? C'est qui, Stinky ?

Je le briefai rapidement sur le mari de ma cousine dont j'avais vu la Lexus devant l'entrée de la mine.

— Une Lexus ! Le petit bonhomme doit se faire pas mal de pognon. Tout le monde n'a pas les moyens de rouler dans ce genre de carrosse. Il appartient peut-être à la maffia des corons et deale de la coke. Ce qui expliquerait l'explosion et la présence de la voiture.

Originaire de Lehigh, une ville d'aciéries à la frontière du New Jersey, il ne pouvait s'agir que de la coke des hauts-fourneaux. Le genre de truc qu'on ne s'envoie pas volontiers dans le pif. Stiletto avait toujours le chic pour sortir des vannes foireuses aux pires moments.

— On verra ça plus tard, répliquai-je. En attendant, tirons-nous d'ici.

Le tunnel devenait de plus en plus étroit. À la lumière de la lampe, le diagnostic se révéla d'une simplicité enfantine. Le dernier éboulement nous barrait la route. Steve commença à dégager les pierres une à une dans l'espoir de dégotter une issue.

— Stinky est cartographe, précisai-je en sondant la paroi avec les mains. Il passe son temps sous terre et il adore les blagues lourdingues, mais de là à buter les gens ou à sombrer dans le crime organisé…

— Tu parles comme Angelina Gambino.

Je sentis un filet d'air frais sous mes paumes.

— C'est qui, celle-là ?

— La cousine de la femme de John Gotti. Une paille !

Je me souvenais vaguement que le bonhomme tenait une pizzeria à Allentown, mais je ne voyais pas le rapport.

— Un courant d'air !

Stiletto resta un moment immobile.

— Tu as raison. Par là !

Je fouillai la paroi avec mes faux ongles. Il y avait bien un passage de ce côté. Pas énorme, mais suffisant pour s'y faufiler.

— Qu'est-ce que tu fous ? s'exclama-t-il tandis que je me penchais pour enlever mes pompes.

Des sandalettes en faux croco de chez Payless presque neuves.

— Je vais essayer de me glisser là-dedans, répondis-je en passant une jambe puis la moitié du corps dans la faille.

Stiletto enleva sa lampe frontale et me la tendit.

— Tiens, prends ça.

— On n'y va pas ensemble ?

— Trop dangereux. À deux, nous avons deux fois plus de chances de provoquer un éboulement. Avoue que ce serait dommage. Une fois dehors, tu appelles les secours depuis mon portable. Il doit toujours être dans la boîte à gants de la Jeep.

Je me collai la lampe sur le front. Cher, brave et courageux Stiletto, toujours prêt à se sacrifier pour moi. Je me penchai pour l'embrasser et lui explosai la tempe avec la loupiote.

— Oh !

— Tu es le meilleur, Steve.

— Ouais, ouais. Maintenant, casse-toi, ajouta-t-il en me donnant une petite tape sur les fesses tandis que je disparaissais dans la paroi.

— Il y a toujours ce genre de boyaux secondaires dans les mines de charbon, poursuivis-je en continuant à m'enfoncer dans l'étroit boyau.

— Qu'est-ce que t'en sais ?

— C'est de l'anthracite.

Je rentrai le bide pour éviter une pierre saillante. Parler m'aidait à ne pas penser à un second éboulement. Mais surtout à oublier que je risquais de tomber sur un de ces machins velus pleins de pattes qui me font horreur. J'ai toujours eu la phobie des araignées.

— L'anthracite ne se trouve pas en tas bien ordonnés, poursuivis-je. Il s'agit de veines qui partent dans tous les sens. On les vide au fur et à mesure que l'on progresse.

— Je ne te savais pas spécialiste dans l'extraction du charbon.

— J'ai grandi là-dedans. Déjà à l'école primaire, on se faisait des frayeurs à explorer les galeries avec des lampes de poche. Mieux que Disneyland. Je me demande si... Aaah !

J'avais failli me casser la gueule en ratant la marche.

— Ça va ?

Un peu que ça allait. J'étais à deux doigts de pleurer de joie. Le boyau débouchait sur un large puits remontant directement à la surface. Je respirais de l'air frais et le faisceau de la lampe venait de tomber sur une échelle en ferraille inutilisée apparemment depuis des siècles. J'aurais préféré un ascenseur, mais ça faisait plaisir quand même.

De vraies taupes, ces mineurs, pensai-je en posant le pied sur le premier échelon. Tu parles d'un gruyère !

— Impeccable, répliquai-je en entamant l'ascension. J'ai trouvé une échelle pour regagner la surface.

— Reste prudente, Bubbles. L'assassin est peut-être encore dans les parages. Prends la Jeep et file directement en ville. Les clés sont sur le contact. Fonce sans te retourner.

Mais je n'eus même pas l'occasion de toucher le volant. En émergeant des entrailles de la terre, je tombai sur cinq camions de pompiers, deux voitures de police et une ambulance. Tout ce dont on pouvait rêver...

Badaboum !

Je m'étalai de tout mon long dans l'herbe en atteignant le sommet. Une avalanche de pierres, de poussière dévala dans le trou. Stiletto n'était pas près de sortir maintenant.

En tout cas, vivant.

Cerise sur le gâteau : sa chère Jeep, réapparue comme par enchantement, n'était plus qu'un tas de ferraille disloqué et fumant.

CHAPITRE 3

Jack Donohue, le chef de la police de Slagville, apparaissait comme une sorte de papy à cheveux blancs, le visage empâté. Totalement incompétent ou diaboliquement cruel, c'était un de ces petits tyrans locaux qui menait ses affaires à la manière d'un *jefe* de cartel colombien.

— À mon avis, c'est cuit pour vot'e pote, lâcha-t-il en s'installant à côté de moi dans l'ambulance. Depuis l'temps que je traîne dans les galeries de la région, j'ai acquis comme un sixième sens. À l'époque où j'étais responsable d'la sécurité dans les mines de Kingston, je m'rappelle qu'on a mis un mois pour retrouver un pauv'e gars.

Je portai la tasse de café qu'il m'avait offerte à mes lèvres, mais je ne réussis qu'à en renverser partout, tellement mes mains tremblaient. Ça faisait déjà deux heures que j'étais sortie du trou. Les pompiers m'avaient immédiatement conduite dans cette ambulance où m'attendait Donohue, stylo dégainé et bloc à la main. Le chef m'interrogeait depuis si longtemps qu'il devait être à court de questions. Toujours pas de nouvelles de Stiletto.

— Y peut lui être arrivé n'importe quoi. Contusion. Asphyxie. Noyade. (Donohue comptait ces issues fatales sur ses gros doigts boudinés.) Mais l'plus dur, ce serait une poche de monoxyde de carbone. Et Dieu sait qu'y en a là-dessous, m'dame. Ça commence comme un rhume. Mal au crâne. Puis un bourdonnement dans les oreilles. Après, c'est la mort ou la rupture d'un vaisseau. Personnellement, j'préférerais crever tout de suite que d'finir comme un légume.

Je frissonnai en imaginant Stiletto en carotte.

— Ouais. Vous serez plus bonne qu'à lui faire manger sa soupe à la p'tite cuillère.

— Elle date de quand, cette mine ? demandai-je pour changer de sujet.

— 1901. Elle a fermé pendant la Grande Dépression avant d'rouvrir au lendemain de la S'conde Guerre mondiale. (Donohue dévissa son thermos et se servit une autre tasse de café.) McMullen n'exploite plus que deux mines aujourd'hui qui produisent deux cent mille tonnes de charbon par an. Autant dire, rien. Et d'après ce qu'y s'murmure, y devrait encore réduire la production.

— McMullen ?

— Hugh McMullen. Vous connaissez pas ? s'étonna-t-il en touillant son jus. Les McMullen sont propriétaires de la McMullen Coal Inc. Depuis quat'e générations. L'puits numéro 9 est à lui. Y devrait pas tarder à débarquer de Pittsburgh.

J'acquiesçai poliment. En fait, j'avais un mal fou à me détacher de la vision d'un Stiletto brandissant son biberon, les fesses passées au Mustella.

— Et ma Camaro ?

— On l'a emportée au garage. À mon avis, y a aut'e chose que la batterie à plat. On dirait que l'alternateur est mort.

L'alternateur ! Ouille ! Ça tombait dans la catégorie saignée mécanique. Pauvre de moi, avec seulement trois cents dollars d'économies – toute la fortune que j'avais réussi à accumuler au cours du boom économique des années quatre-vingt-dix.

— Fin de la pause ! décréta-t-il en consultant sa montre. J'ai encore quelques p'tits trucs à vous d'mander.

D'autres questions ? D'où il les sortait ? Il m'avait déjà soutiré le nom de jeune fille de ma mère, interrogée sur ma dernière participation à un scrutin et sur l'école que fréquentait ma fille. Tout cela évidemment après m'avoir copieusement cuisinée sur le faux fax que j'avais reçu, le cadavre dans la mine et l'explosion.

— Revenons à vot'e voiture, poursuivit-il en entamant une nouvelle page blanche sur son carnet. Où l'avez-vous achetée ?

Je réfléchis un instant.

— Le gendre d'une de mes clientes à The House of Beauty venait de se faire sucrer son permis pour excès de vitesse. Entre autres. Il la vendait une poignée de cacahuètes. Quel rapport ?

— Aucun, répondit-il en levant la tête de son calepin pour me fixer dans les yeux. Qu'est-ce que vous pensez d'la prochaine légalisation sur les jeux d'argent en Pennsylvanie ?

J'allais protester de nouveau, mais Donohue me foudroya du regard.

— Contentez-vous d'répondre aux questions.

— Je ne sais pas, bredouillai-je en haussant les épaules. Elle est déjà en vigueur dans le New Jersey. Ça ne me pose aucun problème.

— Parfait. (Il fit une petite croix sur son carnet.) Même pour des motifs religieux ? Vous z'êtes pas catholique fondamentaliste ou qu'que chose dans l'genre ?

— Je suis catholique tout court. Ce qui ne m'empêche pas de jouer des haricots quand ça me chante.

Il parut contrarié.

— J'vois.

— Pas moi, répliquai-je. Pourquoi...

— Avez-vous été dans l'passé ou êtes-vous actuellement victime d'un chantage?

Je me croisai les bras sur la poitrine.

— Écoutez, je suis coiffeuse à Lehigh dans un petit salon où il n'y a que deux lavabos. Je suis divorcée et j'élève ma fille seule. À dix heures, je suis au lit. Seule. Qui voudrait me faire chanter?

— Stinky Koolball, par exemple.

Je pensai fugacement au triste sort de Stiletto.

— Stinky? Vous plaisantez?

— J'suis très sérieux. Y a une demi-heure, vous m'avez raconté que Stinky Koolball vous avait envoyé un fax. On a fait not'e petite enquête et l'numéro correspond à une cabine près d'un bar que M. Koolball fréquente pas mal.

La Lexus avait disparu à l'arrivée des flics, m'avait annoncé Donohue. À l'aide de mon fax, ils avaient localisé l'appel passé depuis une cabine publique devant le Hole. J'ignorais que l'on pouvait envoyer des fax depuis un téléphone public, mais le chef me le confirma.

— D'accord. Mais je ne vois pas pourquoi il aurait essayé de me tuer, protestai-je. Faire une blague qui tourne mal, je dis pas. Mais assommer Stiletto? Faire sauter sa Jeep? Et maintenant, vous me parlez de chantage? Non, ça ne ressemble pas au Stinky que je connais.

— C'est que vous l'connaissez pas bien, alors. C'est plus le même homme. (Donohue se pencha vers moi avec des airs de conspirateur.) D'puis qu'il s'est fait virer le mois dernier de chez McMullen, l'lascar donne dans la bafouille. Menaces et tout le tralala. Si vous voulez mon avis, le p'tit gars s'est farci un *loco mentis* carabiné.

— Il a attaqué un train ?

Donohue leva les yeux au ciel.

— Ça veut dire qu'il est devenu fou à lier. C'est du latin.

— Non ?

— Tout ce que j'sais, c'est qu'il est dangereux. Roxane l'a foutu à la porte suite aux menaces. Depuis, il fuit les autorités. Et comme par hasard, vous déboulez en ville pour découvrir sa bagnole devant le puits numéro 9. En pleine nuit, par-d'ssus l'marché.

Ça sentait la menace à peine voilée.

— Oh ! là, je n'y suis pour rien, répliquai-je. Je ne faisais que mon boulot.

Donohue termina son café et jeta le gobelet dans la corbeille.

— Va falloir que j'vous arrête, poursuivit-il en détachant la paire de menottes pendue à sa ceinture. Violation de propriété privée. Tapage nocturne. Et complicité d'meurtre. Si jamais on r'trouvre le cadavre.

— Je rêve ! m'exclamai-je, éberluée. La seule arme quc j'aie jamais brandie, c'est mon sèche-cheveux. Je n'ai rien à voir avec ce mec qui s'est fait descendre.

— Et pas le cadavre de n'importe qui, reprit-il. Si c'est bien celui que j'pense, ça va faire un drôle de foin. Tendez vos poignets, m'dame, et tout ira bien.

Il allait me passer les bracelets quand un pompier, la mine déconfite, se pointa à la porte de l'ambulance.

— Vous feriez mieux de venir, chef, dit-il en enlevant son casque pour s'éponger le front. On l'a retrouvé.

Je bondis sur mes pieds.

— Stiletto ?

— Désolé, madame, répliqua le pompier, un sourire gêné aux lèvres.

Donohue attrapa son chapeau et se précipita dehors.

— Vous, vous attendez là, me lança-t-il en me désignant d'un index tremblant. J'voudrais pas avoir en plus à vous coller un délit de fuite.

Ils disparurent et je me laissai tomber sur la civière. Je contemplai mes mains, hier toutes proprettes et aujourd'hui couvertes d'égratignures, de sang et de suie. Exactement à l'image de mon cœur. Qu'est-ce qu'il avait voulu dire le pompier ? Désolé, madame, je n'ai pas le temps de m'attarder ? Ou : Désolé, votre petite ami est cuit ?

Comment avais-je pu laisser Stiletto dans ce trou ? Quelles conneries ces histoires de femmes et d'enfants d'abord. J'aurais dû l'obliger à me suivre. Je repensai à la lugubre énumération de Donohue. De quoi était-il mort ? Chute de pierres ? Augmentation du niveau de l'eau ? Air irrespirable ?

Des larmes inondaient mes joues. Je sanglotais. La fatigue et le désespoir avaient eu raison de moi. Je me couchai sur la civière et ensevelis ma tête sous le drap. Je revoyais des images de Stiletto au cours de notre trop brève relation comme autant de cartes postales fanées. Steve sur sa poutrelle du Frahy Bridge à Lehigh levant le pouce dans ma direction. Le même riant aux éclats dans sa Jeep. Terrassant un assassin. À deux doigts de me faire l'amour sur le capot de ma Camaro. Fracturant la porte d'un pâtissier néonazi. Me portant galamment dans ses bras un soir de pleine lune.

Et nous ? Notre avenir... Tout était parti en fumée ! Et dire que *nous n'avions même pas couché ensemble*. Quel gâchis, ce vœu de chasteté. Putain de vœu !

Des pas résonnèrent dans l'ambulance, puis une voix se mit à tonner :

— Putain, ma Jeep !

J'arrachai le drap et me redressai d'un bond.

— Stiletto ?

C'était lui, c'était bien lui. Torse nu et ruisselant de sueur. Les biceps saillants. Le nez ensanglanté. Et ces magnifiques yeux bleus dans lesquels se reflétaient les éclats du gyrophare de l'ambulance. Il n'avait jamais autant ressemblé à Mel. Aussi beau que dans *Braveheart*. Qu'on lui dégotte un kilt, pour l'amour du ciel !

— Tu es vivant, bredouillai-je en m'essuyant les yeux tout en croisant mentalement les doigts pour que le mascara n'ait pas trop coulé. Pourtant, le pompier...

— Ils auraient mis un siècle pour me sortir de ce trou. Je n'allais pas les attendre comme un bébé qui a fait dans ses couches. Tiens, je te ramène tes chaussures.

Il me tendit mes sandales en faux croco, puis attrapa une bouteille d'eau dans la réserve et se la siffla d'un trait, sa pomme d'Adam montant et descendant à toute vitesse.

— J'ai bien envie de faire la peau à ton pote Stinky, reprit-il, se nettoyant la bouche du revers de la main. Il a fait sauter ma Jeep ! Boom ! Ma Jeep ! Je l'aimais, cette Jeep.

— Je ne crois pas que ce soit lui. Je m'escrime à le répéter à tout le monde. Ce n'est pas le genre de gars qui jouerait avec des explosifs. Oublie Stinky. Ce qui compte, c'est que nous ayons survécu ! Pas vrai ?

Stiletto haussa les épaules et fronça les sourcils.

— Ouais, pour l'instant. Mais tu as raison...

Il s'approcha de moi et m'embrassa doucement sur les lèvres.

— Tu as été magnifique en bas, Bubbles, murmura-t-il.

Vraiment balèze. J'ai hâte de me retrouver avec toi en tête à tête, d'homme à femme. Dès que nous aurons mis la main sur l'assassin, on se taille dans un petit coin tranquille où aucun rédacteur en chef ne pourra nous joindre.

Il se pencha de nouveau sur moi pour me bécoter dans la nuque.

Je me sentais toute chose. Les baisers de Stiletto, même furtifs, présentaient les mêmes dangers que la perspective d'une vie sans entraves.

— L'essentiel, c'est que nous finissions dans le même lit, ajoutai-je en tapotant la civière du plat de la main.

Il me serra contre lui.

— Mon dernier regret aurait été de ne jamais t'avoir fait l'amour, Bubbles. Je ne pensais qu'à ça quand j'étais coincé dans ce trou à rats.

Il ne pensait qu'à ça ? Oh ! mon Dieu, mon Dieu ! Je ne voulais pas mourir frustrée.

— Comment as-tu réussi à sortir ?

Stiletto m'embrassa à la naissance du cou.

C'était bon. Slurp.

— J'ai dégagé l'éboulement derrière nous et je suis revenu sur nos pas. Les sauveteurs là-dessous ont descendu suffisamment de projecteurs pour illuminer Manhattan.

Il se laissa tomber sur la civière, l'air subitement contrarié.

— À propos de Manhattan, reprit-il, il faudrait que j'appelle le bureau de l'AP à New York avant le bouclage de l'édition du soir.

— L'AP ? Et pourquoi pas le *News-Times* ? C'est le scoop de ma vie.

Stiletto entreprit de fouiller l'ambulance de fond en comble, à la recherche d'un téléphone.

— J'aurais tellement voulu t'aider sur ce coup, Bubbles, mais tu n'es pas sans savoir que je ne collabore avec le

News que lorsque l'AP n'est pas intéressée. Je suis permanent à l'AP. Ils ont la primeur de mon boulot. C'est dans mon contrat. Et à mon avis, ils vont se ruer sur cette histoire.

Je repensai aux photos qu'il avait prises du cadavre dans la mine. Sans elles, mon papier ne valait pas tripette. Qu'est-ce que je pouvais faire ?

J'aimais ce type. Je mourais d'envie de lui arracher ses fringues pour lui faire l'amour sauvagement, là, tout de suite. Mais dans l'immédiat, Stiletto bossait pour la concurrence.

— Tu ne vas pas me faire croire qu'au siège de l'Associated Press à New York on se préoccupe d'une explosion dans une mine à Slagville, Pennsylvanie ? Autant dire, le trou du cul du monde.

— Sauf si Bud Price y a trouvé la mort. Et je suis quasiment certain que c'était lui en bas.

— Bud Price ?

Qui c'était, ce bonhomme ?

— Lui-même. J'ai entendu les sauveteurs parler entre eux. Apparemment, Price a débarqué ce soir à Slagville avec l'intention d'aller inspecter le puits numéro 9. Genre visite-surprise. Ah, un grelot !

Il venait de découvrir un mobile dans un des placards muraux.

— Drôle d'histoire, poursuivit-il. Le faux fax que tu as reçu disait vrai. Price est, enfin *était* une grosse huile de Lehigh.

Je le regardai composer son numéro.

— Le Price des bagnoles ? (J'avais encore dans l'oreille sa pub tonitruante qui passait à longueur de journée sur le câble : *Chez Price, on aime les voitures à petits prix.*) Depuis quand l'AP s'intéresse-t-elle aux concessionnaires de tires ?

Il se colla le combiné à l'oreille.

— Depuis que le coco a réussi à faire voter l'installation d'un casino à Slagville. La polémique a pris des proportions nationales. À mon avis, il s'est fait buter par un intégriste qui craignait le déclin moral de la région. Et ce malade a décidé dans la foulée de régler ses comptes avec nous.

Ce qui expliquait les questions de Donohue concernant mon opinion sur les jeux d'argent et la couleur de mes convictions religieuses. Mais je ne voyais pas très bien pourquoi ce dingue s'en serait pris à Stiletto et à moi.

— Comment sais-tu tout ça, toi?

— Parce que je lis les journaux, Bubbles.

Apparemment, le portable ne marchait pas. Vu le regard qu'il balança à l'appareil.

— Le projet de casino de Price, poursuivit-il, fait la une des canards depuis des semaines.

Touché. Moi qui n'avais jamais voulu écouter les recommandations de M. Salvo concernant la lecture quotidienne de la presse locale et nationale, pensant que ce n'était qu'une façon de se faire mousser à peu de frais.

— Ne vous gênez pas pour téléphoner, dit une voix qui ne m'était pas tout à fait inconnue derrière nous.

Stiletto leva les yeux au ciel.

— Merde! maugréa-t-il en reposant le mobile où il l'avait trouvé.

Donohue venait de pénétrer dans l'ambulance.

— Quelle surprise! C'est toujours agréable d'rencontrer des gens prêts à s'battre jusqu'au bout, poursuivit-il en passant les bracelets à Stiletto puis en m'en offrant une paire identique. On a si peu l'occasion d'voir les gens de la ville s'mêler avec autant d'passion de l'avenir d'nos contrées.

Le contact avec l'acier des menottes parut mettre Steve en fureur.

— Vous vous prenez pour qui, espèce de...

— Stiletto, intervins-je, je ne suis pas certaine qu'incendier monsieur arrange nos petites affaires.

Donohue le palpa des pieds à la tête, puis son visage s'illumina en plongeant sa main dans la poche droite du pantalon de Steve.

— Tiens, tiens ! qu'est-ce que j'vois là ? s'exclama-t-il en brandissant un rouleau de pellicule dans sa boîte en plastique. Des photos d'vacances ?

— Propriété de l'Associated Press. Essayez de confisquer ces clichés et vous allez vous ramasser le Premier Amendement dans les gencives. Fini la bonne vie !

— C'genre d'amabilités n'te conduira nulle part, mon p'tit gars.

Donohue sortit une pochette transparente et y laissa tomber le film.

— En attendant, c'est une pièce à conviction. J'fais pas vraiment confiance aux journalistes... surtout lorsqu'y sont coiffeuses.

Il se tourna vers moi et m'adressa un clin d'œil.

— Mais d'jolies comme Bubbles sont pas là pour me créer d'problèmes, pas vrai ?

— Non, chef, répliquai-je poliment.

Stiletto me foudroya du regard.

— À la bonne heure, ma p'tite ! (Donohue nous invita du menton à sortir de l'ambulance.) Vous faites pas trop d'mauvais sang. J'enregistre vot'e déposition et j'vous libère aussi vite que possible.

Stiletto m'interrogea du regard.

Je lui répondis d'une petite moue frondeuse.

Avec Steve, nous étions les deux seuls journalistes présents sur ce qui s'annonçait comme un méga-coup. Mais pour la première fois depuis le début de notre relation, nous appartenions à des camps opposés. Il bossait pour l'Associated Press, et moi, pour le *News-Times*.

Nous recherchions les mêmes choses : découvrir celui qui avait voulu nous liquider et réaliser le gros scoop. La partie s'annonçait serrée. Il n'y aurait qu'un vainqueur.

— Les gants sont jetés ! lui lançai-je.

Il esquissa un sourire amusé.

— Tu veux sans doute dire, les dés, très chère.

CHAPITRE 4

Je n'eus pas d'autre choix au poste que de passer mon unique coup de téléphone à la plus fourbe des personnes que je connusse. Il n'avait aucun scrupule pour mentir, menacer et jouer des coudes pour arriver à ses fins. Dan le Magnifique. Mon ex-mari et, faut-il le préciser, l'un des avocats les plus retors en matière criminelle de Lehigh. (Pour plus de précisions, reportez-vous aux épisodes précédents.)

— Tu as vu l'heure ! aboya-t-il dans l'appareil. Je parie que tu as encore fait une grosse connerie.

Je lui racontai toute l'histoire, jurant mes grands dieux qu'il s'agissait d'une erreur judiciaire. Je connaissais la suite. Il allait m'envoyer bouler, braillant qu'il était trop occupé en ce moment et que de toute façon Slagville se situait au bout du monde. J'anticipai en lui rappelant sa petite indélicatesse commise dernièrement en imitant ma signature sur une demande de prêt étudiant contracté pour payer mes cours du soir.

— C'est quoi, le nom du flic déjà ?

Alors que je lui donnais toutes les infos, j'entendais au second plan Wendy lui demander ce qui m'amenait à cette heure de la nuit. Wendy était la seconde femme de Dan, un tas d'os, à peine aussi sensuelle qu'une moule. Seule attractivité de la fille, la fortune qu'elle devait un jour hériter de son père, le roi du gouda. Suite à leur rencontre, Dan avait décidé de se faire appeler Chip et de troquer son goût immodéré pour le catch et les bretzels contre une fréquentation assidue de l'église paroissiale et un abonnement au golf du country club. C'était tout ce qu'il avait trouvé pour faire oublier ses origines modestes.

— Tu devrais parler sérieusement à Jane, me dit-il quand j'eus terminé mon exposé. Elle est rentrée à une heure du mat' et j'ai eu droit à tout l'étalage de ses revendications. Je t'assure, cette gamine file un mauvais coton.

Quand je me rendais en reportage loin de la maison, Jane vivait chez son père et devait regagner le domicile avant minuit – et sans G., son glandeur de petit ami. Ça constituait un des rares points sur lesquels j'étais d'accord avec Dan. Pas de G. La plupart des parents s'inquiètent de voir leurs mouflets sombrer dans la drogue. Dans notre cas, la drogue, *c'était* G.

— Elle est dans le coin ? Passe-la-moi.

L'agent de permanence du commissariat de Slagville, assis de l'autre côté du bureau où se trouvait le téléphone, reposa sa BD et m'indiqua sa montre.

— Une minute, dit-il.

J'acquiesçai.

— Maman ! Je n'arrive pas à croire que tu aies failli sauter dans une vieille mine désaffectée. Ça devait être génial !

Seule une adolescente peut trouver génial qu'on puisse côtoyer la mort de si près.

— Pas mal, répondis-je. Écoute-moi bien, maintenant,

Jane. Je veux que tu appelles M. Salvo de ma part au journal. Demande-lui s'il m'a envoyé un fax au Passion Peak et explique-lui ce qui s'est passé. Papa te racontera.

— Et Stiletto ? Il est là-bas avec toi ?

— Oui, mais...

Le flic me faisait signe de raccrocher.

J'approchai le combiné de ma bouche.

— Le problème, c'est qu'on est en concurrence sur ce coup.

Le mec se penchait maintenant par-dessus la table.

— Je t'expliquerai plus tard. Préviens aussi la cousine Roxane. Maman te donnera son numéro.

Jane n'était pas tombée de la dernière pluie.

— J'ai compris. Tu commences une nouvelle enquête ?

— On peut dire ça comme ça. À propos, il paraît que tu mènes la vie dure à ton père ?

— Exact.

— Parfait. Continue.

Dan avait dû menacer de lâcher toute la meute des associations de défense du Premier Amendement sur Donohue pour entrave à la liberté de l'information parce qu'il nous relaxa, Stiletto et moi, dès le lendemain matin, un jeudi, aux premières heures de l'aube, alors que le soleil se levait à peine sur les terrils crasseux de Slagville.

Non seulement nous étions libres, mais il n'avait retenu aucune charge contre nous. Stiletto retrouva sa pellicule, et nous eûmes droit à des cafés gratis au distributeur et à tout un tas d'indications pour nous rendre à la station-service Texaco où m'attendait ma bagnole.

Ainsi nous nous retrouvâmes Stiletto et moi sur le trottoir devant le commissariat de Slagville, aveuglés par la clarté du ciel et respirant l'air frais automnal. C'était un de ces petits matins à l'ancienne où pour une fois le monde paraît en ordre de marche. Les mômes à l'école. Les parents au boulot. Les factures payées et les baraques propres. Tout paraissait en parfaite harmonie et il semblait bon d'être en vie.

Enfin, pas vraiment. C'est marrant que d'avoir échappé à un meurtre peut bouleverser la manière dont on perçoit les choses. La veille, j'avais fait un zeste de shopping, préparé ma valise spéciale Passion Peak et pris le volant, cap l'hôtel de toutes les promesses. J'avais fredonné tout le long du chemin (pratiquement l'intégrale d'Aerosmith). Comment pouvais-je me douter qu'à mes trousses s'était lancé un maniaque ayant concocté un plan de taré pour m'éliminer de la surface de la terre ?

C'était trop tordu et effrayant pour mon petit esprit pacifique. En attendant de reprendre du poil de la bête, je décidai que l'option Stinky – une vanne qui aurait mal tourné – tenait toujours la corde. Il ne me restait plus qu'à mettre la main sur le mari déglingué de ma cousine et à lui faire cracher le morceau.

— Il y a un truc qui cloche, dit Stiletto en jetant un regard circulaire dans les rues désertes, toutes bordées d'arbres, de Slagville Tu ne trouves pas ?

— C'est peut-être le contrecoup de la nuit dernière. Comment va ta bosse, ce matin ?

Je me hissai sur la pointe des pieds pour lui tâter l'arrière du crâne. Le pamplemousse avait maintenant les proportions d'une belle orange. En revanche, son nez semblait avoir doublé de volume.

— J'ai encore un peu mal, gémit-il en me retirant gentiment la main. Mais ce n'est pas ça qui m'inquiète. Je sens un truc bizarre dans cette ville.

Nous tournâmes dans Main Street, une rue à flanc de

colline couverte de petites maisons peintes de couleurs différentes – rouge brique, vert pomme, bleu layette, blanc cassé. À cause de la pente, les toits arrivaient à la hauteur des fenêtres du second étage du voisin.

Sur toutes les portes figuraient des corbeaux, des sorcières, des spectres. La plupart des fenêtres du rez-de-chaussée étaient décorées de squelettes en plastique et de fantômes qui hululaient à notre passage. Comme dans les quartiers sud de Lehigh, les gens ne faisaient pas les choses à moitié quand il s'agissait de fêter Halloween.

Les hommes, perchés sur leurs échelles, nettoyaient les gouttières ou, à genoux, repeignaient les clôtures, tandis que les femmes s'affairaient dans leur cuisine. Des odeurs de tourte à l'oignon ou de tarte aux pommes, à faire saliver un bataillon d'anorexiques, s'échappaient par les fenêtres entrouvertes. Comme nous approchions d'un groupe de matrones en tabliers et fichus sur la tête qui taillaient la bavette sur le trottoir, Stiletto souleva une sorte d'enthousiasme communicatif. Elles le dévoraient littéralement des yeux. L'une d'elles faillit même se jeter à son cou, empêchée par ses copines qui la retinrent par un pan de sa jupe.

— On dirait que tu rends les nanas complètement gagas, dis-je alors que nous arrivions en vue du garage Texaco. C'est ça qui te défrise ?

— Non, sérieusement, reprit-il. Regarde cette station-service, par exemple. On a l'impression que rien n'a changé depuis les années soixante. Je parie que ces gens n'ont jamais entendu parler d'Internet. Ni même d'ordinateur.

À ce moment, un type en bleu de travail impeccable, petites lunettes à la monture d'écaille et raie sur le côté, se porta à notre rencontre en essuyant ses mains pleines d'encre avec un chiffon.

— Désolé, j'étais en train de vérifier mon livre de comptes. Je n'ai jamais été très bon en calcul, dit-il. Que puis-je pour vous ?

Je lui expliquai que je venais chercher la Camaro, m'attendant à la réponse de base : « Elle est là-bas. Ça fera dix dollars pour avoir rechargé la batterie. »

Mais pas du tout.

Le type secoua tristement la tête.

— J'ai dû commander un nouvel alternateur à Detroit. Je n'avais pas la pièce en stock. Pas de cette année-là.

— Tu parles, leur stock remonte à la dernière guerre, me souffla Steve tandis que nous suivions le bonhomme à l'intérieur pour fixer un rendez-vous.

— Demain midi, pas avant, reprit-il en consultant son registre. Autre chose pour votre service ?

Stiletto demanda à louer un 4×4, transmission manuelle, décapotable de préférence.

Le mec nous montra du doigt un Crown Victoria LX beige sur le parking. Direction assistée, boîte automatique, vitres électriques.

— C'est tout ce qui me reste, précisa-t-il. Essayez à Wilkes-Barre. Le seul problème, ce sera pour aller là-bas. Pas facile sans bagnole.

Logique.

Stiletto m'entraîna dehors tandis que le type prenait l'empreinte de ma carte bleue en sifflant un vieux tube de Frank Sinatra. Le portefeuille de Steve ayant disparu dans l'explosion de la Jeep, nous ne pouvions compter que sur mon petit rectangle magique en plastique.

— Je ne peux pas me trimballer là-dedans, gémit-il.

— Et pourquoi ? répliquai-je en passant le doigt sur les chromes rutilants. C'est le modèle de luxe !

— Une bagnole de rombière, oui ! Y a même pas de vitesses !

Je me penchai pour examiner l'intérieur. Fauteuils en cuir beige, larges accoudoirs. Parfait. Autrement plus confortable que sa vieille Jeep pourrie.

— Regarde, m'exclamai-je, il y a même une boule sur le volant.

— Mon Dieu...

— Voilà, monsieur, dit le type en lui tendant les clés puis en me rendant ma carte bleue. Le plein est fait. Il ne reste plus qu'à mettre le contact. Elle tourne comme une horloge.

Stiletto se fendit d'un sourire poli, ouvrit la portière et s'installa en maugréant. *Buzzzzz*. Ceinture! La sonnerie ne s'arrêterait que lorsqu'il s'attacherait. Je crus qu'il allait exploser. En faisant le tour du véhicule, je remarquai un autocollant de la Sécurité routière sur la vitre arrière. Je n'eus pas le courage de l'enfoncer davantage.

— Tu pourrais me déposer chez Roxane, proposai-je en sortant du parking. J'imagine que tu as autre chose à foutre que d'écouter une bande de nanas jacasser. Un grand gaillard comme toi.

En fait, je préférais y aller seule.

Stiletto se contenta de hocher la tête.

Le Main Mane, le salon de Roxane, occupait la moitié de sa baraque, une grande bicoque recouverte en façade de lambris en plastique blanc, située en haut de Main Street (évidemment).

Puis j'eus un doute.

Nous n'étions plus qu'à quelques centaines de mètres. Le manque de réaction de Stiletto était on ne peut plus bizarre. Je me demandai si je ne m'étais pas fichue dedans en abattant trop tôt mon jeu.

— Et toi, tu fais quoi?

— J'ai rencard avec la journaliste de l'AP chargée d'écrire le papier. Coup de bol, elle se trouve dans le coin. C'est une fille de Slagville. Toute sa famille est de la région.

— Une fille de Slagville?

— Esméralda Greene. Une nana super.

Tu parles d'un nom.

— On dirait un pseudonyme.

— C'est un ancien mannequin. Mais je ne pense pas que son visage te dise quelque chose.

— Pourquoi?

— Elle posait pour les collections de lingerie fine.

Le muscle sous mon œil droit commença à s'exciter. Stiletto sourit d'une oreille à l'autre.

— C'est comme ça qu'elle a pu se payer ses études à Yale.

— Je vois, répliquai-je tandis que mon muscle s'emballait sérieusement.

Stiletto se gara devant le Main Mane, juste derrière la Ford Explorer rutilante de Roxane immatriculée 69XS. Il coupa le contact avant de se tourner vers moi et de me pincer la joue. Je déteste ça.

— T'inquiète, Bubbles. Aucune fille ne t'arrive à la cheville. Il n'y en a pas deux comme toi.

— Mais je ne m'inquiète pas, protestai-je en regardant le rétro où venait d'apparaître la lueur bleuâtre d'un gyrophare.

Déjà?

— Qu'est-ce qui se passe?

Stiletto descendit la vitre. Le chef Donohue se pencha à la portière, le mec du garage à ses côtés. Mon muscle se calma aussitôt, comme par miracle.

— En balade? demanda le flic.

— Pardon, madame Yablonsky, de vous importuner, poursuivit le type en bleu de travail. Mais je viens d'appeler votre banque et il semble que votre compte ne soit pas suffisamment approvisionné.

Je fermai les yeux en appréhendant la suite des événements. Dan allait piquer une colère noire et m'envoyer bouler aussi sec. Tu te fous de moi, louer une bagnole quand on est sans un, bla, bla, bla…

— Je ne pensais pas que tu irais jusque-là, Bubbles, commenta Stiletto d'une voix étrangement calme.

J'ouvris un œil. Vautré contre la portière, le bras pendant au-dehors, il arborait un drôle de sourire narquois.

— J'ai croisé des journalistes du *National Enquirer* ayant plus de scrupules. Je vois que tu es prête à tout pour décrocher l'exclu.

— Quoi ?

— Je comprends maintenant ton envie subite de te débarrasser de moi. Tu ne veux pas que je rencontre ta cousine pour lui tirer les vers du nez…

— Désolé d'vous interrompre, mais faudrait que monsieur ramène le véhicule, intervint Donohue.

— Pourquoi moi ? s'insurgea Stiletto.

J'ouvris la portière de mon côté.

— Pour une fois que ça ne finit pas au poste, lui soufflai-je. Je t'attends ici.

— Non, ma petite ! C'est ta carte qui a foiré, c'est à toi de te démerder avec la bagnole pendant que je cuisine Roxane.

Whoops ! Il méritait d'être mouché illico.

— Impossible, bébé, lui balançai-je. Tu sais bien que je ne supporte pas les automatiques. Avec moi, il faut que ça réponde au doigt et à l'œil.

CHAPITRE 5

Quelque chose clochait au Main Mane, et ce n'étaient pas les rideaux en organdi rose, ni les murs vert menthe, ni le lino beige, ni la petite table basse couverte de magazines. Il manquait les clients. En ce jeudi matin, le salon était absolument vide, et dans le monde de la coiffure, cela signifiait que Roxane était au bord de la faillite.

— Bubbles ! s'exclama-t-elle en se précipitant vers moi sur ses claquettes mauves à talons avant de me serrer contre elle si fort qu'un épais nuage de Lily of the Valley jaillit littéralement de son corsage.

— Comment tu vas, ma chérie ? Donohue m'a appelée ce matin. C'est épouvantable, cette histoire !

Je me libérai tant bien que mal des effluves de parfum avant de tomber dans les vapes. Quand j'étais gamine, Roxane, plus âgée que moi, m'avait appris à me maquiller, m'enseignant qu'un peu de blanc sur les paupières me faisait un regard plus expressif et qu'il était plus prudent de se peigner les cils avant d'appliquer le mascara. Aujourd'hui, la quarantaine passée, elle en faisait toujours des tonnes. Apparemment, elle n'avait pas encore intégré la notion de maquillage light.

— Est-ce que Donohue t'a dit qu'on avait essayé de me tuer ?

— Oui, mais je ne l'ai pas cru. Allons, Bubbles, qui aurait voulu te faire sauter ? C'est affreusement violent.

— Ne le prends pas mal, mais j'ai dans l'idée qu'il s'agit d'un coup foireux de Stinky qui aurait tourné au vinaigre. J'espérais que tu pourrais m'aider à démêler cette embrouille. Je l'ai peut-être blessé sans le savoir. Il a voulu me foutre les jetons.

En entendant le nom de Stinky, le visage de Roxane se figea.

— J'ignore vraiment où il est. Donohue m'a expliqué pour la Lexus. J'ai cru qu'il était mort dans l'explosion. (Ses yeux s'embuèrent de larmes.) Il ne m'a même pas appelée pour me dire s'il allait bien.

— Ne t'inquiète pas, répliquai-je en la serrant contre moi. Je suis sûre qu'il va bien.

— Tu sais, il avait beaucoup changé ces derniers temps.

Elle détourna la tête et s'essuya les joues du revers de la main. Je ne pus m'empêcher de remarquer qu'elle portait une paire de boucles d'oreilles en améthyste et un collier flambant neuf. Stiletto ne s'était pas trompé. Stinky traversait peut-être de grosses difficultés ces derniers temps, mais il avait encore du répondant – du moins financièrement.

— Mais parlons de toi, reprit-elle. Tu en es où avec ton Mel Gibson de Lehigh ?

— Stiletto a eu un petit problème avec la bagnole de location, répondis-je en haussant les épaules, genre pas de bol. Mais il ne devrait pas tarder.

Et j'allais en prendre pour mon grade !

— C'était quoi, comme caisse ?

— Une Crown Victoria, je crois.

— Eh bien, ma petite, on ne s'emmerde pas ! s'exclama-t-elle. Remarque, c'est sympa d'avoir du fric. C'est vrai qu'il est millionnaire ?

Exact, mais Stiletto n'en était pas particulièrement fier. Pour lui, la fortune qu'il avait héritée de son immonde beau-père sentait le soufre. Il avait gardé par nostalgie la grande baraque familiale de Saucon Valley, le quartier ultra-résidentiel de Lehigh et distribué le reste à des œuvres caritatives. Il avait conservé son appartement à New York. En fait, nous ne parlions jamais de ces histoires-là.

— À ma connaissance, il se contente de son salaire à l'AP, répondis-je. De toute façon, ça n'a rien…

— J'ai entendu dire qu'il avait des épaules de gladiateur, m'interrompit-elle, les yeux pétillants.

— Un petit gladiateur, alors.

— C'est déjà pas mal. Tu as fait une belle connerie, ma petite, avec ton vœu de chasteté. Je t'avoue qu'avec un mec comme ça dans les parages, j'y serais allée franco.

Moi aussi. J'y serais même déjà s'il n'y avait pas eu ce foutu fax envoyé par ton malade de mari, pensai-je avec amertume.

— Donc, Stinky n'est plus le même homme ces derniers temps ? poursuivis-je.

Je m'attendais à ce qu'elle me déballe sur-le-champ toutes les saloperies que son cher époux avait pu lui faire, mais elle se contenta de baisser la tête en disant :

— Je crois que je me suis mise dedans, cousine. Vraiment. (Elle remit en place une de ses mèches cuivrées.) Café, sucre ?

Me proposait-elle un simple café ou un café déjà sucré ?

— Volontiers, répondis-je en me hissant sur un tabouret.

— Tu sais qu'il a quitté son boulot de nabab chez McMullen ? embraya-t-elle en me tendant ma tasse.

— Un boulot de nabab ? Ils ont trouvé de l'or dans le coin ?

— Non, mais son salaire avait drôlement grimpé. Stinky se faisait trois, quatre fois plus. (Elle versa deux grosses cuillerées de sucre dans ma tasse. J'avais ma réponse.) Au début de l'année, la direction a confié à Stinky un projet vachement important. Il se faisait des tonnes de pognon. On s'est retrouvés avec deux bagnoles neuves. Cadeau du patron. On était au paradis, et puis...

— Il s'est fait virer parce qu'il a pété les plombs, poursuivis-je. C'est Donohue qui m'a mise au parfum.

— Tu parles d'une merde ! Mais tu ne sais pas tout. (C'est alors qu'elle me ressortit « Pinky ».) On fait Pinky. Promets-moi de ne pas le répéter. Ça doit rester entre toi et moi. Je ne veux pas que toute la ville soit au courant.

Je levai la main droite et jurai.

— Pinky.

Pour ce que valent les serments.

— Stinky avait découvert que les cartes du puits numéro 9 n'étaient pas à jour.

— Et alors, c'est si grave que ça ?

— Oui. À son avis, McMullen avait repris l'exploitation de cette mine en toute illégalité. Sans compter qu'avec des plans foireux, les mineurs prenaient de gros risques en descendant là-dedans. Il les a menacés d'alerter les autorités s'ils ne respectaient pas les procédures. Mais, malgré les promesses de ses chefs, il s'est aperçu le mois dernier que rien n'avait été fait. Du coup, il est repassé au puits numéro 9. Les mecs avaient continué leur petit manège.

Ma petite alarme intérieure se mit à sonner si fort que même Roxane aurait pu l'entendre.

Scoop. Scoop. Scoop.

— Il a démissionné et c'est là que les choses ont commencé à déraper. (Elle sortit une brique de lait et remplit nos tasses à ras.) Le jour où il leur a collé sa démission, Stinky est rentré à la maison avec un tas de cadenas et de chaînes. Il a tout verrouillé. Portes, fenêtres. Tout.

— Pourquoi ?

— Aucune idée. (Elle me tendit une cuillère pour touiller.) En tout cas, il a passé les jours suivants à écrire des tas de lettres et à me poursuivre dans la maison en me causant de trigonométrie sphérique, de moraine...

— C'est pas un poisson, ça ?

— Les moraines ? Non, ce sont des débris de roches dures.

— Je me disais aussi.

Ma tentative de plaisanterie tombait à l'eau, Roxane n'avait même pas esquissé l'ébauche d'un sourire.

— J'en avais tellement marre, poursuivit-elle, que j'ai préféré l'envoyer au Hole, un bar en ville.

Elle prit une gorgée de café tandis que je repensais à ce que Donohue m'avait raconté sur la provenance du fax. Une cabine publique devant le Hole. Ma théorie sur l'implication de Stinky dans la tentative de meurtre dont nous avions été victimes semblait se confirmer.

— Tout ce que je sais, c'est qu'il a arrêté de râler sur McMullen. Il passait toutes ses soirées là-bas et toutes ses journées à la cave à donner du marteau, de la perceuse et de la scie. Il n'a jamais voulu me dire ce qu'il fabriquait. Et puis, elles ont commencé à ne plus appeler.

— Qui ?

— Mes clientes, évidemment, me balança-t-elle sèchement. Une douzaine de clientes dont je m'occupe depuis vingt ans. Pouf! Envolées. C'étaient des régulières au point que je ne me référais plus à elles qu'en fonction de leur jour de rendez-vous. Au moins mentalement. Tu sais ce que c'est. Mardi, treize heures. Vendredi, seize heures. Tu vois ce que je veux dire.

Des régulières comme ça n'abandonnent pas leur salon préféré du jour au lendemain sans de très bonnes raisons. Deux femmes en bisbille peuvent arrêter de venir pour éviter de se croiser par hasard. Une cliente peut changer de coiffeur parce qu'on lui a raté sa coupe. Mais douze? Impossible. À moins d'un soupçon de légionellose dans le circuit d'air conditionné ou de fortes rumeurs de peste bubonique sur la cuvette des chiottes. Et encore. Personne ne renoncerait à un rendez-vous aussi couru que celui du vendredi, seize heures. À moins d'un conflit nucléaire. Et encore...

— Qu'est-ce qui s'est passé?

— Stinky et ses blagues débiles, répondit Roxane en levant les yeux au ciel. Écoute. J'ai appelé ma cliente du mercredi, dix heures. Stinky avait laissé un message sur son répondeur la menaçant, si elle ne lui filait pas cinquante dollars, de dire à son mari Joe, qu'elle ne faisait pas du quarante-quatre comme elle le prétendait mais du quarante-six et que, de toute façon, elle n'avait aucune intention de faire un régime. Un cookie? ajouta-t-elle en me tendant le paquet.

Du quarante-six, mon Dieu!

— Non, merci.

— Comme tu voudras, reprit-elle en attrapant délicatement un gâteau entre le pouce et l'index avant de se l'enfiler. Celle du mercredi, dix-huit heures trente. Kif-kif. Stinky l'a menacée de révéler aux parents d'élèves que ses mômes étaient pleins de poux et qu'elle ferait mieux de s'occuper d'eux au lieu de ne penser qu'à son boulot. *Idem* pour celle du samedi, huit heures trente. Stinky connaissait tout de sa grossesse et s'étonnait de ce miracle, étant donné que M. Samedi avait subi une vasectomie l'année précédente.

— Oups !

Roxane se mit à jouer nerveusement avec son étui à cigarettes en similicuir rose tandis que je m'absorbais dans la contemplation de mon café au lait hyper-sucré. Il ne pouvait pas arriver pire catastrophe à une coiffeuse. Elle était grillée.

— Il était au courant de tous les potins du salon ! m'exclamai-je. Stinky devait entendre les conversations depuis la cave.

— Tu parles d'une raclure ! répliqua-t-elle en retrouvant ses accents de la Pennsylvanie profonde. Quel clown, ce pauv' mec avec ses vannes poussives !

— Tu lui as demandé des explications ?

— C'est justement à ce moment-là que j'ai mis le pied dedans. J'étais tellement énervée que j'ai rompu la promesse que je lui avais faite de ne jamais descendre à la cave. Tu ne peux pas t'imaginer ce que j'ai trouvé là-dedans. Des rouleaux de câbles. Des paquets d'extincteurs. Et, je te le donne en mille, des bâtons de dynamite.

— Des bâtons de dynamite ?

— Une bonne vingtaine dont quelques-uns éventrés.

— Qu'est-ce qu'il a dit ?

Roxane recommença à pleurnicher.

— Je ne lui ai pas laissé le temps. J'ai gueulé que j'en avais marre de toutes ces années de blagues à la noix, des coussins péteurs, des faux serpents dans des pots de moutarde. J'avais tout supporté. Mais là, je n'en pouvais plus. Espionner mes clientes pour les faire chanter ! Il était allé trop loin. Je jouais ma carrière. C'était lui ou moi.

— Tu as eu raison, Roxane, approuvai-je en lui tendant un mouchoir en papier.

J'allais lui prédire la ruine de son commerce. Je me retins juste à temps.

— Non, j'ai eu tort, reprit-elle en s'essuyant les yeux. J'ai perdu mon mari et maintenant, je me retrouve toute seule. J'ai été idiote. Complètement débile.

Je lui passai doucement la main dans le dos.

— Tu sais, Roxane, moi je fais au moins une connerie par jour.

— Ouais, mais c'est dans ta nature. Tu ne peux pas t'en empêcher, Bubbles. Tu te souviens de cette fois au collège où tu t'es retrouvée à l'infirmerie après avoir voulu te décolorer les sourcils dans les toilettes.

Quelle mauvaise foi ! Tout au plus une erreur d'étiquetage. Je ne pouvais pas deviner que le Clorox était dangereux pour les yeux et que je risquais de devenir aveugle.

— Et comment il a réagi ? enchaînai-je.

— Il était sur le cul. (Elle se moucha bruyamment.) Absolument sur le cul. Puis il a fait ses bagages et il s'est tiré en disant : « C'est ce que j'aurais dû faire depuis des années. » C'est la dernière fois que j'ai entendu sa voix. Plus de nouvelles jusqu'au coup de fil de Donohue ce matin à propos de la Lexus.

Je m'absorbai dans la contemplation du cendrier en essayant de faire le point dans ma petite tête. *Tilt.* Ça venait de faire *tilt* dans cet espace entre mes deux oreilles que certains ont tendance à trouver bien trop grand pour une blonde de mon gabarit.

— Attends. Il voyait des potes au Hole ?

— Bud. Bud. Bud.

— D'accord, il s'envoyait quelques bières. Mais il fréquentait qui ?

— Bud, c'est son prénom. Un type dans les affaires, je crois.

J'avalai une gorgée de café liquoreux. Pouah !

— Bud Price ?

Roxane me regarda comme si je venais de toucher le gros lot.

— Tu le connais ?

Même si je n'étais pas exactement dans ses petits papiers, je lui racontai ce que Stiletto m'avait appris sur le bonhomme. Roxane se leva d'un bond en claquant des doigts, se précipita sur la pile de magazines éparpillés sur la table basse et revint avec le *Slagville Sentinel* de la veille. À l'intérieur, un article consacré à Bud Price, illustré d'une photo où il posait devant l'entrée du puits numéro 9, une petite roulette entre les mains. Il portait la même chemise rose que lorsque j'avais découvert le corps.

— C'est lui, bredouillai-je. C'est le type dont j'ai vu le cadavre la nuit dernière.

— Mon Dieu ! Je n'avais pas fait le rapprochement, poursuivit Roxane en ouvrant des yeux comme des soucoupes. Je ne lis jamais les canards. C'est pour la clientèle. En fait, je ne m'intéresse qu'aux coupons de réduction et aux feuilletons.

Ça devait être génétique.

PRICE ANNONCE QUE LE CASINO SE FERA, disait le titre de l'article.

La porte du salon s'ouvrit brusquement.

— Mon rendez-vous. (Roxane me tendit le journal.) Le premier du mois. Elle a appelé ce matin.

Ma cousine se précipita sur la bonne femme comme un gamin sur ses cadeaux, le jour de son anniversaire.

— Entrez, Mme Wychesko !

Mme Wychesko, une femme rondelette dans un manteau de fourrure (du raton laveur) avec un fichu en plastique transparent sur la tête, entra en soufflant comme un bœuf.

— Ces marches, Roxy, j'ai cru mourir, dit-elle en enlevant le carré avant de le plier soigneusement et de le ranger dans une petite pochette noire.

Roxane nous présenta l'une à l'autre et nous échangeâmes hochements de tête et sourires crispés. Mais je n'avais pas l'intention de m'attarder dans le coin.

J'avais encore pas mal de boulot.

Dix minutes plus tard, j'étais dans la baignoire blanche immaculée bordée d'un liseré vert émeraude de Roxane, en train de prendre un bain relaxant et de lire le papelard sur Bud Price. Son projet : mettre les tables de craps à portée de toutes les bourses.

L'article refaisait d'abord l'historique du combat de Price pour installer un casino dans un des coins les plus défavorisés de Pennsylvanie. En bon homme d'affaires, Price avait fait de cette discrimination son cheval de bataille, n'hésitant pas à rameuter une belle brochettes de vedettes passablement défraîchies afin de décrocher un permis de construire à la sortie de Slagville, sur un terrain acheté à McMullen l'année précédente.

Mais Price n'avait pas uniquement besoin d'un vote favorable des autorités locales. Il devait aussi décrocher une autorisation fédérale, son terrain étant situé en pleine zone dangereuse.

Quelques années auparavant, un gigantesque incendie souterrain s'était déclaré à Limbo – à une poignée de kilomètres de Slagville. Il avait suffi d'une cigarette le jour de Memorial Day pour déclencher la catastrophe. Le feu n'avait pu être éteint, d'ailleurs il brûlait toujours, et le gouvernement fédéral s'était fendu de quarante mille dollars par tête de pipe pour inciter les habitants à aller s'installer ailleurs.

Dans la foulée, les autorités avaient interdit toute exploitation dans un périmètre d'environ deux hectares autour du site – que les gens s'empressèrent de surnommer *Dead Zone* – par crainte de l'extension du sinistre. Cette portion de terrain était devenue pour McMullen une véritable casserole financière jusqu'à ce que Price propose de la lui racheter, y compris les droits d'exploitation, pour vingt-cinq mille dollars.

Une formidable bataille d'experts s'ensuivit. Pour Price, il apparaissait absolument impossible qu'il puisse se produire de nouvelles explosions sous la Dead Zone, la mine n'étant plus en activité. Pour les défenseurs de l'environnement, tout ça ne ressemblait à rien. Un accident se produirait immanquablement un jour ou l'autre, qui transformerait le casino, bourré de mamies devant leurs bandits manchots, en brasier infernal, en moins de temps qu'il n'avait fallu au *Titanic* pour disparaître corps et biens dans les eaux de l'Atlantique Nord.

Mais les arguments des défenseurs de la nature ne reçurent qu'un écho très limité dans cette région où le chômage dépassait allègrement les vingt pour cent. Les habitants de Slagville voulaient leur casino qui devait drainer des tas d'emplois. Du boulot, du boulot, du boulot. C'était le slogan que les partisans de Price se proposaient d'aller scander jusqu'à Harrisburg.

L'obtention du permis de construire avait été mise en délibéré. La décision devait être rendue en novembre. Après les élections au Sénat, précisait l'article.

Je m'attardai sur une photo de Bud prise devant sa piscine, chez lui à East Hills, le quartier des parvenus à

Lehigh. Il posait aux côtés de sa femme Chrissy en bikini noir – minuscule le maillot. En dépit de son imposante tignasse blonde, Chrissy n'était plus en âge de se faire appeler Chrissy. Chris à la limite, ou tout bonnement Christine. Elle était bronzée comme un toast oublié dans le gril et son visage portait la marque de nombreux liftings. Au point qu'on ne pouvait se faire une idée de ce à quoi elle avait pu ressembler un jour.

Les quelques lignes qui lui étaient consacrées s'assimilaient plus à un papier de complaisance qu'à un article de fond. Elle aimait son jardin, les chevaux, et appartenait à tous les clubs de rombières de Lehigh ainsi qu'à la société d'histoire qui organisait tout un tas de conférences sur le patrimoine. Excellente golfeuse, Chrissy se révélait également une monstrueuse joueuse de tennis qui passait toutes ses vacances de Noël à skier comme un ange à Aspen en compagnie de sa fille Sacha.

Je reposai le magazine et me savonnai les jambes tout en repensant à l'amitié de comptoir qui semblait lier Stinky à Bud Price. Je m'interrogeai sur la Lexus stationnée devant la mine. Ces deux-là étaient sans doute arrivés ensemble au puits numéro 9 la nuit dernière. Pourquoi? Et pourquoi nous avoir tendu à Stiletto et à moi un piège pour nous faire exploser la tronche? Si Stinky voulait m'attirer là-bas, il lui suffisait de m'appeler directement. Pas la peine de m'envoyer un faux fax signé Salvo.

Aujourd'hui, Price était mort et Stinky avait disparu. Sans compter que Stiletto et moi avions bien failli y passer.

Je finissais de me rincer les cheveux quand j'entendis la porte d'entrée claquer et la voix aux accents tendres et mielleux de Stiletto résonner dans le salon du rez-de-chaussée. Oups!

Je giclai de la baignoire, m'essuyai à toute vitesse et enfilai le peignoir rose de Roxane. Puis je me précipitai en bas.

Stiletto se collait pratiquement à ma cousine qui lui montrait l'album photo de la famille.

— Là, c'est Stinky avec Bud Price, le bonhomme qui…

— Roxane ! hurlai-je en finissant de me draper la tête dans une serviette (rose).

Stiletto me considéra de pied en cap.

— La prochaine fois, viens directement à poil !

— Vous vous connaissez tous les deux ? s'étonna Roxane en nous regardant alternativement.

Je dévalai les dernières marches.

— Roxane, je te présente Stiletto.

— Le Stiletto ? Stiletto comme le couteau ?

Stiletto me décocha un sourire victorieux. Enfin, quelqu'un qui savait ce qu'était un stylet.

— Mon Dieu, j'ai tellement entendu parler de vous par tante Lulu, minauda-t-elle. Je me demande si je ne vous ai pas vu dans l'émission *60 minutes*, l'autre jour ?

— Sur CNN, répondit-il d'un ton faussement modeste. Mais je n'étais pas la vedette du sujet sur les mines en Amérique du Sud.

— Dire que vous risquez votre vie pour nous montrer comment ces pauvres gamins vivent dans des conditions épouvantables. (Elle joignit les mains.) Oh ! vous êtes si courageux, si…

— Bon, ça va, ça va, intervins-je en me plantant entre eux. On arrête. Tu n'avais pas une cliente sur le feu, Roxane ? (Je poussai Stiletto vers la sortie.) Ce n'est pas un salon mixte ici, mon gars.

— Ne le laissez pas partir ! lança Mme Wychesko

depuis son siège tandis que Roxane revenait s'occuper de ses boucles. Ce n'est pas tous les jours qu'on voit de si beaux gars dans le coin. Je l'adopterais bien.

Stiletto enfouit les photos de Stinky et de Bud dans sa poche revolver avant de répliquer en souriant d'une oreille à l'autre :

— Désolé, chère madame. Une autre fois. Je dois aller mitrailler le patron de la McMullen Coal.

— Non, pour l'amour de Dieu ! gémit Roxane. Il y a déjà eu assez de sang versé comme ça.

Stiletto la dévisagea comme si elle venait de débarquer de la planète Mars. J'expliquai à Roxane qu'il s'agissait de « mitrailler » avec un appareil photo et non avec un flingue.

— Tu as rendez-vous avec Hugh McMullen ? poursuivis-je, folle de jalousie.

— Tu fais de gros progrès, Bubbles. Ne me dis pas que tu t'es enfin décidée à lire les journaux ?

Je résistai à la tentation de lui exploser le pif déjà passablement endommagé.

— Tu as réussi à obtenir une interview de McMullen ?

— Il s'est arrêté faire le plein à la station pendant que je rendais la voiture. Coup de bol. Si ta carte bleue n'avait pas rendu l'âme ce matin, l'AP n'aurait jamais eu en exclu les confidences de ce monsieur.

— En exclu ?

— Esméralda Greene qui était passée me prendre là-bas lui a fait son numéro de charme. Le grand jeu. D'après McMullen, Price n'aurait jamais dû se trouver là. Sympa, le mec.

Je serrai les poings de rage. Il consulta sa montre.

— Elle doit avoir fini de l'accoucher à l'heure qu'il est. J'y retourne.

Stiletto me colla une petite tape amicale dans le dos.

— Quand tu auras autant de bouteille que moi, Bubbles, tu sauras que les meilleurs scoops se décrochent en étant au bon endroit au bon moment. Dommage pour l'interview. Mais ce ne sont pas les bonnes enquêtes qui manquent.

Puis l'affreux sortit.

Seul ce qui arriva juste après m'empêcha de lui arracher la tête. J'étais à ce point fumasse que j'entendis à peine le *pfff* suivi du cri de Steve.

— Bordel!...

Suivi d'une claque dans la nuque.

— C'est quoi, ce...

Avant de tourner de l'œil et de s'effondrer face la première.

J'en restai baba.

Recette du bain relaxant de Roxy

L'huile de jojoba élimine naturellement les toxines. On en trouve dans les bonnes pharmacies ou les boutiques spécialisées dans le bien-être. Le bain de Roxy est à la fois moussant et excellent pour la peau, qu'il rend douce comme au premier jour. La prochaine fois que quelqu'un se fiche de vous parce que vous aimez prendre votre bain en lisant un bon polar, balancez-lui que c'est vital pour votre santé et qu'il ferait mieux de vous imiter au plus vite.

150 grammes de savon liquide
1 cuillerée à soupe d'huile de jojoba
2 capsules de vitamine E
1 goutte de vanille

Mélangez les ingrédients dans un récipient puis transvasez le tout dans une vieille bouteille de shampooing. (N'oubliez pas d'indiquer le nouveau contenu sur l'étiquette.) Versez une demi-tasse de mixture dans l'eau bouillonnante du bain – chaude mais pas brûlante. Détendez-vous et prenez votre pied.

CHAPITRE 6

— Par tous les saints ! s'exclama Geneviève. Je l'ai bien eu. Si seulement j'en avais dégotté un comme ça quand j'étais plus jeune. Jolis petits biceps.

Geneviève, la meilleure amie de ma mère et grande parano devant l'Éternel, se tenait sur le pas de la porte, un énorme sourire aux lèvres. La sarbacane avait l'air d'une brindille dans ses pognes de la taille de deux gants de base-ball. Sa carrure d'arrière des Pittsburgh Steelers était mise en valeur par une robe à grosses fleurs mauves et une paire de bas blancs enveloppant ses jambes épaisses et noueuses comme deux belles bûches.

— Pourquoi tu as fait ça ? demandai-je.

— Pour te sauver la vie, répondit-elle. J'ai vu un mec bizarre. Et toi à moitié à poil. On tire d'abord, on discute après. Crois-moi, ma petite.

— Mais ce n'est pas un type bizarre. C'est Stiletto.

Je pris sa tête entre mes mains et la tournai vers Geneviève pour qu'elle puisse juger par elle-même.

Elle le scruta une poignée de secondes sans paraître franchement convaincue.

— Sa Jeep n'est pas garée devant le salon, protesta-t-elle.

Tu parles d'une excuse !

— Elle a explosé, sa Jeep, repris-je. Regarde ce que tu as fait. Il est tombé sur la tronche. Déjà qu'il s'est fait amocher le pif la nuit dernière. On dirait une courge, maintenant.

— Geneviève a raison. On balance la purée et après on voit.

Maman venait d'apparaître à son tour, l'air aussi ridicule que d'habitude. Depuis qu'elle s'était entichée d'un pilote automobile sur le retour qui lui avait servi son baratin avant de l'abandonner aux portes du pénitencier, maman avait opté pour les manières et le look « bikeuse » – ce qui ne la rajeunissait pas vraiment.

Aujourd'hui, sa silhouette plus large que haute était affublée de pantalons en skaï, de boots Kmart et d'un T-shirt moulant qui semblait avoir toutes les peines du monde à contenir son impressionnante poitrine, en noir des pieds à la tête, à l'exception de la bouche, rouge vif. Où sont les grands-mères d'antan ?

— Eh ! s'exclama-t-elle en fronçant les sourcils. J'ai déjà vu ce mec quelque part.

— Un peu, mon neveu, c'est Stiletto, répliquai-je, passablement agacée. Geneviève l'a étendu pour le compte.

— Ne sois pas désagréable, Bubbles, poursuivit maman. Elle voulait juste te protéger. Ah, ces mômes ! Jamais contents.

— Amen, ajouta Geneviève.

Stiletto grogna. Je venais de lui arracher d'un coup sec le petit dard fiché dans son cou.

— C'est quoi, ça ? demandai-je en agitant la bestiole sous le nez de Geneviève.

— Une fléchette anesthésiante, répondit-elle. J'en ai

ramené quelques échantillons de mon dernier stage de guérilla. J'ai peaufiné en triplant la dose de Sominex. Au cas où.

Roxane et Mme Wychesko, la blouse toujours étroitement serrée autour du cou, s'approchèrent.

— Quel dommage, dit Mme Wychesko. Je le préférais quand il était en vie.

— Mais il est en vie ! protestai-je. Enfin, je crois.

— On va voir ça tout de suite, embraya maman en se préparant à lui balancer un coup de pied dans les côtes.

— Arrête tes conneries ! m'exclamai-je en l'écartant. Tu ne respectes donc rien ?

— Je n'avais jamais assisté à un meurtre auparavant, poursuivit Mme Wychesko. On aurait dit que tout se passait au ralenti.

Roxane était nettement moins emballée par le spectacle.

— Vous n'allez pas le laisser là. Un mec couché en travers de la porte, je ne pense pas que ce soit une bonne pub pour un salon de coiffure. Déjà que ça ne marche pas très fort.

Geneviève se pencha sur le malheureux et passa ses bras de camionneur sous ses aisselles avant de le tirer sur le lino orange jusqu'au canapé de Roxane dans l'arrière-boutique. Elle le hissa en grognant, puis le balança sur les coussins en crochet. Ça m'étonnerait que Stiletto m'adresse la parole de sitôt.

Maman me prit à part.

— Écoute, Bubbles, ça me ferait mal d'avoir élevé une ingrate. Quand Jane nous a raconté qu'on avait essayé de te tuer, Genny a arraché son tablier et s'est précipitée jusqu'ici pour veiller sur ta sécurité. Tu pourrais au moins la remercier.

Elle était peut-être habillée comme l'as de pique, mais elle n'en demeurait pas moins ma mère. Je m'exécutai.

— Merci, Geneviève, bredouillai-je, pour avoir envoyé mon petit ami dans les vapes avec du Sominex.

Geneviève rougit.

— Nan, je n'ai accompli que mon devoir, Bubbles. Ce fut un plaisir.

Je levai les yeux au ciel. Je ne m'y ferais jamais.

Maman jeta un regard circulaire dans le salon.

— Putain, ça fait du bien d'être de retour chez soi ! Je ne connais rien de mieux que de revenir sur les lieux de son enfance pour se sentir rajeunir. La plus grosse erreur de ma vie, c'est d'avoir quitté Slagville pour Lehigh. Oui, monsieur. Mais je ne trouvais pas de boulot dans la région et il fallait bien bouffer.

— Et qu'est-ce qui t'a pris de revenir justement maintenant ? lui demandai-je. (Et quand est-ce que tu te tires ? faillis-je ajouter.) Toi aussi, tu tiens à veiller sur moi, à assurer ma sécurité ?

— Elle veut retrouver le journal de Nana, intervint Geneviève.

— Le journal de Nana ?

Maman plissa ses petits yeux dégoulinants de khôl.

— Le journal de Nana Yablonsky a disparu. Ce cahier contenait les meilleures recettes de *pierogis* de Pennsylvanie.

— Imagine qu'il soit tombé entre les mains de *Miss T.* ? souffla Geneviève en se signant à l'évocation de la reine des raviolis congelés. On n'est pas très loin de Pottville. On n'aurait plus qu'à mettre les clés sous la porte si elle s'emparait des secrets de ta grand-mère.

Peu probable que *Miss T.* ait envoyé ses sbires pour rafler le bouquin de recettes de l'aïeule.

— Tout ce que je veux, poursuivit maman, c'est

retrouver l'indélicate qui a piqué le journal de Nana et le ramener à la maison. (Puis, pointant mon peignoir :) Qu'est-ce qui t'arrive, ma pauvre fille ? Tu te prends un bain pendant que Stiletto bosse tout seul sur l'enquête ?

— J'étais dégueulasse. C'était caca dans cette mine.

Elle se dressa sur la pointe des pieds et m'attrapa le menton.

— Un conseil, ma douce. Si tu veux retrouver celui qui a essayé de vous buter toi et ton homme, il faudra apprendre à avoir les mains sales.

— Tu me fais penser que je dois appeler M. Salvo, dis-je en lui écartant la main avant de me diriger vers le téléphone.

Il n'était pas arrivé, je lui laissai donc un message sur sa boîte vocale, lui racontant les événements de la nuit dernière et lui communiquant les coordonnées de Roxane où il pouvait toujours me joindre.

Puis je composai le numéro de ma meilleure amie et patronne à The House of Beauty dans les quartiers sud de Lehigh. Je sentis un pincement au cœur en entendant les conversations animées et le doux ronronnement des sèche-cheveux en arrière-plan.

— Je me demandais si tu allais appeler un jour ! lança-t-elle. Les potins vont bon train dans le coin. (Puis, hurlant dans le combiné :) C'est vrai qu'on veut ta peau ?

— Je ne sais pas. Mais je vais rester un petit moment à Slagville pour démêler tout ça. J'ai aussi niqué mon alternateur.

— Prends le temps qu'il te faudra. Tiffany te remplace. C'est Mme Coleman qui va être soulagée.

— Je croyais qu'elle n'aimait pas Tiffany.

Sandy éteignit son sèche-cheveux.

— Ouais. Mais Tiffany n'a pas un contrat sur sa tête, elle. Mme Coleman n'avait pas du tout envie de sauter avec toi pendant sa permanente au cas où ton tueur t'aurait suivie dans les parages.

Décidément, Mme Coleman regardait trop de séries B.

— À propos, Martin se demande si l'explosion n'aurait pas pu être provoquée par une sorte de combustion lente. Ça lui est déjà arrivé à la boulangerie. Le pain avait trop fermenté, et paf!

Ce bon vieux Martin.

— C'était une mine et pas un *doughnut*, Sandy.

Quand je raccrochai, je trouvai maman plantée derrière moi, les mains sur les hanches.

— Je propose que tu trouves rapidement quelque chose de décent à te mettre. On est déjà en retard.

— Où on va?

— Chez cette sorcière de Vilnia.

— Excellente idée, intervint Roxane en posant le dernier bigoudi sur la tête de Mme Wychesko. Elle connaît tout le monde et elle est au courant de tout ce qui se passe dans cette ville. Si votre agresseur d'hier soir est de Slagville, t'inquiète, elle sait qui c'est. Prends ma robe noire dans la penderie, Bubbles. Je m'en sers pour les enterrements. Mme Vilnia aime les femmes qui ne la ramènent pas trop. Et surtout pas de pantalon. C'est valable aussi pour toi, tante Lulu.

— J'irai comme ça me chante, répondit maman.

Je protestai, plaidant qu'une visite à une vieille pipelette de quartier n'était sans doute pas la meilleure façon de mener mon enquête, mais ni Roxane ni maman ne voulurent rien savoir.

— Je me demande simplement où vous allez trouver un poulet fermier élevé au grain à cette heure, nous lança Roxane tandis que nous franchissions le seuil.

Après avoir vainement cherché un volatile aux quatre coins de la ville, nous décidâmes, maman et moi, de nous rabattre sur le supermarché. Je proposai un pot de fleurs ou un lot de bougies parfumées, mais maman se montra intraitable.

— Celui-ci devrait faire l'affaire, décida-t-elle en choisissant un poulet prêt à cuire d'au moins deux kilos. Vilnia les préfère vivants. Mais tant pis. À l'époque, elle ne laissait sa place à personne pour leur trancher la gorge.

Je sentis mon estomac se soulever. Entre le café au lait hyper-sucré de Roxane, les beignets de Donohue et la décapitation des poulets, j'étais à deux doigts de vomir.

Je garai le paquebot de Geneviève dans une rue où toutes les maisons remontaient à la grande époque du charbon. L'œuvre de la Compagnie pour loger ses ouvriers et leurs familles. Elles étaient peintes de toutes les couleurs de l'arc-en-ciel, comme pour faire oublier la noirceur et la crasse des puits. Derrière chaque baraque, un potager où poussaient les légumes de saison : citrouilles, carottes, épinards, brocolis.

Maman prit le poulet et nous gravîmes les quelques marches du perron. Coup de sonnette et attente en plein courant d'air. Le fond de l'air était frais et humide. Je tirai sur la petite robe « proprette » de Roxane. En fait, elle m'arrivait à mi-cuisse et ne cachait rien de mes formes. Si ça constituait sa robe de deuil, je me demandais ce qu'elle pouvait bien mettre pour le réveillon du nouvel an. Une nuisette ?

La porte s'ouvrit et un vieux bonhomme en pantalon gris et T-shirt blanc nous demanda ce que nous voulions. Il retira le casque audio qu'il portait sur la tête, un machin qui devait remonter à l'époque des premiers microsillons, écouta notre réponse et nous laissa entrer sans ajouter le moindre commentaire. Nous pénétrâmes dans un petit salon obscur aux parois de lambris couvertes de photos de famille. Un imposant fauteuil relax trônait en face d'un téléviseur grand écran diffusant un jeu débile. Et muet ! J'allais en faire la remarque quand je réalisai que l'impressionnant casque de M. Vilnia était relié au poste.

Il poussa la porte de la cuisine où nous découvrîmes sa femme occupée à couper des carottes. Différents récipients bouillaient sur le feu, une tarte aux pommes cuisait dans le four. La pièce était une sorte de sauna parfumé aux relents de potage et de pâte brisée.

— De la visite, annonça-t-il.

— Eh bien, ne reste pas planté là comme une asperge ! aboya la petite bonne femme. Fais-les entrer !

— Une seconde, maugréa-t-il en s'effaçant devant nous avant de retourner s'asseoir comme un zombie devant l'écran.

Posant son couteau, Mme Vilnia se leva pour nous accueillir. Elle était aussi petite que maman, un poil plus ronde (je ne pensais pas que c'était possible) et plus vieille. Elle portait une robe de tweed grise, des lunettes à double foyer et un collier de perles synthétiques autour de son cou de taureau. Ses lèvres se réduisaient à un vague trait rosâtre, contrairement à celles peinturlurées de ma génitrice. Ce qu'elle n'eut d'ailleurs pas l'air d'apprécier beaucoup.

— Ça fait une éternité ! lança Vilnia. On m'avait prévenue que tu étais en ville.

Maman leva le nez et renifla à s'en dilater les narines.

— *Zupa Kartoflana* à la menthe ?

— Oui, et alors ? Ça te défrise ? répliqua Vilnia en tournant autour de sa vieille rivale fagotée en bikeuse boursouflée. Tu ne devrais pas porter des pantalons moulants, Lulu. Tu as toujours eu des rondins à la place des jambes. Il n'y avait qu'une seule femme au monde qui pouvait se permettre ce genre d'extravagance, et elle est morte.

— Jackie O, marmonna maman, la larme à l'œil. Quel dommage qu'elle...

Ah, non! Pas question de se farcir de nouveau le couplet sur l'incomparable classe de la veuve Kennedy! J'arrachai le poulet des mains de maman et le tendis à Vilnia.

— Cadeau.

— Un poulet! s'exclama-t-elle, accablée. Tout le monde m'offre des poulets! À croire qu'ils ne vendent que ça en ville. Un simple rond de serviette ou un repose-couteau, parfois...

— J'avais pensé à des bougies parfumées, intervins-je.

— Je l'ai payée huit cinquante, cette volaille, protesta maman. Dans l'ancien temps...

— Laisse l'ancien temps où il est, trancha Vilnia en ouvrant le frigo pour y fourrer le volatile. (J'en comptais au moins cinq autres à l'intérieur.) Nous sommes en Amérique au XXIe siècle. Disques durs. Cuisines équipées. Fini de se laver dans une bassine. Pigé, ma grande?

Maman l'attrapa par le col, juste en dessous du collier de perles.

— Personne ne me parle comme ça, pigé?

— Maman!

La vieille ouvrit des yeux comme des plaques d'égout.

— Attends, Lulu. C'est Bubbles?

— Je te l'avais bien dit, me lança maman en se tournant vers moi. Avec Vilnia, on n'est jamais déçu. Elle sait toujours tout.

— Y compris qui a tué Bud Price et où se planque Stinky? embrayai-je. Est-ce le même abruti qui a essayé de nous buter, Stiletto et moi? Le mec qui m'a envoyé le faux fax?

— Ces gamins se croient tout permis, gémit Vilnia. Aucune patience.

— Ils regardent trop la télé, renchérit maman. Si tu nous offrais un café?

La vieille commère nous servit trois tasses et déballa un gâteau à la cannelle de chez Entenman.

— Je te la fais courte, poursuivit maman tandis que Vilnia découpait trois bonnes parts. Bubbles a reçu un fax de son rédacteur en chef lui demandant de couvrir la conférence de presse qui devait avoir lieu au puits numéro 9 où venait d'être découvert un homme d'affaires tué à coups de couteau.

— Il s'est fait flinguer, corrigeai-je.

— On ne parle pas la bouche pleine, Bubbles, répliqua-t-elle en me tendant une serviette. Combien de fois? Je continue. En fait, on a découvert que le patron de la petite n'a jamais envoyé de fax. Mystère. Sans compter que Bubbles a trouvé le cadavre d'un type dans la mine. Un certain Bud Price.

Vilnia se signa rapidement.

— Qu'il repose en paix.

— Ce que nous aimerions bien savoir, c'est qui a envoyé ce fichu fax. Le numéro indique qu'il s'agit de quelqu'un du coin. Quelqu'un qui doit aussi avoir accès aux locaux du *News-Times* et qui savait que Bubbles était descendue au Passion Peak.

— Stinky était sûrement au courant, intervins-je après avoir sagement avalé mon morceau.

Maman s'humecta l'index pour enlever une miette de gâteau piquée au coin de ma bouche.

— Je me demande comment il l'aurait su.

Je m'essuyai le restant de salive. Je détestais quand maman faisait ça.

— Par Roxane. Puisque tu lui as raconté que j'allais au Passion Peak. Je me trompe ?

Maman battit fébrilement des paupières. Symptôme chez elle de culpabilité patente.

— Je ne m'en souviens pas, répondit-elle, préférant rester dans le vague. Ces derniers temps, j'ai du mal à me concentrer. Je ne sais plus à qui je cause et de quoi.

— Laisse tomber, maman. N'essaie pas de me mener en bateau. Je sais pertinemment que tu n'arrêtes pas de déblatérer sur Stiletto et moi. Admets-le, au moins.

Maman ouvrit la bouche pour confesser ses péchés, mais elle fut aussitôt interrompue par Vilnia.

— Une petite seconde, dit-elle en me désignant avec son couteau. Je résume. Bubbles a donc reçu le fax au Passion Peak pendant sa lune de miel.

— Non, précisa maman. Elle était avec Stiletto, un photographe de presse. C'est son petit ami.

— Tu n'as pas fait ça, Bubbles ?

Vilnia posa son couteau et croisa les index devant elle. Geste qui, dans le langage des signes universellement partagé en Pennsylvanie, est censé repousser le démon.

— Tu n'es pas encore mariée et tu…

— Et toi qui me rappelais tout à l'heure que nous étions dans l'Amérique du XXIe siècle ! ironisa maman.

— Remarque, ça ne me regarde pas. Ce n'est pas mon âme qui ira se morfondre au purgatoire.

Vilnia se rassit et planta sa fourchette dans sa part de gâteau. Un silence pesant s'installa. Je me consolai de mon éventuelle damnation éternelle avec ce cher Entenman.

— Qu'est-ce qui te fait croire que Stinky est mouillé dans cette histoire ? finit par demander Vilnia.

— Sa Lexus était garée devant le puits numéro 9 quand je suis arrivée sur place. Elle n'y était plus après que nous avons failli sauter dans la mine, Stiletto et moi.

Vilnia pointa une fourchette accusatrice.

— On dirait que tu ne m'as pas tout raconté, Lulu.

— Je dois avoir besoin de ginkgo, soupira maman en repoussant son assiette. Il reste du café ?

— Bien sûr.

Vilnia se leva pour chercher la cafetière. Non ! Non ! Par pitié ! Plus de café ! Elle remplit nos tasses, ouvrit le frigo, sortit une brique de lait entamée qu'elle posa sur la table.

— À ta place, Bubbles, je rentrerais chez moi, poursuivit-elle en se rasseyant, bras croisés. Retourne à Lehigh.

— Je ne peux pas, répondis-je. Je n'ai plus d'alternateur.

— Pourquoi veux-tu qu'elle abandonne maintenant ? intervint maman. Bubbles a absolument besoin de pondre un super-article pour être embauchée à plein temps au journal. C'est la chance de sa vie. De toute façon, elle doit retrouver Stinky... ou le type qui a voulu la buter.

Vilnia nous fixa alternativement.

— Ce n'est pas Stinky qui a essayé de te tuer. (Elle baissa la voix, nous obligeant à nous pencher par-dessus la table.) C'est quelqu'un de bien plus haut placé.

— Plus haut placé ! m'exclamai-je, excitée comme une puce. Qui ?

Elle poussa un profond soupir.

— Vous avez entendu parler de l'affaire du casino ?

— Oui.

— Eh bien, quelqu'un de très puissant ne veut pas que ça se fasse. Il ne reculera devant rien, y compris un meurtre, pour empêcher le projet de se réaliser. Il veut relancer l'exploitation du charbon en Pennsylvanie.

Nous nous regardâmes maman et moi.

— Qui ? répétai-je.

— Peut-être l'assassin de Bud Price. Mais ce n'est pas certain, répondit Vilnia en prenant un cure-dent. Mais je parie que Stinky connaît la vérité. Il a sûrement découvert quelque chose à son boulot qu'il n'aurait pas dû. C'est ce qu'il m'a raconté quand je l'ai rencontré par hasard à la bibliothèque juste avant sa disparition. McMullen l'a viré et il a préféré prendre la poudre d'escampette. Tu retrouves Stinky, Bubbles, et tu dévides toute la pelote.

— Quelle pelote ? intervint maman.

Vilnia haussa les épaules.

— Je ne sais pas, moi. Il ne m'a pas donné de détails.

J'essayai de recouper ces révélations avec les propos de Roxane ce matin. D'après elle, son mari avait quitté son boulot parce que les plans de la McMullen Coal n'avaient pas été mis à jour et qu'il suspectait une embrouille. Aucun rapport pour l'instant avec le meurtre de Bud Price.

— Tu crois que Stinky est devenu fou ? embrayai-je.

— Pas fou, répondit Vilnia en mâchouillant négligemment son cure-dent. Au contraire, c'est un gros malin. Il a raison de se méfier.

Je ne savais pas quoi penser. Vilnia m'avait tout l'air d'appartenir au club des paranos. Une Geneviève miniature et couverte de bijoux fantaisie.

La porte s'ouvrit et M. Vilnia apparut sur le seuil.

— Je vais faire un petit tour, dit-il après s'être timidement raclé la gorge.

Un long silence plana sur l'assistance. Vilnia recracha son cure-dent.

— Je ne t’avais pas demandé de sortir la poubelle ce matin ? Pourtant, elle est toujours sous l’évier.

— J’avais oublié, bredouilla le pauvre vieux en se précipitant dans la cuisine.

— Et cette fois-ci, remets un sac !

— Oui, Vilnia, répondit-il en nouant la cordelette en plastique.

— Tu as réparé la fuite dans la salle de bains ?

— Il faudrait changer le siphon, bafouilla-t-il en battant prudemment en retraite vers la sortie.

— Ça ne va pas se faire tout seul ! aboya Mme Vilnia tandis qu’il disparaissait dans le salon.

Dès qu’il fut parti, Vilnia se rua vers le four. Réagissant à je ne sais quel mystérieux signal, maman bondit elle aussi sur ses jambes et tira un plat en porcelaine blanche du placard. Vilnia sortit la tarte aux pommes fumante tandis que maman ouvrait le congélateur et attrapait une boîte de glace à la vanille. Les deux femmes travaillaient en silence.

M. Vilnia fit sa réapparition sur le pas de la porte, rouge comme une pivoine, les poings serrés.

— Tu ne peux pas m’interdire de sortir ! protesta-t-il. Je suis à la retraite. J’ai travaillé toute ma vie…

Vilnia lui tendit une part de tarte.

— Regarde ce que je t’ai préparé, souffla-t-elle.

Elle lui donna une cuillère et il commença aussitôt à manger. Deux bouchées plus tard, ses velléités d’indépendance s’étaient totalement évanouies.

— C’est bon, gloussa-t-il. Tu as raison. Je vais rester à la maison. On dirait qu’il va pleuvoir et il y a ce documentaire à la télé sur les cors aux pieds.

— Comme tu voudras.

Le téléphone mural de la cuisine se mit à sonner. Personne ne bougea.

— Oh, ça sonne !

M. Vilnia décrocha et tendit le combiné à sa femme sans un mot.

— Je le prends à côté, dit-elle en passant dans le salon.

Il la suivit comme un gentil toutou.

Après leur départ, maman resta un moment appuyée sur le plan de travail, le regard dans le vide.

— Waouh !

— C'est quoi, ce cinéma ?

— Une spécialité de la région. *La carotte et le bâton.*

— En clair ?

— C'est une technique de dressage mise au point par les femmes d'ici. Elles gueulent toujours sur leurs hommes à cause de la poubelle, d'un lavabo qui fuit… Ça, c'est le bâton. Quand les mecs sont sur le point d'exploser, elles leur filent un bon petit truc à bouffer.

— Ça, c'est la carotte.

— Ils deviennent doux comme des moutons et ils font tout ce qu'elles désirent.

— Ils ne se révoltent jamais ?

— Pourquoi ? Ils sont comme des coqs en pâte. (Maman prit le reste de tarte et la rangea dans le four.) Ils sont sous le charme des « Sirènes de Slagville ». Elles se sont regroupées en association pour partager leur savoir-faire.

Je revis l'épaisse silhouette de Vilnia, son dentier.

— Vilnia, une sirène ?

— Tu verras. Les femmes de mineurs possèdent des pouvoirs qu'aucune science ne saurait expliquer.

Mais maman n'eut pas le temps de m'en dire davantage. La porte de la cuisine s'ouvrit brusquement. Vilnia fit irruption dans la pièce, les joues en feu, le combiné pressé entre ses deux énormes seins.

— Bubbles, tu ferais bien de filer à la mine dare-dare. Ils ont retrouvé Price.

— Mon scoop ! hurlai-je.

— Ne t'emballe pas, poursuivit Vilnia. C'est une certaine Esméralda Greene qui a appelé. Elle était sur place avec ton Stiletto quand ils ont remonté le corps.

CHAPITRE 7

— Quand je te disais de te bouger les fesses ! bougonna maman, disparaissant presque derrière le volant. Mais non, mademoiselle préfère perdre sa matinée à écouter les ragots d'une vieille peau !

— Quoi ? Mais c'est toi qui as voulu m'emmener chez Vilnia !

— Bubbles, Bubbles, Bubbles ! Quand vas-tu enfin comprendre que tu n'es pas de taille pour monter sur des gros coups ? Faut réagir, ma petite, si tu ne veux pas finir ta carrière en couvrant les foires aux citrouilles. Je ne peux pas être tout le temps sur ton dos, tu sais.

Je lui aurais bien tordu le cou sur-le-champ, mais elle conduisait. Elle avait insisté pour prendre le volant, se vantant que son petit copain ex-coureur automobile – actuellement derrière les barreaux – lui avait appris un certain nombre de trucs, dont se garer en une seule fois et prendre un virage en épingle sur deux roues. En fait, elle se traînait comme d'habitude.

— Puisque tu es si maligne, répliquai-je, explique-moi comment Stiletto s'est retrouvé là-bas alors que nous l'avions laissé sur le canapé de Roxane ?

Maman prit à droite sur le petit chemin de terre menant à l'entrée de la mine.

— Y a un truc qui a dû foirer. Geneviève devrait avoir une sérieuse explication avec ses fournisseurs de Sominex. À mon avis, ils ont coupé leur dope avec du sucre. Par la sainte maquerelle, on dirait qu'il y a du monde !

Gloups ! De grands cars TV blancs dotés d'énormes antennes satellites encombraient les abords de la conférence de presse. Tous les grands médias nationaux étaient de la fête. Le nombre de caméras et de projecteurs donnait au site un air de plateau de cinéma.

— Tu es en retard ! s'exclama maman en mettant les gaz. Pied au plancher !

On tapait un petit quatre-vingts, pas de quoi pavoiser, mais je n'avais pas le courage de discuter.

Elle s'arrêta dans un crissement de pneus.

— Tu veux m'accompagner ? demandai-je en sortant bloc et stylo de mon sac.

— Non. On doit causer avec Geneviève.

Maman laissa tourner le moteur.

— À propos du Sominex ?

— Ça te regarde ? répondit-elle sèchement. En attendant, qu'est-ce que tu fous encore là à jacasser bêtement alors que tu devrais déjà être dans l'arène ? Tu parles d'un reporter de choc ! File ! ajouta-t-elle en me poussant dehors.

Je parcourus les derniers mètres qui me séparaient de la foule des flics et des journalistes, les jambes en coton. Maman avait raison. Je n'étais peut-être vouée qu'à cracher de la copie minable. D'accord, j'avais révélé un gros scandale mettant en cause Henry Metzger, l'un des plus grands pontes de l'acier de Lehigh. Pendant des décennies, ce salaud avait rogné sur la sécurité pour continuer à s'en mettre plein les poches. Beaucoup d'ouvriers étaient morts – dont mon propre père – parce qu'il se fichait royalement de leur sort et que personne à Lehigh n'avait eu le cran de dénoncer ses agissements.

Jusqu'à ce que je trouve la faille dans la cuirasse.

Mais qu'est-ce que ça avait changé en définitive? Metzger réussit à s'enfuir en Amérique centrale où il se tua dans un accident d'avion. Point barre. Pas de poursuites. En moins d'un mois, les crimes de Metzger ne furent plus qu'un vague souvenir avant de sombrer définitivement dans l'oubli. Quant à mes articles, ils jaunissaient quelque part sur une étagère en attendant de tomber en poussière.

Comme on dit dans les salles de rédaction : une histoire chasse l'autre. Et je ferais bien de me remuer les fesses, comme disait maman.

La conférence de presse avait déjà commencé. Les mecs de la télé, sucette à la main, le sourcil sévère et la bouche en cul-de-poule, se tenaient devant Donohue et deux autres types que je n'avais jamais vus. L'un portait une sorte de coupe-vent bleu marine barré dans le dos des mots MÉDECIN LÉGISTE. L'autre avait le look de l'homme d'affaires type.

Je cherchai Stiletto dans la foule, en vain. Évidemment, personne ne voulut me laisser approcher du podium. J'étais condamnée à rester au fond, dans l'impossibilité de voir ou d'entendre quoi que ce soit.

— Pas possible de bosser avec tous ces messieurs de la presse nationale, geignit une voix nasillarde près de moi.

Un petit bonhomme, aux cheveux bruns bouclés, lunettes noires et badge indiquant MYRON FINKLE, SLAGVILLE SENTINEL se tenait à mes côtés. Il m'arrivait au menton et l'état de son T-shirt et de son *baggy* laissait clairement entendre que le *Slagville Sentinel* n'était pas le plus généreux des patrons.

Il jeta un petit coup d'œil au laissez-passer que je portais autour du cou.

— Lehigh *News-Times*? C'est où déjà?

— À environ une heure d'ici, répliquai-je à mi-voix tout en essayant de suivre ce que disait Donohue. Pas mal d'anciens de Slagville se sont installés là-bas. À cause des aciéries.

— Je ne savais pas. (Puis, désignant du menton les gars de la télé massés devant nous :) Tout le gratin de Philly et de New York. À mon avis, ils ne connaissent même pas la différence entre anthracite et coke.

— Probable. (Pour eux, le coke, c'était la coke qu'on sniffe.) Je me demande comment ils ont su pour Price?

— Tu plaisantes? reprit-il en sortant un journal plié en quatre de sa poche revolver. C'était dans tous les canards ce matin.

Myron me tendit son exemplaire du *Slagville Sentinel* ouvert à la bonne page. L'article reprenait un long communiqué de l'AP. Le papier était concis, mais rapportait l'essentiel. Bud Price, qui venait récemment d'obtenir l'accord des élus pour ouvrir un casino à Slagville, Pennsylvanie, avait probablement trouvé la mort dans l'explosion d'une partie du puits numéro 9. Les sauveteurs travaillaient à retrouver son cadavre. Aucun commentaire de la famille Price ou de la compagnie minière, à part la confirmation qu'il se trouvait bien dans la région pour affaires.

— L'ordure! m'exclamai-je. Il m'a eue jusqu'à la moelle. Fils de...

— Qui ça? demanda Myron en reprenant son torchon.

— Steve Stiletto.

Comment avait-il fait? J'avais beau me creuser les

méninges, ça me paraissait impossible. Pour que l'info se trouve dans l'édition du matin, Stiletto aurait dû appeler sa rédaction avant deux heures la nuit dernière. Or, il était resté coincé dans la mine jusqu'à trois heures et demie.

À moins que ?

Le chien ! Il avait dû sortir plus tôt, se dégotter un téléphone (probablement celui d'un sauveteur), puis passer tranquillement son coup de fil pendant que je pleurais à chaudes larmes sa disparition dans l'ambulance.

— Le salaud !

— Tu l'as dit, acquiesça Myron. T'imagines ma position, à moi. J'étais de permanence et je n'ai appris l'explosion que lorsque mon patron m'a appelé ce matin pour m'engueuler. Je venais de me faire souffler la primeur sous les naseaux par un photographe de l'AP et de sa petite amie journaliste. Pas de bol. Le jour où il se passe enfin quelque chose dans ce bled paumé, il faut que je tombe sur une nana bardée de prix et Indiana Jones en voyage de noces.

Je rougis jusqu'aux oreilles.

— C'est sympa, Myron, mais je n'ai jamais reçu de prix. Enfin, pas encore.

— Tu ne t'appelles pas Esméralda Greene, reprit-il en remontant ses lunettes sur le front. Cette gonzesse était correspondante de l'AP dans la région jusqu'à ce qu'elle soit mutée à New York après son reportage sur l'univers du charbon. Un truc nominé pour le Pulitzer. Pas moins !

Myron se mit à haleter comme le loup de Tex Avery. Je crus qu'il allait se mettre à hurler à la lune.

— Ce Stiletto est vraiment un petit verni, je te le dis.

Tu as vu le machin? Qu'est-ce que je ne ferais pas pour être à sa place!

— Attends. Tu veux dire que Stiletto et Greene sont... ensemble?

— Ça se murmure. Mais j'imagine qu'ils la jouent discrète parce qu'ils bossent dans la même boîte. L'AP est une vieille taule où il faut plutôt se tenir à carreau. (Puis, prenant un ton suffisant comme s'il était dans les petits papiers de la direction :) Qu'une grosse huile apprenne que deux de ses employés couchent ensemble, et c'est rideau. Tiens, c'est elle là-bas qui demande la parole.

Une grande rousse sculpturale venait de s'emparer du micro. Même depuis le dernier rang, elle était à mourir. Larges épaules, pommettes à croquer, dotée d'une classe folle dans son costume noir, les cheveux dénoués et fournis. Un vrai top model, et pas seulement dans le registre des sous-vêtements. Esméralda Greene était à tomber.

— Chef Donohue, commença-t-elle d'une voix assurée et claire malgré l'affluence, que pouvez-vous nous dire à propos de Karl Koolball, un ancien salarié de McMullen, dont la voiture a été aperçue devant le puits numéro 9 aux environs de l'heure où Price a été tué? D'après mes sources, il aurait menacé à plusieurs reprises son employeur ainsi que Price. Ingénieur de formation, il connaissait parfaitement l'usage des explosifs. Est-ce votre suspect numéro un dans cette affaire?

De la frime! Aucun journaliste un tant soit peu professionnel n'aurait posé ce genre de question. Elle venait ni plus ni moins de livrer sur un plateau toutes ses infos à la concurrence. Elle voulait peut-être impressionner quelqu'un. Stiletto?

Donohue s'avança sur le devant de la scène, suant à grosses gouttes. Il semblait ne pas avoir beaucoup dormi.

— L'enquête est en cours, m'dame. Pour l'instant, y a pas encore de suspects. Disons que Karl Koolball est un témoin privilégié.

Témoin privilégié. Je pris note. Mais qu'est-ce que ça voulait dire ?

— Je voudrais apporter quelques précisions, ajouta le mec en costume près du chef. Je me présente. Hugh McMullen, propriétaire de la McMullen Coal Inc, ajouta-t-il en tirant une feuille de papier de sa poche.

Ma première impression du bonhomme : ado attardé. Malgré quelques mèches blanches dans sa chevelure ondulante, il faisait penser à un môme sortant de chez le coiffeur. Il se tenait comme un sac, bafouillant dès les premiers mots et semblant plus pressé de retourner déconner avec ses potes que de causer à la presse.

La foule des journalistes s'approcha du podium, me bouchant définitivement la vue. Je n'aurais raté la suite pour rien au monde.

Je me faufilai entre une Barbie et un Ken de Channel Three. Tout un art que j'avais peaufiné au cours des concerts de Don Jovi (dont j'étais une fan absolue). Ce n'était pas un truc pour nana timorée ou pimbêche bien élevée. En fait, le plus difficile consistait à jouer des coudes et des hanches sans jamais s'excuser. L'essentiel étant de foncer dans le tas sans se retourner.

La *Don Jovi Attitude.*

— Eh ! doucement, protesta Barbie.

Je l'ignorai royalement, les yeux fixés sur mon objectif.

— Il y a quelques semaines, enchaîna McMullen en lisant d'une voix monocorde son papelard, j'ai appris qu'un de nos plus brillants ingénieurs, Karl Koolball, souffrait de graves troubles mentaux. Il a refusé de se soigner malgré notre proposition de prendre tous les frais à notre charge. Nous avons dû nous séparer de lui.

Je notais aussi vite que possible. Un truc clochait. D'après Vilnia, Stinky n'était pas barge. Ça sentait le coup fourré. Esméralda le présentait en suspect numéro un, McMullen le traitait de dingue. Trop beau pour être honnête.

— La cour du comté de Columbia, poursuivit McMullen, a depuis lors rendu un jugement interdisant à M. Koolball de s'approcher à moins de cent mètres d'une mine appartenant à la compagnie ou de la Dead Zone. Restriction qu'apparemment il n'a pas respectée. Je ne viole pas ici un quelconque droit de la défense ni n'accuse personne. Le compte rendu du jugement est public. Mon but n'est autre que d'agir dans la plus grande transparence.

Comme un seul homme, tous les journalistes présents se ruèrent sur leurs portables. Dans l'heure, les magistrats du comté allaient crouler sous les demandes de copies de la décision de justice.

Puis ça me frappa à la vitesse dont Bip-Bip échappe à Coyote. Nous n'étions qu'à quelques mètres du puits numéro 9. Je bousculai de nouveau Barbie, qui me foudroya du regard, pour aller retrouver mon pote Myron.

— Je les hais ! grommela-t-il. Impossible d'approcher. Je me suis fait jeter comme un plouc.

— Tu n'as pas raté grand-chose, répliquai-je en haussant les épaules. Dis-moi, Myron, nous sommes bien sur l'emplacement de la Dead Zone ? Le terrain sur lequel on devait construire le casino ?

Il pointa du doigt un périmètre ceint de bandes orange, légèrement à l'écart.

— Là-bas. Ils avaient vu les choses en grand. Piscines, hôtels, centre commercial.

— Merci.

Je quittai Myron et me dirigeai vers l'entrée de la mine. Le sol était défoncé et mes talons ripaient sur la moindre caillasse. J'allais devoir trouver de nouvelles chaussures si je voulais continuer à enquêter sur cette histoire. Pourquoi pas de jolies petites sandalettes, couvertes devant avec une simple attache au talon?

L'entrée du puits était obstruée par un amoncellement de poutres calcinées et de gravats de toutes sortes. Voyons, nous étions entrés par là avec Stiletto, puis nous avions dû nous enfoncer sous terre dans cette direction. Sur environ deux cents mètres. Pile-poil sous la Dead Zone.

Je repensai au papier que je lisais dans le bain chez Roxane. McMullen avait vendu la Dead Zone à Price à la suite de l'interdiction de toute exploitation minière dans le périmètre depuis l'incendie de Limbo. Supposons que McMullen ait continué à extraire du charbon de cette portion de terrain sans en avertir les autorités. Stinky découvre le pot aux roses et il se fait virer.

Mes petites méninges commençaient à fumer. Je devais absolument retourner chez Roxane pour la convaincre de m'autoriser à révéler ce qu'elle m'avait dit sur Stinky. *Je tiens le bon bout*, pensai-je en quittant la clairière pour m'enfoncer dans les bois. *D'autant que Bud Price, le nouveau propriétaire de la Dead Zone, venait d'être retrouvé assassiné dans le puits numéro 9.*

J'avais de plus en plus de mal à progresser entre les troncs d'arbres abattus et le tapis de feuilles mortes dans lequel je me vautrai à plusieurs reprises.

C'est alors que je me retrouvai pratiquement dans les bras d'un grand mastard.

— Bubbles, dit-il d'un ton bourru. Bubbles Yablonsky.

Le mec devait avoir une vingtaine d'années, des épaules

de bûcheron. Il portait une chemise en pilou-pilou, une veste en jean et une casquette de base-ball blanche posée sur une épaisse tignasse blonde. L'obscurité masquait son visage. Il m'était tombé dessus par surprise et, n'ayant aucune possibilité de fuite, j'acquiesçai.

— C'est moi, bredouillai-je.

— Parfait, répliqua-t-il en esquissant un salut militaire avec son index. Je voulais seulement savoir à quoi vous ressembliez.

Il se recula d'un pas et ce ne fut qu'à ce moment, alors qu'il posait ses mains sur ses hanches, que je remarquai le flingue qu'il portait à la ceinture. J'atteignis le comble de l'horreur.

— J'imagine que vous allez vous tenir tranquille maintenant, ajouta-t-il avec un étrange sourire aux lèvres.

J'ouvris la bouche, mais rien ne sortit. J'étais devenue muette. Il continuait à me fixer en souriant comme s'il s'amusait énormément de voir la panique me gagner. Nom de Dieu ! Je me trouvais seule. Dans les bois. À quelques mètres de l'endroit où j'avais déjà failli mourir.

— Qu'est-ce que vous attendez ? demanda-t-il.

Je ne me le fis pas répéter deux fois. Je pris les jambes à mon cou et filai droit dans la direction de la conférence de presse. Je débouchai dans la clairière, haletante, les genoux crottés et le visage griffé par les branches basses. Je courais maintenant vers la foule de mes confrères. La fendit d'un *Don Jovi* d'anthologie, manquant même m'emplafonner un ou deux flics au passage.

Je ne ralentis qu'en atteignant les cars de régie. Je me glissai derrière l'un d'eux dont la porte était restée ouverte, le cœur près d'exploser dans ma poitrine.

Merde ! Je n'avais pas de bagnole. Comment faire pour rentrer ?

— Tu as vu cette folle? s'enquit une voix de femme depuis le seuil du camion.

Les journalistes quittaient maintenant la conférence de presse.

— La blonde dans sa petite robe de plouc qui fonçait dans le tas comme une malade?

Je regardai l'habit de deuil de Roxane.

— Tu la connais?

— C'est Bubbles. Je me demande ce que Stiletto trouve à cette coiffeuse qui se prend pour une journaliste.

Qui se prend? Je...

Les deux nanas se tenaient juste de l'autre côté de la porte. Je préférai ne pas me manifester.

— Elle bosse pour qui?

— Le *News-Times*, un torchon à la frontière du New Jersey.

Comment ça, le *News-Times*, un torchon?

— Tu crois que Stiletto se l'est déjà faite? interrogea celle du camion. Un beau mec comme lui avec une cruche comme elle!

J'entendis le bruit d'une boîte de soda qu'on décapsule. *Pschittt.* Puis une autre. La seconde nana but un coup.

— Je ne crois pas, poursuivit-elle en rotant discrètement. Stiletto doit la faire mariner. Ce qu'il aime, c'est conquérir. Pas consommer.

Les joues en feu, je me sentais à deux doigts de leur coller une danse façon vestiaires de la Liberty High School, quand l'autre gonzesse enchaîna :

— Et toi, Esmé, il te fait mariner?

Esmé? Esméralda Greene?

— Je ne sais pas, Patty, minauda miss Lingerie.

C'est marrant, je ne m'attendais pas à entendre ce genre de fille faire des simagrées.

— Allez, raconte. Dis-moi ce qui s'est passé à La Haye ? Vous avez passé la nuit dans la même piaule.

— Tu parles d'une nuit…

— Salut, les filles !

Stiletto !

Je me plantai devant lui.

— Bubbles !

Les deux nanas tirèrent des tronches de dix mètres de long. Patty était rouge comme une pivoine, Esméralda semblait pétrifiée. Une vraie poupée. Une peau impeccable, pas le moindre bouton ni tache brune. De la porcelaine.

— Je vois que vous avez déjà fait connaissance, embraya Steve. Je suis sûr que vous allez bien vous entendre.

Esméralda et sa copine esquissèrent un vague sourire de circonstance que Stiletto interpréta de toute évidence comme une marque d'assentiment. Mon Dieu ! Les hommes vivent décidément sur une autre planète ! À se demander s'ils possèdent la plus petite once d'intuition.

— Hum, on ferait bien de rentrer à New York tout de suite, Steve, reprit Esméralda. Le patron veut nous voir cet après-midi. On peut monter dans ma voiture.

— La poisse ! répliqua-t-il en se tournant vers moi. Toujours pas de bagnole, Bubbles ?

— T'inquiète, répondis-je en l'attrapant par le bras. Vous pouvez me déposer chez Roxane en chemin. Ça ne te dérange pas, Esméralda ?

— C'est-à-dire que je ne sais pas si on va tenir à trois dans mon petit cabriolet. Il n'y a pas beaucoup de place à l'arrière, soupira-t-elle, l'air désolé de la nana qui aurait tellement voulu me dépanner…

— Pas de problème. Je vais me faire toute petite.

Recette des compresses à la pomme de terre et au thé d'Esméralda

Esméralda était peut-être un ancien mannequin reconvertie en journaliste de choc pour une des plus grandes agences de presse du pays, elle n'en restait pas moins une fille de Slagville au fond de son cœur. En bonne plouc, elle ne pouvait ignorer que la pomme de terre reste un ingrédient essentiel des meilleures recettes artisanales de cosmétiques. Elles font merveille pour effacer les cernes sous les yeux. Quant au thé vert froid, c'est idéal pour éliminer les boursouflures et donner un teint de porcelaine.

1/2 charlotte
2 sachets de thé vert
1 goutte de glycérine
2 morceaux de gaze d'environ 20 × 20 cm
2 bandes de sparadrap

Plongez les sachets de thé dans de l'eau froide tandis que vous râpez finement la demi-pomme de terre dans un bol. Retirez les sachets de l'eau et ouvrez-les avec une paire de ciseaux. Versez le contenu dans le bol en ajoutant la glycérine. Touillez.

Avec une cuillère, répartissez également la mixture sur les deux compresses. Repliez et scellez avec le sparadrap. Détendez-vous, fermez les yeux et appliquez quelques minutes.

Petit conseil : Pour une meilleure efficacité, conservez les compresses une nuit au frigo avant utilisation.

CHAPITRE 8

C'était peut-être dû à mon imagination débordante, mais j'acquis rapidement la conviction qu'Esméralda essayait à tout prix de me tuer. Stiletto, en parfait gentleman, avait insisté pour s'installer avec tout son attirail photo sur l'étroite banquette arrière tandis que je m'asseyais à la place du mort. Ni lui ni moi ne nous satisfaisions de l'arrangement.

L'ancien pilote auto et petit ami de maman aurait sûrement applaudi la façon dont Esméralda conduisait son petit bolide dans les faubourgs de Slagville, évitant là un arbre de justesse, ici un réverbère. À croire que les rues étaient trop étroites. Mes paumes moites laissaient des traces sur le cuir crème du siège.

— Vous bossez ensemble depuis longtemps, vous deux? demandai-je en essayant de maîtriser ma voix chevrotante.

Je mourais d'envie de raconter à Stiletto ma rencontre avec le mec dans le bois, mais je préférais laisser Esméralda en dehors de tout ça. Elle aurait voulu savoir ce que je faisais à traîner aux abords du puits numéro 9. Et adieu, mon scoop tricoté main.

— On se fréquente aussi en dehors du boulot, pas vrai, Steve ? répondit-elle en jetant un petit coup d'œil coquin dans le rétro central.

Je comptai. Pendant deux bonnes minutes, elle ignora la route, au terme desquelles elle manqua s'emmancher un énorme chêne côté passager. Voilà ce que j'entendais par essayer de me tuer.

— Tu tiens vraiment à saluer l'arbre ? dit Stiletto.

— Whoops ! s'exclama-t-elle en redressant sa course au dernier moment. Désolée, Bubbles.

— Y a pas de quoi, gloussai-je.

Nous arrivâmes enfin à destination. Stiletto se pencha en avant pour m'ouvrir la portière – résultat de mon excellente éducation – et sortit à ma suite.

— J'en ai pour une petite minute, Esmé, lança-t-il par-dessus le toit de la bagnole.

Esméralda haussa les épaules comme si elle s'en fichait royalement, mais à l'intérieur, elle devait être verte de rage.

Stiletto m'accompagna jusqu'à la porte du salon.

— Je n'aime pas te laisser seule, dit-il, même avec Geneviève pour garde du corps. (Il se passa la main sur la nuque en grimaçant.) Je me suis tiré de chez ta cousine dès que Geneviève a eu le dos tourné, de peur de m'en prendre une autre.

— Je ne pouvais pas prévoir. En attendant, devine ce qui m'est arrivé en me baladant dans les bois du côté du puits numéro 9 tout à l'heure ? Je suis tombé sur un mec…

— Qu'est-ce que tu cherchais dans les bois ? m'interrompit-il.

— Euh…

La boulette. J'avais oublié que Stiletto grattait pour la concurrence.

— Je… Je voulais revoir l'endroit de l'explosion, bredouillai-je.

— En pleine conférence de presse ? Tu te fous de moi ?

Esméralda joua du klaxon.

— Magne-toi, don Juan ! brailla-t-elle. On va rater la petite fête.

— Quelle petite fête ? demandai-je. Tu me laisses à la merci d'un tueur pour faire la java ?

— Un truc sans importance, répliqua-t-il nonchalamment. Le départ à la retraite d'un de nos critiques ciné. Il y aura tout un tas de stars. Esmé veut absolument y aller. Et puisque nous montons à New York…

Je battis fébrilement des paupières. Stiletto se racla nerveusement la gorge.

— Ce n'est pas ce que tu crois. Avec les derniers développements de l'affaire, il faut que je passe au bureau pour régler tout un tas de trucs avec les avocats de l'Agence. Tu sais comment ça se passe.

Un peu faible l'envoi en touche, jeune homme.

— Sans compter que je dois refaire mes papiers perdus dans l'explosion, poursuivit-il. Plus de permis, de carte de crédit, pas même les clés de mon appartement disparues dans la boîte à gants de la Jeep. Que des trucs chiants ! Pense bien que j'aurais préféré rester avec toi.

Tu m'étonnes ! Prendre racine dans un bled de province avec un assassin au cul, une future belle-mère tout cuir, un tank Sherman en chair et en os répondant au doux nom de Geneviève, dîner à cinq heures et se taper *La Roue de la fortune* à plein tube avant de monter se coucher à vingt heures… Aucun doute. C'était effectivement beaucoup plus tentant que de se farcir une soirée pourrie avec tout le gratin du grand écran. Mon œil !

Mais je répondis :

— Je vois.

— Côté bonnes nouvelles, reprit-il, j'ai causé aux gars du Passion Peak. Après ce qui s'est passé, ils t'offrent une nuit gratis. Et comme toutes tes affaires sont encore là-bas…

— Qu'est-ce que tu veux que j'y fasse toute seule ? Tous ces miroirs. Toute cette cellulite.

— Tu pourrais y inviter ta mère et Geneviève. Je suis sûr que ça leur plairait.

Esméralda donna à nouveau du klaxon. Il sauta dans la bagnole qui démarra en trombe. La crinière rousse flottait au vent tandis que je me sentais comme cette pauvre Cendrillon avec sa citrouille en carafe. Ma mère ? Pourquoi devrais-je emmener ma mère passer une nuit dans un hôtel pour amoureux ?

Je sombrai instantanément dans la déprime en poussant la porte du salon. Je restai figée sur le seuil. Quel foutoir ! Tous les fauteuils étaient pris.

J'avançai à travers les nuages de laque et comptai pas moins de cinq clientes. Deux portant rouleaux, une en attente de shampooing, une quatrième sous le casque tandis que Roxane s'occupait à permanenter la dernière (au teint de mirabelle). Mais comble de l'horreur : que faisait Geneviève avec le plateau manucure devant elle, une paire de ciseaux dans une main et une lime dans l'autre, penchée sur celles de la malheureuse ?

— Bubbles ! Tu arrives pile-poil ! s'exclama Roxane en s'épongeant le front du revers de la main. C'est la foire ici. Le téléphone n'arrête pas de sonner. Geneviève s'est proposée pour m'aider, mais j'avoue que j'aurais aussi besoin de tes services.

— Stiletto n'est pas avec vous ? s'étonna Mirabelle.

Toutes les clientes se tournèrent subitement vers moi.

— Non, il est retourné à New York.

— Dommage, Darla Wychesko nous en a dit le plus grand bien. Un très bel homme, semble-t-il.

— Ouille !

La victime de Geneviève venait de retirer précipitamment sa main.

— Doucement ! Y a de la viande sous la peau !

— C'est pas mon boulot ! protesta Geneviève en ouvrant la trousse de pharmacie. D'habitude, je traite les cuticules à l'acide. Vous voulez du Mercurochrome, ce coup-ci ?

Roxane venait de finir Mirabelle et se dirigea vers la caisse pour lui taper la note.

— Il faut que je te parle, Bubbles. Avant que Mme Manetti ait fini de sécher.

Le montant s'inscrivit, *ding*, et Mirabelle tendit un billet de vingt.

— C'est vrai ce qui se raconte ? poursuivit Roxane en rendant la monnaie. Stinky serait aux premières loges dans cette histoire de meurtre ?

— On ferait mieux d'en causer à l'abri, dis-je en l'entraînant dans l'arrière-boutique.

Je lui servis un résumé de la conférence de presse où il avait été question des troubles psychiatriques de Stinky et de son attitude avec son employeur.

Roxane fondit en larmes.

— Les journalistes n'arrêtent pas d'appeler depuis ce matin. Tous des bâtards, ces mecs-là ! À part toi, évidemment. J'ai surpris un photographe en train de prendre des clichés par la fenêtre. De vrais fouille-merde ! Tu me diras, ce n'est pas mauvais pour les affaires. Je suis complet. On vient ici pour voir la bête.

Je la pris dans mes bras, la serrai contre moi et lui caressai doucement le dos.

— Tu te souviens m'avoir dit que Stinky avait piqué

sa crise en constatant que les plans du puits numéro 9 n'avaient pas été remis à jour ?

Elle s'écarta brusquement et sortit un mouchoir en papier de sa poche pour s'essuyer les yeux.

— On avait fait Pinky.

— Je sais. Mais écoute, Roxane, je crois que tu devrais me laisser écrire cet article avant que Stinky ne se retrouve définitivement discrédité. J'ai mesuré la distance séparant le puits numéro 9 de la Dead Zone. Il n'est pas impossible que McMullen ait continué à extraire du charbon sous le terrain acheté par Bud Price. Vilnia m'a dit que Stinky avait été viré suite à la découverte de quelque chose qu'il n'aurait pas dû voir. Ça pourrait être ça.

— Stinky n'a pas été viré, reprit-elle en se mouchant. Il a démissionné.

— Explique.

— Je ne sais pas, moi. On pourrait regarder dans la boîte.

— Quelle boîte ?

— Celle où il gardait ses papiers, ses cartes, ses courriers. Stinky était du genre à tout conserver. Je l'ai rangée dans la commode de la chambre d'amis.

Doux Seigneur ! pensai-je. M. Salvo va se pisser dessus. Lui qui me demande toujours d'aller à la pêche aux documents.

— J'irai te la chercher quand il y aura moins de monde.

Le minuteur de Mme Manetti se mit à sonner.

— Alors, tu m'autorises à écrire mon papier ? soufflai-je prudemment. Un article qui pourrait sortir demain ?

Roxane hésita sur le seuil et resta silencieuse une poignée de secondes.

— Si ça peut aider mon Stinky, ne te gêne pas, finit-elle par lâcher.

Bingo ! Je revis Esméralda dans sa voiture de sport avec Stiletto, en route pour leur pince-fesses de stars, et me souvins d'un des adages préférés de maman : Seuls ceux qui ne se précipitent pas et sont réguliers gagnent la course. Maman était une championne dans les deux registres, peut-être seulement un poil meilleure dans l'acharnement que dans la constance.

Roxane franchit le seuil pour tomber sur Mme Manetti au bord de la crise de nerfs.

— Je me demandais si vous alliez revenir un jour ! maugréa-t-elle. Je commençais à brûler sous le casque.

Roxane s'excusa platement tandis que je m'installais derrière le comptoir et composais le numéro de M. Salvo. Première sonnerie. Une grosse rombière pénétra en trombe dans le salon.

— J'ai gagné un ravalement de façade gratis, brailla-t-elle en me tendant un ticket de tombola bleu d'une association caritative. Louise Lamporini.

Je consultai le registre. Exact. Louise Lamporini à une heure.

M. Salvo décrocha à l'autre bout de la ligne.

— Salvo, entendis-je au creux de l'oreille.

J'interrogeai Roxane du regard qui désigna du menton une autre cliente, la tête couverte de bigoudis.

— Pas maintenant, dit-elle. Pas avant trois quarts d'heure.

— Un instant, je vous prie, soufflai-je dans le combiné.

— Vous vous fichez de moi ? protesta la matrone en croisant les bras sur son imposante poitrine.

Elle possédait un sacré tempérament malgré sa surcharge pondérale. Épaisse, soit, mais loin d'être molle.

— Je bosse après, moi, poursuivit-elle.

— Qui est à l'appareil ? s'inquiéta M. Salvo.

— Bubbles. J'ai un papier d'enfer pour vous. (Puis, me tournant vers Louise :) Je peux vous faire un basique. Fond de teint, pommettes, paupières et cils.

— Doux Jésus ! (Ça coinçait côté rédac' chef quand je revenais à mes premières amours.) Ne me dis pas que tu es encore embringuée dans tes trucs de gonzesse !

Louise consulta sa montre.

— D'accord, mais fissa. Il faut que je sois au boulot dans une demi-heure.

— Je n'ai pas de temps à perdre avec tes salades, grommela mon patron. Grouille !

— Installez-vous, proposai-je à Louise en lui désignant un fauteuil vide près de la caisse.

Roxane poussa vers moi le chariot de cosmétiques.

— Discret ou tapageur ? demandai-je en me calant le combiné sous le menton.

— Quoi ? s'exclama M. Salvo.

— Ce n'est pas à vous que je parle. Un instant...

— Discret, répondit Louise. Je ne vais pas au bal, je retourne au bureau.

Je tirai les cheveux de Louise en arrière et commençai à lui nettoyer le visage avec une compresse en coton.

— Vous avez appris pour le fax ?

— Quel fax ? s'étonna Louise.

— Ouais, je suis au courant, s'énerva mon boss. Comment as-tu pu avaler une connerie pareille ? Ça fait vingt ans que je suis dans le métier et je n'ai jamais vu un rédac' chef envoyer un reporter sur le terrain par fax. Il téléphone, bordel !

— Ma pauvre Bubbles, repris-je, légèrement froissée. Comme je suis heureux que vous soyez encore en vie.

— Oh ! n'essaie pas de me la faire aux sentiments. Je

t'ai laissé des dizaines de messages sur ton répondeur. Alors, c'est quoi, ton papier?

Tout en m'attaquant au ravalement de façade de Louise, je briefai mon directeur sur la conférence de presse et les documents détenus par Roxane. Je terminai mon rapport en appliquant un léger coup de rouge à lèvres.

— Waouh! s'exclama Louise en se découvrant dans le miroir. Il est génial, ce rouge.

— La semaine prochaine. Tu m'écris cet article pour la semaine prochaine, reprit M. Salvo. En attendant, je voudrais que tu couvres le barbecue des Républicains à Catasauqua, dimanche. C'est un ordre.

— Quoi?

— Le rouge, poursuivait Louise en brandissant le bâton. Vous en vendez?

J'étais au bord de l'explosion. Heureusement, Roxane vint à mon secours et entraîna Louise vers le présentoir à cosmétiques.

Je me concentrai sur ma conversation avec M. Salvo.

— Vous n'allez pas me faire croire que cette histoire n'intéresse personne chez nous! protestai-je.

— Non. De fait, les aciéries de Lehigh et les charbonnages de Slagville entretiennent depuis toujours des liens très étroits. Pour preuve, la ligne de chemin de fer qui relie les deux villes. Nos lecteurs trouveront sûrement ton papier très intéressant. Mais pas maintenant.

Ce type virait brise-meules intégral. En bonne place derrière son patron, l'affreux Dix Notch.

— Résumons-nous, poursuivis-je. Vous ne voulez pas d'un scoop prouvant que Karl Koolball n'est pas le dingue que l'on prétend et que la McMullen Coal extrayait du charbon en toute illégalité sur un site non seulement dangereux, mais vendu à un autre. Vous voulez que je balance tout ça aux orties ?

M. Salvo poussa un profond soupir.

— Ce que je voudrais, Yablonsky, c'est deux autres gars de permanence ici. Griffin et moi sommes seuls ce soir pour boucler les élections aux conseils des écoles. Et il y a du monde. Je n'ai pas la place, ni le temps d'ailleurs, de m'occuper de ton roman sur la guerre du charbon à Slagville.

Je restai sur le cul.

— Sans compter, ajouta-t-il, que le jeudi, c'est poker. J'ai déjà raté la semaine dernière et j'ai promis aux potes d'être là vers onze heures.

Je n'en croyais pas mes oreilles.

— D'accord. Je me suis retrouvée piégée dans une mine, à deux doigts de me faire péter la tronche, et vous me refusez mon papier parce que vous allez jouer aux cartes.

— Tu peux toujours me pondre quelques lignes sur ton expérience de victime. C'est Cora qui est de permanence au grelot. Une petite colonne à côté de l'article d'Esméralda Greene de l'AP. Ça devrait tenir. Je parie que son papier sera aussi svelte et aérien que sa ligne.

Esméralda Greene aérienne ? Je l'avais trouvée plutôt lourdingue.

— Allons, ne fais pas la tronche, Bubbles, poursuivit M. Salvo d'un ton radouci. Amène-moi tes notes et la doc de ta cousine la semaine prochaine au bureau et on verra ce qu'on peut en faire. Après, ça dépendra de Dix Notch. Je ne veux pas me retrouver avec une pelletée d'avocats aux fesses comme lors de l'enquête sur Metzger. À l'époque, j'avais failli y laisser ma chemise et je ne suis pas près de recommencer. Cette fois, je serai viré pour de bon.

L'affaire Metzger représentait le plus beau morceau de journalisme du *News-Times* de l'année passée – loin devant l'enquête sur les dix plus dangereuses intersections de Lehigh. Et je n'avais rien à voir dans les déboires de M. Salvo avec la direction. Il s'était mis dedans tout seul.

De toute façon, vu le côté mondain du management de Dix Notch ajouté au fait qu'il était mon pire ennemi, je ne voyais pas la moindre chance qu'il m'offre une seconde opportunité de briller. Même si, cette fois-ci, j'accumulais des tonnes de notes.

Mais j'avais mon plan.

— Vous avez dit que c'était Cora au téléphone ce soir ?

— Cette bonne vieille Cora la Cata. N'oublie pas de bien articuler et surtout de parler lentement. Elle chope un mot sur deux.

Parfait !

Roxane n'avait pas réalisé qu'elle possédait un véritable trésor dans sa chambre d'amis. Stinky avait conservé toutes les lettres et les rapports concernant les détournements de charbon de la McMullen Coal. Le bonhomme était peut-être dingue, mais drôlement méticuleux. Il avait aussi recopié deux cartes, pour les envoyer annotées à ses supérieurs. Adressées à des gars qui ne sortaient pas tous de l'École des mines, elles étaient relativement lisibles. Même pour moi.

Je ne m'étais pas trompée. La McMullen violait allègrement la législation fédérale en rouvrant le puits numéro 9 pour exploiter un filon sous la Dead Zone. Stinky précisait dans ses bafouilles que, bien qu'ignorant les raisons qui avaient poussé la compagnie à enfreindre la loi, il supposait que la direction n'avait pas voulu prendre le risque de demander une dérogation. Processus extraordinairement lent et dont le résultat se révélait trop incertain.

Je découvris sous un tas de petites culottes roses une lettre de Graig Sommerville, responsable du bureau local de la Commission de sécurité, adressée à Stinky. Sommerville commençait par rappeler à son pote Karl leurs anciennes et excellentes relations professionnelles et lui manifestait toute son amitié. Il le remerciait ensuite pour l'envoi des cartes et des documents qu'il avait fait suivre à ses collègues de la Commission fédérale. Il terminait en annonçant une visite-surprise au puits numéro 9. Visite qui devait avoir lieu… cette semaine.

Bingo ! Je composai le numéro indiqué dans l'en-tête. Graig répondit à la seconde sonnerie. Il ne s'agissait que d'un simple fonctionnaire, mais j'étais excitée comme si Harrison Ford se trouvait au bout du fil. Mon rêve de scoop était en passe de se réaliser.

Je me présentai en tant que reporter et lui parlai des cartes et de la lettre de Stinky semblant indiquer que la McMullen – je me mordis les lèvres pour ne pas prononcer le mot « vol » qui risquait de mettre le feu aux poudres…

— … avait continué, poursuivis-je, son exploitation sous une zone interdite.

Voilà qui sonnait plus diplomatique.

Sommerville resta silencieux, mais je l'entendis fouiller dans ses papiers.

— Je vais vous donner le numéro de notre service des relations publiques, dit-il.

Je m'attendais à cette réaction.

— Vous savez pertinemment, protestai-je, qu'ils vont me répondre qu'ils n'ont aucun commentaire à faire. Lors de la conférence de presse de tout à l'heure, Hugh

McMullen ne s'est pas gêné pour décrire Karl comme un type ayant pété les plombs, dangereux à souhait et assassin potentiel.

— Seigneur ! gémit Sommerville, visiblement sous le choc.

J'attendis. *Parle, s'il te plaît, accouche.*

— Notez, reprit-il d'une voix ferme, Karl est un excellent ingénieur. Sinon le meilleur. Ça fait vingt-deux ans que nous bossons ensemble. Il a toujours considéré la sécurité des mineurs et la protection de l'environnement comme des priorités absolues. Je lui ai parlé la veille du meurtre de Bud Price et il m'a semblé parfaitement maître de lui.

Ça ne m'aidait pas beaucoup.

— J'ai besoin de convaincre mon rédacteur en chef, soulignai-je, que Karl avait raison de s'inquiéter de, hum, de ce qui se tramait au puits numéro 9. Malheureusement, vous n'avez pas eu le temps de…

— Je m'y suis rendu hier dans la matinée, m'interrompit-il. Mon rapport est prêt. La McMullen Coal Inc risque cent mille dollars d'amende et la fermeture administrative pour avoir creusé une galerie sous le lieu-dit Dead Zone. Je peux vous en faxer une copie.

— Vous pouvez faire ça ?

— C'est un document public. Je n'ai besoin de l'accord de personne.

— Merci, dis-je. Un instant. Ne quittez pas.

J'appelai Roxane qui fumait une clope en feuilletant un magazine féminin.

— Tu sais où il y a un fax dans le coin ?

— À la papeterie, répondit-elle. (Puis, consultant sa montre :) Mais tu devrais te magner. Ils ferment à cinq heures.

Elle chercha le numéro dans l'annuaire, le nota et me le tendit.

Je le donnai à Graig.

— Nous n'avons que vingt minutes, précisai-je.

— Ça va le faire, répliqua-t-il. Ce sera dans le journal de demain ?

Je répondis par l'affirmative, même si au canard personne n'était encore au courant.

Sommerville éclata de rire.

— Bubbles Yablonsky, c'est ça ? Marrant comme nom. J'espère que votre papier fera le plus de bruit possible.

Une demi-heure plus tard, j'appelai la McMullen Coal avec la lettre de Graig sous le nez. Les bureaux bouclaient à cinq heures. Personne… Je décidai de tenter ma chance à l'auberge près de Glen Ellen, un patelin touristique situé à une poignée de kilomètres de Slagville. Roxane avait eu vent qu'Hugh McMullen pouvait se trouver là-bas, et elle ne s'était pas trompée.

Lorsque je me présentai en qualité de journaliste, le type à la réception devint glacial.

— Mme Price nous a donné des consignes très strictes. Elle n'accorde aucune interview.

— Mme Price est chez vous ?

— Oui. Mais je ne peux pas vous la passer.

Alors pourquoi avait-il mentionné son nom ?

— Prenez toujours mes coordonnées, proposai-je. Je sens que c'est mon jour de veine.

Et en effet…

CHAPITRE 9

Cora Rittenhouse répondit au téléphone comme si je venais de la tirer d'un profond sommeil.

— Sténo, maugréa-t-elle.

Je l'imaginai derrière son bureau au *News-Times*, une main dans le paquet de pop-corn, l'autre posée sur le clavier de sa bécane, les deux yeux rivés à son petit poste de télé dont elle avait coupé le son. Le Q.I. d'une éponge au fond d'une baignoire.

— Salut, c'est moi, Bubbles, dis-je avec suffisamment d'énergie pour espérer la réveiller de sa léthargie chronique. J'ai deux articles à te dicter. Le premier d'un demi-feuillet, l'autre de deux.

— Pfff. Vous les *free-lances*, vous pensez qu'à pisser de la copie. Commence par le plus gros. Rubrique ?

Chaque papier était classé par rubrique en fonction d'une convention passée avec le rédac' chef. M. Salvo avait dû me laisser une petite place dans le dossier McMullen. Mais je décidai de jouer le tout pour le tout.

— Pages féminines, annonçai-je.

Voilà qui n'attirerait pas trop l'attention du staff masculin.

— Oh ? (J'entendis les doigts de Cora courir sur le clavier.) Tu écris là-dedans, toi, maintenant ?

— Euh... Pas vraiment. Prête ?

— Vas-y.

Je dictai lentement, en épelant presque chaque mot, mon papier où j'expliquais que Stinky avait été viré de la McMullen après avoir exigé de ses supérieurs une réactualisation des cartes. Je poursuivais en m'étonnant que Hugh McMullen ait dépeint son employé sous les traits d'un malade mental au cours de la conférence de presse – et ce, précisément au lendemain de la visite du puits numéro 9 par un inspecteur de la Commission de sécurité alerté par Stinky. Excellent. Après mon coup de fil à Graig, j'avais réussi à interviewer le porte-parole du syndicat qui m'avait confirmé que la McMullen se souciait comme d'une guigne du sort de ses mineurs du moment que personne ne les emmerdait.

— Dis-moi, c'est pas vraiment un truc de nanas, ton machin ? marmonna Cora quand j'eus terminé.

— Et les femmes de mineurs ? répliquai-je.

— O.K., laisse tomber. Envoie ton deuxième papier.

Celui-ci, plus court, racontait à la première personne la façon dont j'avais vécu l'explosion après être restée piégée à l'intérieur du puits. Emplacement dossier McMullen. Tandis que je le dictais à Cora, j'entendais maman braillant dans le salon des réponses débiles aux questions du *Bigdil*. Sa petite pause « intellectuelle » de la journée.

— Là-bas ! cria maman comme si le présentateur pouvait l'entendre.

— La capitale du Maroc, c'est Rabat, gueula le mec.

— D'un cheveu. Rabat ou là-bas, c'est la même chose.

Quand Cora eut fini, je la remerciai et lui souhaitai

une bonne fin de soirée. Elle me demanda si je voulais parler à M. Salvo, mais je lui expliquai que je devais conduire maman et sa copine au Passion Peak et que je n'avais pas le temps.

— Chacun voit midi à sa porte, répliqua-t-elle. Les nanas, c'est pas mon truc. Mais si ta mère y trouve son compte... Trop cool.

Je raccrochai. Maman enfilait déjà son blouson noir.

— J'espère qu'ils ont l'eau courante au Passion, dit-elle. Mes oignons ont besoin d'un bon bain de pieds. Avec ces satanées bottes, je te raconte pas.

Geneviève se tenait juste derrière elle, la sarbacane à la main, une poignée de fléchettes au Sominex dans l'autre.

— Tu ne vas pas emporter ça ?

— Ces civils ! Toujours convaincus qu'il ne peut rien leur arriver, se renfrogna-t-elle en rangeant le tout dans son énorme sac. Tiens, je me ferais bien masser le dos en arrivant. J'ai dû me froisser quelque chose en trimballant ton Stiletto.

La nuit s'annonçait longue, très, très longue.

La première chose que j'entrepris, en retrouvant notre suite écarlate au Passion Peak, fut d'appeler Jane. Chou blanc. Impossible aussi, par une quelconque malédiction d'ordre technique, d'interroger mon répondeur pour savoir si elle avait essayé de me joindre.

Pas plus de résultat avec Dan et Wendy. C'est vrai que nous étions jeudi, jour où ils allaient régler leurs problèmes matrimoniaux chez le psy. Ce qui en gros devait consister pour Dan à s'excuser pendant trois quarts d'heure de ses conneries de la semaine. Génial !

Je me faisais du souci pour Jane. Ce n'était pas son genre de me laisser sans nouvelles. Je l'imaginais avec les cheveux de toutes les couleurs de l'arc-en-ciel, sapée comme l'as de pique avec des fringues déchirées, mais c'était une super-gamine, super-aimante et super-intelligente. Pas du tout l'adolescente à problèmes comme on en voit à la télé.

— C'est quoi, cette baignoire, Genny? s'exclama maman en contemplant le jacuzzi en forme de coupe de champagne. On rentre comment là-dedans?

— Par la petite échelle, répondit Geneviève, vautrée sur le plume, son ventre mou vibrant comme de la gelée de coing. Je connais ce genre d'engin. C'est orthopédique.

— Ortho-obscène, tu veux dire, ironisa maman en me désignant du menton. C'est là que vous faisiez vos cochonneries avec Stiletto, Bubbles?

J'aurais bien aimé! J'appelai de nouveau la maison. En vain.

— Où est Jane? Je ne l'ai pas eue au téléphone depuis ma sortie de prison.

— Exactement le genre de phrase que l'on trouve dans la bouche de toutes les mères, commenta maman en enlevant son blouson puis en tournant les robinets. « Quand faut y aller, faut y aller. »

Trois heures plus tard, maman et Geneviève s'étaient pieutées dans le grand lit rouge tandis que je restais, complètement habillée, dans le fauteuil, l'œil rivé sur le réveil digital en essayant de ne pas m'endormir. À onze heures quinze, n'y tenant plus, je me tirai de la piaule et dévalai l'escalier pour appeler le *News-Times* depuis le téléphone public du rez-de-chaussée.

— Griffin, annonça Bob Griffin, le permanent de nuit au canard.

— Salut, c'est Bubbles. Est-ce que M. Salvo est encore dans les parages?

— Il vient juste de partir. Mais ne t'inquiète pas, il a fait passer ton papier.

Je fis une pause de sénateur pour mieux ménager mon effet.

— Tu veux dire mes papiers ? J'en ai dicté deux tout à l'heure à Cora. L'un sur ce qui m'est arrivé dans la mine et l'autre de deux feuillets sur les magouilles de la McMullen Coal.

— Deux ? Où tu veux que je les mette ? Je ne dispose que d'un encadré sur la même page que l'article de l'AP.

— Tu n'as pas bien compris. Mon second papier remplace celui de l'AP. Renseigne-toi au marbre. J'ai appelé la direction vers sept heures et demie.

J'attendis les nerfs à vif que Griffin ait passé son coup de fil.

— On l'a retrouvé. Il était dans les pages nanas. Cora la Cata a dû se gourer de rubrique. Quelle tache ! Enfin, j'ai récupéré le dossier.

— Ouvre-le pour vérifier que c'est le bon, embrayai-je d'une voix assurée.

Griffin s'exécuta.

— Ouais. On dirait que c'est ça. Mon Dieu ! Cette Cora ! Je vais drôlement lui souffler dans les bronches. Et pas plus tard que tout de suite.

— Laisse tomber, Bob. Elle devait lire son horoscope. Elle ne l'a pas fait exprès. Avoue que ce serait dommage de passer le reste de la soirée à l'écouter pleurnicher sur…

— D'accord, d'accord, m'interrompit-il brusquement. Pour revenir à ton papier, tu es certaine que Salvo veut le mettre à la place de l'autre ?

— Plutôt, oui.

Il soupira.

— Dire qu'il faut que ça tombe sur moi pendant que Monsieur se fait un petit poker ! Je suis tout seul ici. Un de ces jours, il va y avoir de la casse et je vais me retrouver en pleine ligne de mire.

— T'inquiète, répliquai-je. Je suis dans un bon jour. Fais-moi confiance. C'est bien mon article qui doit paraître demain.

Comme prévu, le téléphone se mit à sonner peu après sept heures du mat'. M. Salvo ? Dix Notch ? Stiletto ? Le salaud avait dû passer toute la nuit à faire la fête avec Esméralda Greene. À moins que…

J'attrapai le combiné.

— Allô !

— Bonjour, maman. C'est moi.

Jane.

— Où étais-tu, hier soir? demandai-je. Je n'ai pas arrêté d'appeler.

— Oh, une soirée vraiment super. Tu sais, mon prof d'archéologie celtique à Lehigh, M. Tallow? Celui qui dirige les fouilles sur lesquelles on bosse ?

Non, je ne savais pas, mais apparemment ça lui était indifférent. Jane poursuivit sans se soucier de ma réponse.

— Il s'était habillé en druide. Vraiment magique ! On a veillé une bonne partie de la nuit à la lumière de la lune sur le site. Impressionnant.

— Le site…

— Ouais. Les vestiges celtiques. Baal et tout ça.

J'avais l'impression de vivre un épisode de *Star Trek*. Je restai sans voix.

— Comme à Stonehenge, ajouta-t-elle.

— Ah !

— En fait, je t'appelle pour savoir si je pouvais y retourner ce matin. J'ai gym et latin, mais j'ai déjà bien avancé mon *Ovide* pour la fin du mois. Tu serais d'accord pour que je manque la classe ?

Jane était probablement la seule élève de son âge à demander à sa mère si elle pouvait sécher les cours. Une perle. Une nana qui, par ailleurs, ne picolait pas et ne fumait pas de shit.

— C'est d'accord. Quelqu'un a appelé ce matin pour moi ?

— Tu parles ! Aux aurores. Salvo et ce crétin de Notch. Il devait être cinq heures. Notch braillait si fort que j'ai à peine compris ce qu'il disait. Je parie que tu en as encore fait une belle !

Je sentis une goutte de sueur perler sur mon front. Mon Dieu, pourvu que je n'y sois pas allée trop fort ! Je ne me pardonnerais jamais d'avoir fait virer Griffin, Cora ou Salvo.

— Un autre type aussi. Pour te féliciter de ton papier.

— Non ?

Je me relevai d'un bond.

— Si. Même qu'il a précisé que tu avais négligé un point important.

Je détestais les pinailleurs.

— Quel point important ?

— Je ne sais pas. Il a dit qu'il passerait te voir ce matin pour t'expliquer. À condition que tu ne dises rien à la cousine Roxane. Il ne veut pas qu'on découvre sa cachette.

Je faillis rouler au pied du canapé.

— Oh ! mon Dieu ! Stinky !

CHAPITRE 10

Pendant que maman et Geneviève prenaient d'assaut le buffet au rez-de-chaussée, je me douchai, me séchai, enfilai un fuseau noir, un top fuchsia en polyester et des boots à talons. Un trait de bleu sur les yeux, un coup de mascara sur les cils avant d'attaquer la façade. Poudre. Blush rose. Une touche d'ombre à paupières mauve et épaisse couche de rouge à lèvres *flashy*. Je me brossai les cheveux tête en bas jusqu'à leur donner un max de volume. Une giclée de parfum, quelques paillettes.

J'étais prête pour une nouvelle journée de journalisme d'investigation.

Je rangeai toutes mes affaires et posai la valise près de la porte. Je me jetai sur le plateau – café, croissants – que maman m'avait monté et appelai Roxane pour lui raconter que Stinky m'avait filé rendez-vous chez moi et que je devais partir à Lehigh fissa. Je n'avais pas fait Pinky avec Stinky et, de toute façon, Roxane devait savoir que son mari était toujours en vie. Entre cousines ayant traîné devant les mêmes scènes, je me voyais mal lui cacher ce genre d'info.

— Je viens avec toi, embraya-t-elle aussitôt. J'ai été trop dure avec lui. Il faut que je m'excuse.

— Non, Roxy. Laisse-lui du champ. (J'avalai la dernière bouchée de croissant et m'essuyai les doigts avec la serviette en papier.) Il doit avoir de bonnes raisons pour te tenir à l'écart de tout ça.

— Quelles raisons? Je suis certaine qu'il m'aime toujours.

— Il veut sans doute te protéger. Price a été tué et son corps abandonné dans le puits numéro 9, devant lequel on a aperçu la voiture de Stinky à peu près à la même heure. Le tueur surveille peut-être aussi ton mari.

— Qui voudrait le buter? Tout le monde l'adore.

Elle était en plein délire. Donohue semblait le prendre pour un dangereux malade. Quant au costard que lui avait taillé Hugh McMullen, il l'habillait pour l'hiver. À côté, Charles Manson était un enfant de chœur.

— Ce n'est pas l'impression que j'ai eue à la conférence de presse, poursuivis-je. Stinky est un homme recherché.

Je l'entendis allumer une cigarette.

— Ouais. Mais personne n'a plus envie de le retrouver que moi.

Geneviève déposa maman chez Roxane, puis m'accompagna chez Texaco pour voir si l'alternateur était arrivé.

— Pas encore, répondit le type derrière le comptoir. On doit être les derniers de la tournée. D'habitude, il faut trois semaines pour que les pièces arrivent de Detroit.

Trois semaines! Je ne pouvais pas me passer de ma Camaro pendant trois semaines...

Geneviève me poussa du bras et frappa le comptoir

du poing si fort que le tiroir de la caisse enregistreuse s'ouvrit.

— Tu veux dire, Butch, que cette jeune femme va devoir attendre la moitié de l'éternité pour une petite réparation de merde?

Le mec, devenu blanc comme un linge, poussa prudemment vers nous une facture manuscrite.

— J'ai bien bricolé un truc. Mais je ne sais pas si ça va tenir. Vingt-cinq quatre-vingt-dix-neuf, bredouilla-t-il.

Je faillis l'embrasser. Stiletto pouvait toujours vanner sur le côté arriéré du coin, ça avait parfois du bon. Les prix restaient ceux de 1935. Je rédigeai un chèque, le lui tendis. Le type se précipita dehors pour garer la Camaro devant la porte. Il s'assura qu'elle était au point mort, régla le siège puis se planta devant nous avec un large sourire. Pas cher et attentionné par-dessus le marché. Il avait même passé l'aspirateur et poli le tableau de bord au Windex. Un must.

— *Hasta la vista*, Genny! lançai-je en tournant la clé de contact.

— On va prendre par les petites routes. Je n'aime pas les camions, répliqua-t-elle en se dirigeant vers son tank. Et surtout, gaffe aux limitations de vitesse! C'est pas beau d'enfreindre la loi.

Qu'est-ce qu'elle me chantait? Je me penchai à la vitre pour l'observer. Geneviève avait sorti son vieux mousquet de l'arrière de sa Rambler et revenait vers moi.

— Tu vas où comme ça?

— Je laisse ma bagnole à ta mère, répondit-elle en ouvrant la porte côté passager. La station-service n'est qu'à un pâté de maisons de Main Mane. Elle a un double des clés.

Geneviève se laissa tomber à l'intérieur et claqua la portière.

— T'aime gaspiller l'essence ? Allez, on file !

— Mais… ?

— Tu ne pensais pas que j'allais te laisser retourner à Lehigh pour rencontrer Stinky Koolball sans garde du corps, pas vrai ? (Elle tapota le mousquet posé en travers de ses cuisses.) Du coup, je t'expliquerai ce qui s'est passé avec Lady Di. Il faut toujours se tenir au courant de tout. Ça peut sauver la vie.

Geneviève passa la demi-heure suivante à me révéler les dangers des dentifrices fluorés avant de me démontrer, preuves à l'appui, que la princesse Diana avait été assassinée par le puissant lobby du fromage français. J'eus ensuite droit à une pincée de Nostradamus puis à une évocation de la petite capacité de sa vessie. En deux mots, elle avait besoin d'une pause pipi. Coup de bol, nous étions en plein bois au milieu de nulle part.

— Ouvre l'œil, dit-elle tandis que je me garais sur le bas-côté. Je ne serais pas longue.

L'instant d'après, elle mettait son mousquet en bandoulière, se vissait une casquette de camouflage sur le crâne et sortait un rouleau de P.Q. de son sac. Avant de partir, elle me glissa la sarbacane dans la main ainsi qu'une poignée de fléchettes au Sominex.

— Il y en a une d'engagée. N'hésite pas à t'en servir, me recommanda-t-elle en claquant la portière.

Puis elle disparut.

Je posai l'attirail sur le tableau de bord, attrapai ma trousse de maquillage et commençai à me limer les ongles. Cerveau droit en éveil tandis que mon gauche s'accordait une petite sieste. C'est alors que je remarquai l'éclat d'un gyrophare dans mon rétro. Une voiture de police venait de s'arrêter juste derrière moi. Super ! Il ne manquait plus que ça, un flic venant s'informer si je n'étais pas en rideau. Alors que je me trimballais avec une sarbacane et un lot de fléchettes anesthésiantes.

Le flic, lunettes de soleil miroir sur le pif, s'arrêta côté passager et me demanda d'un geste de baisser la vitre. Je me penchai et la descendit à moitié.

— Un problème ? demanda-t-il, les yeux rivés sur le tableau de bord.

— Non, non, monsieur l'agent, répliquai-je. Mon amie a eu une envie pressante. Elle n'est plus toute jeune.

Le flic passa la main à l'intérieur, releva le loquet, ouvrit la portière et s'installa à côté de moi. Je le reconnus aussitôt. Environ dix ans plus jeune que moi, les muscles et l'assurance de la jeunesse. Il portait un jean et un T-shirt bleu marine moulant délicieusement son corps d'athlète. Cheveux blonds en bataille.

Ce type n'était pas de la police. Je l'avais croisé dans les bois pendant la conférence de presse.

— Je… (Je laissai tomber ma lime.) Par pitié, ne…

— Vous n'allez pas me péter un câble, m'interrompit-il en enlevant ses lunettes. (Yeux marron.) Je ne vous veux aucun mal. Je suis désolé de vous avoir foutu les jetons hier.

Un éclat de soleil tomba sur le canon du flingue qu'il portait à la ceinture. Un frisson glacé me parcourut l'échine.

— Vous savez, ce n'est pas très prudent de baisser sa vitre quand on ne connaît pas. Il peut se passer n'importe quoi, ajouta-t-il en souriant d'une oreille à l'autre.

Et voilà que moi aussi j'y avais droit. Ma première rencontre avec un psychopathe, type polar à trois ronds. Toutes ces années à faire gaffe dans les parkings souterrains ou dans les petites ruelles étroites et voilà que je me faisais serrer sur une route déserte à des kilomètres de tout endroit civilisé. Sans la moindre petite chaîne de vélo ni ma petite bombe de gaz lacrymogène.

Respire profondément, Bubbles. Tâche d'attraper la sarbacane avec tes jolis doigts manucurés.

— Donc, vous n'êtes pas de la police, repris-je en posant négligemment ma main sur le tableau de bord.

— Je n'ai jamais prétendu être flic, répondit-il. C'est une idée à vous.

Il se pencha en avant et tira de sa poche revolver une casquette de base-ball qu'il se cala sur la tête avant de s'inspecter dans le rétro.

— Vous avez un gyrophare.

— Dix-neuf quatre-vingt-dix-neuf chez Wal-Mart. C'est en vente libre. Tous les psychos d'Amérique en ont un pour alpaguer les nanas sur la route avant de leur faire un tas de choses dégueulasses. Vous avez de la chance que je sois plutôt un mec équilibré.

Ma main se referma sur la sarbacane.

— Doucement, ma belle, souffla-t-il en m'attrapant le poignet. Est-ce que j'ai l'air d'un singe hurleur ?

Il la jeta par terre et l'explosa d'un coup de talon.

— Permettez-moi de me présenter, poursuivit-il en me tendant une énorme paluche de bûcheron. Ezechiel Allen. Mais vous pouvez m'appeler Zeke.

Je me surpris à lui serrer la louche.

— En fait, je descends de Ira Allen, un grand patriote de la guerre d'Indépendance, même s'il a fini sa vie en prison. Son frère Ethan a fait le coup de feu dans le Vermont. Pour tout dire, les huit frangins Allen n'étaient que des bons à rien jusqu'à ce que la Nation en fasse des héros.

— Je rêve ! Vous n'avez quand même pas forcé ma bagnole pour me faire un cours d'histoire.

— Absolument pas. Je suis votre nouveau garde du

corps, ajouta-t-il en soulevant légèrement sa casquette comme un vrai gentleman. On n'a pas eu vraiment le temps de causer hier. Je débute dans la partie.

— J'ai déjà un garde du corps.

— J'ai cru comprendre. Une dame de soixante-dix ans armée d'une sarbacane. Un peu léger, pas vrai ? Mon employeur préfère un ange gardien plus viril. En quelque sorte.

— C'est qui, votre employeur ?

— Steve Stiletto.

Je faillis m'étrangler. Stiletto ! Le brave petit avait embauché un lascar pour veiller sur moi tandis qu'il séjournait à New York. C'était mignon tout plein. Non, une minute. Ça ressemblait à de l'espionnage. De quoi il se mêlait ?

— Je suis assez grande pour me démerder toute seule, m'insurgeai-je. Est-ce que j'ai l'air du brave toutou qu'on confie à un pote pour le week-end ?

Zeke tourna la clé de contact et commença à jouer avec le bouton de l'autoradio.

— Il doit bien y avoir une station qui passe un titre des Skynyrd. Je crois savoir que ce groupe vous met dans tous vos états.

— Seulement après quelques verres de punch.

— Ma mère aime beaucoup le punch et pourtant je ne l'ai jamais surprise à danser sur un billard.

Nous restâmes silencieux un instant pendant qu'il continuait à trifouiller le poste.

— Comment vous avez rencontré Stiletto ?

— C'est une longue histoire, répondit-il en se calant sur un morceau de musique d'ambiance. Disons que, sans Steve, je serais en train de prendre de longues vacances au Mexique. Et pas spécialement au Cancún Hilton.

La voix de Karen Carpenter emplit l'habitacle et il poussa le volume.

— J'adore. Vous aimez les Carpenters ? Dommage qu'elle soit morte d'une façon aussi tragique. Elle ne mangeait plus du tout sur la fin.

Il se vautra sur son siège, les bras derrière la tête. Je le regardai, incrédule. Ce type ne m'avait pas fait tout ce cinéma rien que pour écouter sa chanteuse préférée ?

Et Geneviève ? Je baissai la vitre. Envolée.

— C'est ce qui m'a manqué le plus à la prison de Cerro Huerro. Pas de musique. Écoutez-moi ça. Un rayon de soleil. La nana était drôlement secouée, mais quelle voix !

— Attendez, vous avez fait de la taule ? Vous êtes un délinquant !

— Un bien grand mot. Plutôt péjoratif. Disons que je n'ai pas eu de chance.

Il hochait maintenant la tête au rythme de *On The Top of the World*. Je n'arrivais pas à croire que Stiletto avait embauché un ancien criminel pour me filer le train. À moins d'avoir eu une belle ristourne.

— Je ne veux pas d'un repris de justice dans ma voiture, j'objectai, après que Karen eut fini de contempler la création depuis là-haut. Compris ? Je ne fréquente pas d'anciens taulards. Surtout s'ils sont envoyés par Stiletto.

— Tranquillisez-vous. Je n'ai pas été violé en prison, si c'est ce qui vous tracasse.

— Je veux que vous sortiez immédiatement de cette voiture !

La peur commençait à disparaître, remplacée par la colère.

— Vraiment ? s'étonna Zeke en jouant avec son chewing-gum. Moi, tout ce que je veux, c'est un monde en paix, un vieux Macintosh et l'harmonie avec Dieu. Rien de bien méchant.

She'll Be Coming Around the Mountain. Quelqu'un sifflait dans les bois... Je me demandais comment allait réagir Geneviève en trouvant ce malotru installé à sa place. D'autant qu'il piétinait ses plates-bandes.

— O.K. Disons que vous êtes mon garde du corps de rechange. Mais de qui êtes-vous chargé de me protéger?

— Je n'aime pas beaucoup cette dénomination. Ça fait roue de secours. Enfin, passons. (Il éteignit la radio qui diffusait une chanson de Barbra Streisand.) Comment vous expliquer? (Il resta un moment l'index collé sur ses lèvres, le regard fixe.) Vous savez ce papier que vous avez écrit sur la McMullen Coal et qui a paru ce matin?

— Oui.

— Ça pourrait vous coûter bonbon.

— Hum, hum.

Je ne voyais pas très bien pourquoi, mais je décidai de le laisser venir.

— Cet article, c'est de la dynamite – sans jeu de mots. Vous portez de graves accusations. On ne plaisante pas avec l'industrie du charbon dans cette partie de la Pennsylvanie, vous savez. On n'est pas vraiment très salon de thé et petit doigt levé dans la région. C'est le pays des Molly Maguires.

— Quel rapport entre le petit doigt levé et ces Molly Maguires?

— Non? Vous ne connaissez pas les Molly Maguires? Qu'est-ce qu'on vous a appris à l'école?

— À me passer les cheveux à l'eau oxygénée et à rouler des clopes. C'est déjà pas mal.

— Sachez que les Molly Maguires étaient un groupe de mineurs d'origine irlandaise qui se sont révoltés dans les années 1860 contre leurs conditions de travail.

Pendant longtemps, ils ont été considérés comme des terroristes. Faut dire qu'ils n'y allaient pas avec le dos de la cuillère. En fait, ils se battaient contre leurs patrons pour défendre leurs droits. Ils ont été pendus. D'après certains historiens, ce sont les premiers syndicalistes américains.

— Et en quoi ça me concerne ?

— Chewing-gum ?

Il me tendit son paquet de Trident.

— Merci, soufflai-je en prenant une tablette.

— En vérité, poursuivit-il, les mœurs n'ont pas beaucoup évolué depuis 1860. Vous êtes en danger, Bubbles. L'intimidation, le meurtre sont monnaie courante ici pour régler certains différends.

— Je ne sais pas si vous êtes au courant, mais on a déjà essayé de me liquider. Même avant la parution de mon article.

Je mâchouillai furieusement mon chewing-gum.

— Il paraît. Vous avez une quelconque idée de qui a voulu vous descendre ?

Je secouai la tête.

— Pas la moindre. La veille, je n'avais qu'un seul souci en tête, savoir si je devais ou non coucher...

Je m'arrêtai net. Pourquoi raconter à ce type le détail de ma vic privéc. Surtout sexuelle ?

— En fait, repris-je, avant ma petite escapade au puits numéro 9, je ne me connaissais pas le plus petit ennemi. À part au salon...

Zeke se pencha en avant, le regard perdu devant lui. Il avait une mâchoire impressionnante. Je l'imaginais en patriote de la guerre d'Indépendance faisant le coup de feu contre les Anglais comme ses ancêtres.

— Vous n'avez pas affaire à une cliente mécontente à

cause d'une permanente ratée, dit-il. Ce coup-ci, c'est du sérieux.

— Permettez, mon petit gars, répliquai-je. Une permanente ratée, ça peut causer d'énormes dégâts. Croyez-moi.

Boom ! Clank ! Pschittt !

— Mais… ?

Zeke venait de gicler de la voiture comme un pantin de sa boîte.

— Pour l'amour du… !

Il se plaqua par terre tandis qu'une seconde balle de mousquet s'écrasait à quelques centimètres de sa tête.

— Je te donne cinq secondes pour retourner à ta bagnole et calter dans le trou à rats d'où t'aurais jamais dû sortir ! brailla Geneviève.

Je passai la tête à la fenêtre. Zeke se remettait lentement à genoux, les bras en l'air.

— C'est un affreux malentendu. Baissez votre fusil, Geneviève.

Geneviève le mit résolument en joue.

— Je baisserai mon fusil quand ça me chantera, blondinet !

— Sacré garde du corps ! m'exclamai-je. Qui se fait surprendre par une vieille femme armée d'une pétoire.

— Vous avez vu ce que cette pétoire a fait à mon 4×4 ! protesta-t-il en montrant le radiateur explosé de son Ford F150. Qui c'est qui va payer ?

— Je connais un bon mécano, répliquai-je.

Geneviève releva le chien.

— Ce n'est pas le moment de pleurnicher, mon poulet. À ta place, je tracerais la route fissa.

Boom ! Whissshhhh ! La balle venait de traverser le pneu avant gauche.

— Eh ! doucement !

Zeke se précipita vers sa voiture tandis que Geneviève rechargeait son mousquet. Il s'agenouilla pour constater l'étendue du désastre.

— Il est crevé !

Elle le mit de nouveau en joue.

— Tu veux que je continue ?

Zeke partit aussitôt en courant comme un dératé.

Geneviève regagna la Camaro, balança le mousquet à l'arrière et me tapota les genoux.

— Ça va, Sally ?

Genny avait l'habitude d'appeler toutes les nanas Sally et tous les mecs Butch.

— Oui, répondis-je en démarrant le moteur. On ferait bien de se tirer.

Geneviève jeta un dernier regard dans le rétro.

— C'était qui, ce guignol ?

— Un pote de Stiletto. Il l'a embauché pour veiller sur moi.

— Pourquoi, puisque je suis là ?

Je filai pied au plancher pour mettre le plus de distance possible entre nous et Zeke.

— Tu connais les hommes.

— Assez pour reconnaître un faux cul quand j'en vois un. Si tu veux mon avis, ton Stiletto veut t'avoir à l'œil pendant qu'il est à New York en train de se trémousser avec Miss Panty. J'ai dans l'idée qu'il n'a pas envie de se voir griller la politesse sur cette histoire de meurtre.

Je n'avais pas pensé à ça. D'accord, Geneviève voyait des conspirations partout, chez les fabricants de dentifrice ou les puissants de ce monde, mais là, elle ne devait pas être loin de la vérité.

— Qu'est-ce que je peux faire ?

— On va réfléchir à un plan. T'inquiète. D'ici Lehigh on aura bien trouvé une parade.

Pourtant, le temps de la déposer chez elle en arrivant et de rentrer à la maison, je n'étais plus sûre que d'une chose. Ma petite fille, Jane, si gentille et mignonne... avait été kidnappée !

CHAPITRE 11

— Regarde ce bordel, Mickey, pleurnichai-je en ramassant par terre un des coussins du canapé. Le sac de Jane est sur la table de la cuisine. Et je ne la trouve nulle part. Elle est partie. Oh ! rejoindre Stiletto au Passion Peak vendredi, quelle connerie ! Qu'est-ce qui m'a pris ? Tout ça ne serait jamais arrivé. (Je retrouvai subitement mes racines lituaniennes et me battis violemment la poitrine comme une vieille paysanne.) Je suis une mère indigne. Un monstre.

— Non, tu es une mère responsable et aimante, intervint calmement Mickey. Une mère indigne abandonne ses enfants et envoie balader ses responsabilités pour mener la grande vie.

Le détective Mickey Sinkler, de la police de Lehigh, parlait d'expérience. Sa femme s'était barrée en lui laissant une pelletée de mômes à charge, dont un chiard de cinq ans toujours pas propre et un jeune délinquant. Mais il avait su redresser la situation en transformant son petit corps malingre en une montagne de muscles, puis en ordonnant à son ex de revenir s'occuper de ses marmots. Arpentant mon petit living-room en roulant des épaules, Mickey paraissait contrôler la situation.

— Tout va bien se passer, reprit-il. Laisse faire les professionnels. On va la retrouver.

— Mais je ne peux pas rester là à me tourner les pouces, Mickey. J'ai déjà appelé ses potes, la fac, le collège, le marchand de glaces, la bibliothèque et même le père de son petit ami. Rien. Et regarde l'état de la baraque…

Les chaises et la table basse avaient été renversées. Le plastique recouvrant le canapé déchiré.

— Je ne pense pas qu'il s'agisse d'une effraction. On dirait plutôt un lendemain de boum. À mon avis, ils ont fait la fête.

La fête ! J'aurais bien aimé.

— Jane n'est pas du genre à faire la bombe. Quand elle invite des potes, c'est pour jouer aux charades autour d'un chocolat chaud. Non, il est arrivé quelque chose de terrible, m'effondrai-je. Elle a été enlevée. Probablement par la personne qui a déjà essayé de me tuer vendredi.

— On a essayé de te tuer ? s'alarma Mickey. Je croyais que tu étais avec Stiletto au Passion Peak.

— Tu n'as pas lu le *News-Times*, ce matin ?

— Tu sais bien que je ne consulte que la page des sports.

J'ignorai le sarcasme et lui racontai l'histoire du faux fax, la découverte du corps de Price et l'explosion. J'hésitai à lui parler de la bagnole de Stinky devant le puits numéro 9 au moment du crime et le rendez-vous qu'il m'avait donné ce matin à Lehigh. Troublante coïncidence qui m'amenait à croire que la disparition de Jane ne pouvait être le simple fruit du hasard. Mais je le gardai pour moi. Trop tôt pour divulguer cela.

Mickey me serra contre lui.

— Jane est une brave gamine, dit-il en me caressant les cheveux. Je vais appeler le commissariat et passer le mot. Nous l'aurons retrouvée d'ici le déjeuner. Je te le promets.

La porte d'entrée s'ouvrit en grand, laissant subitement apparaître mon ex, Dan le Magnifique, dans sa ridicule tenue de golf matinale, polo bleu layette, pantalon écossais et pompes blanches. Il était suivi de près par Wendy, sa seconde épouse, fille du roi du gouda, dont les fringues de tennis étincelantes flottaient misérablement autour de son corps aussi décharné qu'un cure-dent.

— Génial ! Il ne manquait plus que ça ! s'exclama Dan en levant les bras au ciel. Ma fille a disparu et Bubbles s'envoie en l'air avec Monsieur Univers.

Mickey me lâcha pour se planter devant lui.

— Qui tu traites de Monsieur Univers ?

— Doucement, Sinkler, répliqua Dan en s'écartant d'un pas. Je ne voudrais pas avoir à te traîner devant les tribunaux pour brutalités policières.

— Laisse tomber, Dan, intervint Wendy. On n'est pas là pour ça. Oh ! mon Dieu ! s'exclama-t-elle en décrochant un T-shirt pendant au miroir de l'entrée. On dirait que la nuit a été mouvementée.

— Qu'est-ce qui s'est passé ici ? rugit Dan en pénétrant dans le salon. Une orgie ?

— Je pense que Jane a été kidnappée après être partie de chez toi, répondis-je. Elle a dû se défendre comme une lionne.

— Kidnappée ! gloussa Wendy tandis que Dan devenait blanc comme un linge.

— C'est de ta faute ! brailla-t-il en me pointant d'un index accusateur. Toi et tes conneries de reportages foireux ! J'ai lu ton article ce matin. De la foutaise ! De la foutaise qui met en danger la vie de ma fille !

Je le toisais, les joues en feu. Je n'avais pas exactement besoin de ce genre de remarque en ce moment. Mickey posa une main amicale sur mon épaule.

— Et si les kidnappeurs demandent une rançon? s'exclama Wendy. Qu'est-ce qu'on fait?

— Je n'ai pas de fortune personnelle, répliqua Dan. C'est Wendy qui possède tout. Les ravisseurs ont tout faux s'ils croient que je suis riche.

J'étais atterrée.

— Daniel Ritter! Tu devrais avoir honte de toi.

— Chip! Je m'appelle Chip! Combien de fois faudra-t-il te le répéter, merde! (Il devenait tout rouge.) Chip! Chip! Chip!

— C'est la meilleure! hurlai-je. D'abord, tu rechignes à payer la rançon de ta fille, puis tu te mets dans tous tes états parce que je t'appelle par ton vrai nom.

Mickey s'interposa entre nous.

— Un peu de calme, vous deux. Ce n'est pas en gueulant comme des putois que vous allez arranger les choses. C'est de votre fille qu'il s'agit, nom de Dieu!

Il avait raison. Je foudroyai du regard Wendy qui semblait déjà calculer le montant qu'elle serait éventuellement prête à verser pour récupérer Jane sans compromettre ses rendez-vous hebdomadaires chez l'esthéticienne.

— Si j'en crois mon expérience d'officier de police, les apparences sont souvent trompeuses, poursuivit Mickey. Les parents imaginent toujours le pire. Oublie l'état dans lequel tu as trouvé la maison, Bubbles. Où penses-tu qu'elle pourrait être?

Je contemplai mes ongles violets et repensai à la dernière conversation que nous avions eue ensemble. Avant de me parler de Stinky, elle m'avait demandé l'autorisation de retourner avec son prof sur le site archéologique.

— Les fouilles! répondis-je en claquant des doigts.

Il s'agit d'un chantier de la fac du côté d'Emmaüs. Elle devait y aller.

— Ils fouillent quoi ?

— Des machins celtiques, répondis-je. Genre Stonehenge.

— Les hippies adorent faire les cons dans des endroits comme ça, intervint Dan. Tu parles, une bande de dégénérés dégueulasses se la donnant toute la nuit en hurlant à la lune !

Pour la première fois depuis que je la connaissais, Wendy prit la défense de Jane :

— Ne plaisante pas avec le sacré, Chip. Ma voyante est formelle. Les Celtes ont vécu dans la région bien avant nous. Ces vestiges ont une signification symbolique. Les pierres sont alignées en fonction des solstices d'été et d'hiver.

Dan pointa un index excédé en direction de sa femme.

— Ta voyante ! Elle te taxe cinquante dollars par semaine rien que pour regarder dans une boule de cristal ! Tu sais où elle peut se carrer...

Mickey ouvrit la porte.

— On devrait aller là-bas. Jane doit s'y trouver. Relax !

— Relax, facile à dire ! s'étouffa Dan. On voit bien que ce n'est pas toi qui dois jouer ce matin contre Fast Putt Herrick. Tu crois que ça va être de la tarte avec un handicap de deux dans l'état où je suis ?

Si Jane n'avait pas été kidnappée, en tout cas elle devait s'être évaporée dans la nature en voyant débarquer notre petite caravane dans le champ où ils avaient découvert leurs fichues pierres. Je menais la danse dans ma Camaro tricolore, suivie de près par Dan et Wendy dans leur bagnole spéciale crise de la quarantaine – un cabriolet BMW rouge sang. Mickey fermait la marche dans son patrouilleur.

L'arrivée de la police sembla mettre en émoi la bande de jeunes étudiants occupés à creuser un gros trou à grands coups de pelles et de pioches. Ils devaient profiter de la fraîcheur de la matinée pour expédier le gros œuvre. Il faisait déjà chaud, la brume se dissipait rapidement. La journée s'annonçait radieuse.

Apparemment, Jane n'était pas dans le lot.

— Les flics! cria l'un des mômes, torse nu, écharpe de lin blanche autour du cou. Je parie qu'ils viennent encore vérifier si on est en règle.

Mickey claqua sa portière et s'avança vers la petite troupe ruisselante de sueur et passablement excitée à l'idée de découvrir le passé gisant sous leurs pieds.

— Est-ce que l'un de vous aurait vu Jane Ritter ce matin?

— La nana de Liberty? répliqua le mec au foulard en lançant un clin d'œil à sa voisine en short et soutien-gorge marron. Qu'est-ce que ça peut vous foutre?

Je n'aimais pas du tout la manière dont ça commençait.

— Laissez-moi faire, intervint Dan en remontant son pantalon de golf. Écoute-moi bien, mon petit bonhomme, je suis venu chercher ma fille Jane. Alors ne fais pas le mariolle avec moi si tu ne veux pas que je traîne tes parents devant les tribunaux par la peau des couilles. Où est-elle?

Foulard s'appuya sur sa pelle, l'œil mauvais.

— Puisque tu insistes... Ta fille est dans les bois avec Tallow. Elle le suit partout comme un petit chien. À mon avis, elle a le béguin. Ce qui ne m'étonne pas quand on voit la tronche de son paternel.

Ma pauvre petite Jane ! Le béguin pour son prof. Un bébé. Ce n'était qu'une enfant. Encore vulnérable.

— Y a rien de mal à vouloir se faire des relations, se félicita Dan en bombant le torse. C'est comme ça qu'on réussit, mon gars. Tout est là, conclut-il en se tournant vers Wendy, absorbée dans la contemplation d'une petite butte recouverte d'herbe en lisière de la forêt.

Foulard secoua tristement la tête avant de se remettre au travail.

— Magnifique ! s'exclama Wendy après avoir escaladé son monticule au risque de se fiche par terre. Chip, viens voir !

Nous nous précipitâmes là-haut comme un seul homme.

— C'est une ancienne tombe celte. Regardez, l'entrée est à l'est, poursuivit-elle en pointant un vague trou à la base du tumulus. Et là, ce monolithe ! ajouta-t-elle en dévalant la pente vers une grande pierre toute droite. Vous voyez les inscriptions ? Là, l'œil de Bel.

Nous regardâmes le dessin. Ça ressemblait à tout sauf à un œil.

— C'est un site exceptionnel, embraya-t-elle d'un ton professoral. Ce serait génial d'organiser un cycle de conférences au Cercle des amies de l'Histoire.

— Dommage que des vandales aient gribouillé sur la pierre, intervint Mickey en désignant les inscriptions. Mais je ne vois pas l'œil de machin.

Wendy préféra l'ignorer.

— Place tes mains sur le monolithe, Chip. Tu verras, ça dégage une énergie formidable.

Dan s'exécuta, pas vraiment convaincu.

— Tu sais ce que ça représente ?

Dan haussa les épaules.

— C'est un énorme pénis.

Il retira aussitôt ses mains pour les essuyer sur son froc.

— Je parie que si j'avais un pendule, il tournerait si vite qu'on en aurait le tournis, assura-t-elle.

— Le tournis avec un machin comme ça, tu m'étonnes, marmonna Dan.

Mickey s'agenouilla devant le trou à la base du monticule.

— Je ne voudrais pas manquer de respect à qui que ce soit, mais ça ressemble drôlement au cellier à patates de ma grand-mère. Ça les empêchait de germer en hiver.

— Vous parlez comme ces ignares de l'archéologie officielle, protesta Wendy. Ils refusent d'admettre que les Celtes ont débarqué dans le Delaware en l'an 300 de notre ère avant de venir s'installer sur les berges de la Lehigh River.

— Puis de descendre plus au sud pour fuir un hiver particulièrement rigoureux, ajouta un type en Barbour vert qui venait de sortir du bois.

Deux jeunes étudiantes l'accompagnaient, buvant ses paroles. Aucune d'elles n'était Jane.

— Félicitations. Vous avez l'air de très bien maîtriser notre histoire celte, madame, admit-il.

— Professeur Fallow ! J'ai souvent vu votre photo dans les magazines, couina Wendy.

— Tallow, rectifia-t-il. Mais ce n'est pas grave. L'erreur est humaine et je suis couvert de poussière. Ce qui doit me rendre moins ressemblant.

Les filles pouffèrent. Tallow avait travaillé dur pour peaufiner ses faux airs de Mick Jagger. Pas vraiment costaud, de taille moyenne, la quarantaine bien sonnée, cheveux bruns mi-longs encore suffisamment fournis, c'était le prototype du bellâtre susceptible d'affoler les jeunes générations (voire les moins jeunes). Ajoutez à cela un pantalon kaki, les incontournables rangers, une chemise en lin savamment entrouverte sur sa poitrine, et le bonhomme touchait à la perfection. C'était le summum du gentleman anglais, rustique et racé à la fois, plouc et magnifique. Le genre dont on se souvient encore lors de ses nuits blanches des années après avoir quitté la fac.

— Ma voyante a lu tous vos bouquins, déclara Wendy, au bord de l'apoplexie. Elle va être verte de jalousie quand je lui raconterai que je vous ai rencontré, professeur Tallow. Vous êtes son idole.

— Vous me gênez, intervint-il en lui décochant son sourire le plus ravageur.

Son regard venait de tomber sur la grosse bague de fiançailles en rubis et diamants que Dan avait offerte à sa future épouse avec l'argent censé payer les études de Jane.

— Je donne aussi, reprit-il, des cours particuliers à des étudiantes spécialement douées. Comme vous, chère madame. Nous pourrions prendre un café un de ces jours pour papoter tranquillement.

« Papoter tranquillement », dans le langage commun, ça devait se traduire par : « Te fourrer dans mon lit et te tirer tout ton pognon. »

— Oooooh, se pâma Wendy, ce serait merveilleux !

— Nom de Dieu ! siffla Dan entre ses dents, généralement peu sensible aux charmes des intellectuels.

Mais assez déconné.

— Vous avez vu Jane ? demandai-je.

— Pardon ? répondit-il en portant sa main à l'oreille.

— Bordel, on peut savoir ce que vous avez fait de ma petite fille ? éructa Dan.

— Veuillez excuser mon mari. Il se fait un sang d'encre pour son enfant. Jane Ritter. Elle…

— Jane Ritter ! s'exclama Tallow, l'œil subitement pétillant. Je vois très bien. Elle suit mes cours en *free-lance* à la fac de Lehigh. Une élève extraordinairement brillante. (Puis, se tournant vers Wendy, un énorme sourire aux lèvres :) Ne me dites pas que vous êtes Bubbles ? Jane parle de vous constamment.

— Bubbles ! s'insurgea Wendy, devenue rouge comme une pivoine. Désolée, mais Bubbles, c'est elle, ajouta-t-elle en me pointant d'un index tremblant.

— Magnifique ! reprit Tallow en se détournant de Wendy pour me prendre délicatement les mains. Votre fille nous a tenus en haleine avec le récit de vos dernières aventures à Slagville. Quelle dure épreuve pour vous, mais surtout pour Mme Price ! Quelle horreur d'être réveillée en pleine nuit pour apprendre que votre mari, à qui tout souriait et qui se portait comme un charme, vient d'être retrouvé assassiné dans une mine de charbon.

— Sans doute, répliquai-je, impatiente de revenir à Jane.

Je n'étais ni d'humeur à « papoter tranquillement » ni désireuse de m'étendre sur la tentative de meurtre dont j'avais été victime.

— J'aimerais tellement, poursuivit-il, que vous me racontiez en détail tout ce que vous savez sur ce drame. Tout ce qui se passe dans la région me passionne. Comme vous le savez, j'ai été le premier à découvrir dans le comté de Columbia des dolmens de type syrien. Ces fouilles ont fait l'objet d'un long article dans *Archéologie d'aujourd'hui*. Vous l'avez peut-être lu ?

— Désolée. Ce numéro a dû m'échapper, soufflai-je. En ce qui concerne Jane…

— J'avoue que ces histoires de casino me préoccupent énormément. Nous en avons longuement discuté avec

Jane. La Dead Zone recèle un prodigieux site celtique qu'il faut à tout prix préserver. J'ai ma théorie sur le sujet. Les premiers émigrants irlandais et écossais se sont probablement installés ici parce que cette contrée leur rappelait…

— Nous sommes très inquiets à propos de Jane, l'interrompis-je. Si vous savez où elle est, dites-le-nous pour l'amour du ciel !

— Je ne l'ai pas vue de la matinée, bredouilla-t-il. Mais j'aimerais bien terminer mon…

— Écoute, Indiana Jones, intervint Dan en lui tapant sur l'épaule. Il se trouve que je suis avocat et que j'ai pas mal de relations dans le beau linge et particulièrement parmi tes bailleurs de fonds. Si jamais…

Le scanner de Mickey se mit subitement à débiter des suites de chiffres et des bribes de phrases dont quelques-unes firent immédiatement *tilt* : « jeune fugueuse… cheveux courts bleus… veste noire… piercings… bottes de l'armée ».

La dernière fois que j'avais vu Jane, elle avait les cheveux rouge sang et ça faisait des mois qu'elle ne mettait plus ses Doc Martens. Mais le portrait était assez ressemblant.

— On l'a repérée à l'intersection de Linden et de Mulberry en train de faire du stop, lança Mickey.

— Je t'accompagne, dis-je. Du stop ! C'est bien la première fois que ça lui prend.

— Ce que les mères sont naïves parfois, soupira Mickey en remettant son émetteur à sa ceinture.

— Moi, je reste ici pour cuisiner le Pr Joli Cœur, ajouta Dan, en exhibant sa carte professionnelle devant Tallow comme s'il s'agissait d'un flingue de gros calibre.

Nous nous dirigions d'un bon pas vers le patrouilleur.

Mes boots à talons n'étaient vraiment pas l'idéal pour se déplacer dans les gravats et autres amas de ronces du chantier de fouilles. Mickey était déjà installé au volant et j'ouvrais la portière côté passager quand j'aperçus, je vous le donne en mille, ma petite fille sauter d'un camion qui venait juste de s'arrêter au bord de la route.

Jane salua une dernière fois le chauffeur, puis s'enfonça dans les herbes hautes. Visiblement, toutes mes recommandations pour ne pas monter en bagnole avec des étrangers n'avaient servi à rien. C'était comme si j'avais sifflé dans un violon.

Mickey suivait attentivement la scène dans le rétroviseur.

— Je devrais la coffrer pour vagabondage. Ça lui servirait de leçon. C'est hyper-dangereux de faire du stop. Si tu ne veux pas qu'on la retrouve égorgée dans un fossé...

— Salut, maman ! lança-t-elle en arrivant à notre hauteur. Qu'est-ce que tu fais là ?

Pas l'ombre d'un remords.

— Il fallait que je te voie. Tu n'as pas été kidnappée ?

Elle laissa glisser à terre son petit sac à dos marron en ouvrant des yeux comme des soucoupes. Mon Dieu, quelle touche ! Jean déchiré, T-shirt blanc trop grand avec un énorme HOT STUFF en paillettes sur le devant, veste noire retroussée jusqu'aux coudes.

— Kidnappée ? De quoi tu parles ?

Je la pris par l'épaule et l'entraînai à l'écart.

— J'ai trouvé la maison sens dessus dessous. Tes affaires étaient dans la cuisine. J'ai pensé que Stinky t'avait enlevée et que vous étiez déjà à mi-chemin de la frontière canadienne.

— Stinky, il est passé tôt ce matin, dit-elle en balançant un coup de pompe dans une pierre. Il voulait te voir. Il m'a chargée d'un message pour toi. Très important, a-t-il précisé.

— Je t'écoute.

Malheureusement, les yeux de Jane tombèrent sur le cabriolet spécial crise de la quarantaine de Wendy.

— Oh, non ! Ne me dis pas qu'ils sont là ?

— Désolée, répliquai-je. Mais ton père t'aime aussi, tu sais.

Jane se cacha le visage dans les mains.

— Ces beaufs, gémit-elle.

Beaufs ? Elle n'avait pas encore vu son père avec son pantalon de golf. Là, il allait vraiment y avoir du sport.

Elle se planqua derrière la Camaro.

— Mon Dieu ! La honte…

— Avoue que je ne me serais pas inquiétée si je n'avais pas trouvé la maison transformée en bordel.

Jane fronça les sourcils.

— Quel bordel ? On a fait le ménage hier. À propos, G. a trouvé une de tes petites culottes derrière le panier à linge de la salle de bains.

Brave petite. Pas la moindre malice. Dire que la plupart des parents d'ados pensent que leur progéniture leur balance des craques à tout bout de champ. Mais Jane ne mentait jamais. En fait, je ne lui posais pas de questions en dehors de ses résultats scolaires. C'était plus simple. Comme le stop, par exemple. Parfois, il vaut mieux ne pas savoir. Affaire de confiance.

— Bizarre, m'étonnai-je. Y a un truc qui m'échappe. On ferait bien de retourner à la maison.

— Mais je viens à peine d'arriver…

Elle commençait à plaider sa cause quand quelque chose dans mon dos parut attirer son attention. Elle se redressa aussitôt, et aussi incroyable que cela puisse paraître, sortit les mains de ses poches pour se recoiffer rapidement. Elle était devenue toute rouge, baissait les yeux tandis que surgissait à mes côtés, comme un diable sorti de sa boîte, le Mick Jagger de l'archéologie.

— J'espère que je ne vous dérange pas, dit-il, mais je porte un intérêt particulier, tout scientifique bien sûr, aux relations souvent délicates entre mère et fille. Il semble que le processus d'émancipation se fasse systématiquement en opposition avec l'autorité du même sexe. Savez-vous que, dans certaines tribus africaines, le meurtre de la mère est une pratique courante chez les adolescentes – au moins dans le cadre d'un rituel symbolique ?

Gloups !

— Génial, souffla Jane.

— Tu l'as retrouvée ! s'exclama Dan en arrivant à notre hauteur, soufflant comme un bœuf, la brioche rebondissant pesamment sous son polo bleu layette.

Il poussa un gros soupir de soulagement.

— Parfait. Fais-moi penser à te gronder plus tard.

Jane lui décocha un petit salut de la tête.

— J'ai déjà eu mon compte, papa. Mais où est-ce que tu as dégotté ce fute ?

— Il est très bien, répliqua Dan en examinant son pantalon. Tiger Woods porte les mêmes.

Vraiment ? Les mêmes, peut-être, mais six tailles en dessous.

Dan consulta sa montre.

— Bon, il faut que j'y aille. Tu me déposes, Wendy. Je suis déjà à la bourre.

Wendy ne bougea pas.

— Je ne vais nulle part, Chip. Je reste ici. Ce site doit être classé et j'ai l'intention de m'impliquer dès aujourd'hui dans ce projet. Financièrement, s'entend.

Tallow lui adressa un petit baiser de la main.

— Vous êtes une femme admirable, madame Ritter. Tout simplement admirable.

— Allons, Wendy, on est en retard, s'impatienta Dan en s'interposant entre sa femme et Tallow. Je promets de t'acheter un gros rocher tout pareil à ceux-là pour mettre dans le jardin. Plus grand encore.

Elle croisa les bras sur sa poitrine en secouant la tête.

— J'en veux un vrai, extrait des entrailles de la terre de mes propres mains.

— Et ton double avec tes copines ?

— Elles trouveront bien une quatrième. Laisse-moi la voiture. Après tout, c'est la mienne.

Dan se gratta la calvitie, dubitatif.

— Et comment je fais, moi ?

— Je peux te déposer au country club, proposa Mickey. Je patrouille dans le coin les vendredis.

— Puisque c'est comme ça, se résigna Dan. Mais je te préviens, Wendy, je pars, mais j'en ai probablement pour toute la matinée.

Wendy haussa les épaules.

CHAPITRE 12

Jane m'en voulait à mort. Elle regardait obstinément par la vitre de son côté. Après quinze longues minutes de silence, je décidai de briser la glace et lui demandai des nouvelles de G.

— Comment ça se fait qu'il ne t'a pas accompagnée en voiture ce matin ? demandai-je.

Elle se redressa sur son siège.

— Plus de bagnole. Réduite en bouillie sur Center Street la semaine dernière. Pas de bol.

Je sentis mon pied se crisper nerveusement sur la pédale d'accélérateur.

— Mais G. n'y était pour rien. Une mère de famille complètement abrutie avec ses gamins dans un monospace. Elle les engueulait à l'arrière au lieu de s'occuper de la route. Elle nous a percutés de plein fouet en débouchant de Mulberry. Je ne te raconte pas les dégâts.

— Pourquoi tu la traites d'abrutie ? Ce n'est pas de la tarte de conduire avec des enfants à bord.

Je m'arrêtai au feu rouge. Sur le trottoir une maman essayait par tous les moyens de calmer son marmot dans sa poussette.

— Si tu crois, ma chérie, que c'est simple d'élever des enfants, poursuivis-je. Tu verras ce que c'est quand tu te retrouveras avec une fille de dix-sept ans aux cheveux bleus, pratiquant le stop et sortant avec un dégénéré à neurone unique se faisant appeler par la septième lettre de l'alphabet. Ce jour-là, tu comprendras ce que c'est que de conduire un monospace...

— Je ne piloterai jamais ce genre d'engin. On dirait une bétaillère. De toute façon, même si la nana était dans son tort, G. se retrouve à la rue. Son assurance veut le surtaxer de mille cinq cents dollars par an. Sauf s'il conduit un véhicule spécialement adapté.

— C'est quoi, un véhicule spécialement adapté? demandai-je en tournant dans West Goepp Street.

Jane secoua la tête.

— Je ne sais pas. Mais ça m'a l'air d'une sacrée daube.

Je ralentis et matai les autos garées devant la succession de petites maisons en brique toutes identiques. Ford Escort. Trois Chevy Impala. Une Toyota. Ça devait être un visiteur étranger à la ville. On n'aime pas beaucoup les japonaises à Lehigh, patrie des aciéries. Une japonaise passant la nuit sur West Goepp avait toutes les chances de se retrouver salement amochée le lendemain matin.

Jane éprouva un choc identique au mien quand j'ouvris la porte d'entrée. Pourtant, les dégâts m'apparurent tout à fait relatifs maintenant que j'avais récupéré ma petite fille chérie. Rien de catastrophique, au total.

— On a dû se faire cambrioler, dit Jane.

Elle partit inspecter la cuisine tandis que je montais à l'étage. Les tiroirs de ma commode avaient été vidés par terre. Tous à l'exception, grâce à Dieu, de celui du bas. À l'intérieur, le foutoir habituel. J'y rangeais mes petites choses à moi. Les six assiettes de porcelaine à l'effigie de la princesse Diana, mes figurines de Saxe, le plat à tarte Scarlett O'Hara acheté par correspondance. Tout était intact. *Idem* pour mes produits de maquillage, dont certains coûtaient les yeux de la tête.

— La bouffe ! brailla Jane depuis la cuisine. On s'est fait vider le frigo !

Je me précipitai en bas. Jane avait aligné ma série de Tupperware sur le plan de travail. Je remarquai en passant que son sac était toujours là.

— Il n'y a plus rien dedans. À part quelques bouchées. Bizarre. Qu'est-ce que tu en penses ?

— J'ai ma petite idée, dis-je. Et les boissons ?

— Un fond de Minute Maid. Regarde, on n'a pas touché aux légumes, poursuivit-elle en alignant brocolis et carottes sur la table avant d'ouvrir les autres compartiments. Plus de jambon, reprit-elle, plus de fromage. Même les saucisses qui traînaient là-dedans depuis une éternité. Plus de moutarde.

— Visiteur de sexe masculin, conclus-je.

— Tu veux dire qu'un mec s'est introduit chez nous rien que pour bouffer nos restes ?

— Heureusement que tu t'es taillée, sans ça, il t'aurait sûrement demandé de lui préparer ses sandwiches. Est-ce que Stinky t'a paru affamé quand il est passé ?

— Je lui ai proposé un café et des petits gâteaux, mais il a refusé. Il était excité comme une puce et marchait de long en large dans le salon en t'attendant.

— De quoi vous avez causé ?

Jane se mit à jouer distraitement avec un porte-clés abandonné sur le plan de travail.

— Du dioxyde de carbone et de ses propriétés.

Je tiquai.

— C'est tout ?

— Non, répondit-elle en tirant un petit calepin de sa poche revolver.

— Tu as tout noté ?

— Il faut toujours prendre des notes, n'est-ce pas, maman ? (Elle feuilleta rapidement son carnet, puis commença sa lecture.) Il a dit qu'il n'avait rien à voir avec le meurtre de Bud Price et qu'il voulait te parler personnellement à propos de ce qui s'était passé vendredi soir. Il paraissait drôlement remonté. Eh ouais... Il a ajouté que tu faisais fausse route dans ton papier. Mais comme je ne l'avais pas lu, je n'ai pas pu en savoir davantage.

Je me triturai les méninges pour déceler ce qui avait bien pu m'échapper, en bossant pourtant à partir de ses propres documents.

— Il ne t'avait pas aussi laissé un message pour moi ?

— Exact. Il faudrait que tu ailles voir un certain Pete Zidukis à Limbo. Ça pourrait t'aider pour ton prochain article. Au cas où tu aurais besoin de le joindre, essaie à l'Union je ne sais pas trop quoi. Ça doit être un bistrot ou un machin dans le genre. J'imagine qu'il se planque dans le coin, précisa-t-elle en refermant son calepin.

— Qu'est-ce que tu tripotes ?

— Un porte-clés, répondit-elle. Il était sur le plan de travail.

— Fais voir.

C'était un machin publicitaire comme il s'en distribue des tonnes pour attirer le chaland. Celui-ci venait de chez Price Family Ford.

Tout le monde se serait attendu à ce que la concession soit fermée au lendemain de la disparition de Bud Price. Mais que nenni. La vie continuait. Pis, c'était la grande braderie. L'immense salle d'exposition croulait sous les placards publicitaires : « Crédit gratuit/ Partez sans payer/1 000 $ de remise immédiate ».

— Tu sais combien ça consomme, ce machin ? me demanda Jane en consultant la fiche technique d'un gros 4×4. Vingt et un litres en ville, dix-sept sur autoroute. C'est criminel. Complètement suicidaire.

Je jetai un regard circulaire, à la recherche d'un vendeur. Je n'avais aucune idée de la façon dont j'allais pouvoir me dépatouiller pour remonter au lascar qui avait oublié son porte-clés sur mon plan de travail. Une chose était certaine, je ne pouvais pas agir à découvert. Surtout depuis la publication de mon papier dans le *News-Times*. Et si mon cambrioleur avait agi pour le compte des Price ?

— Non mais, regarde cette Ford Expédition ! Seize en ville, douze sur autoroute ! Je rêve ! J'ai l'impression que ces mecs-là n'ont jamais entendu parler du réchauffement de la planète. (Jane s'exprimait de plus en plus fort. Les autres clients commençaient à s'intéresser aux indications du constructeur en tirant la gueule.) Ils s'en fichent qu'on passe nos prochains Noëls sous la canicule. Merci, Monsieur Ford, pour votre obstination à détruire l'humanité.

Les vociférations écologistes de Jane attirèrent un vendeur en blazer bleu marine. Coiffure impeccable et sourire de circonstance.

— Vous rêvez d'un véhicule spacieux et sûr pour votre progéniture ? nous aborda-t-il les mains sur les hanches en désignant l'énorme 4×4 du menton. J'en ai acheté un pour ma propre fille. Ma femme ne lésine jamais sur la sécurité. Eh bien, depuis, je dors sur mes deux oreilles. En cas d'accident sur la route, de collision avec un autre conducteur, même frontale, elle aura la vie sauve. Pas lui.

Restée dans son dos, Jane lui faisait les cornes avec les doigts.

— Frank, dit-il en me tendant la main que je serrai pour ne pas le braquer tout de suite. Que puis-je pour votre service ?

— En fait, je cherche quelqu'un qui a oublié ça chez moi.

Frank reprit sa paluche.

— Pardon ?

Je lui tendis le porte-clés.

— Je voudrais le lui rendre.

Frank ouvrit des yeux comme des portes cochères.

— Je comprends, chère madame, souffla-t-il. Ces porte-clés ont un immense succès. (Puis, retrouvant subitement son sourire :) Ils sont magnifiques, n'est-ce pas ? Regardez la façon…

— Quelle façon ? s'insurgea Jane. C'est du plastique. Fabriqué encore et toujours avec du pétrole ! C'est une fixette, chez vous ?

Frank, de plus en plus sceptique sur nos réelles intentions, décida de nous éloigner (surtout Jane) du hall d'exposition et de nous entraîner dans les bureaux.

Jane avait beau raconter tout ce qu'elle voulait sur les méfaits des carburants fossiles et de la pollution automobile, j'avais toujours adoré me balader dans les grandes concessions. Tous ces capots ouverts sur de splendides moteurs étincelants ! J'aimais l'odeur du cuir neuf, qu'il soit vrai ou faux, éprouver à mon tour, l'espace d'un instant, ce sentiment rassurant que le choix d'une nouvelle voiture pourrait à jamais changer le sens de ma vie.

Frank nous introduisit dans une immense pièce en lambris littéralement tapissée de photos encadrées de Bud Price en compagnie d'une belle brochette de stars, se fendant d'un sourire à se décrocher la mâchoire.

Liza et Bud se tenant par la taille devant le Sands. Bud au chevet de Bob Hope à l'hôpital. Sur scène avec Bill Cosby et Billy Crystal à Las Vegas. Avec Charo et Bo Derek au bord d'une piscine.

Difficile de ne pas me souvenir que la dernière fois que j'avais vu Bud sourire, c'était déguisé en cadavre au fond d'une mine.

— C'est qui, ce petit veinard? demandai-je.

— Mon beau-frère. En fait, nous sommes dans son bureau, répondit Frank en s'installant dans ce qui devait avoir été le fauteuil du mort. (Sa voix prit subitement des accents plus sombres.) Il a été tué vendredi dans l'explosion d'une mine. Moi, j'étais aux Bermudes pour affaires. C'est sa femme Chrissy qui a reconnu le corps.

— Mon Dieu, quelle horreur! m'exclamai-je en décochant un regard assassin à Jane pour *qu'elle... la... boucle.*

— Du coup, je brade, poursuivit-il en se frottant les mains. Pas d'acompte à verser. Crédit gratuit. Aujourd'hui, mais aujourd'hui seulement, vous repartez avec le véhicule de votre choix sans débourser un dollar. Premier versement dans un mois. Bud aurait aimé. J'ai l'impression d'accomplir ses dernières volontés.

Jane faillit s'étrangler. Je lui balançai un coup de pompe. Ouch! Ces satanées Doc Martens. Du béton.

— L'explosion a eu lieu dans la région? repris-je.

— À Slagville. Bud y possédait un terrain.

— Vraiment? La personne que je cherche était de là-bas aussi.

Pari risqué, mais il fallait bien que je tente quelque chose.

— Attendez, attendez, dit-il en fouillant fébrilement dans son tiroir. Oui, j'y suis. Ça m'a frappé parce qu'ils venaient du patelin où Bud a trouvé la mort. Ils sont passés ce matin. En fait, ils étaient deux. Où est-ce que je l'ai fichue? Un des gars m'a laissé sa carte. C'étaient d'anciens mineurs à la retraite. (Il continuait à chercher en ouvrant le tiroir à fond.) Une coiffeuse de Lehigh leur avait recommandé de venir voir Bud de sa part. Qu'il leur ferait un bon prix. Ils avaient une vieille Ford F1. Une vraie antiquité.

— Cette coiffeuse dont vous parlez, ce ne serait pas Bubbles Yablonsky, par hasard? demanda Jane tout à trac.

Je ne l'avais pas vu venir. Je me tortillai nerveusement dans mon fauteuil. Frank s'arrêta de fouiller dans son tiroir.

— C'est ça, Bubbles machin chose. Ces types posaient des tas de questions sur elle. Comment elle avait connu Bud? Où ils s'étaient rencontrés? À croire qu'elle et Bud (il jeta un regard par-dessus son épaule) étaient assez proches, si vous voyez ce que je veux dire.

Jane leva les yeux au ciel.

— Bubbles Yablonsky qui est aussi journaliste au *News-Times*! s'exclama-t-elle. Elle a écrit un article paru ce matin révélant que la McMullen Coal continuait à exploiter le sous-sol du terrain acquis par Bud pour y construire son casino.

Frank se cala dans son fauteuil et vrilla son regard dans le sien.

— Incroyable! Et c'est en découvrant le nom de Price dans le journal que vous avez décidé de nous faire confiance pour l'achat de votre prochain véhicule.

Je ravalai ma salive. La partie s'annonçait serrée.

Jane la joua décontractée. Elle fit une bulle avec son chewing-gum avant de répliquer :

— C'est à voir. Qu'est-ce que vous me proposez?

Frank se vautra quasiment sur son bureau.

— Trois pour cent de remise si vous achetez aujourd'hui. C'est une offre qui ne se refuse pas. Bud doit se retourner dans sa tombe s'il nous entend. (Il referma son tiroir.) De toute façon, je ne sais pas où j'ai fichu les coordonnées de ce type. Vous êtes... madame... ? ajouta-t-il en se tournant vers moi, stylo en main.

J'étais incapable d'articuler le moindre mot. Je n'y comprenais plus rien. Pourquoi deux mineurs à la retraite se seraient-ils introduits chez moi ? Pour y chercher quoi ? Zeke Allen m'avait prévenue. Les mœurs dans la région n'avaient pas beaucoup évolué depuis 1860. Intimidation, assassinat... Se pouvait-il qu'il s'agisse des mêmes personnes qui avaient déjà voulu nous liquider, Stiletto et moi ?

Frank se racla la gorge.

— Madame ?

— Excusez-la, répondit Jane. Sally Hansen. Comme les produits de beauté. C'est facile à retenir.

Au retour, nous passâmes prendre Geneviève qui nous attendait devant la maison, valise prête et mousquet rutilant à la main. Jane s'installa à l'arrière et Geneviève se tassa à l'avant, pour changer. Elle avait littéralement sauté au plafond en apprenant que nous allions à Limbo pour rendre une petite visite à Pete Zidukis.

— Pete Zidukis ? *Le* Pete Zidukis ?

— Je crois, oui, avais-je répliqué. Tu le connais ?

— Qui ne connaît pas le grand Pete Zidukis ? fit-elle en joignant ses deux immenses paluches. *Pete Cul de Plomb*, c'est comme ça qu'on le surnomme depuis son refus d'obéir aux autorités et d'évacuer la zone. C'est notre maître à tous. Un as du complot. Il est au courant de tout.

— Tu es sûre qu'il faut prendre la 22 en sortant de Slagville, Genny?

— T'occupe. De toute façon, Limbo n'apparaît sur aucune carte. Encore une magouille du gouvernement.

— C'est vrai, intervint Jane en vérifiant. Pas de Limbo sur la mienne.

— Qu'est-ce que je disais? se rengorgea Geneviève en reniflant bruyamment.

N'ayant plus rien à bouffer à la maison, nous fîmes un petit crochet chez Mona à Pottsville pour casser une graine. Geneviève, qui avait emmené un Tupperware de betteraves, de harengs et de chou au vinaigre, préféra rester dans la voiture au cas où une bande de mineurs à la gâchette facile ferait irruption dans le paysage pour nous régler notre compte.

Je commandai un sandwich à la dinde et au bacon avec supplément mayonnaise, un peu de salade, un paquet de chips et une bière sans alcool. Jane se contenta d'une salade aux brocolis avec double ration de carottes, vinaigrette à part et eau minérale.

Pendant que Mona nous préparait tout ça, Jane me regardait fixement en tapotant nerveusement le comptoir de ses ongles noirs. Je le sentais venir, le bon vieux sermon sur mes mauvaises habitudes alimentaires. Je m'absorbai dans la lecture des petites annonces punaisées devant la caisse.

— Tu veux te tuer, explosa-t-elle enfin. Tu n'as pas arrêté de manger de toute la journée. Voyons que je me souvienne, poursuivit-elle en fermant les yeux tandis que je me concentrais sur le descriptif d'un lot de jouets bradés à un prix défiant toute concurrence. Café, cookies, chips, barre chocolatée, soda, soda, soda...

— Tu oublies le croissant, ajoutai-je en tirant sur mon top. Et regarde! Pas une once de gras.

Éludant ainsi l'épineux problème de la cellulite, sujet sur lequel j'étais toujours relativement mal à l'aise.

— Il ne s'agit pas uniquement de ta ligne, maman, mais aussi de ta santé, reprit-elle en se tournant vers moi. Tu cumules. Nitrates, graisses insaturées, colorants, mort blanche…

— Mort blanche? l'interrompis-je, subitement très inquiète. Tu veux dire que Mona met de l'héroïne dans ses sandwiches?

— Non, je te parle du sucre. Tu te gaves de sucre. C'est le diabète assuré à quarante ans.

Je balayai l'argument de la main et retournai à mes petites annonces.

— À cet âge-là, je serai déjà mariée à Stiletto ou bien je serai morte.

— Incroyable! s'insurgea-t-elle en tapant du poing sur le comptoir. Toi et les hommes! Toute ta vie a été conditionnée par les mecs. Tu fais tout par rapport à eux.

Doux Jésus! J'attendais cette ouverture depuis que Jane m'avait annoncé par l'intermédiaire de maman qu'elle renonçait à la fac pour aller faire les vendanges en France avec ce crétin de G. Après tout, pourquoi pas? Sauf qu'elle avait décroché une super-moyenne en dernière année de collège et que les universités se battaient pour la recruter. La boîte aux lettres débordait de propositions de bourses plus alléchantes les unes que les autres.

— Comment? explosai-je. Et c'est toi qui me dis ça! Toi qui veux plaquer l'université pour suivre ton abruti de G. à l'autre bout de la terre!

Son visage s'assombrit brusquement.

— Il y a de l'eau dans le gaz entre nous, ces derniers temps, bredouilla-t-elle.

Quoi! Qu'est-ce que je venais d'entendre? De l'eau

dans le gaz? Je me mordis l'intérieur de la joue pour m'empêcher d'afficher un sourire resplendissant.

— Oh? commentai-je sobrement.

Jane me jeta un regard dubitatif. Les prochaines minutes allaient être déterminantes. L'avenir de ma fille dépendait tout entier de la façon dont j'allais négocier ce délicat virage.

— J'imagine que tu es aux anges? poursuivit-elle.

— Double dinde, bacon et triple mayo! intervint Mona en posant mon sandwich sur le comptoir. Ton potager double carotte arrive, ma chérie, ajouta-t-elle avec un petit sourire pour Jane.

— Aux anges, ce n'est pas vraiment l'expression qui convient, répondis-je en ouvrant le paquet de chips. Slurp! Vous aviez l'air de bien vous entendre tous les deux. Qu'est-ce qui s'est passé?

Jane prit une profonde inspiration.

— Comment t'expliquer? En fait, j'ai appris en psycho que les gens curieux intellectuellement avaient une tendance prononcée à se rapprocher de tiers partageant tout ou partie de leur bagage culturel.

— Tu as rencontré quelqu'un, traduisis-je.

— Enfin, pas vraiment, souffla-t-elle en m'attrapant le poignet. C'est un homme d'âge mûr. Un homme qui me comprend, avec lequel je peux discuter de Platon et des trous noirs sans me ramasser des vannes douteuses.

— Potager double! brailla Mona en posant la barquette devant Jane qui l'ignora totalement.

— C'est peut-être ça l'amour.

— Seigneur! bougonna Mona en s'essuyant les mains sur son tablier. Y sont tous pareils, les bouffeurs de légumes! Attends un peu que ça commence à déconner au pieu, ma petite, et tu prendras de la dinde comme ta mère avec supplément mayo.

Mona m'adressa un clin d'œil auquel je répondis par un sourire de gratitude pour la mayo et le bacon frit à point.

— Au lit ! protesta Jane. Mais nous ne couchons pas ensemble. Je suis encore mineure. Il se ferait virer.

Mona disparut derrière sa caisse.

— Six dollars quarante-cinq.

Je comptai sept dollars, les mains tremblantes. Elle me rendit cinquante-cinq cents.

— Allez, ne te fais pas de mouron, ma douce, ajouta-t-elle, l'air compatissant. C'est un sale moment à passer. Tu verras, elle finira bien par tomber sur un petit gars sympa qui lui fera oublier tout ce merdier.

— Je ne pense pas que ce soit ça le problème, répliquai-je.

— À toi de voir.

Je lui adressai un sourire crispé, cette fois-ci, et tendis sa salade à Jane.

— Tu dis qu'il est plus vieux que toi ? repris-je en m'effaçant pour la laisser passer.

Jane sortit la première.

— Il est prof à Lehigh. C'est un Européen.

Européen ? Prof ? Je me mangeai la porte dans le dos. Tallow ! Voilà pourquoi l'autre brêle au foulard avait ricané bêtement en disant qu'elle le suivait partout comme un toutou.

Jane attendit que Geneviève se fût extraite de la bagnole pour se glisser à l'arrière.

— Je peux te poser une dernière question ? dis-je quand nous fûmes installées.

— Si c'est à propos de la différence d'âge, oublie. J'ai toujours été en avance là-dessus. Je me sens adulte et responsable.

Je m'éclaircis la voix.

— Ça dure depuis longtemps, cette histoire ?

Jane retira le couvercle de sa salade et commença à la touiller avec sa fourchette en plastique.

— Nous nous connaissons depuis le début du semestre, en août, quand j'ai commencé à suivre ses cours. (Elle resta un petit moment à contempler un bout de laitue.) En réalité, nous ne sommes vraiment proches que depuis quelques jours.

— Proches ?

— Tu te souviens de ce que je t'ai raconté ce matin sur notre veillée celtique ? (Elle déboucha son eau minérale en évitant soigneusement de croiser mon regard.) Ne dis rien à papa, mais nous avons passé le reste de la nuit enroulés dans une couverture à discuter jusqu'à l'aube. Comment t'expliquer ? Du Shakespeare.

Shakespeare ! Elle en avait de bonnes ! Je ne savais pas que Shakespeare avait écrit une pièce sur un pépère de quarante piges et des brouettes cherchant à abuser d'une gamine à peine sortie du collège.

— On n'a fait que discuter, insista-t-elle. Il n'a même pas essayé de m'embrasser. Il ne m'a pas touchée.

Geneviève et moi échangeâmes un coup d'œil de biais.

— Vaut mieux pas que je m'en mêle, souffla Genny. À ta place, je lui aurais déjà amoché le portrait.

Inutile d'enfoncer le clou. Si Jane avait évoqué Shakespeare, elle pensait probablement à *Roméo et Juliette*. J'avais étudié l'œuvre lors de mes longues années de formation pour adultes et je savais pertinemment que l'attitude négative des parents n'avait fait qu'envenimer les choses.

Inutile donc de la bassiner en m'étonnant à haute voix qu'un type de vingt-cinq ans son aîné, apparemment normal, ait pu tomber amoureux d'elle. À moins d'être une boule de vice et de perversion.

La pauvre enfant allait se ramasser un beau râteau quand elle s'apercevrait qu'elle n'avait été qu'un jouet entre ses mains.

Je me devais de sortir ma tenue de Super-Maman d'Adolescente Vulnérable et d'agir au plus vite. Je me ruai sur la première cabine publique venue, tirai une poignée de pièces de ma poche et m'intimai l'ordre de ne pas raccrocher dès que G. répondrait.

— Ouais, grommela-t-il, j'écoute.

Une télé braillait en arrière-plan. *SpongeBob. Square-Pants.*

Je pris une profonde inspiration.

— Salut, G., c'est Bubbles Yablonsky. La maman de Jane.

— M'ame Y. ! Oh, oh ! Qu'est-ce que j'ai fait comme connerie encore ?

Il coupa le son du poste.

— Ce n'est pas tellement ce que tu as fait, mais ce que tu devrais faire qui m'amène, répliquai-je en lui servant un petit topo de la situation avant de conclure que, s'il ne pointait pas ses fesses illico chez Roxane, il y avait de grandes chances que Jane le plaque définitivement pour Tallow.

— Qui ? Ce dinosaure ? C'est un vieux. Encore plus vieux que Stiletto.

Je serrai les dents.

— Il n'est pas vieux. Il est anglais.

— Je vois. Les nanas craquent pour ces machins bizarres, pas vrai ? Mais on n'a pas à se plaindre. Il aurait pu être australien. Kangourous et tout le toutim.

G. n'avait pas l'air d'appréhender la gravité de la situation.

— C'est toi qui sais, G., tranchai-je. Je ne fais que te mettre au parfum.

— Je croyais que vous me détestiez.

— Qui t'a mis ça dans la tête?

Il y eut une courte pause.

— Vous. Ce sont vos propres mots. Je te déteste, G.

— Tu as mal compris.

— D'accord. Je veux bien venir là-bas, mais à certaines conditions.

Ce petit con se croyait tout permis.

— Quoi?

— Être gentille avec moi. Me préparer des sandwiches et surtout ne pas me manquer de respect.

— Je vais faire un effort.

Pour les sandwiches, on verrait.

— Et je voudrais aussi pouvoir vous appeler Bub.

— Bub?

— Ouais, Bub. C'est plus sympa. Un Coca, Bub. On change de chaîne, Bub. C'est l'heure de *Planète Animaux*, Bub.

— Tout ce que tu voudras, conclus-je en raccrochant avant d'aller retrouver Jane qui engueulait copieusement le mec de la station-service parce qu'il n'avait pas de container approprié pour recycler sa boîte à salade.

Cette première démarche accomplie pour tirer ma fille des griffes de Tallow, je me sentis beaucoup mieux. Si j'étais capable d'affronter les grands défis de la maternité, je devais pouvoir mener à bien tout le reste, pensai-je en reprenant la route. Jane s'était endormie à l'arrière et Geneviève ronflait à mes côtés.

L'avenir s'annonçait radieux, comme aurait dit Mickey. J'allais rendre mes hommages à Pete Zidukis, boucler mon enquête et rentrer à la maison avec ma petite Jane sous le bras.

Quant à savoir qui nous avait envoyés nous faire tuer au puits numéro 9, la question n'était plus d'une grande actualité. Avec un peu de chance, le coupable avait digéré la leçon et ne se manifesterait plus jamais. Une mauvaise plaisanterie, sans doute.

Malheureusement, le répit fut de courte durée. Je n'aurais jamais dû repasser au salon avant de filer à Limbo. Je trouvai Roxane en pleurs. Apparemment, mes mystérieux visiteurs avaient encore frappé.

CHAPITRE 13

— C'est vraiment bizarre, dit Roxane en se passant un petit coup de mascara après avoir fini de pleurer. Ils n'ont rien touché dans le salon et la caisse n'a pas été forcée.

— Ça va durer encore longtemps ? beugla une cliente sous son casque.

Roxane consulta sa montre.

— Encore deux minutes, madame Forster. (Puis, se tournant vers moi :) Il n'empêche que je préfère ne pas dormir seule ce soir. J'ai vu ta mère ce matin avant qu'elle parte à la recherche du journal de Nana et elle m'a promis de rester avec moi. Mais je me sentirais mieux si c'était toi. C'est quoi, comme fusil, ça ?

Elle pointa le menton en direction de Geneviève qui avait entrepris de visiter chaque pièce de la baraque, au cas où.

— Un mousquet, répondis-je. T'occupe. (Je sortis mon calepin.) Tu as exactement deux minutes pour me raconter ce qui s'est passé. Dans le moindre détail.

Roxane m'expliqua qu'elle s'était endormie la nuit dernière devant la télévision sur le canapé du salon. Elle ne s'était réveillée que peu après six heures ce matin. Elle s'était habillée, prête pour une nouvelle journée. Lors d'une pause au salon, elle était montée dans la chambre d'amis pour changer les draps au cas où je déciderais de dormir chez elle. C'est à ce moment-là qu'elle avait trouvé le tiroir du haut de sa commode renversé sur le lit.

— Tu as appelé Donohue ?

— Pour lui dire qu'on avait touché à un de mes tiroirs ? (*Ding.* C'était le minuteur de Mme Forster.) Slagville est peut-être une petite ville de province, mais j'imagine que, même ici, les flics ont autre chose à foutre.

Je lui racontai à mon tour l'étrange cambriolage dont j'avais été victime à Lehigh où seule ma commode avait été visitée.

— Tu crois qu'il y a un lien ? demanda Roxane en se précipitant pour éteindre le casque de sa cliente.

— Je ne sais pas. Il faudrait savoir ce qu'ils cherchaient exactement. (C'est alors que j'eus une illumination.) Et la boîte contenant les documents ?

— Envolée, évidemment, répondit Roxane en commençant à défaire les bigoudis de Mme Forster. Stinky va me tuer.

Elle n'était pas la seule à risquer des emmerdes. M. Salvo aussi voudrait sans doute me parler du pays. Après mon coup de bluff avec Griffin pour faire passer mon papier, mon patron n'allait pas être franchement ravi d'apprendre que je n'avais plus rien pour étayer mes dires. Mon Dieu ! Que se passerait-il en cas de poursuites ? Ce serait la fin de sa carrière. Viré. Et je ne pourrais rien pour le tirer d'affaire.

— Rien à signaler, annonça Geneviève. En attendant, ma petite Roxane, ouvre l'œil et reste sur la défensive. Sers-toi des instruments à ta portée en cas d'attaque-surprise. (Puis, pointant la bouteille de détartrant que toutes les coiffeuses du monde utilisent pour nettoyer leurs lavabos :) Ce machin, par exemple, peut neutraliser un homme dans la force de l'âge en un éclair. Apprends à t'en servir. Ménage-le. Ça peut devenir ton meilleur ami.

Mme Forster paraissait vouloir disparaître dans son fauteuil tandis que Roxane fixait la bouteille de détartrant d'un autre œil.

— On ferait bien d'y aller, Bubbles. Jane nous attend dans la bagnole depuis plus d'une demi-heure.

Armée du précieux flacon, Roxane, apparemment soulagée, nous raccompagna jusqu'à la porte. Geneviève, Jane et moi prîmes le chemin de Limbo pour rencontrer Pete Zidukis. À droite après le stade de base-ball, juste en face de la caserne de pompiers, puis tout droit jusqu'au sommet de la colline. Jane scrutait les environs pour dénicher le fameux Union machin chose où était censé se planquer Stinky. Sans résultat. Je pris à gauche, ignorant superbement toutes les pancartes DÉFENSE D'ENTRER qui jalonnaient la route.

— Arrête-toi ici, m'ordonna Geneviève.

Je garai la voiture devant un grand panneau installé par le gouvernement fédéral avertissant des dangers à pénétrer dans la zone. Nous sortîmes de la bagnole, prîmes connaissance des injonctions légales, puis contemplâmes la vue.

Je n'étais pas revenue à Limbo depuis mon enfance où nous fêtions Thanksgiving dans la famille de Roxane. L'endroit était maintenant à l'abandon. Qui se serait douté qu'à cet emplacement s'était édifiée une cité ouvrière débordante d'activité, célèbre dans toute la région pour sa Saint-Patrick et ses feux d'artifice du 4 Juillet ?

Dire que trente ans auparavant, des gamins dévalaient

les pentes de Troutwine en luge pendant l'hiver, jouaient au ballon dans le parc en été ou faisaient du patin dans les feuilles mortes sur l'esplanade de l'église Saint-Ignatius à l'automne. Il y avait bal tous les vendredis soir à l'American Legion et d'interminables files d'attente à la poste le samedi, jour de marché.

Aujourd'hui, il ne restait qu'un entrelacs de rues défoncées ne menant plus nulle part. Les jardins étaient retournés à l'état sauvage, les herbes folles envahissaient les trottoirs. Un calme absolu régnait. Même les oiseaux semblaient avoir renoncé à chanter.

— Il n'y a pas de fumée, s'étonna Jane.

— Pose ta main par terre, dit Geneviève en plaquant elle-même sa paume contre le trottoir.

— Incroyable ! s'exclama Jane en ouvrant des yeux comme des soucoupes. C'est tout chaud.

— Normal, Sally, expliqua Geneviève. Le feu continue à ravager les entrailles de la terre.

— Sans blague !

— Comment ça se fait que personne n'ait essayé de l'éteindre ? demandai-je.

— Ces connards de l'administration ! Personne ne voulait endosser la responsabilité. Ça n'a cessé de traîner. Jusqu'à ce que le feu devienne incontrôlable.

— C'est toujours la même chose, s'insurgea Jane. Les bureaucrates sont les pires ennemis de l'environnement. Des tarés…

— S'il n'y avait que ça, soupira Geneviève. Pete te racontera.

Nous reprîmes la Camaro et roulâmes à travers les rues de la ville fantôme jusqu'à atteindre l'une des rares maisons encore en assez bon état. Elle se situait dans un coin plutôt résidentiel sans doute plein de charme avant l'incendie. Comme la plupart des autres baraques de Limbo toujours debout, elle était étayée pour éviter qu'elle ne se casse la gueule. En revanche, sa voisine présentait une façade effondrée qui laissait apercevoir les restes d'un intérieur dévasté comme après un bombardement.

Pete se tenait à l'arrière, occupé à ramasser les feuilles mortes. Plus âgé que maman et Geneviève, il portait une chemise de flanelle verte et un pantalon de velours côtelé marron. Malgré un dos légèrement voûté, une chevelure d'un blanc immaculé et une allure chétive, il bossait avec une vigueur étonnante pour son âge.

Geneviève, les yeux exorbités, bouche ouverte, semblait incapable d'articuler un mot. Elle restait simplement là, un peu en retrait, serrant son sac à s'en péter les phalanges comme une midinette devant la réincarnation de Kurt Cobain.

Je me présentai. Bubbles Yablonsky, journaliste dans un canard de Lehigh.

— Lehigh, reprit Pete en se grattant la tête. Je n'y suis pas allé depuis une éternité.

— Moins d'un siècle, en tout cas, répliquai-je. Je ne vous donne pas plus de soixante-dix ans.

Pete esquissa un sourire poli.

— Vous avez l'art d'enjoliver les choses, dit-il.

— Merci. J'ai toujours eu la fibre littéraire.

Sympa, finalement, d'être complimentée pour autre chose que la qualité de mon maquillage et certaines de mes rondeurs soulignées par mes fringues moulantes.

Jane se carra résolument devant le bonhomme. Je ne l'avais jamais vue si sûre d'elle.

— Ma mère ici présente, embraya-t-elle aussitôt, a écrit un article hier révélant que la McMullen violait la loi en continuant à prospecter sous la Dead Zone. Karl

Koolball est passé ce matin chez nous et lui a suggéré de venir vous voir.

— Il a même précisé, ajoutai-je, que vous sauriez m'indiquer ce qui ne va pas dans mon papier.

— Pourquoi pas maintenant? répondit-il en posant son râteau contre le mur. Je n'ai pas lu votre article, mais Stinky est passé très récemment à la maison. Il voulait tout un tas de renseignements sur le gisement du Mammouth.

— Le gisement du Mammouth? C'est quoi, ça? demandai-je.

— Une gigantesque réserve de charbon évaluée à cent milliards de dollars, répondit Geneviève en sortant brusquement de sa léthargie. Située là, exactement sous nos pieds.

— Tiens, tiens, tiens, répliqua Pete. Et d'où tenez-vous cette information, ma belle dame?

— D'un article de *La Gazette des Complots* écrit par un certain Pete Cul de Plomb, *alias* Pete Zidukis. (Geneviève était rouge comme une pivoine et se tenait la tête légèrement baissée comme une gamine amoureuse de son instit. Décidément.) Je l'ai lu cinq fois.

Pete sourit d'une oreille à l'autre, ses yeux d'un bleu presque transparent pétillant de gratitude.

— Impressionnant. Mais j'ai le sentiment que nous nous sommes déjà rencontrés.

— Au congrès d'autodéfense à Schnecksville, gloussa-t-elle. *Bouffe déshydratée et générateur*s. Votre intervention portait sur la survie sous terre par de très fortes températures.

— L'enfance de l'art quand on vit à Limbo!

— En attendant, intervint Jane, peu convaincue, il n'y a aucune trace de feu dans le coin. Je croyais que toute la ville avait été ravagée.

— Vous voulez voir? proposa Pete. Suivez-moi. Ce n'est pas loin.

— Tu ne le trouves pas génial? me susurra Geneviève à l'oreille tandis que nous remontions vers Saint-Ignatius, mes talons hauts résonnant étrangement dans ce désert urbain. Je le trouve à mourir.

— Je pense que ce type a le cerveau embrumé à force de respirer tous ces gaz souterrains, gémit Jane quand Geneviève eut rejoint son Apollon. Je comprends maintenant pourquoi personne ne vit plus ici.

Dix minutes plus tard, nous étions tous les quatre au bord d'une sorte de cratère grisâtre bordé d'arbres morts couverts de cendres blanches. Derrière nous, l'église. En face de nous, le cimetière à flanc de colline à deux doigts de glisser dans le gouffre.

La scène me rappelait un champ de bataille dans les films de guerre. D'épaisses fumerolles blanches s'échappaient du sol, rendant la terre si chaude par endroits qu'elle était devenue une sorte de soupe épaisse marronnasse. J'avais l'intérieur du pif en feu, un peu comme lorsque l'on décape son four.

— Si on reste ici trop longtemps, moi aussi je vais finir par voir des complots partout, dit Jane en se couvrant le nez de la main.

Voici le cœur de la fournaise, mesdames, reprit Pete. Mais, comme vous pouvez le constater, le reste de Limbo est parfaitement intact, à part quelques trous ici ou là. Expliquez-moi alors pourquoi le gouvernement a dépensé quarante-deux millions de dollars tirés de la poche des contribuables pour déplacer tous les habitants.

— Il a dû penser que ce n'était pas vraiment très sain de vivre au-dessus d'un brasier permanent, répliqua

Jane. Logique. Mais je crains que la logique ne soit pas franchement une spécialité locale.

— Faux, archi-faux ! s'exclama Pete. Le gouvernement fédéral se fout royalement de la sécurité de ses administrés. Tout ce qui l'intéresse, c'est de mettre la main sur le gisement du Mammouth – une pluie d'or qui aurait dû revenir aux habitants de Limbo. Une fois le hold-up du siècle réussi, il s'empressera de revendre les droits d'exploitation à une compagnie minière de Philly qui, en contrepartie, fera de généreux dons pour la réélection du Président.

— Et il est où exactement, ce prodigieux gisement ? demanda Jane.

— Sous Limbo, et il s'étend jusqu'à la Dead Zone, répondit Pete en croisant les bras. Vous comprenez maintenant pourquoi l'administration a interdit l'exploitation de la Dead Zone. En réalité, les deux filons n'en font qu'un.

Les terrains acquis par Bud pour construire son casino se situaient pile-poil dans la zone convoitée.

— Il y a des milliards de tonnes de charbon là-dessous, poursuivit Pete. Le problème, c'est de les extraire. Et pour ça, il faudrait raser la ville. Un peu comme ça s'est passé en Virginie.

Il fit une courte pause avant de reprendre.

— Le danger, c'est le feu. Si l'incendie se propage sous terre jusqu'à la Dead Zone, c'est toute la contrée qui explose. Avouez que c'est rageant d'être assis sur un tel magot et de le voir partir en fumée.

— Je ne comprends pas, intervins-je. Si on ne peut pas exploiter le gisement, pourquoi avoir viré les habitants ?

— Un peu de jugeote, Bubbles. Pour exploiter le gisement, répondit-il en remontant son pantalon, il faudrait éteindre le feu, et si on éteignait le feu, tout le monde reviendrait s'installer à Limbo. Le projet tomberait à l'eau.

— On tourne en rond.

— Pas vraiment. L'incendie permet de gagner du temps. En fait, il n'y a pas vraiment de danger à vivre ici. C'est de l'intox. Mais le gouvernement a agi sous la pression du lobby minier. Une fois la ville en ruine, les terrains seront cédés pour une bouchée de pain. Il ne restera plus qu'à éteindre le feu. On a fait d'énormes progrès dans ce domaine. La boucle est bouclée.

— Vous pensez que la McMullen Coal est dans le coup ? embrayai-je.

Pete fronça les sourcils.

— Pas assez gros pour ce type d'opération. Et d'ailleurs, pourquoi auraient-ils vendu à perte la Dead Zone à Price ? S'ils étaient dans la combine, ils avaient tout intérêt à garder ces terrains le plus longtemps possible.

— Ils ne vous ont pas offert des millions de dollars pour déménager ? s'étonna Jane.

— Oh ! mais si ! Ils ont envoyé leurs avocats avec de bons gros chèques. Mais j'ai refusé. Pour l'instant, c'est l'impasse. L'incendie continue et ils ne peuvent pas extraire le charbon.

— Vous n'avez pas peur qu'ils essaient de vous tuer ? demanda Geneviève.

— Je sais me défendre, allez. Nous avons créé une petite milice armée jusqu'aux dents avec quelques amis. On ne se laissera pas faire. Croyez-moi.

— Mon Dieu, je suis en train de tomber amoureuse, marmonna Geneviève.

— Si on se taillait, intervint Jane qui commençait à se sentir bizarre. J'ai envie de vomir.

Jane et Geneviève repartirent avec Pete, tandis que je restais à arpenter les environs. Le spectacle était fascinant. Tout en marchant, j'essayais de comprendre en quoi les dernières révélations de Pete changeaient la donne. Si effectivement, la McMullen exploitait illégalement le charbon de la Dead Zone, il y avait peut-être un lien avec l'existence du gros mammouth. Mais dans ce cas, pourquoi céder à bas prix la poule aux œufs d'or à Price ? Price que l'on avait retrouvé assassiné dans un de leurs puits.

Je décidai de monter jusqu'à Saint-Ignatius pour profiter d'une meilleure vue d'ensemble. L'église devait être abandonnée depuis des lustres. Les mômes s'étaient défoulés à coups de pierres sur les vitraux. Des débris de verre de toutes les couleurs et des cannettes de bière rouillées jonchaient le parvis. Dire qu'en des jours meilleurs, des couples se mariaient ici, qu'ils baptisaient leurs enfants et honoraient leurs morts. Et maintenant… rien que la désolation qui envahissait le paysage. Quel gâchis par la faute de quelques bureaucrates incapables…

Une portière claqua dans mon dos. Je me retournai pour apercevoir un type qui fermait sa Saab et se dirigeait vers moi, le pas hésitant, la cravate défaite, le Burberry froissé et le regard assassin.

Hugh McMullen bourré comme un cochon.

CHAPITRE 14

— Pas ici, lança-t-il en pénétrant dans l'église. Venez par là. Dans mon sanctuaire.

J'hésitai un instant avant de le suivre à l'intérieur. En m'accoutumant à la pénombre, je distinguai dans le fond un Christ en croix et une petite statue, bleu et rose, de Marie pleurant à ses pieds.

Mais Hugh McMullen semblait avoir disparu.

— Y a quelqu'un ? appelai-je.

— Prenez l'escalier, répondit-il.

La voix venait d'une porte située à gauche de l'autel. Je gravis quelques marches, enjambai une large faille qui paraissait couper l'édifice en deux comme après un tremblement de terre.

— Putain ! m'exclamai-je en manquant me rompre l'échine.

Je tournai la tête en direction de la triste figure décharnée, probablement atrocement déçue par mon langage de charretier.

— Oups ! Désolée.

Je longeai la fissure qui s'élargissait à mi-chemin, puis me penchai pour regarder dans le gouffre. Une petite fumée blanche montait de l'abîme. J'étendis la main et la retirai aussitôt, sous l'effet de la brûlure. C'était un véritable miracle que l'église tienne encore debout.

Autour de moi, les saints, en tout cas ceux restés intacts, me souriaient avec bienveillance comme pour m'encourager à la patience et au renoncement. Mon Dieu!

J'arrivai devant la porte ouvrant sur un escalier qui s'enfonçait dans lc sol. Il faisait affreusement sombre là-dedans. Et chaud...

En bas des marches, une flopée de portes s'alignaient dans un long corridor. Ça sentait la craie, le crayon de couleur et la pâte à papier comme dans une classe de maternelle. Je m'arrêtai devant la porte du fond au chambranle doré.

En poussant le battant entrebâillé, je sursautai en découvrant Hugh, me tournant le dos, agenouillé dans une petite chapelle. Deux cierges éclairaient vaguement la pièce. Il y faisait une chaleur d'enfer et ça puait la clope.

— Monsieur McMullen? soufflai-je.

Hugh McMullen se retourna à la façon d'un automate.

La lumière des bougies n'arrangeait en rien son look. Les cheveux en bataille, pas rasé, il avait posé sa gabardine sur une chaise et enlevé sa cravate. De la boue maculait ses jolis petits mocassins.

— Qu'est-ce qui vous est arrivé? demandai-je.

Hugh McMullen releva de la main la mèche tombée sur son front.

— Je suis rincé, voilà ce qui m'arrive, répondit-il en tirant nerveusement de sa poche un paquet de Dunhill. Une éternité que je n'avais pas fumé. Vous êtes seule? s'enquit-il.

Ses mains tremblaient alors qu'il allumait sa cigarette avec un briquet en argent.

— Pourquoi? m'étonnai-je.

— Il fallait que je vous parle. En privé. Loin des autres journalistes.

— Vous auriez pu le faire hier soir quand j'ai cherché à vous joindre à l'auberge pour vous interviewer, répliquai-je en écartant la fumée de la main – ça devenait irrespirable dans ce gourbi. Si vous avez à vous plaindre de mon article de ce matin, appelez mon rédacteur en chef au *News-Times*.

Une seconde. Qu'est-ce que je venais de dire? Gonflée, la petite. À cette heure, mes patrons avaient déjà probablement rayé Bubbles Yablonsky de leurs tablettes à gros traits rouges.

— Je me fiche complètement de votre papier, répliqua-t-il en calant ses fesses contre l'autel. Je me contrefous de ces histoires de permis d'exploitation, de trust du charbon et de tout ce qui touche à la mine. J'ai hérité cette compagnie de mon père qui lui-même l'avait héritée du sien. Je n'ai jamais demandé à m'occuper de tout ça.

Je le regardai téter sa clope. Pauvre petit chéri! La vie lui avait tout servi sur un plateau d'argent et ça ne paraissait pas encore assez beau. Ça méritait une bonne fessée et au lit!

— Vous n'allez pas me faire croire que vous n'étiez pas au courant que votre propre entreprise creusait illégalement sous la Dead Zone, sans autorisation aucune, y compris en bidouillant les cartes pour échapper aux poursuites?

— Rien à secouer. Je paie tout un tas de gens des fortunes pour veiller sur ce genre de conneries. Vous savez ce que j'ai répondu au gouvernement quand ils m'ont demandé ce que j'allais glander sous la Dead Zone? Que mes mineurs s'étaient sûrement égarés. C'est pas bien éclairé là-dessous, vous savez.

Je faillis éclater de rire. Le mec était plutôt franc du collier, même s'il ne semblait pas se soucier beaucoup du sort de ses ouvriers.

— Écoutez, il faut que j'entre en contact avec Karl Koolball, reprit-il en écrasant son mégot sur le sol de la chapelle. (Le sol de la chapelle !) Depuis le meurtre de Price, vous êtes la seule personne à savoir où il est.

Je tombai des nues.

— Comment...

— Je suis dans une merde royale, m'interrompit-il avec impatience. Je dois absolument le voir.

— À propos de la Dead Zone ?

— Noooonn ! protesta-t-il en se massant les tempes. (Visiblement, je commençais à le gonfler sérieux.) Pour tout à fait autre chose. Un truc que je n'ai pas envie de raconter à une petite fouineuse répondant au curieux nom de Bubbles Yablonsky.

— Pour avoir descendu Bud Price ? embrayai-je en retenant mon souffle et croisant mentalement les doigts.

McMullen secoua tristement la tête.

— La presse est déjà au courant. Pourtant, Donohue m'avait juré de garder ça pour lui.

— Je ne vous crois pas.

— Dommage.

— Vous me charriez. Mais fifille veille au grain. (J'avais entendu ça dans une publicité et je m'étais promis de le balancer au premier mec qui voudrait me mener en bateau.) Faisons moitié, moitié. Vous me mettez au parfum et moi je vous cause de Stinky.

— Vous êtes une dure à cuire.

Je hochai la tête.

— Ça se murmure, répliquai-je en sortant calepin et stylo. Commençons par le début. Avez-vous tué Bud Price ?

— Je ne parlerai qu'en présence de mon avocat.

— Dans ce cas, vous pouvez dire adieu aux infos concernant Karl Koolball.

Il se croisa les bras sur la poitrine et planta ses yeux dans les miens.

— Non, je n'ai pas trucidé Bud Price. Comme je viens de vous l'expliquer, je me fiche totalement des histoires de charbon. Je reste dans la combine uniquement parce que ça me rapporte un million de dollars par an. Vous renonceriez à un million de dollars, vous ? Surtout versés à ne rien faire ?

Il s'alluma une seconde clope.

— Je n'ai aucune idée de ce qui s'est passé. Tout ce que je sais, c'est que les flics de Keystone ont déterminé que la balle avait été tirée par une arme m'appartenant, un Smith & Wesson que je gardais bien rangé dans un tiroir chez moi à Pittsburgh.

— Elle est où maintenant ?

— Aucune idée. Plus à la maison en tout cas. Je ne serais pas surpris d'apprendre qu'elle est en possession de Donohue.

Gloups !

Je prenais des notes comme une malade. On allait commencer à me donner du Bubbles *le scoop* Yablonsky en salle de rédaction.

— Étiez-vous à Pittsburgh le soir du meurtre ?

— Il y a un petit malentendu à ce sujet. J'étais à Slagville chez une personne de ma connaissance.

— Nom de cette personne ? demandai-je, le stylo suspendu.

— Ça ne vous regarde pas.

— Original comme nom. Avouez que ce serait ridicule dans votre situation d'avoir recours à un alibi…

— C'est bien pour ça que je me retrouve dans ce trou avec vous, répliqua-t-il sèchement en allumant une troisième cigarette. Je vous le répète. Il faut absolument que je voie Koolball. Mon amie est morte de trouille. C'est bien naturel, les flics l'ont menacée de la jeter en prison si elle se mouillait pour moi.

— Quel est le rôle de Stinky là-dedans?

Il m'attrapa par le colback, l'air frondeur d'un enfant gâté.

— J'en ai assez de répondre à vos questions idiotes. Dites-moi où se cache Koolball!

J'essayai de rester le plus calme possible. McMullen venait de franchir la frontière qui sépare le gentleman du névropathe avéré. En clair, il avait pété un câble.

— Calmez-vous, Hugh, soufflai-je. Calmez-vous. À la vérité, je ne sais pas vraiment où est Stinky. Il…

— Quoi?

Il me rejeta violemment, puis leva un poing menaçant. Je m'enfouis le visage dans les mains en priant pour qu'il ne me frappe pas. Je déteste avoir mal.

J'entendis le fracas d'une chaise éclatée contre le mur.

— Fifille veille au grain, n'est-ce pas? Espèce de petite conne!

— Touchez-moi, Hugh, répliquai-je en retirant mes mains, et ce coup-ci Donohue aura une excellente raison de vous coller en taule pour de bon. Je n'ai jamais promis que je vous apporterais Stinky sur un plateau, mais seulement que je vous dirais ce que je sais. Stinky est en cavale. Si je le vois, je l'avertirai que vous voulez lui causer.

Il écrasa rageusement sa cigarette par terre et ramassa imper et cravate.

— Je le trouverai bien tout seul.

Il envoya valser une autre chaise et quitta la pièce en claquant la porte de toutes ses forces.

Waouh ! Je poussai un interminable soupir et m'effondrai sur la dernière chaise intacte. Quelle aventure ! Je tremblais comme une feuille, au point de manquer glisser de mon siège.

De nouveau des pas dans le couloir. Ouais, super ! Ce cher Hughie revenait pour me flanquer la raclée de ma vie. J'entendis qu'on farfouillait sous la porte, comme si on voulait calfeutrer la pièce, puis un clic.

Je n'aime pas les clics.

Je soufflai les bougies, me plaquai contre le mur et tentai d'ouvrir. Exactement ce que je craignais. La porte était verrouillée, et sa poignée brûlante.

Quand tu te sens en danger, cours en rond en hurlant de toutes tes forces.

Cette phrase de maman quand j'étais petite me tournait en boucle dans la tête tandis que je ruinais ma manucure à quinze dollars en tentant d'ouvrir la lourde. Peine perdue. Elle demeurait hermétiquement close. Une sorte de manteau ou un truc dans le genre bouchait l'espace entre la porte et le sol.

Sans doute l'imper de McMullen.

Je mis à profit mes anciens talents de pom-pom girl en braillant à pleins poumons jusqu'à m'en casser les cordes vocales. Puis la tête commença à me tourner. Je me laissai tomber sur la chaise, le visage entre les genoux, tremblant de tous mes membres.

Empoisonnement au monoxyde de carbone. Invisible. Inodore. Quelqu'un m'avait fait un topo là-dessus. Mais qui? Donohue! Je connaissais la liste des symptômes – mal de crâne, vertiges, nausée. Ça débutait comme une grippe et ça finissait par la mort ou pis… la débilité mentale. Je n'avais pas du tout envie de terminer à l'asile, nourrie à la petite cuillère. Je ne voulais pas mourir non plus, même pour la bonne cause. J'avais juste besoin de dormir.

Mes paupières devenaient de plus en plus lourdes et j'aurais tout donné pour une petite sieste. J'y verrais peut-être plus clair après un bon dodo. Mais attention, Bubbles. Danger! me répétait une petite voix dans ma tête. Si tu t'endors, tu risques de ne plus jamais te réveiller.

Elle avait raison, cette petite voix. Elle ne s'était pas trompée dix-huit ans auparavant en me recommandant de ne pas aller à cette boum où je rencontrai Dan le Magnifique défoncé à la bière. Elle avait eu raison de me mettre en garde contre ce vendeur de chez Radio Shack avec qui je partageai cinq minutes d'intimité sexuelle à l'arrière de ma Camaro.

Pourtant, je tombais de sommeil.

Adossée au mur pour ne pas m'effondrer, je plongeai ma main dans mon sac et en tirai mon portefeuille. D'accord, ma carte Visa était plutôt à plat, mais elle pouvait encore se montrer utile. J'avais vu Stiletto s'en servir pour faire sauter un verrou en plein pays amish. Je sortis l'infâme petit rectangle en plastique et tentai de me concentrer.

À tâtons, je trouvai la fente salvatrice, y glissai la carte au niveau de la serrure et poussai un petit cri de joie quand la Visa, flexible à souhait à force de servir à tout bout de champ, fit céder le loquet. La porte s'ouvrit.

Je remarquai comme dans un brouillard que ce n'était pas le Burberry de McMullen qui calfeutrait la lourde, mais une sorte de bâche bleue. Super, pensai-je en bâillant à m'en décrocher la mâchoire.

L'air semblait plus respirable dans le corridor. Impossible pourtant de mettre un pied devant l'autre. Une petite sieste ne pouvait pas me faire de mal maintenant que j'étais hors de danger. Je posai mon sac et m'allongeai sur un banc au pied des marches. Je m'endormis aussitôt en ressassant une tonne de soucis. Jane et Tallow. Qu'était-il arrivé à McMullen ? Où se trouvait Stiletto ? Et pour finir, comment je m'appelais ?

Mon nom. J'étais incapable de me souvenir de mon nom. Ce devait être un truc sophistiqué collant parfaitement à une journaliste de ma classe, un machin à la Diane Sawyer ou à la Maureen Dowd.

Sûr.

CHAPITRE 15

— Bubbles ! Bubbles Yablonsky !

Ouais, voilà. J'étais Bubbles. Pas vraiment très sophistiqué, n'est-ce pas ? Un nom d'héroïne de *comics* ou de dessin animé. Quelle sorte de génie m'avait affublée d'un prénom pareil ?

— Il faut sortir d'ici.

Tout à fait exact, acquiesçai-je mentalement. Mais encore cinq minutes de dodo.

— Laissez-moi dormir...

Deux puissants bras musclés m'attrapèrent par les aisselles pour me mettre debout. Un mec marmonnait des prières dans mon cou.

— Doux Seigneur, sauvez cet agneau d'une affreuse fin ! Donnez-moi la force de l'emmener en sécurité comme vous avez donné la force à Vos serviteurs de survivre aux temps des persécutions. *Amen.*

Ma tête retomba en arrière et je m'entendis émettre un monstrueux ronflement. Vacarme qui me réveilla suffisamment pour distinguer une casquette de base-ball et une touffe blonde.

Zeke Allen.

— Eh! la Belle au bois dormant! dit-il en me collant de petites tapes sur les joues. Debout, debout! Ou vous serez bientôt de l'histoire ancienne. Et Dieu sait que ce n'est pas votre discipline favorite. (Il me posa sur son épaule.) Vous pesez combien? demanda-t-il.

— Cinquante-six kilos.

Comme toutes les femmes, je pouvais mentir sur mon poids dans n'importe quelle situation : intoxication au monoxyde de carbone, incendie, crash d'avion, au choix. C'était cinquante-six kilos, qu'il pleuve ou qu'il vente.

— N'oubliez pas mon sac à main.

— Pas le temps!

— Mon sac! Une nana qui se respecte ne sort jamais sans son sac.

Il s'agenouilla lentement pour le ramasser.

— Et mes chaussures, ajoutai-je en constatant qu'elles avaient glissé par terre pendant mon sommeil.

— Dites, il n'y aurait pas eu de survivants sur le *Titanic* si vous aviez été à bord!

Une poignée de secondes plus tard, nous étions dans la nef. Il faisait nettement meilleur ici. Mais j'avais la tête comme une bonbonne. Ouch!

— Vous avez prié, n'est-ce pas?

— Ça ne peut pas faire de mal.

Il me porta sur le parvis. Le soleil étincelait dans un ciel d'un bleu éclatant et je respirais un air abondant et pur – en tout cas aussi pur qu'il pouvait l'être dans un patelin comme Limbo, PA. Zeke me coucha délicatement sur l'herbe sèche. Je me calai aussitôt les mains derrière la tête pour reprendre mon petit somme. Pourquoi ne me laissait-on pas dormir tranquillement au lieu de me trimballer sans cesse d'un coin à un autre?

Zeke se pencha sur moi. Je sentis son souffle se rapprocher puis ses lèvres se coller aux miennes. Elles étaient charnues et douces. Le temps d'un soupir, j'eus de nouveau vingt-deux ans. Vibrante. Disponible. Un beau mec me faisant des papouilles. Je me collai à lui. C'était bon. Chaud. Excitant…

— Oh ! bas les pattes ! m'exclamai-je en le repoussant brutalement. Qu'est-ce qui vous prend ?

— Je vous fais du bouche-à-bouche, répondit-il en s'asseyant, l'air renfrogné. Vous ne respiriez plus.

Mon cœur battait à tout rompre. Quelles qu'aient été ses motivations, il fallait bien avouer que Zeke m'avait drôlement secoué les sangs, avec des poumons bien dilatés et un pouls qui devait s'élever à cent vingt pulsations.

— Vous n'avez pas le droit de me faire du bouche-à-bouche, murmurai-je.

— Ne dites pas n'importe quoi. Quand je vous ai trouvée dans l'église, vous étiez pratiquement morte. Avouez qu'on n'en serait pas là si on m'avait laissé exercer tranquillement mon boulot de garde du corps.

Mes oreilles se mirent subitement à siffler comme si une nuée de moustiques venait de s'y engouffrer. *Tsseeee !*

— Qu'est-ce qui s'est passé ? demandai-je.

— Je voudrais bien le savoir. Je m'étais arrêté à la banque en face du salon pour encaisser un chèque. Quand je suis revenu, mon pot d'échappement regorgeait de purée. Mon carburateur aussi.

Zeke enleva sa casquette pour se passer la main dans les cheveux. Il était bronzé et baraqué à se damner. Genre surfeur – en imaginant que l'océan Pacifique vienne un jour baigner les frontières de l'est de la Pennsylvanie.

— C'est complètement dingue, mais je suis certain que c'était de la purée de pommes de terre, souligna-t-il.

Encore un coup de Geneviève. À mon avis, elle avait

dû sécuriser tout le pâté de maisons autour de chez Roxane.

— Le temps de passer chez mon père lui emprunter sa camionnette, votre bagnole n'était plus garée devant le salon. J'ai baratiné votre cousine pour qu'elle m'apprenne que vous étiez partie à Limbo. J'ai repéré la voiture garée sur Elm Street. Pete Zidukis m'a raconté que vous vouliez visiter l'église. C'est là que je vous ai trouvée à moitié morte. Et tout ça à cause de cette fichue purée.

— Ça vous apprendra à espionner les honnêtes gens.

Zeke arracha une poignée d'herbe jaune.

— Je ne vous espionne pas.

— Allez, crachez le morceau ! le forçai-je, toujours vautrée, la tête comme une courge. Steve Stiletto ne vous a pas embauché pour se tenir au courant de mes progrès sur l'enquête pendant qu'il était à New York ?

— Non, m'dame. Steve se fiche complètement de ce que vous pouvez découvrir. Il me demande seulement comment vous allez. Bien, je réponds. Il pose quelques questions sur ce que vous avez fait dans la journée, puis nous papotons à propos de ses projets : son dernier voyage en Inde et son prochain départ en Angleterre pour diriger la nouvelle agence de l'AP. Il me paie cinq cents dollars par jour rien que pour ça. Je n'ai jamais gagné autant à glander.

Je faillis m'étrangler.

— Cinq cents billets par jour !

— Je me suis déjà mis mille dollars dans la poche. Il ne regarde pas à la dépense. Encore une semaine à ce train-là et j'aurai un joli magot sur mon compte.

Eh ! Largement le prix d'une belle bague de fiançailles.

Je me redressai péniblement. Zeke m'aida à me relever. Je tenais à peine sur mes jambes et m'appuyai sur lui. Ce mec était drôlement grand, avec des épaules bien larges. Il sentait encore le foin coupé. C'était un plouc, mais un plouc sacrément bien bâti. Je ne pus m'empêcher de le comparer à Stiletto, plus carré, sûr de lui. Zeke s'apparentait plutôt à un bloc de marbre brut n'attendant que le ciseau du sculpteur pour se transformer en David.

Il me prit sous l'aisselle pour m'aider à faire mes premiers pas.

— Le problème maintenant, c'est que je me retrouve avec une bétaillère. Difficile de se trimballer avec une bagnole qui pue la frite. Aucune femme respectable ne voudra monter avec moi.

— J'imagine que les nanas sont toutes folles de vous.

— Pas vraiment, répondit-il en continuant à me soutenir. Les filles du coin sont neuneus. Non, ce que je cherche, c'est une femme de caractère. Une femme plutôt mûre… un peu comme vous.

Ce petit con me traitait de vieille ? Je battis fébrilement des paupières.

— Allons, Zeke, je pourrais être votre baby-sitter.

— Vous avez raison. Je suis un gros bébé de vingt-trois ans.

Je sentis mes genoux me lâcher.

— Ça va ? s'inquiéta-t-il en me serrant davantage contre lui. Blague à part, le monoxyde de carbone est un gaz très dangereux. Votre organisme peut mettre des heures, peut-être des jours à l'éliminer. On devrait aller à l'hôpital.

— Non, non, répliquai-je en essayant de nouveau de marcher.

Mon instinct me disait que plus je bougerais mon cul et plus vite cette saloperie quitterait mon corps. Je devais aller rejoindre Jane et Geneviève, mettre la main sur

McMullen pour lui demander pourquoi il m'avait enfermée dans la chapelle. Encore quelques pas...

— Je crois que je vais mieux, dis-je, malgré un mal de tête persistant.

Zeke me donna une petite tape sur l'épaule.

— Je préfère ça. Stiletto me tuerait s'il vous arrivait quelque chose de grave. Maintenant, racontez-moi. Qu'est-ce qui s'est passé dans l'église ?

— Promettez-moi de ne pas le rapporter à Steve.

— Et reconnaître que je vous ai perdue de vue ? Pas folle, la guêpe !

Je lui déballai tout tandis que nous redescendions de Saint-Ignatius. Y compris mes craintes de voir Jane s'amouracher de Tallow. Zeke était un interlocuteur de rêve. Il posait quelques questions quand je m'éloignais du sujet, mais le reste du temps, il m'écoutait religieusement. Il ne se permit un commentaire que lorsque je lui rapportai les propos de Pete Zidukis concernant l'énorme gisement enfoui sous Limbo.

— C'est de la daube ! J'entends parler de cette histoire depuis l'enfance. De toute façon, la ville n'a jamais rien entrepris pour acquérir le moindre droit d'exploitation.

— Si je comprends bien, le gouvernement n'a pas fait évacuer les habitants pour vendre les terrains à une grosse compagnie minière ?

Nous venions d'atteindre la fameuse camionnette.

— Non. Il s'agissait surtout d'avoir les coudées franches pour éteindre le feu, répondit-il. Tant qu'il reste des habitants, l'incendie ne peut être maîtrisé. L'attitude de ce vieux fou de Zidukis est complètement suicidaire. D'ici qu'il crève dans une vingtaine d'années, Limbo ne sera plus qu'un tas de cendres.

C'est alors que nous entendîmes des cris de l'autre

côté de la colline. D'abord discrets, puis de plus en plus forts. On appelait au secours.

— C'est ma fille ! m'exclamai-je. Elle est en danger !

Zeke ouvrit la portière côté passager et m'aida à monter.

— Ça vient de l'ancienne Route 61, fermée depuis la catastrophe. On ferait bien de se magner. Le terrain est dangereux là-bas. Plein de trous. Un pas de travers et on se retrouve en enfer.

Je voyais déjà Jane disparaissant dans un magma de macadam fumant. Ne restait visible que le haut de sa crinière bleue dans les vapeurs toxiques.

Mais à la place, nous découvrîmes G., écouteurs vissés sur les oreilles, au volant d'un improbable véhicule jaune entouré de pare-chocs en caoutchouc noir d'au moins dix centimètres d'épaisseur. Par les vitres avant sortaient deux énormes airbags blancs libérés automatiquement après que la bagnole eut failli basculer dans un trou de la taille d'une piscine de jardin.

Jane sautillait en tous sens, pointant l'avant du véhicule où son mec était resté coincé. En fait, le guignol s'était accroché l'anneau qu'il portait dans le nez à l'airbag lors du choc.

— Il faut le dégager ! hurla Jane. Si la batterie chauffe trop, ça risque d'exploser. Je ne peux pas sortir la bagnole de là toute seule et G. n'arrive pas à se libérer. Vite, vite !

Zeke se gara juste derrière et se rua à l'extérieur pour manœuvrer le treuil. Je me précipitai pour l'aider, mon mal de crâne ayant subitement disparu.

— Oh ! Ça baigne, dame Y. ? me lança G en écartant légèrement l'airbag du coude.

— C'est qui, ça ? me demanda Zeke en attachant le crochet.

— Le petit copain de ma fille.

G., apparemment inconscient des risques de se retrouver en charpie, hochait la tête au rythme de la musique diffusée dans son casque.

— C'est lui le prof dont vous m'avez parlé ?

— Non. Lui, c'est le mec avec qui j'aimerais qu'elle reste. C'est moi qui lui ai demandé de venir nous rejoindre à Limbo.

— Je comprends. Il n'a pas l'air de s'angoisser facilement.

Je rejoignis Jane de l'autre côté du véhicule.

— Qu'est-ce que vous avez fichu ?

— Roxy lui a indiqué le chemin pour se rendre chez Zidukis. Pas de problème. Sauf qu'il s'est gouré de route. Et paf !

Zeke actionna le treuil. La voiture commença à sortir du trou. G. avait passé la tête à l'extérieur, comme un gentil toutou en balade, et souriait d'une oreille à l'autre.

— Ouais, brailla-t-il, encore un petit coup !

Je levai les yeux au ciel.

— Merci, maman, dit Jane. Je ne sais pas comment j'aurais fait toute seule. C'est qui, le mec avec toi ?

Zeke arpentait maintenant les abords du véhicule, droit comme un « i » dans ses bottes de cow-boy. G. essayait de dégager son anneau de l'airbag. Pas facile avec son double menton.

— Pauvre type ! souffla Zeke dans sa barbe en détournant le regard.

Je le présentai à Jane et réciproquement.

— Merci pour votre intervention. C'était moins une.

— *De nada.* Mais qu'est-ce qui s'est passé avec vos cheveux ?

— Bizarre, répliqua Jane en repoussant une mèche turquoise. Les gens ont plein d'*a priori* sur les cheveux.

Moi, je trouve ça joli. Plus artistique. De toute façon, ce n'est qu'une teinture.

— Une teinture? s'étonna Zeke. Et votre mère est d'accord?

— Ma mère n'a pas à se mêler de la manière dont je me coiffe. Je suis assez grande pour faire ce qui me chante. Je vais à la fac, vous savez.

— Je vous voyais plus jeune. Désolé, mademoiselle, s'excusa-t-il en portant la main devant sa bouche pour masquer un sourire naissant. Je ne voulais pas vous froisser.

— Stiletto a engagé Zeke pour être mon garde du corps pendant son séjour à New York, expliquai-je.

— C'est vrai? fit Jane. Comment avez-vous rencontré Steve?

Oh, oh! pensai-je en écoutant Zeke raconter que Stiletto l'avait tiré de taule au Mexique. Rien de plus passionnant pour une ado que de prendre fait et cause pour un malheureux injustement condamné.

— Vous étiez à Cerro Huerro? s'enquit-elle.

— Exact. Vous connaissez?

— Ils vous avaient bouclé pour trafic de drogue?

Zeke poussa négligemment du pied un fragment de macadam rabougri.

— En fait, je suivais un séminaire sur la Bible au Chiapas.

Un séminaire sur la Bible? Ce qui expliquait la prière de tout à l'heure. Nous avions affaire là à un authentique cul-bénit.

— Et ils vous ont foutu en prison pour ça? s'étonna Jane. Que je sache, il n'est pas interdit au Mexique de lire la Bible.

— Pour ne rien vous cacher, ils ont trouvé un fusil dans ma voiture. C'était pour me protéger des serpents.

— Quelle connerie ! Ils ne plaisantent jamais avec ça. Vous risquiez de prendre quinze ans.

Zeke se tourna vers moi.

— Elle est toujours comme ça ?

— Épuisant, n'est-ce pas ?

Heureusement, G., qui venait de réussir à dégager son pif de l'airbag, arriva pour faire diversion. Il portait un T-shirt orange trop court et un *baggy* lui descendant si bas sur les hanches qu'on voyait le haut de son slip rouge vif. D'une main, il remontait son pantalon à chaque pas tandis qu'il se tamponnait le nez de l'autre avec une vieille serviette en papier de chez Burger King.

— Vous parlez d'un endroit sinistre, dit-il. On se croirait dans un film d'horreur. Rien que des arbres morts et de la fumée qui sort de terre.

La serviette commençait à s'auréoler de traces rosâtres.

— On dirait que tu n'as pas grand-chose dans les bras, mon petit gars, ironisa Zeke. Tu aurais pu t'en sortir tout seul.

— Laisse tomber, mec ! Tu me vois tirer ce machin de là ?

— Un grand gaillard comme toi ! Combien tu soulèves ? À ton âge, je me faisais mes cinquante épaulés-jetés.

G. resta bouche bée.

— Je ne sais pas, je n'ai jamais soulevé quoi que ce soit.

— Quelle pitié ! On pourrait commencer l'entraînement dès demain matin. Six heures. Un petit footing de cinq kilomètres.

G. lui jeta un regard terrifié.

— Dis-moi, c'est quoi, cette voiture ? reprit Zeke en

l'attrapant par l'épaule. Un nouveau modèle? Elle est bizarre, non?

G. admit dans un soupir qu'il s'agissait d'une bagnole électrique à deux places spécialement conçue pour les ados. Elle ne dépassait pas les soixante kilomètres à l'heure dans les descentes. Ces enfoirés de l'assurance ne lui avaient pas laissé le choix.

Zeke partit aussitôt dans une tirade dénonçant la paranoïa sécuritaire de nos sociétés contemporaines – ceinture de sécurité, casque de vélo, limitation de vitesse. G. parut se blesser les parties intimes en remontant son slip au lieu de son froc.

J'attendis qu'ils fussent hors de portée pour demander à Jane des explications sur sa connaissance pour le moins surprenante des prisons mexicaines.

— La dernière de G., répondit-elle. Il a décidé qu'on n'irait plus en Europe faire les vendanges. Trop ringard. Il préfère aller récolter le café au Mexique. En me documentant, j'ai appris que quatre mille Américains se trouvaient en prison là-bas. Tous délits confondus, depuis la possession et l'usage de shit jusqu'à l'exhibition publique de la bannière étoilée. Leur législation s'inspire du code Napoléon. Ce qui signifie que tu es coupable jusqu'à preuve du contraire. Autant dire que tu peux rester des années à pourrir au fond de ta cellule même si tu es innocent.

— Et alors?

— Alors, G. s'en tape complètement. Il n'a jamais brandi le drapeau américain. Même le 4 Juillet.

Je sentis mon estomac se nouer.

— À propos, poursuivit-elle, qu'est-ce qu'il t'a pris de le faire venir? Il prétend que tu lui as demandé son aide pour boucler ton enquête. Il ne se sent plus.

— Pardon? bredouillai-je en regardant le petit bonhomme vautré contre son mini-bolide, les mains dans son bénard.

— Il raconte à tout le monde comment il a découvert le champ de marijuana chez les Amish. Évidemment, dès qu'il s'agit d'herbe, G. a un pif formidable. Il en dégotterait les yeux fermés.

Je repensai à Tallow. Stable. Mûr. Européen. Bonne situation. Revenus confortables. Aucun signe d'utilisation régulière de drogue. Quelle importance, dès lors, qu'il soit un tantinet croulant et trente ans plus vieux que ma fille ? Les femmes ont tout à gagner à sortir avec des hommes légèrement plus âgés.

CHAPITRE 16

J'eus le curieux sentiment que le mec n'avait jamais vu d'airbag quand nous déposâmes Jane et G. au garage Texaco de Slagville pour réparer leur engin. Après un certain nombre de coups de fil à Detroit, le bonhomme parut enfin avoir une vague notion de ce qu'il fallait faire. Quant à savoir si l'airbag retrouverait un jour sa vocation première, c'était une autre paire de manches.

Côté journal, silence radio. Mes patrons semblaient opter pour le genre colère froide. Circonstance aggravante, je n'avais pas rappelé le *News-Times* depuis la parution de mon papier. M. Salvo, même s'il ne digérait pas mon entourloupe, serait probablement aux anges d'apprendre que j'avais décroché une interview exclusive – avec notes, s'il vous plaît – de Hugh McMullen. Cerise sur le gâteau, il confirmait être l'un des principaux suspects dans le meurtre de Price.

Geneviève emprunta ma Camaro pour aller faire les courses au supermarché, elle et Zeke décrétant qu'il était dangereux pour moi de reprendre si vite le volant. Tandis que Zeke me ramenait à Main Mane, je continuais à cogiter sur la façon dont j'allais annoncer la nouvelle à M. Salvo.

— Je vous trouve bien calme, dit Zeke en m'aidant à sortir de sa camionnette juste en face du salon. Je devrais quand même vous emmener à l'hôpital.

— Non, ça va, répliquai-je en gravissant lentement la volée de marches. Je réfléchissais, c'est tout.

— Réfléchir, soupira-t-il sur le seuil en me passant négligemment le bras autour des épaules. C'est exactement ce que je recherche. Une femme belle et intelligente. Et avec des couilles.

Dans la lumière de cette fin d'après-midi, la carrure de Zeke, sa silhouette offraient une impression de force, de virilité débordant de testostérone que seuls les jeunes individus mâles peuvent dégager. Ce mec était une vraie statue antique. Sexy en diable, depuis les cheveux en bataille, en passant par les épaules, jusqu'au renflement de son portefeuille dans la poche arrière de son jean. Mais je résistai à la tentation. J'étais une femme chaste, un modèle de self-control. Sans compter que j'avais placé mes billes ailleurs. Du moins, en théorie.

Je me dégageai poliment de l'emprise de Zeke.

— Stiletto. Vous voyez qui c'est ?

— Eh ! Attention ! Je ne faisais rien de mal, protesta-t-il en levant les mains en l'air. De toute façon, ce n'est pas comme si vous lui apparteniez.

— Exact.

— Si vous étiez mariés, je ne dis pas, continua-t-il en se rapprochant de nouveau. Mais vous ne l'êtes pas. Vous êtes libre. Ou je me trompe ?

Putain ! ce môme n'était pas seulement bon qu'à servir la messe. Je ne me souvenais pas qu'il en existât des comme lui quand j'avais vingt-trois ans. À l'époque où je me tapais deux boulots pour nourrir un mari qui ne pensait qu'à lui et une gamine de cinq ans.

— Écoutez, Zeke...

La porte s'ouvrit à ce moment-là. Roxane se tenait sur le seuil, chemisier rose largement déboutonné, fuseau moulant et petites sandalettes. Du rentre-dedans pur et dur. Aucun hasard dans sa tenue. Elle avait dû nous apercevoir par la fenêtre et s'était précipitée *illico* dans sa piaule pour se métamorphoser en femme fatale.

— Salut, beau gosse ! lança-t-elle en venant immédiatement se coller à Zeke. Mais ne restez pas là comme des andouilles. Invite ce gentleman à entrer, Bubbles.

Je les suivis à l'intérieur où je trouvai maman, un énorme rouleau à pâtisserie à la main.

— Oh, non ! Ne me dis pas que tu veilles aussi sur ma sécurité ! m'exclamai-je.

Maman désigna Zeke du menton.

— C'est qui, ce cow-boy ? Tu veux que je t'en débarrasse ?

— Doucement, tante Lulu, intervint Roxane. C'est le garde du corps que Stiletto a engagé pour protéger Bubbles. Il est passé cet après-midi. C'est un garçon charmant qui sait parler aux femmes. Un malfaisant lui avait collé de la purée dans son petit derrière.

— Dans mon pot d'échappement, corrigea Zeke.

— À l'arrière quand même, gloussa Roxane en battant frénétiquement des cils.

— Roxane a eu le bon réflexe, poursuivis-je en racontant comment Zeke m'avait sortie de l'église.

J'avais la tête comme un compteur en finissant mon histoire, à croire que mon corps, à la seule évocation du monoxyde de carbone, avait décidé de rejouer la scène.

— Ben, mon vieux ! dit maman en abaissant son rouleau. En tout cas, on ne dira pas que je suis une ingrate.

En sauvant la peau de ma fille, vous devenez comme un membre de la famille.

— On est presque cousins du coup, acquiesça Roxane. Vous dînez avec nous, n'est-ce pas, Zeke?

Pensant probablement que l'argument serait décisif, maman nous détailla le menu du soir : rôti de bœuf, sauce au ketchup, haricots verts, l'éternelle compote de pommes, lait (thé glacé pour les adultes) et... purée de pommes de terre.

— Non, merci, j'ai eu mon compte de purée, répliqua Zeke.

L'inconscient! Pour maman, il était impensable de refuser une telle invitation, et il dut retirer un à un les doigts de Roxane qui emprisonnaient son poignet. Elle le regarda tristement s'éloigner à travers la vitrine puis monter dans sa bétaillère.

Je grimpai à l'étage pour me taper une bonne douche réparatrice avec le savon maison à la rose de maman. Quand je ressortis propre comme un sou neuf, mouillée et nue, je trouvai Roxane assise devant la coiffeuse dans un nuage de condensation.

— Excuse-moi de faire irruption dans ton intimité, commença-t-elle en se triturant les mains, mais il faut absolument que je sache si tu me donnes carte blanche.

Je m'enveloppai sobrement dans une serviette de toilette.

— Carte blanche pour quoi?

— Ne fais pas l'innocente. Pour Zeke.

Je passai la petite culotte rose que j'avais achetée exprès pour ma nuit avec Stiletto et me sentis subitement déprimée. Quelle mouche avait piqué Roxane?

— Je te rappelle que tu es mariée!

— Avec un mec que je n'ai pas revu depuis des semaines.

— Vous n'êtes pas encore séparés que je sache, j'objectai en faisant claquer l'élastique de ma culotte.

— Qui parle de se séparer ? Tu sais, après le cambriolage d'aujourd'hui, je préfère avoir un homme à la maison. Avec Stinky, je me sentais en sécurité. Même quand il s'énervait sur McMullen.

— Il s'énervait pour rien. McMullen se fout totalement des histoires de charbon. (Je lui racontai le côté immature et irresponsable du bonhomme.) Je suis certaine que c'est lui qui m'a enfermée dans la chapelle.

— C'est un enfant gâté, reprit-elle. Ils sont tous comme ça dans la famille. Je me souviens des frères McMullen se pavanant en ville à Noël comme si tout leur appartenait alors qu'ils n'avaient jamais foutu un pied dans la mine. C'est pour ça que j'aime Stinky. Il a fait des études, mais il n'a pas la grosse tête.

— Il reviendra, Roxy. D'ailleurs, il se planque à Slagville. Dans un machin appelé l'Union quelque chose. Ça ne te dit rien ?

— Non. Attends ! Tu ne vas pas mettre ce soutien-gorge ?

— Et pourquoi ? Ça me fait des lolos d'enfer. Non, décidément, je ne peux pas te donner carte blanche. Zeke est trop jeune pour toi.

— Trop jeune ! Tu plaisantes ? J'ai à peine quarante ans. L'âge de la maturité sexuelle. Tu ne vas pas y aller comme ça ? Je te rappelle que c'est avec Mme Price que tu as rendez-vous.

— Mme Price ? m'étonnai-je en remontant la fermeture Éclair de ma minijupe beige. Qu'est-ce que tu racontes ?

— Tu n'as pas eu mon message à Lehigh ? s'enquit-elle en vérifiant la bonne tenue de son mascara dans le miroir. Tu es censée la retrouver à l'auberge de Glen

Ellen à vingt heures ce soir. Chambre 500. Il paraît que tu l'avais appelée.

— Merde ! Je suis crevée, moi !

Je me mordis aussitôt les lèvres. Tout le monde aurait vendu père et mère pour obtenir cette interview. Mes confrères se seraient précipités sur-le-champ pour recueillir le témoignage de Chrissy Price. D'accord, mais aucun d'eux n'avait dormi sur un canapé dur comme du bois dans un hôtel de charme en compagnie de deux nanas d'un certain âge ronflant à s'en exploser la gorge. Sans oublier la veille, ma nuit en taule.

— Tu es sûre qu'il s'agissait bien de Mme Price ?

— Un peu mon neveu. Elle veut absolument te voir. La pauvre femme avait l'air complètement paniquée. Tu ne peux pas la laisser tomber. Tu te reposeras plus tard.

Je montai me changer. Jupette sobre, petit chemisier, mascara discret et rouge à lèvres léger. J'appelai M. Salvo en descendant. Il y avait du nouveau…

— Salvo, fit-il.

Je m'éclaircis la gorge.

— Bonjour, monsieur Salvo. C'est moi, Bubbles.

— Bubbles ?

— Oui, Bubbles.

— Une seconde. Ne quitte pas.

Tout ce que je sais, c'est qu'une seconde plus tard je me retrouvai en train d'écouter une version *a capella* de *More Than a Woman*.

Dans la salle à manger juste à côté, Jane, G., maman et Geneviève s'engueulaient copieusement à propos des *prétendus* vestiges celtiques. Maman braillait que ces gros cailloux avaient été placés là par des fermiers au siècle dernier, point barre, et que Tallow n'était qu'un allumé complètement ignare.

Jane répliqua en soulignant que les pendules devenaient fous quand on se promenait au sommet ou que l'on s'approchait de l'entrée du tumulus. Preuve incontestable, à ses yeux, que l'endroit n'avait pas été choisi au hasard.

— Le Pr Tallow a élaboré une théorie sur les champs magnétiques, poursuivit-elle en ouvrant son Tupperware de tofu. Ces lieux étaient très recherchés par les Celtes pour leurs résonances avec l'univers.

— Comme ce sorcier jamaïcain qu'on a vu l'autre jour à la télé, intervint G., le nez encore légèrement rouge après sa mésaventure de l'après-midi.

Maman attrapa le saladier de haricots.

— Si vous voulez mon avis, ces histoires de pendules, c'est pour les blaireaux. J'y crois pas une seule minute.

— Ah, pardon ! s'exclama Geneviève en se versant un verre de thé glacé. Faut savoir les utiliser. C'est une véritable science. Un art. C'est magistral pour trouver de l'eau.

— Toi aussi, il te manque une case ? répliqua maman en m'invitant à venir les rejoindre.

Je lui fis signe de commencer sans moi.

M. Salvo était de retour.

— Tu es encore là, Bubbles ?

— Ouais.

— Tu es virée.

Je m'agrippai au guéridon pour ne pas tomber.

— D'accord.

— Tu finis ta semaine, mais après tu gicles. Compris ?

— Compris.

— Mais gaffe, ne me refais plus jamais un coup pareil, poursuivit-il. Où tu as appris ce genre d'arnaque ? Dire qu'il y a encore six mois, tu ne savais même pas lire une dépêche. Tu n'étais qu'une petite coiffeuse égarée dans une salle de rédaction. Aujourd'hui, tu *squeezes* toutes les procédures informatiques pour placer ton papier à la une. Les avocats de McMullen vont nous tomber dessus à bras raccourcis.

— Je crois qu'ils sont déjà bien occupés.

— Par quoi ?

— Leur client est le suspect numéro un dans cette histoire. La balle qui a tué Price a été tirée par son revolver, un Smith & Wesson qu'il gardait chez lui à Pittsburgh. Pire, McMullen se trouvait à Slagville le jour du meurtre, et sans pouvoir fournir d'alibi.

M. Salvo ne broncha pas. Roxane se leva de table, ouvrit le placard de l'entrée et revint avec deux morceaux de ficelle. Geneviève confectionna une paire de pendules avec deux petites cuillères.

— Qu'est-ce que tu attends pour l'appeler et lui demander ce qu'il en pense ? reprit M. Salvo, piqué au vif. Tu ne peux pas te contenter de donner l'info sans obtenir le témoignage de l'intéressé. Comme tu l'as fait dans ton dernier papier. Si j'avais été là, je t'assure que ton torchon ne serait jamais passé.

— J'ai l'interview de McMullen sur le meurtre. En fait – je fis une pause de sénateur pour ménager mon effet –, c'est lui qui m'a dit qu'il était suspect dans cette affaire.

— Tu te fous de moi ?

— Non. McMullen était dans tous ses états. Complètement chamboulé. Il m'a tout balancé parce qu'il voulait que je le mette en relation avec Stinky Koolball.

— Et pourquoi s'adresser à toi ?

— Hum…

Je ne me sentais pas vraiment disposée à lui révéler que Stinky était passé chez moi à Lehigh. Ça risquait de soulever d'épineux problèmes de droit et d'éthique professionnelle.

— Je suis la cousine de sa femme.

— O.K. Un feuillet, pas plus. Fais court, en douceur et précis. Appelle le chef Donohue et dis-lui que tu publieras ton papier quoi qu'il arrive. Je veux qu'il te confirme que McMullen est bien sur la liste des suspects. Rappelle-moi vers vingt heures trente.

Geneviève arpentait maintenant la salle à manger, un pendule dans chaque main.

— Pas possible. J'ai rendez-vous avec Chrissy Price à l'auberge de Glen Ellen pour lui tirer les vers du nez.

Paf! M. Salvo venait d'abattre violemment son poing sur le plateau de son bureau.

— Et c'est maintenant que tu me mets au parfum? Qu'est-ce que tu trafiques à Slagville? D'abord, tu te procures des documents confidentiels, puis tu convaincs le patron d'une grande compagnie minière de t'avouer qu'il a les flics aux trousses, enfin, pour finir, tu décroches une interview avec la veuve de Bud Price? Tu distribues des pots-de-vin à la pelle, ou quoi?

— Monsieur Salvo! Je ne pense pas qu'un type aussi riche que Hugh McMullen ait besoin qu'on lui graisse la patte.

— Ne t'emballe pas, ma petite. Le journalisme, c'est comme le basket. Tu cours dans tous les sens, mais si tu ne mets pas la balle dans le panier, tu finis ta saison sur le banc des remplaçants. (Il poussa un profond soupir.) Et mon banquet républicain à Catasauqua, tu y penses?

J'avais de nouveau mal au crâne. Monoxyde de carbone ou perspective de me taper cette corvée? Je me voyais mal passer mon dimanche après-midi à interviewer un tas de politiciens puant la bière et le menton dégoulinant de sauce barbecue.

— À propos, reprit M. Salvo, l'air subitement guilleret. Tu as vu les pages *people* du *New York Times*.

— Ils ont fait un dossier sur les collections automne-hiver ?

— Non, je te parle des photos de Stiletto et d'Esméralda Greene prises lors d'une soirée de gala.

Geneviève s'était plantée devant une grande plante en pot, ses deux pendules oscillant comme des malades. Tout le monde se leva de table d'un bond pour se précipiter vers elle. Chacun poussait sa gueulante pour que je vienne voir leur prodigieuse découverte.

— Oh ? soufflai-je en affectant la plus grande indifférence. Et alors ?

— Alors ? Cette Esméralda Greene est proprement sublime. Penser qu'on bosse au téléphone avec des correspondants pendant des années et qu'on ne sait pas à quoi ils ressemblent. À la place de Steve...

— À la place de Steve, quoi ? l'interrompis-je en jouant nerveusement avec mon stylo.

— Mon Dieu ! Ne me dis pas que tu es encore amoureuse de ce type ?

— Je ne suis amoureuse de personne, monsieur Salvo.

— Écoute. Je t'ai prévenue depuis le premier jour. Ce mec est un play-boy, Bubbles. Il était déjà comme ça ado et je ne crois pas qu'après vingt ans passés à voir les nanas lui tomber toutes crues dans les bras il ait beaucoup changé. Et pour quoi faire ? Ce gars mène le genre de vie dont rêvent tous les blaireaux de la terre.

Je restai un petit moment à cogiter.

— Ouais, mais n'empêche que Bruce Springsteen a décidé de poser ses valoches. Lui aussi sortait avec des tas de gonzesses jusqu'à ce qu'il rencontre Patty Scialfa avec toute sa marmaille.

— Patty est du New Jersey. Pas faciles, les filles de là-bas. Elles savent ce qu'elles veulent. Désolé, Bubbles, toi tu viens de Pennsylvanie. C'est purement physique.

Recette du savon de maman à la rose

Il n'y a rien de plus agréable que de se fabriquer et d'utiliser son propre savon. Le procédé est enfantin. Maman se sert des vieux restes de savonnettes qu'elle laisse tremper dans une casserole, puis qu'elle malaxe jusqu'à obtenir un produit homogène. Mais la recette d'aujourd'hui est à la fois plus facile et plus rigolote. Vous pouvez vous amuser à fabriquer des savons de toutes sortes, à la rose, au citron, à la lavande, leur incorporer des pétales séchés de fleurs, des flocons d'avoine ou de petits insectes en plastique – pour les enfants.

1 barre de 250 grammes de glycérine*
2 gouttes de colorant rouge ou même pourpre spécial savon*
10 gouttes d'essence de rose*
2 moules en plastique
Papier sulfurisé

Recouvrez les moules de papier sulfurisé. Coupez la barre de glycérine en petits morceaux dans un récipient allant au micro-ondes. Chauffez à 80 °C pendant une minute. Touillez puis repassez le tout au four, quelques dizaines de secondes, jusqu'à obtenir une crème homogène. Ajoutez le colorant, l'essence de rose. Versez dans les moules puis ajoutez vos pétales, vos flocons

*Vous trouverez facilement tous ces produits dans les rayons spécialisés des grands magasins ou chez votre droguiste habituel.

d'avoine ou les petits trucs en plastique pour les gamins. (Les mômes se laveront avec une frénésie inhabituelle, rien que pour décrocher la timbale. Ne laissez pas les enfants en bas âge jouer avec la savonnette.)

Démoulez au bout de deux heures et laissez reposer encore six heures. Avec un petit ruban, c'est un excellent cadeau qui ne vous ruinera pas !

CHAPITRE 17

Je passai encore deux ou trois coups de fil avant de rédiger mon papier d'un feuillet intitulé : « Hugh McMullen suspecté de meurtre ». L'un de mes appels fut pour le chef Donohue.

Donohue me confirma que Hugh McMullen était bien une « personne ayant retenu son intérêt, mais pas vraiment un suspect ». Que voulait-il dire par « personne ayant retenu son intérêt » ? Il refusa de commenter l'histoire du Smith & Wesson et de révéler la provenance de la balle retrouvée dans le corps de Price. Il marmonna un vague machin sur ces journalistes qui fouinaient partout et foutaient la merde. Je dictai mon papier à M. Salvo en lui précisant que j'ajouterais sûrement quelques lignes après ma rencontre avec Chrissy Price.

Il était un peu tôt pour mon rendez-vous, alors je décidai de rendre une petite visite-surprise, du style « j'ai survécu », à Hugh McMullen installé dans le même hôtel.

J'avais lu dans certains magazines féminins qu'une nana ambitieuse voulant être traitée en professionnelle devait s'habiller en professionnelle. Tailleur gris, noir ou bleu marine. Pompes strictes et de prix. Maquillage léger. Boucles d'oreilles discrètes, mais en or. Ongles peints couleur muraille.

En fait, tout dépendait de la profession.

Je me pointai à la réception dans ma jupette sobre, jambes nues et parfaitement épilées, chaussures rouges et petit sweat noir si serré qu'on pouvait deviner mes organes internes. Évidemment, je me penchai comme il faut pour demander au concierge en costard blanc le numéro de chambre de McMullen.

— Oh, comme c'est mignon, dit-il en tapotant son stylo sur son registre. Laissez-moi deviner. Je parie que vous êtes une journaliste essayant de se faire passer pour une de ces poules d'un soir.

— Non, je...

— Ça vous la coupe, n'est-ce pas? continua-t-il en resserrant son nœud de cravate. Ma toute douce, vous ne pouvez pas imaginer le nombre de vos confrères femmes qui ont essayé de me faire le coup. Nous avions George Hamilton, le mec de *Dynastie*, la semaine dernière pour des cours de cuisine. Eh bien, la critique gastronomique de la feuille de chou locale s'est ramenée avec des mules à pompons et... Ce n'est pas un métier facile, critique gastronomique. La pauvre femme faisait bien ses cent cinquante kilos. Elle était à peu près aussi appétissante qu'un rat mort.

J'en restai comme deux ronds de flan. Je m'étais pourtant appliquée pour la jouer enjôleuse. Qu'est-ce qui clochait?

— Laissez tomber. Je suis trop fort pour vous. De toute façon, M. McMullen est sorti dîner il y a une heure. Mais ne soyez pas triste, je ne vous aurais jamais laissée monter.

— Aaaaahh!

— Maintenant, dégagez. Il est encore tôt et je pense que j'aurais pas mal de vos collègues à virer ce soir.

Par terre, mais pas encore K.-O. Je me dirigeai vers le plan à côté des ascenseurs pour localiser la chambre 500 où je devais retrouver Chrissy Price. Je venais de dégotter la piaule quand j'entendis une voix m'appeler dans mon dos.

— Bubbles ! Si c'est pas une drôle de coïncidence !

Myron Finkle, mon petit confrère aux cheveux tout bouclés du *Slagville Sentinel* se tenait devant moi, un Pepsi light dans une main, l'air tristounet.

— Salut, Myron, qu'est-ce que tu fiches là ?

— Je veille sur l'affaire Price. Je suis censé traîner dans le hall pour voir qui entre et qui sort. Un vendredi soir ! Tu parles d'une guigne ! Comme si je n'avais pas autre chose à foutre ! (Il me toisa des pieds à la tête.) Et toi ?

Lui balancer direct que j'avais décroché une interview exclusive avec Chrissy Price n'aurait pas été très *fair-play.*

— Je voulais dire deux mots à McMullen, mais le cerbère de l'entrée – je pointai le pouce en direction de la réception – m'a envoyée bouler. Tu connais le numéro de sa chambre ?

— *No problemo*, répliqua Myron en s'envoyant une gorgée de soda. C'est la 400. Juste en dessous des Price. Aile sud. Je vis pratiquement ici ces derniers temps. Autant dire que je m'emmerde. J'en suis à compter les rayures de la moquette. Je vais te montrer.

Il me prit par le bras et m'entraîna vers les ascenseurs.

— Je prends toujours celui de gauche. Il va plus vite.

— Combien de rayures ? demandai-je en pénétrant dans la cabine.

— Cent rouges, répondit-il en fronçant les sourcils. Quatre-vingt-dix-neuf jaunes.

Les portes s'ouvrirent au quatrième étage.

— Par ici, poursuivit Myron en me précédant dans le dédale de couloirs. La dernière fois, j'ai mis une heure à trouver la piaule. Le mec qui a conçu cet endroit devait être un mutant.

— C'est marrant qu'il soit juste au-dessous de Chrissy Price.

— Hugh ne vivrait pas à l'hôtel s'il n'avait pas vendu la maison familiale l'année dernière. Officiellement, il s'en est séparé parce qu'il passait son temps à Pittsburgh. Mais j'ai entendu dire qu'il avait eu de gros problèmes d'argent. Il l'a laissée pour une bouchée de pain.

La chambre 400 se trouvait tout au fond du couloir, légèrement à l'écart des autres. Myron frappa à la porte.

— On dirait des voix, murmurai-je.

— CNN, répliqua-t-il. C'est branché toute la journée. Je me demande comment fait le personnel de service. Il ne répond jamais.

Je frappai plus fort. Aucun écho. Je consultai ma Timex. Merde ! Huit heures cinq. J'étais à la bourre. Chrissy Price n'avait peut-être que quelques minutes à me consacrer et je foutais en l'air mon scoop.

— Il faut que j'y aille, Myron. Désolée.

— Tu vas où ?

Je réfléchis à toute vitesse dans l'ascenseur. Je n'avais aucune envie de voir Myron se répandre partout à propos de mon interview exclusive. Même si le bonhomme était plutôt sympa.

— J'ai rencard dans un bistrot de l'autre côté de la rue avec un vieux pote journaliste, dis-je en traversant le hall d'un bon pas.

— Attends. Je t'accompagne, s'exclama-t-il en me rattrapant. Je suis là-dedans depuis une vingtaine d'heures. J'ai droit à une petite pause.

— Non, non, non, répliquai-je en me plantant devant lui. On ne quitte pas son poste comme ça. Imagine que McMullen débarque pendant ton absence pour donner une conférence de presse. Tu vois la gueule de ton rédac' chef? C'est un aller simple pour un licenciement immédiat.

Myron se mordit les lèvres.

— Tu as sûrement raison. Je suis encore en période d'essai. J'ai eu mon diplôme en mai.

— Raison de plus. Ils n'hésiteront pas à te jeter à la première boulette.

— Et si tu me racontais tout ça parce que tu as honte qu'on nous voie ensemble? remarqua-t-il en relevant ses lunettes. Je suis trop ringard?

— Tu déconnes! Un mec bourré de talent comme toi! Au contraire, c'est un honneur, répliquai-je en soulignant les lignes arrondies de sa bouille de bébé avec l'ongle. On pourrait se faire une virée tous les deux quand tu auras fini de faire le pied de grue. Rien que nous deux.

Je lui adressai un clin d'œil appuyé. Le petit gars semblait aux anges.

— D'accord, bredouilla-t-il, tandis que je m'éloignais.

Dès que j'eus tourné le coin, je me précipitai vers les ascenseurs, priant pour que le petit bonhomme ne reprenne pas trop rapidement ses esprits.

Je me cognai le même parcours dans le dédale de couloirs pour rejoindre la suite de Chrissy, mais cette fois-ci à l'étage du dessus.

Contrairement à tout à l'heure, j'eus à peine le temps de frapper que la porte s'ouvrit.

— Enfin! s'exclama une petite nana brune avant de me serrer la main et de s'effacer pour me laisser passer.

L'endroit était plutôt sympa. Grand, très clair, peint dans les blancs et mauves.

— Je pensais que vous ne viendriez plus. Je m'appelle Sacha. Je ne sais pas si Chrissy vous a parlé de moi. Je suis sa fille.

— Désolée pour ce retard, répliquai-je. Je n'ai pas eu le message tout de suite.

Sacha me précéda dans le petit couloir menant à la chambre.

— C'est une chance que vous ayez appelé. Je ne savais plus quoi faire. J'étais désespérée. Mais venez par ici, nous serons mieux.

Je la suivis. La chambre ressemblait à toutes les autres piaules d'hôtel à cette exception près qu'une partie de la déco avait été refaite. Des plumes se dressaient au-dessus du lit et autour du miroir, des tas de cailloux se répartissaient aux quatre points cardinaux, et une cascade miniature en plastique était posée près du téléphone. Au-dessus de la télé, une microchaîne diffusait le bruit du vent dans les feuilles d'un arbre. Chrissy avait dû passer un temps fou pour installer tout ce bazar.

— Ma mère, commenta Sacha en levant les yeux au ciel. Elle est à fond dans ses histoires d'Indiens. On se croirait chez les Navajos, pas vrai? Et ça ne s'est pas arrangé depuis la mort de Bud. J'imagine qu'elle cherche un réconfort spirituel après la disparition de son mari.

Diable! Un réconfort spirituel!

Sacha, en revanche, ne semblait pas très affectée par le décès de son père.

— Je pense que vous avez apporté vos propres ciseaux, poursuivit-elle en s'installant devant le miroir de la coiffeuse sur laquelle gisait un tas de magazines féminins.

— Des ciseaux? m'étonnai-je en posant mon sac.

— Vous n'êtes pas coiffeuse? répliqua-t-elle en me

tendant une photo de Jennifer Aniston. Elle s'habille comme une plouc, mais sa coupe est géniale. Vous croyez pouvoir me faire la même ?

Je me laissai tomber sur la couverture navajo jetée sur le lit et la regardai à la dérobée. Elle était environ du même âge que Jane, mais plus bronzée, avec des airs d'enfant gâtée. Sweat J. Crew noir, jean Juicy Couture, bracelet Tiffany qui devait coûter un bon mois d'entretien de ma Camaro. Ses cheveux retombant joliment sur ses épaules ne semblaient pas avoir besoin du moindre coup de peigne. Dire que cela faisait à peine quarante-huit heures que son père avait été assassiné.

À moins que ça ne constitue pour elle une façon de surmonter son chagrin. Une de mes clientes, Emma Herman, était ainsi passée au salon à peine quelques heures après le décès de sa mère d'une crise cardiaque. Elle voulait simplement que je lui brosse les cheveux. Pendant une heure, elle avait pleuré tout son soûl. À la fin, elle paraissait plus détendue, presque soulagée. Comme quoi, les soins capillaires ont parfois des vertus thérapeutiques. Je me demande s'ils ne devraient pas être remboursés par la Sécu dans certaines occasions.

— Sacha, repris-je doucement. Il doit s'agir d'un terrible malentendu. J'avais cru comprendre que votre mère voulait m'accorder une interview.

Elle posa Jennifer et se tourna vers moi.

— Une interview ?

— Je suis journaliste.

— Mais vous êtes aussi coiffeuse, n'est-ce pas ? Dans votre message, vous disiez de vous rappeler au salon.

— Je vois.

Quelle poisse ! En fait, j'aurais mieux fait de ne pas essayer de joindre Chrissy du tout.

— Vous avez bien deux minutes. De toute façon,

maman n'est pas là. Elle est partie se recueillir dans les bois en mémoire de Bud. Comme tous les soirs depuis qu'il a passé l'arme à gauche. D'ailleurs, elle organise une cérémonie la semaine prochaine. Et puis, elle déteste les journalistes, ajouta-t-elle en souriant d'une oreille à l'autre. Allez, un effort ! Un petit centimètre aux pointes. Je déteste quand ça rebique.

Ça ne rebiquait pas du tout !

— J'aime quand ça tombe tout droit, poursuivit-elle comme si elle lisait dans mes pensées.

Nom de Dieu ! J'ouvris mon sac et en tirai mes ciseaux à quatre cents dollars soigneusement emballés, prête pour ma bonne action de la journée.

— Je suis terriblement désolée pour votre père, dis-je en commençant à lui brosser les cheveux.

— Ce n'était pas mon père, répliqua-t-elle sans lever les yeux de son *Cosmo*. Ma mère l'a épousé quand j'avais dix ans. Je le connaissais à peine. Un drôle de type. Il ne voulait même pas que je mange avec eux à table.

— Vous plaisantez ?

— Pas du tout. Il n'aimait pas les enfants. Il avait accepté que je vive sous son toit, de me payer mes fringues, mes études, mes cours d'équitation, à condition de ne pas avoir à jouer les parents aimants. Vous n'auriez pas par hasard un pot de sauce *Miracle-Whip* sur vous ?

— Pour quoi faire ?

— Un petit gommage, répondit-elle en se passant les mains sur les joues. J'ai plein de peaux mortes. Vous ne croyez pas que je serais mieux en blonde ?

— Ce serait dommage. Vous avez des cheveux superbes. Les mêmes que ma fille… en moins bleus.

— Ma mère ne veut pas que je me les teigne. J'aimerais aussi avoir les cheveux de toutes les couleurs. Je le ferai un jour. Je suis très impulsive, vous savez.

Elle tourna rapidement les pages de texte en quête de nouvelles photos. Sacré tempérament, la gamine !

— Donatello, c'est mon petit copain, il n'est pas non plus très chaud. Je vois sa gueule d'ici si je me ramenais en rose ou en violet. (Elle soupira tristement.) Il me manque terriblement. Vivement dimanche ! Nous devons rentrer ensemble.

J'entamai la coupe.

— Votre fille aussi à un petit ami ? demanda-t-elle en abandonnant la lecture de *Cosmo.* Elle s'appelle comment, déjà ?

— Jane, répondis-je en égalisant les premières mèches. Son mec s'appelle G. Il veut l'emmener récolter du café au Mexique.

— Génial ! s'exclama-t-elle en levant un pouce approbateur. Ça a l'air de coller entre eux.

Je sortis mon rasoir.

— Un peu trop à mon goût. Dire qu'à son âge, j'étais déjà mariée.

— Enceinte ?

Gloups ! J'attaquai le dégradé.

— Il a suffi d'une boum un peu arrosée. Comme quoi, il faut toujours être sur ses gardes.

— Ne vous inquiétez pas pour moi. On ne baise pas avec Donatello. Disons, pas vraiment, ajouta-t-elle en croisant les jambes. On serait plutôt « clintonmaniaques ». Monica Lewinsky et tout ça. Si vous voyez ce que je veux dire.

Provoc. Provoc. Les ados sont les rois de la provoc. Je décidai d'y aller à fond. J'étais blindée.

— Ce n'est pas un peu frustrant ?

— Ça a son charme, répliqua-t-elle en me jetant un petit coup d'œil de défi dans le miroir. Et votre fille, elle couche ?

J'ôtai l'épingle plantée dans ma bouche.

— Elle dit que non.

— C'est qu'elle couche.

— Hum !

— La plupart de mes copines préféreraient se faire découper en morceaux plutôt que d'avouer qu'elles s'envoient en l'air. Et je ne parle pas des petites séances à genoux.

— Ouch !

J'avais failli me couper avec les ciseaux.

— C'est plus confortable.

J'imaginais mal Jane agenouillée devant un lascar, surtout un gros plein de soupe qui se gavait de barres de chocolat. Elle avait trop de classe pour ça.

— En tout cas, tout le monde y gagne. Je ne risque pas de tomber enceinte et lui, il est content. Sans oublier que je suis techniquement vierge.

— Et c'est important pour vous ?

Je passai de l'autre côté de la tête. Au train où elle allait, elle ne le resterait pas bien longtemps.

— Essentiel, répondit-elle. L'abstinence est très à la mode ces derniers temps. Rien que dans ma classe, pas mal de filles ont fait vœu de chasteté.

Décidément !

Quand j'eus terminé, Sacha était pratiquement la même qu'à mon arrivée. Trois, quatre centimètres en moins, des cheveux tombant droit comme une falaise à pic. Mais elle ne semblait plus du tout s'intéresser à sa coiffure.

— Si vous voulez, je peux essayer de savoir pour Jane. Je suis une excellente détective.

Son regard pétillait. Enfin un peu de vie pour rompre la monotonie de cette attente interminable dans une chambre d'hôtel pendant que maman courait les bois.

— Donnez-moi son numéro.

Pourquoi pas? Après tout, je ne vis pas vraiment d'inconvénient à ce que ces deux-là se rencontrent, pensai-je. Évidemment, je courais le risque de la voir entraîner Jane à faire des conneries, mais mon instinct maternel me disait que Sacha n'était pas aussi insensible à la mort de Bud ou aux absences de sa mère qu'elle voulait le faire croire. Elle avait besoin de quelqu'un de son âge pour parler. Une ado normale aux cheveux teints, trouée de piercings, et une petite B.C.B.G. en mal de tendresse, ça devait marcher. Je lui tendis l'adresse et le numéro du salon de Roxane, puis m'occupai de ramasser les quelques cheveux tombés par terre.

— Ne vous inquiétez pas. Laissez. Les femmes de chambre s'en occuperont, dit-elle. Moi, je ne fais jamais rien. Et je me porte comme un charme.

Le téléphone sonna et Sacha se précipita pour décrocher.

— Donatello? Oh, salut, maman, se reprit-elle d'un air trop franchement contrarié pour être honnête.

Je passai un coup de chiffon sur la coiffeuse et jetai les cheveux à la poubelle tandis que Sacha répondait à sa mère par de brefs oui, non.

— C'était maman, me lança-t-elle en raccrochant. Elle ne repasse pas ici ce soir. J'ai peur que ça ne soit à l'eau pour votre interview.

Super! Toute une soirée de foutue. Dire que j'aurais pu rester dans mon lit à délasser mon petit corps fourbu. À la place, j'avais coiffé à l'œil une môme de riches et joué les boniches. Je ramassai mon sac, y fourrai mes affaires, puis hésitai un instant à laisser un petit mot à Chrissy Price. Mais à quoi bon? Cette femme venait de perdre son mari. L'heure n'était probablement pas aux récriminations.

— J'appellerai peut-être votre fille demain, dit Sacha en me raccompagnant à la porte. Je commence à en avoir ma claque de cette sinistre piaule. En deux jours, j'ai dû voir cinq fois le même épisode de *Sex and the City*.

Dès que je fus dans l'ascenseur, je retirai mes pompes et me massai les pieds. Chez Roxane, j'allais me préparer un énorme sandwich à la viande dégoulinant de mayonnaise et de ketchup. Puis je m'installerai dans le relax en position allongée avec un Pepsi light pour regarder une émission débile. Le panard intégral.

— Mademoiselle Yablonsky ! m'interpella le concierge alors que je me dirigeais déjà vers la sortie. Il y a un message pour vous.

Mon Dieu ! Ce ne pouvait être que Hugh McMullen de retour du restau et impatient de prendre contact avec Stinky. Le mec derrière son comptoir me tendit un papier qui indiquait simplement : *Rejoignez-moi chambre 315. J'ai ce que vous cherchez.*

— Qui occupe la chambre 315 ? demandai-je.

— Aucune idée, répondit le lascar en haussant les épaules.

— Homme ou femme ?

— Homme. Ça devrait vous plaire.

— Vous me prenez pour qui ? répliquai-je en lui agitant le message sous le nez. Je n'ai pas l'habitude de retrouver des inconnus dans leur piaule.

Le mec me lança un drôle de regard.

— C'est le métier qui rentre.

La porte du 315 était légèrement entrebâillée quand je me pointai. Je frappai deux petits coups en serrant mon sac sous le bras. Pas de réponse. Encore un coup et *tchao*. Mais au troisième coup la porte s'ouvrit. L'intérieur était plongé dans la pénombre. Oublie, pensai-je.

Aucune enquête, aucun scoop ne mérite que je me fourre dans ce guêpier.

Je tournais les talons quand je sentis une main se plaquer contre ma bouche. La porte se referma sur moi tandis que mon agresseur me tenait fermement. C'était la deuxième fois que je me faisais attaquer et toujours pas de nuit réparatrice.

Je réussis à me retourner et lui balançai un coup de genou dans les valseuses. Il y eut une forte expulsion d'air. *Ouch!* Il relâcha sa prise et je lui explosai les côtes du coude. Deux fois, pour faire bonne mesure. Pas mal les cours d'autodéfense donnés chez les scouts.

Il partit en arrière et rebondit contre le mur. Je fis tournoyer mon sac au-dessus de ma tête et le frappai en pleine tronche. De toutes mes forces. Son contenu se répandit sur le sol. J'attrapai ma bombe lacrymogène et l'aspergeai copieusement.

— Prends ça, connard!

— Stop! brailla-t-il. C'est quoi, ce bordel?

Je tâtonnai jusqu'à l'interrupteur. Stiletto gisait contre le mur, les mains sur ses bijoux de famille, les cheveux en bataille. Le portrait craché de Mel Gibson dans *What Women Want.*

— Désolée, soufflai-je. Je ne t'ai pas reconnu dans le noir. (Puis, m'énervant :) C'est quoi, cette main sur ma bouche? Cette pénombre?

— Tu n'as pas vu les bougies? répliqua-t-il en balayant la pièce du menton.

Il avait fait les choses en grand. Fleurs, lumière tamisée, champagne.

— Tu savais que j'étais là?

— J'ai appelé Salvo. Il m'a raconté tes déboires avec McMullen dans la chapelle. Le pauvre vieux s'en voulait de t'avoir parlé de la photo du *New York Times.* Il paraît que tu n'avais pas l'air jouasse. (Il se racla la gorge en se redressant.) J'ai pensé qu'il était temps de s'occuper un peu de toi avant que tu ne prennes la tangente avec un beau mineur. Remarque, je ne sais pas si je recommencerai ce genre de connerie de sitôt.

La chemise Oxford de Stiletto était déboutonnée. Je passai mes bras autour de son cou. J'adorais son odeur. Savon de Marseille et coton fraîchement repassé.

— Tu es parfait, murmurai-je. J'ai envie de toi.

— Trop tard, ma petite. J'ai peur d'être hors service.

— Non? soupirai-je en l'embrassant derrière l'oreille.

— Plus bas.

Je l'embrassai dans le cou.

— Encore.

Sur le torse, en descendant lentement vers le nombril.

— Super, gémit-il en fermant déjà les yeux. Ne t'arrête pas.

— Je pense avoir droit à une petite coupe avant d'aller plus loin.

— Tu crois? railla-t-il en me serrant contre son torse nu. À propos du *New York Times*, n'écoute pas trop ce que dit Tony Salvo.

— Je n'écoute jamais ce que racontent les rédac' chef. C'est toi qui m'as appris ça. Tous des faux culs!

Il me prit la tête entre ses mains et m'embrassa longuement. Lentement.

— Ils ne pensent qu'à te pomper tes meilleures idées de reportage. Ce sont des vampires. Ils te suceront jusqu'au sang avant de te jeter comme une merde.

— Pomper, sucer, tu sais choisir ton vocabulaire. Mais quel rapport avec nous?

Stiletto m'entraîna vers le lit encadré de bouquets et de chandelles. Il s'assit à mes côtés et entreprit de faire sauter le bouchon d'une bouteille de Moët & Chandon d'au moins dix ans d'âge.

— Ils se nourrissent de ce qu'il y a de pire dans la vie, poursuivit-il. C'est leur fonds de commerce. Ils adorent les immeubles en flammes et les gens qui se font descendre. Pour eux, c'est tout bénef. Après vingt ans de ce régime, ils pensent que tout le monde est comme eux.

Je le regardai verser le champagne d'une main experte. Combien de femmes avait-il embobinées avec ses bulles, ses beaux discours et son air débraillé ?

— Tchin, tchin ! s'exclama-t-il en levant son verre.

Le champagne était un vrai nectar pour le gosier. Je n'avais rien mangé de consistant depuis le sandwich de Mona et je risquais d'être pompette. Gaffe.

— M. Salvo n'est pas qu'un branleur assoiffé de sensationnel, repris-je en reposant mon verre sur la table de nuit.

— Moi non plus. Tu veux essayer ?

— Tu dis ça à toutes les filles ?

— Waouh ! lança-t-il en se rasseyant. Qu'est-ce qui te prend ? D'abord tu me casses la gueule, et maintenant tu m'agresses verbalement. J'ai fait quelque chose de mal ?

Éviter absolument d'évoquer cette pouffiasse d'Esméralda Greene. Le terrain était glissant. Certains hommes réagissent mal à tout ce qui peut ressembler à une scène de jalousie. Stiletto devait faire partie du lot.

— Non, répliquai-je. Tu n'y peux rien, mais toutes les femmes te courent après. Tu as vu toutes ces vieilles chez Roxane l'autre jour. Elles n'en pouvaient plus.

— Bubbles, tu ne te rends pas compte, reprit-il en me passant le bras autour de la taille. Tu imagines, ce que c'est pour moi de me promener dans la rue avec une nana comme Bubbles Yablonsky ? Un vrai danger public.

Combien de mecs en bagnole ont failli s'emplafonner en te croisant ?

Je me penchai en arrière pour attraper ma flûte.

— Tu exagères.

Stiletto me prit le menton en souriant.

— Non, tu me fais le même effet. J'ai un mal fou à contrôler mes mains quand tu es dans les parages. L'autre nuit dans la mine, quand nous étions pris au piège, je ne pensais qu'à te prendre dans mes bras pour te couvrir de baisers.

Ce qu'il fit aussitôt en se vautrant sur moi.

— Pareil dans l'ambulance quand tu étais couchée sur la civière, j'ai failli verrouiller les portes pour rester seul avec toi.

Il me serra davantage. Ses grands yeux bleus étincelaient de désir. L'âge ne semblait pas l'avoir ramolli. Il était dur de partout. Et quand je dis de partout, je me fais bien comprendre...

— J'ai terriblement envie de toi, Bubbles, gémit-il en s'énervant sur mon top. Je n'en peux plus. Je ne dis pas ça pour te mettre dans mon lit. Tu... tu...

Je craquai. Je l'attrapai par les épaules et le plaquai contre moi. Nos langues se mélangèrent avec passion. J'envoyai balader mes chaussures et passai mes jambes autour de ses hanches. Je lui arrachai sa chemise, il m'enleva mon haut.

— Oh, Bubbles, gloussa-t-il en enfouissant sa tête entre mes seins.

Il m'embrassait fébrilement. Je poussai un petit cri quand il fit sauter l'agrafe de mon soutien-gorge.

— Ouuuiiii !

— Je t'aime.

Tais-toi, pensai-je. Surtout ne t'arrête pas ! La jupe. La jupe. Enlève la jupe !

Toujours aussi doué pour la télépathie, Stiletto s'attaqua aussitôt à la fermeture Éclair. Trop fiévreux, le bonhomme. Seule consolation, la marque tangible de son impatience plaquée contre ma cuisse.

Aidons ce garçon. J'attrapai le zip et tirai d'un coup. Fonce, fonce, Steve. On allait bientôt se retrouver à poil tous les deux. Je glissai ma main dans son pantalon. Ouille ouille ouille!

— Ouuuiiii! rugit-il.

Et ce fut à ce moment-là que les sirènes retentirent. De bonnes grosses sirènes juste sous les fenêtres de la chambre.

— Oh, non! gémis-je, tandis que Stiletto se relevait déjà.

Il remonta son jean et tira les rideaux pendant que j'enfilais mon haut à même la peau. Mon soutien-gorge gisait, roulé en boule, sur la moquette.

Steve ouvrit la fenêtre. Je me penchai par-dessus son épaule pour regarder à l'extérieur.

— Eh! c'est Myron Finkle.

Le petit gars traversait le parking à toutes jambes en direction d'une voiture, portière ouverte, entourée par deux véhicules de la police illuminés comme des sapins de Noël. C'était une Saab cabriolet, avec son passager couché sur le volant.

Tous les employés de l'hôtel se tenaient sur le perron, tandis que la plupart des clients mettaient leur nez à la fenêtre.

— Myron! criai-je. Qu'est-ce qui se passe?

Il s'arrêta de courir pour se tourner vers moi en faisant de grands signes avec les bras.

— Tu vois quelque chose de là-haut?

— Pas vraiment.

— C'est McMullen. Il paraît qu'il s'est fait descendre.

(Une rumeur parcourut l'assistance.) Une balle en pleine tête.

Il reprit sa course en direction des flics qui semblaient prendre tout leur temps. Mauvais signe. Si McMullen était encore vivant, ils se seraient agités un peu plus.

Encore un nouveau cadavre…

Je fermai les yeux et marmonnai une courte prière. Je revoyais Hugh lisant fébrilement son discours lors de la conférence de presse, puis le même dans la chapelle essayant de m'extorquer des infos sur Stinky.

Tiens, tiens, Stinky. McMullen tué par une balle comme Price alors qu'on le supposait être son assassin… Stinky semblait s'être fourré dans une sacrée panade.

— Magne-toi, Bubbles, me lança Stiletto en empoignant son appareil. Dans dix minutes, ça va être un vrai cirque en bas.

Je remis mes pompes, fourrai mon soutien-gorge dans mon sac, ramassai mes affaires répandues sur la moquette et sortis mon calepin.

Chacun partit de son côté sans même un au revoir.

Je détestais ce boulot. Vraiment. Quand une coiffeuse veut s'envoyer en l'air, elle s'envoie en l'air. Sirènes ou pas.

La recette de gommage au Miracle-Whip de Sacha (légèrement améliorée)

La sauce Miracle-Whip contient moins de matières grasses qu'une mayonnaise ordinaire et le vinaigre qui entre dans sa composition est une vraie bénédiction pour la peau. À mon avis, il convient de faire l'application avant de prendre sa douche si l'on ne veut pas sentir la salade au poulet toute la journée.

Résultat garanti, comme dirait Sacha. C'est le meilleur exfoliant que je connaisse.

2 cuillerées à soupe de Miracle-Whip
1/2 cuillerée à café de flocons d'avoine crus

Mélangez la sauce et les flocons. Étalez le tout sur votre visage parfaitement sec et propre. Laissez agir trente minutes. Frottez avec un coton et rincez.

CHAPITRE 18

Pour Donohue l'affaire était limpide. Hugh McMullen s'était suicidé avec un Smith & Wesson. La balle lui avait fracassé le crâne. Aucun des journalistes présents ne percuta, si j'ose dire, mais pour moi, ça fit tilt. Si j'avais été Esméralda Greene, avide de donner toute sa mesure devant les gros durs de Channel Three, j'aurais certainement demandé en pleine conférence de presse s'il s'agissait de la même arme qui avait tué Bud.

Mais pas folle la guêpe. Je n'avais pas de problème d'ego. Un ego déjà mis à bien rude épreuve ce soir.

Je m'approchai de Donohue tandis qu'il regagnait sa bagnole.

— Vous savez s'il s'agit du même Smith & Wesson qui…

— Faut attendre les résultats d'la balistique, répondit-il en se calant derrière le volant. P'tite indication : l'arme qui a servi pour Price était un 44 Magnum. Du même calibre qu'celle qu'on a trouvée dans la main de McMullen.

Je pris note. Curieux tout de même, pensai-je, que Donohue se montre si coopératif avec moi. D'habitude les flics n'aiment pas beaucoup s'étendre sur les suicides. Surtout devant la presse. C'est tout un boulot d'obtenir le moindre renseignement. Peut-être parce que je ne porte pas de soutien-gorge.

— Vous pensez qu'il s'est tué parce qu'il allait être inculpé de meurtre ?

— Nous avions prévenu son avocat c'matin qu'il avait vingt-quatre heures pour nous amener son client. Passé ce délai, on irait l'chercher nous-mêmes, répondit-il en claquant sa portière.

Il allait démarrer quand quelque chose attira son regard.

— Merde, Myron Finkle ! Ce mec m'file des boutons.

Je rangeai mon calepin.

— De quoi parliez-vous avec le chef? me demanda-t-il tandis que Donohue mettait rapidement les gaz.

C'était le moment rêvé d'envoyer les cadors de Channel Three sur une mauvaise piste, mais Myron était décidément trop jeune. Il avait surtout besoin d'un léger coup de pouce.

— À quelle heure bouclez-vous ?

— Je ne sais pas, répondit-il. Vers seize heures. Pourquoi ?

— Dès que tu rentres au canard, appelle le chef et interroge-le sur l'arme.

— Le flingue dont s'est servi McMullen pour se faire sauter le caisson ? Tu crois que... ?

— Chut ! répliquai-je, l'index sur la bouche. (Je n'aimais pas la façon dont les vautours de la télé traînaient autour de nous.) Cherche dans cette direction. Je t'assure que le tuyau est bon.

Il sourit d'une oreille à l'autre.

— Merci, Bubbles. Personne ne me donne jamais de tuyaux. Même pas mon père qui bosse dans la police.

— Oh, mon pauvre chéri ! (Je résistai à la tentation de lui ébouriffer les cheveux.) Je t'offre ton premier scoop. Le premier d'une longue série, j'espère.

Stiletto rechargeait son appareil, le portable coincé entre le menton et l'épaule quand j'arrivai à sa hauteur à l'autre bout du parking.

— Donne-moi une petite heure, me dit-il. Il faut que j'aille développer ce film. Puis on reprend où on en était. La nuit est à nous.

— Je ne peux pas. Il faut que je rentre chez Roxane.

— Roxy est une grande fille. Elle n'a pas besoin de toi.

— Ce soir, si. La connaissant, j'ai peur qu'elle ne joue à touche kiki avec Zeke Allen. La prochaine fois que tu m'envoies un garde du corps, choisis-le petit, gros et moche.

— Un garde du corps ? Je t'ai envoyé un garde du corps ?

— Ne fais pas l'innocent, je t'en prie.

Il aboya dans son téléphone qu'il devait y aller, une urgence, puis raccrocha.

— Quel innocent ?

— Laisse tomber, Stiletto. Zeke m'a tout raconté. Geneviève pense même que tu l'as embauché pour m'espionner...

— Zeke Allen de Slagville ?

Steve n'avait pas l'air de plaisanter. Il me fixait de ce regard intimidant qui me rendait minable à chaque fois. Le genre « je suis sérieux, ce n'est pas une vanne ».

— Zeke Allen, bredouillai-je.

— Ouais, ouais, je connais ce mec. Il était en taule pour avoir participé à je ne sais plus quel truc religieux au Mexique. Je l'ai rencontré lors d'un reportage sur les jeunes Américains emprisonnés à Cerro Huerro. J'ai graissé la patte au juge pour faire sortir ce petit con.

— Et puis, poursuivis-je en essayant de rester calme, tu lui as demandé de me filer le train…

— Non, Bubbles, m'interrompit-il en me prenant par les épaules. C'est faux. Je n'ai pas revu ce type depuis sa sortie de taule.

Nous restâmes quelques minutes silencieux à nous jauger du regard.

— C'est quoi, ce bordel ? m'exclamai-je. Il m'a dit qu'il t'appelait tous les soirs pour te faire son rapport. Il a même précisé que tu le payais cinq cents dollars par jour, directement virés sur son compte en banque.

— Nom de Dieu ! reprit-il en rangeant son grelot dans sa poche. Je parie que c'est lui qui t'a envoyé le fax au Passion Peak. Il est au courant de nos moindres mouvements : mon départ à New York, ton arrivée dans le coin mercredi soir, mon adresse mail.

Nouveau silence.

— Qu'est-ce qu'on fait ? bredouillai-je.

— Je m'occupe de ma pellicule, puis je mène ma petite enquête. En attendant, Bubbles, rentre chez Roxane et vérifie que tout est bien fermé avant de te coucher. Évite Zeke à tout prix.

Le retour en bagnole jusqu'à Main Mane fut des plus périlleux, non pas parce que je craignais de voir surgir subitement un gyrophare dans mon rétro à chaque tournant, mais parce que j'étais cassée, complètement épuisée. Au point de me foutre totalement de m'envoyer dans le décor. J'avais appelé le *News-Times* juste avant le bouclage, au bord de l'évanouissement, pour dicter un petit papier sur la mort pour le moins étrange de McMullen. Pendant une fraction de seconde, je songeai à rejoindre

Stiletto dans sa chambre, mais ma conscience me rappela à mon triste devoir. Roxane s'était montrée trop paniquée en découvrant le cambriolage pour la laisser seule. Je m'étais donc traînée jusqu'à ma Camaro pour aller jouer les anges gardiens.

Mes paupières se fermaient toutes seules tandis que je négociais les derniers virages. Une vraie torture. Les derniers mètres furent terribles. À chaque instant, je risquais de m'effondrer sur le volant pour piquer un petit roupillon. Je me garai enfin et tirai le frein à main. Mission accomplie. Je n'avais jamais eu aussi chaud de ma vie.

À environ une heure du matin, la baraque était plongée dans l'obscurité. Pas un bruit. Aucune fenêtre allumée à l'étage. Maman et Geneviève dormaient dans la chambre d'amis. Roxane avait fermé la porte de la piaule et Jane s'était installée dans le bureau.

J'allai sur la pointe des pieds l'embrasser sur le front, geste que j'accomplissais chaque soir depuis le premier jour de sa vie. Ses joues avaient encore les rondeurs de l'enfance. Je la revoyais à quatre ans serrant contre elle son petit ourson bleu.

Je passai dans la cuisine pour me faire un sandwich à la viande que je m'envoyai en trois bouchées. Un verre de lait. Débarbouillage rapide, dents, puis T-shirt noir en guise de pyjama. Quelle nuit! Sexe et mort dans la foulée. Myron Finkle et Sacha avec sa coupe toute raide, façon commerciale de choc.

Roxane avait eu la bonne idée d'ouvrir le canapé-lit du salon. Je me glissai dans les draps délicieusement frais. J'oubliai rapidement le matelas épais comme du papier à cigarettes et la barre du milieu qui s'enfonçait dans mes reins. Je me sentais bien. J'éteignis la lampe Donald Duck posée à mon chevet et m'endormis aussitôt.

Un de ces sommeils agités qui donnent l'impression de regarder un film d'horreur depuis le premier rang d'un cinéma de quartier. Je voyais défiler l'ombre de Saint-Ignatius, avec ses vitraux brisés, dans les flammes et la fumée, puis le visage ensanglanté de Hugh McMullen me mettant en garde contre un monstre lancé à mes trousses.

« Je vous aurais prévenue, disait-il. Il est après vous. Il sait qui vous êtes. »

Puis ce fut le tour de Tallow caressant de ses longs doigts blancs l'oreille criblée de piercings de Jane, visiblement en extase. Derrière lui, bizarrement, Keith Richard avec sa guitare électrique, bandana dans les cheveux et clope au bec, papotant avec... G.

G. ?

« Quoi de neuf, Bub ? me lança-t-il à travers un nuage de fumée de plus en plus épais, m'irritant le nez, les yeux. Il reste du rosbif ? Je me ferais bien un sandwich. »

Je me réveillai en sursaut et allumai Donald. Une épaisse fumée envahissait la pièce. Apparemment, ça provenait de la cuisine. Une forte odeur de fromage brûlé.

Je me jetai à bas du lit et rampai en direction du sinistre. Attention, Bubbles, reste près du sol où l'air est plus respirable, m'invectivai-je. En cas d'incendie, fais sortir tous les habitants de la maison, puis appelle les pompiers. Et pas le contraire. Tiens, pas de flammes, constatai-je avec soulagement. Mais comme dit le proverbe, il n'y a pas de fumée sans...

— Bubbles Yablonsky ! Qu'est-ce que tu fous à te traîner par terre les fesses à l'air ?

C'était la voix de maman. En face de moi, se dessinaient une paire de pantoufles roses et l'ourlet d'une robe de chambre en pilou-pilou.

— Quelle surprise ! brailla G. en sautillant dans tous les sens. La mère de ma petite amie nous montre son cul !

Je m'agrippai à la table en formica vert et me relevai péniblement. Maman se tenait devant la cuisinière tandis que Geneviève rinçait à grande eau une poêle à frire. G., déjà habillé, brandissait une sorte de cylindre rouge. Un extincteur, pensai-je. Nous étions tous en plein brouillard.

— Qu'est-ce qui s'est passé ? demandai-je entre deux quintes de toux.

— Il y a eu le feu, on dirait, répondit maman. On s'est préparé une petite camomille avant d'aller se coucher hier soir et apparemment Geneviève a oublié...

— Je n'ai rien oublié du tout ! protesta cette dernière en fermant le robinet. D'ailleurs, ce n'est pas la casserole qui a brûlé. C'est cette putain de poêle. Elle était pleine de graisse. De toute façon, ces cuisinières, c'est de la merde en barre. Ils font exprès pour qu'on les change régulièrement. Tous des escrocs !

Maman balaya l'argument de la main.

— Quoi qu'il en soit, poursuivit-elle, G. est un héros. Il a couru chercher un extincteur à la cave. Il nous a sauvé la vie.

— Vous avez entendu, Bub ? Ça mérite un petit bonus. Je n'ai plus un slip propre. Je porte le même depuis trois jours.

Le pied, pensai-je. Me taper les slibards dégueulasses de cet abruti. Une poêle pleine de graisse ? Je tiquai. Quand je m'étais préparé le sandwich en rentrant, la cuisine reluisait comme un sou neuf. Jane était végétarienne et fuyait les lipides comme la peste. Quant à G., il ne cuisinait pas du tout.

— Je ne me suis pas servie de la cuisinière dernièrement, affirmai-je. On peut savoir à quelle heure vous êtes rentrées, mesdames ?

Geneviève et maman échangèrent un petit regard coupable. Puis maman consulta sa montre.

— Il y a environ deux heures.

Il était cinq heures et quart à la pendule.

— Vous vous êtes couchées à trois heures du matin ?

Maman se racla la gorge.

— Nous sommes de grandes filles maintenant. On rentre quand on veut. De toute façon, on ne faisait rien de mal. On bossait.

— Costaud la mamie ! s'exclama G.

Maman se tourna vers lui avec cette lueur dans les yeux qu'ont les lionnes en apercevant une gazelle.

— Pour ta gouverne, le môme, je te signale que je suis championne de billard senior. Je m'envoie le tapis en moins de temps qu'il n'en faut pour te moucher. Ne m'appelle plus jamais mamie. Pigé ?

G. rentra la tête dans les épaules jusqu'au menton.

— Désolé, m'dame.

— Laisse tomber ce merdeux, intervins-je. Vous bossiez à quoi, exactement ?

Geneviève pointa du doigt un sac-poubelle posé près de l'évier.

— On cherchait le journal de Nana Yablonsky...

— Cool, acquiesça G. en posant le sac sur la table puis en commençant à en trier le contenu avec application.

Maman attrapa un torchon pour essuyer une tache imaginaire. Je le lui arrachai des mains.

— Ne me dites pas que vous avez passé la nuit à faire les poubelles ? explosai-je.

— Les grands labos pharmaceutiques font tous ça, plaida Geneviève. C'est encore le meilleur moyen pour se tenir au courant des projets de la concurrence. Je l'ai vu à la télé. La seule différence, c'est qu'on n'est pas payées deux mille dollars par mois plus les primes. Remarque, on ne travaille pas non plus à guérir le cancer.

— Sans compter qu'il ne s'agit pas de n'importe quelle poubelle, précisa maman. C'est celle de Vilnia.

— Vilnia, celle qui est au courant de tout ?

— Vilnia, la voleuse, tu veux dire.

— Une brosse cassée. Des serviettes en papier usagées. Un pot de confiture vide. (G. s'était lancé dans l'inventaire du sac.) Un emballage de pâte brisée prête à l'emploi...

— C'est pourtant pas compliqué de faire sa pâte à la maison, commenta maman avec une moue de dépit.

Geneviève leva les bras au ciel.

— Tout fout le camp !

— Un soutien-gorge noir. Des cartouches d'encre vides. Un reste de teinture pour les cheveux. Mais pas de journal !

— Il est là, gros malin, répliqua maman en tirant l'ouvrage de la poche de sa robe de chambre avant de me le tendre. Rassure-moi, « G. », c'est toujours pour Génie ou pour Gros naze ?

Je feuilletai le calepin recouvert de cuir noir. Tout écrit en polonais.

— Comment tu as su ? m'étonnai-je en lui rendant le précieux bouquin.

— La soupe de pommes de terre. Tu te souviens quand nous sommes passées chez Vilnia ? Une seule personne au monde y mettait de la menthe. Nana Yablonsky. Je savais que nous avions visé juste et qu'elle voudrait se débarrasser du journal au plus vite. Avec Genny, nous sommes allées fouiller ses poubelles tous les soirs depuis notre visite.

Geneviève leva le doigt en l'air et se mit à rugir comme un B-52 au décollage.

— Sauf ce soir ! Vilnia avait des invités. Elle n'est montée se coucher qu'à deux heures du matin. Nous avons dû attendre l'extinction des feux.

— À mon avis, il s'agissait d'une réunion des Sirènes de Slagville, supposa maman. Je vous le dis, les Sirènes manigancent quelque chose.

— Ces vieilles peaux, des sirènes ! s'exclama G. Et vous en train de faire les poubelles du voisinage. Ça vaudrait le coup de mettre ça sur la Toile.

Roxane apparut sur le seuil. Elle portait une chemise de nuit en coton vert. La tignasse rouge totalement en bataille, son masque pour les yeux pendant sous le menton.

— Doux Jésus ! gémit-elle en se prenant la tête entre les mains. Le feu ! Je n'aurais jamais dû enlever les piles du détecteur de fumée. Le problème, c'est que je ne supportais plus quand ça se mettait à sonner à tout bout de champ. C'était l'enfer.

— Ne vous inquiétez pas, j'ai réussi à l'éteindre avec ça, intervint G. en exhibant son extincteur.

— Tu l'as pris à la cave ? Il y en a des paquets, répliqua Roxy.

— Ne me dis que ton malade de mari collectionnait les extincteurs, gronda Geneviève. C'est un coup à faire péter toute la baraque. Même si ce n'est que du gaz carbonique, vaut mieux ne pas les mettre au contact d'autres produits chimiques. On ne joue pas avec ces machins-là.

Je réfléchis un instant. Des extincteurs en pagaille. La cave. La visite de Stinky à Limbo avec ses cartes et ses relevés. Intéressant.

— Combien de ces engins y a-t-il en bas ? demandai-je.

Roxane haussa les épaules.

— Je ne sais pas. Une bonne dizaine. Jane les a comptés. Elle pourra te le dire à son retour.

— Comment, elle n'est pas là ? Je l'ai embrassée en arrivant.

— En tout cas, elle n'est plus dans la maison. J'ai regardé partout en descendant.

— Elle est partie où ? m'inquiétai-je.

Il ne manquait plus que ça après la nuit que je venais de passer.

— Ne vous mettez pas la tête à l'envers, Bub, intervint G. en nouant le sac-poubelle avant de le remettre à sa place. Elle a dû aller rejoindre ce vieux clown de Tallow. Genre lever de soleil sur un tas de rochers bidon.

Là, c'était trop.

— Elle est retournée à Lehigh ?

— Nan. Ici, répondit G. Le blaireau a ouvert un autre chantier dans le coin fumant où je me suis planté hier. Comment ça s'appelle, déjà ?

— Limbo. Mais pourquoi elle ne m'a pas avertie ? Elle aurait pu me laisser un mot.

Maman secoua la tête.

— Il faut que tu causes à cette gamine, Bubbles. Oublie tes histoires de charbon et de Limbo si tu ne veux pas que ta fille t'entraîne droit en enfer.

CHAPITRE 19

Je fus réveillée un peu plus tard par trois coups de trompe stridents, *Beep! Beep! Beep!* et une forte odeur de fruits pourris et de lait caillé.

— Eh, la petite dame! On dégage. Vous bloquez le passage.

Un éboueur en habit fluo tapait au carreau de ma Camaro arrêtée juste derrière l'énorme benne à ordures. Emballages de McDo, épluchures de concombre, marc de café, coquilles d'œufs et autres douceurs.

— J'peux pas manœuvrer.

— D'accord, d'accord, bâillai-je en me redressant sur le siège.

Ouille! Mes jambes coincées sous le tableau de bord et mes épaules en bouillie me donnaient l'impression de m'extirper d'une boîte de sardines.

Merci, G., pensai-je en tournant la clé de contact pour aller me garer un peu plus loin. Cet enfoiré, sous prétexte de son acte héroïque, avait exigé de dormir dans le canapé-lit du salon. Redoutant que le petit bonhomme ne prenne la mouche et me plante là avec Jane pour retourner *illico* à Lehigh, je choisis d'aller me pager dans ma bagnole.

Je claquai la portière et remontai la rue dans l'air frisquet du matin quand je m'aperçus que je ne portais qu'une paire de pantoufles et un T-shirt couvrant à peine mon nombril. Oups! la honte. L'éboueur et ses petits copains avaient dû se régaler. Voilà ce qu'on appelle un vrai service public.

Tout respirait la sérénité à l'intérieur, à l'exception des ronflements de G. dormant comme un poupon dans le canapé. Je ramassai ma jupe, balancée au hasard la nuit précédente, puis trouvai un message de Jane. Elle était partie avec Tallow, mais rentrerait dans la matinée. À côté du mot, un communiqué de presse du cher professeur rédigé par ses soins.

Le papelard invitait les médias à le rejoindre pour assister au lever de soleil sur « un imposant mégalithe d'une valeur historique incomparable » au lieu-dit la Dead Zone. Tallow entendait faire classer tout le périmètre avant la construction du casino. Après la cérémonie, Tallow conviait les journalistes à venir « contempler » dans sa « maisonnette en bois » la collection d'objets celtiques en tout genre qu'il avait déjà récoltés sur place.

« C'est vraiment génial! avait ajouté Jane de sa petite écriture cursive. Tu pourrais peut-être écrire un papier sur lui. »

C'est ça. Avec le suicide de McMullen, il y avait fort à parier que tous les journalistes dans un rayon de cinquante kilomètres étaient sur les dents. Il n'y aurait pas foule à la petite réunion de Tallow. Je devrais pourtant aller y faire un tour, pensai-je en regardant par la fenêtre.

Gloups! Le soleil était déjà levé.

Tout comme Stiletto, qui sortait de sa nouvelle Jeep

noire garée devant la maison. Il tenait à la main une paire de baskets, un short moulant de cycliste et un soutif de joggeuse. Tout ça pour moi? Mon Dieu! Je détestais courir. C'était contre ma religion.

— Salut, lança-t-il dès que j'ouvris la porte. Ça te dirait, un bon petit-déj'?

Il portait un T-shirt gris et un cycliste en lycra qui, comment dire, mettait joliment en relief ses attributs masculins.

— Ben, mon vieux, répliquai-je en essayant de garder mes yeux à une hauteur décente. Quel rapport entre le petit-déj' et ça? m'enquis-je en désignant du menton le paquet de vêtements de sport.

— Je t'emmène au Lou's Eggs, répondit-il en refermant la porte derrière lui puis en me tendant les fringues. Habille-toi. Il n'y a que cinq kilomètres. Du gâteau.

— Du gâteau, mon œil! protestai-je violemment en oubliant que tout le monde pionçait dans la maison. Je ne sais pas marcher avec des semelles plates en caoutchouc.

Stiletto me tapota l'épaule.

— C'est excellent pour les fessiers. Sans compter qu'un bon entraînement réduit le stress. Il faut que tu sois en forme pour échapper à cet escroc de Zeke Allen.

— Zeke, un escroc? Il a l'air d'un mec sympa.

— On en recause autour d'une bonne tasse de café, reprit-il en me collant les Nike dans les bras. Magne, je sens que je vais faire des étincelles.

— Mais... mais... mes petits petons ne supportent que les talons hauts.

— Bubbles, pas de jérémiades! Dans ce métier, il faut savoir courir si on ne veut pas mourir prématurément.

Dix minutes plus tard, j'étais, moi, Bubbles Yablonsky, le genre de nana à se garer toujours sur le parking le plus près de l'entrée et à prendre sa bagnole pour aller chercher un carton de lait au bout de la rue, déguisée en championne de l'asphalte. Je me regardai dans le miroir de l'entrée.

— Pas mal, ce petit top en lycra.

Stiletto leva les yeux au ciel.

— Je savais que ça te plairait, du moment que ça te moule un max. On y va ?

— On y va, acquiesçai-je en ouvrant la porte, un sourire crispé aux lèvres.

— On commence tout doux, puis on accélère progressivement. Cale-toi sur ma foulée.

Il partit en trottinant dans l'allée. Ce mec avait des jambes de rêve.

— J'arrive !

J'évitai une bosse sur la chaussée et saluai la voisine qui tondait sa pelouse avec une antique tondeuse mécanique. Malgré mes jambes lourdes, je respirai un bon coup, bombai le torse et allongeai la foulée sur un sol spongieux.

— Attention aux feuilles, ça glisse, me lança Stiletto alors que je fonçais droit sur le tas. Tout baigne ? Concentre-toi sur ta respiration.

— C'est ce que je fais, répliquai-je en m'emplissant les poumons.

Hum, ce n'était pas désagréable. Je laissai pendre mes bras le long du corps. En fait, c'était vraiment sympa. La petite brume matinale allait bientôt se lever sur un grand ciel bleu. L'air fleurait bon l'herbe humide et les feuilles mortes. Un vrai temps d'amoureux.

— Je me sens pousser des ailes ! m'exclamai-je.

Stiletto, qui me suivait à une dizaine de pas, m'avertit que nous n'allions pas tarder à aborder la fameuse montée de Slagville, plutôt raide.

— Ne t'arrête pas. Si tu veux ralentir, fais-le progressivement.

— Pourquoi tu ne passes pas devant ?

Il se porta à ma hauteur.

— Drôle d'idée.

— Il me faudrait une jolie vue pour m'aider à monter tout ça.

— Ce ne serait pas plutôt pour attraper le bus ou se faire emmener par une bagnole ?

— Tu plaisantes ! Allez, file.

Stiletto se tenait maintenant un bon mètre devant moi. Ses puissants mollets le propulsaient dans la montée sans effort apparent. Souple comme un fauve, il semblait absorber la pente de tout son corps. Je concentrai mon attention et mon esprit sur lui et en moins de deux, nous nous retrouvâmes devant chez Lou's Eggs.

— Doux Seigneur !

La sueur ruisselait sur son visage et le long de son cou. Le T-shirt trempé, il semblait au bord de l'asphyxie.

— Pas mal pour une débutante. (Puis, s'accroupissant :) Cette putain de montée !

Je m'appuyai contre le mur en attendant qu'il ait fini son numéro de marathonien au bord de l'agonie.

— Tu n'es même pas essoufflée, s'étonna-t-il en se redressant, les mains sur les hanches. Tu ne sues pas non plus.

— Transpirer, Stiletto. Les hommes suent. Les femmes transpirent.

— C'est dingue comment tu as grimpé cette côte. Tu dois faire six minutes au kilomètre.

— Et alors ?

— Alors, c'est une super-moyenne, répondit-il en me balançant un coup de coude avant de me précéder à l'intérieur.

Toutes les places près des fenêtres étaient occupées par des clients apparemment peu sensibles aux fragrances de graillon. Nous longeâmes le comptoir où s'alignaient des mecs accoudés devant d'énormes assiettes contenant tout un tas de trucs frits pour aller nous asseoir à une table recouverte d'une toile cirée à grosses fleurs. Nous étions les seuls non-fumeurs des environs.

— C'est vraiment irrespirable, gémit-il en attrapant la carte. Toi, tu as arrêté, n'est-ce pas ?

— De fumer ? Absolument. Berk ! répliquai-je en me concentrant sur le menu pour couper court.

Ce n'était pas tout à fait vrai, pourtant là, franchement, je la sentais mal d'en griller une. Puis vint le gros dilemme. Les coupes de fruits avaient l'air sympa, mais moins, beaucoup moins appétissantes que les *doughnuts* au chocolat, bien chargés en vitamine C. Dur, dur.

— Où est Esméralda ? demandai-je négligemment.

— Esmé ? Elle est restée à New York. Laisse tomber.

— Elle n'enquête pas sur le suicide de McMullen ?

— Pour quoi faire ? Un suicide, c'est un suicide. (Puis, me jetant un regard suspicieux :) Tu ne crois pas, Bubbles ?

— J'sais pas.

— Tu es sur une piste ?

— Moi ?

Je fis signe à la serveuse, une grande bringue avec des couettes, cigarette au bec. Elle passa un rapide coup de chiffon humide sur la table puis se planta calepin en main pour prendre notre commande. Coupe de fruits, blinis et café pour moi. Stiletto demanda deux œufs sur le plat avec des haricots rouges et une belle portion d'oignons dorés à point, bacon et jus d'orange. Jamais il n'allait pouvoir ingurgiter toute cette bouffe. À moins d'avoir l'estomac en Téflon.

— Donc tu me disais que notre petit ami commun était un escroc ? repris-je pour changer de sujet.

— Je suis passé faire une petite visite à Zeke hier soir. Mais il n'était pas chez lui.

— Peut-être chez sa petite copine ?

— Je ne crois pas, poursuivit-il en me prenant la main. Sa voiture stationnait devant la maison, avec le pot d'échappement plein d'une sorte de pâte blanchâtre. On aurait dit de la purée de pommes de terre.

Je levai les yeux, subitement absorbée par une tache au plafond.

— Qu'est-ce qu'il t'a dit sur moi ? reprit-il.

Je lui racontai l'histoire du garde du corps et tout le toutim. Comment il avait été recruté pour veiller sur moi.

— Il a l'air de bien te connaître, estimai-je. Il m'a parlé de ton séjour à la frontière indo-pakistanaise l'année dernière et de ton prochain départ pour l'Angleterre.

Stiletto me lâcha la main, l'air vraiment surpris.

— Bizarre. Comment sait-il tout ça ? La dernière fois que j'ai eu ses parents au téléphone, c'était à Noël dernier.

— Ses parents ?

— Earl et Martha Allen. Des gens adorables. Ils ont déménagé de Limbo à Slagville il y a deux ans. Mais ils ont refusé de percevoir la moindre indemnité. Ils trouvaient obscène de se reloger aux frais des contribuables. Ils m'envoient des cartes de vœux pour le Nouvel An et pour mon anniversaire depuis que j'ai tiré leur gamin des prisons mexicaines.

La serveuse posa nos assiettes sur la table. Hmm... Des blinis. J'adore. Mais n'essayez jamais d'en faire vous-mêmes à la maison. Ça fume, c'est une infection. Je versai une douzaine de sucrettes dans mon café.

— Tu n’as pas eu l’idée de passer les voir? demandai-je.

— Non, répondit-il en explosant ses jaunes d’œufs.

— Les photographes de presse sont toujours comme ça? Ils oublient le b.a.-ba de la profession et négligent d’interroger les témoins importants…

Stiletto me fit un petit clin d’œil en enfournant une énorme bouchée.

— Bien reçu, répliqua-t-il. C’est idiot, mais je ne voulais pas les inquiéter.

— Dommage. Remarque, si tu te dégonfles, moi j’y vais. Ces gens-là n’ont rien à te refuser.

— Et si on y allait ensemble?

— Tu finis et on se tire.

Le pauvre garçon regarda son assiette à peine entamée, puis me fixa avec ses yeux de chien battu.

— La prochaine fois, je ne prendrai pas de haricots. Je me sens tout ballonné.

La Jeep de Stiletto dégageait encore cette odeur de neuf qui me rendait folle. Le plancher conservait même ses tapis en papier, et il ne traînait aucune cannette vide de Pepsi light ni de prospectus roulés en boule. Bordel, ce mec avait poussé la porte d’une concession, déboursé 28 000 $ cash et calté avec sa nouvelle bagnole. La dernière voiture que j’avais payée cash m’avait coûté cinq cents dollars. C’était une Chevy Impala à peine moins cabossée qu’une caisse de stock-car.

— Toujours pas de capote, je vois, geignis-je.

L’été n’était plus qu’un souvenir lointain. Un petit vent frais d’octobre qui descendait des collines m’apportait son lot de frissons.

— Tu n’as jamais envisagé d’acheter un autre type de véhicule?

— Comme un Crown Victoria, par exemple?

— Bien reçu.

La ville, d'habitude plutôt calme, bruissait d'activité en ce samedi matin. Une troupe de scouts en uniforme bleu allait de porte en porte pour vendre ses calendriers. Un père et son môme, canne à pêche sur l'épaule, partaient profiter des derniers beaux jours au bord de l'eau. Des draps immaculés flottaient au vent dans les jardins, une fanfare locale s'exerçait sur le stade. Tout le charme des petits patelins de province.

Les gens à Slagville n'allaient pas s'arrêter de vivre parce qu'un promoteur de casinos avait été assassiné à quelques kilomètres de là ou sous prétexte que l'héritier désabusé d'une mine de charbon s'était suicidé. Seul l'essentiel, c'est-à-dire la tendresse, le calme, la sérénité, les pelouses bien tondues, le linge propre, le foot du samedi matin ou la messe du samedi soir, comptait.

Un pompier installait une grande pancarte invitant les habitants à venir nombreux à la kermesse au profit des anciens de la mine à l'Union Hall.

— Bingo ! m'exclamai-je en manquant tomber de la Jeep.

L'Union je ne sais pas trop quoi ! Le bar où se cachait Stinky et que personne ne semblait connaître ! C'était en fait les locaux du syndicat des mineurs.

Génial !

— Je te trouve bien excitée, me lança Stiletto en se garant devant une sorte de bâtiment moche à mourir.

Merde ! J'avais oublié que Stiletto n'était pas au courant de la visite-surprise que Stinky m'avait faite à Lehigh.

— Je pensais à Geneviève, répliquai-je pour noyer le poisson. Et si cette fête ne serait pas l'occasion pour elle de conclure avec son roi des paranos. Le dernier habitant de Limbo, un certain Pete Zidukis. Ils seraient comme les deux doigts de la main dans la même moufle. Ça devrait le faire.

Stiletto coupa le contact.

— Geneviève s'intéresse aux hommes?

— Qu'est-ce que tu crois? répliquai-je en fronçant un sourcil réprobateur. Elle a été mariée deux fois.

— Et ils se sont barrés à toutes jambes?

— Non, elle les a tués...

— Avec le mousquet? Ou à grands seaux de purée?

— D'amour, mon vieux. Crise cardiaque dans le plume, sourire aux lèvres. Pas la peine de te faire un dessin.

— Tu crois que ton parano ne va pas se méfier? conclut-il en sautant de la bagnole.

Lorsque je le rejoignis pour traverser la rue, il me servit un long discours sur la façon dont il fallait aborder M. et Mme Allen tout en douceur. Surtout ne pas les brusquer. C'étaient des gens simples, bons paroissiens, le genre à distribuer de la soupe aux nécessiteux et à rendre visite aux malades. Éviter surtout de leur annoncer tout à trac que leur fils avait viré truand et y aller mollo sur les questions.

Nous trouvâmes M. Allen dans son garage aussi clean qu'un labo pharmaceutique. Chaque outil était à sa place. Même les poubelles en plastique noir étincelaient. L'endroit sentait un curieux mélange de détergent et d'essence.

— Tiens, tiens! Mais ce ne serait pas Stiletto? Comment y va? s'exclama-t-il en levant les yeux de la boîte de boulons qu'il triait avant de tendre une énorme paluche. Maman! beugla-t-il. C'est Steve!Ce bon vieux Champ est passé nous dire bonjour!

Champ?

— Doux Jésus! répliqua une voix toute fluette depuis l'intérieur de la maison.

Steve me présenta : « Bubbles Yablonsky, une amie. » Je l'aurais giflé, mais je me contentai de le foudroyer du regard, puis de tendre la main en souriant poliment.

M. Allen me rendit mon sourire.

— Et devine, maman, il est venu avec sa nouvelle poule !

J'en restai sans voix, mais M. Allen ne parut pas s'émouvoir outre mesure de l'énormité qu'il venait de me balancer dans les gencives.

— Pardon ? bredouillai-je.

Il m'ignora totalement pour appeler de nouveau « maman » en entrebâillant la porte de la cuisine.

Stiletto me tapota gentiment l'épaule.

— Ne le prends pas mal. C'est leur manière de parler. Rien de personnel là-dedans. Tu verras, ils sont charmants.

Facile à dire pour « Champ ». On ne venait pas de le traiter de pute, lui.

Maman apparut sur le seuil. Tout à fait la gueule de l'emploi. Robe bleue, petit tablier à fleurs, permanentée de frais et pas un poil de travers.

— Je parie que c'est Bubbles.

Mme Allen me prit dans ses bras. J'étais mal avec mon eau de toilette à la sueur de joggeuse mâtinée d'un soupçon de graillon de chez Lou's Eggs, sans parler des relents d'incendie de la veille.

— Quel bonheur de vous rencontrer, poursuivit-elle en me relâchant. En tout cas, on ne peut pas dire que vous vous prenez pour une princesse.

— Ce sont des vêtements pour courir. Une idée de Champ, répliquai-je, sur la défensive.

— Il a du goût, ce garçon, intervint le vieux. Profites-en, ma petite. Tu as tout le temps de te fringuer en rombière.

Je sentis ma mâchoire s'affaisser brusquement. Hallucinant !

— Laisse-la tranquille. Je suis sûre que c'est une fille très bien, ajouta la vieille. N'est-ce pas, ma petite ?

— Il m'est quand même arrivé de pécher. Je suis mère célibataire d'une ado en pleine forme, répliquai-je au bord de l'explosion.

Stiletto tenta de me calmer en me prenant gentiment par l'épaule.

— Ça ne regarde personne, Bubbles, souffla-t-il.

— Dis donc, elle a pas sa langue dans sa poche ! intervint M. Allen en lui collant une grande claque dans le dos. Si on changeait de crémerie. Amène-toi. Je viens de retapisser le salon. Tout seul, comme un grand.

Il emmena Stiletto, me laissant affronter seule cette championne toutes catégories du coup bas.

J'attaquai bille en tête.

— Avant de rejoindre les hommes, dis-je en me souvenant d'un proverbe polonais de maman – « Quand tu nages avec des requins, il faut nager comme un requin. Mieux qu'un requin » –, je me demandais si vous ne sauriez pas où est Zeke, par hasard ?

— Vous ne croyez pas qu'un mec à la fois, c'est suffisant ? rétorqua-t-elle en tirant sur son tablier.

— Je lui porte un intérêt strictement professionnel.

Mme Allen leva les yeux au ciel.

— Je suis journaliste. Comme Dan Rather.

Pas de risque d'équivoque.

— Pourquoi vous ne demandez pas à Steve ? Il a expédié Zeke dans le Colorado en jet privé hier après-midi, indiqua-t-elle en m'entraînant vers la sortie. D'ailleurs, je suis étonnée de voir Champ dans le coin. Je le croyais à New York.

Par la sainte maquerelle ! Stiletto offrant à ce type une balade en zinc privé ? C'était quoi, ce bordel ?

— Il fait quoi exactement votre fils dans la vie ? repris-je du ton le plus posé que je pus.

Nous venions d'entrer dans la cuisine. Jaune vif avec des placards orange. Un vrai cauchemar de psychanalyste.

— Comme Magnum, répondit-elle en enfilant un gant de cuisine vert pour ouvrir le four.

Je restai un moment perplexe.

— Magnum ?

— Oui. C'est un détective privé, s'esclaffa-t-elle en sortant fièrement du four un plat de beignets de courgettes qui, comme par hasard, attendait là-dedans l'arrivée de deux visiteurs impromptus. Vous ne connaissez pas Magnum ? Je croyais que les journalistes étaient bien informés.

Stiletto revint juste à temps pour éviter que je ne lui rentre dans le lard.

— Martha veut dire que Zeke est détective privé. Comme Magnum dans le feuilleton.

— Il paraît aussi, Champ, que tu l'as envoyé hier dans le Colorado en jet privé. Ça fait beaucoup de privés, non ?

Stiletto me regarda en ouvrant des yeux comme des plaques d'égout.

— C'est possible, bredouilla-t-il.

— Y a un problème ? s'inquiéta M. Allen en débarquant à son tour.

Il trouvait sans doute bizarre qu'un type qui avait expédié son fils la veille à perpète les olivettes, se pointe le lendemain en demandant après lui.

— Aucun problème, bredouilla Steve en roue libre. Bon, si on y allait. Il faut que je file à New York. Zeke doit me téléphoner là-bas.

Mme Allen posa le plat fumant sur la table.

— Je croyais que c'était toi qui l'appelais tous les soirs à onze heures ?

— Aaaah ! Exact, exact.

— Sans compter qu'apparemment tu as retrouvé Bubbles. Son boulot est terminé.

Je décidai de foncer dans la brèche.

— Ne me dis pas, Champ, que tu as embauché un mec pour me surveiller ? Tu n'as pas confiance en moi ?

Je la jouai fumasse. Poings sur les hanches. Regard assassin. Et tout le cirque.

— Ne t'emballe pas, Bubbles. Je m'inquiétais uniquement de ta sécurité.

— Tu m'étonnes ! Avec une poupée comme ça, je me ferais aussi un mouron d'enfer. Imagine qu'elle te ramène un camionneur. (Le vieux lui balança dans la foulée un coup de coude dans les côtes.) À l'époque où nous sommes et avec toutes les maladies qui traînent, vaut mieux se montrer prudents.

— Ce n'est pas ce que je voulais dire, protesta mollement Steve. Bubbles est une femme respectable. Désolé de vous avoir dérangés.

Puis, me prenant par l'épaule, il me pressa doucement vers la sortie.

— À sa place, je me méfierais quand même, entendis-je le vieux dire à sa moitié. Mais ce garçon aime le risque.

De retour dans la Jeep, je tremblais de tous mes membres. *Je vais me les faire. Je vais me les faire.* Stiletto eut le bon réflexe de démarrer aussitôt.

— Calme-toi, Bubbles. Moi aussi, j'ai trouvé qu'ils y allaient un peu fort. Ils sont plutôt bruts de fonderie. Ne le prends pas pour toi.

— N'empêche que je lui foutrais bien mon pied où je pense à ce gros lourd...

Il mit les gaz.

— Tu as réussi à apprendre quelque chose de Mme Allen? demanda-t-il en continuant à accélérer. De mon côté, je me suis tapé un cours magistral sur la pose du papier peint. Je n'ai pas pu en placer une.

Quand je lui racontai ma petite discussion avec la vieille, je crus qu'il allait se trouver mal.

— C'est insensé! s'exclama-t-il en frappant le volant de la paume. (Petit détail : quand Stiletto prenait la mouche, il se mettait à causer pointu. Un tic qui devait lui rester de ses années de pension dans les bahuts chicos.) Par tous les saints, qui a bien pu avoir l'audace de se faire passer pour moi? Un imposteur qui connaît mon emploi du temps dans les moindres détails.

— Le mec qui a eu l'audace a aussi le talbin, répliquai-je. Tu imagines ce que ça coûte la location d'un jet?

Stiletto se repoussa dans son fauteuil.

— Il faut utiliser nos méninges, suggéra-t-il. Essayons de cerner la personnalité du type qui a voulu nous piéger vendredi soir.

— Il connaît tout de nous. Notre boulot, notre passé, au moins le tien, et la nature de nos relations, dis-je. Mais pourquoi un homme? Ça pourrait être une femme.

— Une femme? Tu plaisantes! Aucune nana ne pourrait imiter ma belle voix virile gorgée de testostérone.

Je me frappai le front.

— Pardon, Champ. Où avais-je la tête?

— Bon, je retourne à l'hôtel passer quelques coups de fil. Je vais essayer de localiser Zeke où qu'il se trouve, embraya-t-il en tournant dans Main Mane. Et toi, qu'est-ce que tu fais?

— Je vais prendre une douche. Si jamais je dois me faire agresser, je préfère sentir bon.

— On reste en contact.

Nous étions devant le salon. À l'intérieur, les sèche-cheveux semblaient tourner à plein régime.

Il se pencha pour m'embrasser tendrement sur la bouche malgré mes relents de putois. Jamais je ne l'avais senti aussi concerné par ma petite personne. Stiletto se faisait vraiment un sang d'encre pour moi.

— Tu veux me faire plaisir, souffla-t-il. Ne sors pas de la maison aujourd'hui, d'accord ? Je ne crains rien de particulier, mais on ne sait jamais.

— O.K., Champ.

En fait, il y avait peu de chances que je reste cloîtrée chez Roxane. J'avais déjà prévu d'aller faire un petit tour du côté de l'Union Hall.

Il m'embrassa de nouveau.

— J'aime quand tu m'appelles Champ.

Puis il partit, regonflé à bloc. Stiletto savait quelque chose que j'ignorais et j'aurais donné cher pour l'apprendre.

Il faut être blonde pour comprendre.

CHAPITRE 20

Quand j'ouvris la porte, je trouvai Roxane en plein potage avec deux clientes à la fois.

— Grâce à Dieu, te voilà ! s'exclama-t-elle en me tendant un flacon d'eau oxygénée. Je suis à la bourre. Tu veux bien t'occuper de Tammy ?

M'abandonnant la bouteille, elle se précipita vers le fond du salon avec une serviette pour sécher une bonne femme dégoulinante de flotte au-dessus de son lavabo. Je me tournai vers Tammy. Seigneur ! je n'avais jamais vu une tignasse dans un état pareil. Seule une coiffeuse de haut vol pouvait redonner un semblant de vie à ce tas de cheveux ternes et marronnasses.

— C'est pas trop tôt, maugréa G. en débarquant de l'appartement, les yeux bouffis de sommeil. Vous m'aviez promis des pancakes.

— Pas possible pour l'instant, répliquai-je en commençant à traiter une première mèche. Si je ne termine pas ça *pronto*, cette pauvre dame va se retrouver encore pire que maintenant.

— Si je n'ai pas mes pancakes, je dis à Jane que je ne l'aime plus et que je la plaque, me menaça-t-il.

J'attaquai une seconde mèche.

— Elle est rentrée ?

— Non. Mais y a quelqu'un pour elle dans la cuisine. Eh ! ça a l'air cool ce que vous faites. Je peux essayer ?

— C'est plutôt technique, G. Si tu en mets trop, tu risques de faire des gros pâtés. Si tu n'en mets pas assez, ça n'agit pas. Qui est passé voir Jane ? Tallow ?

G. paraissait littéralement fasciné par la gestuelle de mes mains.

— Non, une nana. Elle est avec Lulu et Geneviève en train de chialer comme une madeleine. On l'entend depuis le living. Comment vous savez où il faut repeindre ?

Roxane installa sa cliente enturbannée dans le fauteuil d'à côté.

— Merci, Bubbles. Je ne savais plus trop ce que je faisais ces derniers temps avec la fugue de Stinky et tout ça. Je me suis plantée dans mes rendez-vous.

— G. vient de me dire qu'il y a une copine de Jane en larmes dans la cuisine, fis-je.

— Va voir ce qui se passe, me proposa-t-elle. Je vais m'arranger. T'inquiète.

— T'es sûre, Roxane ?

— Je peux le faire, moi, intervint G. Allleeez.

— Vas-y, je te dis. Je lui expliquerai comment s'en sortir. C'est un grand garçon.

— Merci, Roxane.

Je foudroyai G. du regard, du genre je t'ai à l'œil, mais celui-ci me tourna le dos pour se mettre aussitôt au boulot.

Dans la cuisine, maman et Geneviève entouraient une Sacha hoquetante, les cheveux aussi impeccables que je les avais laissés – preuve qu'elle n'avait pas dormi. Geneviève lui tenait la main tandis que maman tendait une tasse de thé à la pauvre enfant qui, visiblement, répugnait à en absorber la moindre gorgée.

— Grâce à Dieu, te voilà enfin ! s'exclama maman en me voyant entrer.

— Je crois n'avoir jamais été autant désirée de ma vie, remarquai-je en m'installant en face du petit groupe. Qu'est-ce qui ne va pas ?

— Ma mère n'est pas rentrée à l'hôtel hier soir et je ne sais pas où elle se trouve, pleurnicha-t-elle. Vous êtes la seule personne... Maman, je veux revoir ma maman.

Elle éclata en sanglots. Maman lui tendit un énième Kleenex et je lui tapotai gentiment l'épaule.

— Tu as appelé la police ?

— J'ai trop peur qu'ils ne l'arrêtent.

— L'arrêter ? s'étonna Geneviève. Mais pourquoi donc ?

Jane se moucha bruyamment, puis s'essuya les yeux dans la foulée.

— Pour avoir tué M. McMullen.

Ça nous coupa le sifflet direct.

— On ferait mieux de vous laisser seules toutes les deux, reprit maman en faisant signe à Geneviève de lever le camp. Je ne veux pas me retrouver embringuée dans une histoire de meurtre.

J'attendis qu'elles aient refermé la porte pour demander à Sacha d'où elle tirait ses soupçons.

— Je ne sais pas. C'est, enfin... bredouilla-t-elle en triturant le Kleenex dans tous les sens. En fait, M. McMullen n'a pas arrêté de nous embêter. Il appelait Bud presque tous les soirs... et après sa mort, il s'est mis à téléphoner à maman.

Elle se pencha au-dessus de la table.

— Maman m'avait interdit de lui répondre. Je devais lui raccrocher au nez. Il a appelé la nuit dernière, peu de temps avant votre arrivée... puis il a été tué et maman n'est pas revenue.

Rien de tel qu'une bonne vieille complicité mère-fille.

— McMullen n'a pas été tué. Il s'est suicidé. Ça devrait te rassurer.

— Qui vous a raconté ça ?

— Les flics.

— Ouf! soupira-t-elle.

Doucement, ma petite, il n'y avait vraiment pas de quoi pavoiser.

— Ta mère a sans doute eu un empêchement... Elle est peut-être restée coincée dans un embouteillage ?

Pas terrible, mais c'était la première chose qui m'était passée par la tête.

— Elle n'a pas pu te joindre, avançai-je.

— Elle a appelé, répliqua-t-elle en me regardant par en dessous. Hier soir et ce matin.

— Tu déconnes ?

J'allais l'étrangler, cette sale môme ! Je commençais à en avoir plein le cul de ces ados à qui il fallait tirer les vers du nez aux forceps.

— Non. Elle m'a dit que tout allait bien. Qu'elle avait simplement besoin de souffler. Elle m'a demandé de rester à l'hôtel jusqu'à l'arrivée de Donatello dimanche. Je pouvais commander ce que je voulais au service d'étage, mais interdiction de sortir. Sous aucun prétexte. Elle l'a répété, oh, une bonne vingtaine de fois. À l'annonce de la mort de M. McMullen, j'ai paniqué.

Je veux, mon neveu. Après tout, Sacha n'avait que dix-sept ans. Un beau-père qui s'est fait buter et une mère évanouie dans la nature..

Elle finit son thé.

— Waouh ! Je me sens vraiment beaucoup mieux.

Elle ouvrit son sac, en sortit une petite trousse de toilette et commença à se refaire une beauté.

— Tout ira bien, tu verras, dis-je en allant rincer sa tasse dans l'évier.

— Et si elle avait été kidnappée ? embraya-t-elle en ouvrant des yeux comme des soucoupes. J'ai vu ça dans un feuilleton. La nana était séquestrée dans une cave.

Je ne pus m'empêcher de sourire.

— Non. Je ne crois pas.

— Dans ce cas, pourquoi sa Jag est-elle encore garée devant chez Circe ?

Je fermai le robinet.

— Elle est encore là-bas ?

— Ouais. À Wilkes-Barre. Le patron du restau a laissé un message sur notre répondeur. Il menace d'appeler la fourrière si on ne l'enlève pas le plus rapidement possible.

Les choses commençaient à drôlement se compliquer.

— Tu devrais retourner à l'hôtel, Sacha. Au cas où ta maman essaierait de te joindre, sinon elle va être folle d'inquiétude.

Kidnappée, Chrissy Price kidnappée, pensai-je. Non, ce n'était pas possible. Elle n'aurait pas téléphoné à sa fille pour la rassurer.

— Le problème, c'est que j'ai pris un taxi pour venir et que je n'ai plus un rond pour rentrer, souligna-t-elle.

— Je vais demander à G. de te raccompagner. Mais promets-moi de me passer un coup de fil dès que tu auras des nouvelles. Si elle n'a pas appelé d'ici ce soir, on prévient les flics. Disons que ce serait plus prudent.

Gagné ! Sacha fondit de nouveau en larmes. Je me ruai au salon pour ramener G. Je le trouvai près de sa cliente installée sous son casque, le regard rivé sur sa montre, pendant que Roxane lui aboyait ses conseils depuis sa place.

— Bubbles, ce petit gars est super-doué ! s'exclama-t-elle alors que je débarquais. Tu aurais vu comment il s'est démerdé. Un vrai artiste. Et quel toucher ! Quelle délicatesse ! Il fait ça d'instinct. Tu te rends compte ! C'est un génie.

Ce que G. répétait d'ailleurs à longueur de journée.

— Encore quinze petites secondes et ce sera nickel, annonça-t-il.

Tammy lisait tranquillement son magazine sans se douter qu'elle se trouvait entre les mains d'un futur champion de la mèche. Je demandai à G. s'il avait récupéré sa bagnole au garage.

— Ouais. Mais elle sent bizarre. J'ai l'impression qu'ils se sont contentés de coller les airbags dans leurs boîtes.

— Tu pourrais ramener la copine de Jane au Glen Ellen ?

Il releva le casque et passa un rapide coup de brosse.

— *Joli, n'est-ce pas*[1] *?* s'exclama-t-il à l'adresse de Roxane.

— *Magnifique !* répliqua celle-ci. (Puis, se tournant vers moi :) Désolée, Bubbles, ce mec ne bouge pas d'ici.

— C'est le moment de vérité, fit-il en aidant Tammy à s'extirper de son fauteuil. Regardez comme vous êtes belle.

— On y va ? intervint Sacha qui venait de faire son apparition dans le salon, les lèvres passées au rouge à en faire pâlir de jalousie Marilyn en personne.

G. abandonna *illico* sa rombière pour pousser un hurlement digne du loup de Tex Avery.

— Waaaooouuuh !

1. En français dans le texte.

— Je te présente Sacha, dis-je. C'est elle que tu dois raccompagner.

— Pour une nana comme ça, j'irais en Chine sur les genoux, répliqua-t-il en lui tendant la pogne après s'être soigneusement essuyé. Je finis avec cette cliente et je suis tout à ton service. Le temps de vérifier la charge de la bagnole et on file.

— C'est une voiture électrique? Génial!

Décidément.

— Sans compter que tu as l'air de toucher en coiffure.

C'était le monde à l'envers. G., l'idole des foules!

Je pris une longue douche bien chaude puis enfilai mon jean préféré, et un petit haut à col marin en lycra pourpre. Parfait pour aller traîner en ville. Je passai ma paire de bottines à talons hauts avec une fermeture sur le côté. J'optai pour une queue-de-cheval, un trait d'eye-liner bleu nuit, un bon coup de mascara (triple couche, évidemment), une ombre à paupières *Prune Passion*. Ne restait plus qu'à accorder le rouge à lèvres.

Je dévalai l'escalier, fonçai à travers le living et me retrouvai face à maman et Geneviève sur le perron avec leurs bagages. Cette dernière portait une robe à rayures noires et blanches qui lui donnait un faux air d'arbitre de base-ball. Maman s'était affublée d'un blouson à franges, d'un T-shirt Harley Davidson et d'une casquette.

— Vous rentrez à Lehigh? demandai-je en attrapant leurs valises.

— On va d'abord tartiner des sandwiches pour la fête de ce soir, répondit maman. Les fonds recueillis serviront à changer le papier peint de la salle paroissiale.

Maman au secours de la veuve et de l'orphelin? Je n'y croyais pas trop.

— Et depuis quand, « Rambette », tu t'occupes de remplir les caisses d'une œuvre caritative, surtout paroissiale ?

— Depuis que Vilnia traîne ses guêtres dans ce genre d'endroit.

Je posai les valoches sur le trottoir.

— Il faut absolument qu'on vérifie quelque chose, ordonna Geneviève en balançant leurs affaires dans le coffre de son char d'assaut. Cette sorcière a sûrement photocopié le journal de Nana.

— Et si c'est le cas, il va y avoir du dégât, renchérit maman en brandissant un rouleau à pâtisserie planqué jusque-là sous son blouson. C'est la guerre !

— Vous allez vous retrouver en taule avec votre rouleau à la noix ! Imaginez que vous envoyiez quelqu'un à l'hosto ?

— Les nanas ont la tête dure dans le coin, pas vrai, Geneviève ?

— Tu l'as dit, Lulu, répondit-elle en ouvrant la portière et se hissant à l'intérieur.

— Pas question ! m'exclamai-je en essayant d'arracher le rouleau des mains de maman (pas facile). À votre âge, vous n'allez tout de même pas provoquer une baston en ville ?

— C'est elles qui ont commencé, répliqua sèchement maman en me claquant la lourde au nez. Il est hors de question que les Sirènes de Slagville exploitent en douce les recettes de Nana.

— Y manquerait plus que ça ! renchérit Geneviève en mettant le contact. Maintenant, écoute-moi, Bubbles. Si on ne revient pas vivantes de cette expédition, promets-moi de demander Charlaine au funérarium chez Gupka. C'est la seule qui sache maquiller les morts dans cette taule.

Puis elle mit les gaz.

Je restai sur le trottoir comme une conne. Encore des emmerdes. Sans compter qu'il ne me restait plus qu'une seule journée pour retrouver Stinky, démasquer le petit rigolo qui nous avait attirés dans la mine vendredi soir, remettre la main sur Jane une fois pour toutes et éclaircir le mystère de la disparition subite de Chrissy Price. Sans oublier les cas de Zeke Allen et du faux Stiletto qui était censé l'avoir embauché pour me surveiller.

Et voilà que maman et Geneviève partaient chercher des crosses à la moitié du bourg.

— Bubbles ! m'interpella Roxane depuis le seuil en agitant le téléphone. C'est pour toi. Encore M. Salvo.

Je lui arrachai le combiné des mains d'un geste rageur.

Je sais. Je sais. Dimanche, sans faute.

— Dis-moi, tu as commencé à prendre tes rencards pour le barbecue de Catasauqua ?

M. Salvo devait m'appeler de chez lui. J'entendais le son de la télé dans le fond. Un match de foot.

— Non, répondis-je sèchement. J'étais trop occupée à peaufiner mon scoop.

— Où avais-je la tête ? En attendant, j'ai promis à Dix Notch que tu serais au top pour tes deux papiers à livrer dimanche soir.

— Quels deux papiers ?

Je foudroyai du regard une pauvre vieille aux cheveux mauves qui venait de pénétrer dans le salon.

— On dirait que tu n'as pas reçu mon message. Un conflit de chauffeurs routiers à Hellertown. La grève devrait être votée demain matin.

— Aux aurores, je parie.

— À cinq heures. J'ai moi-même rempli ta demande d'accréditation.

Je serrai les dents de toutes mes forces pour ne pas balancer le combiné contre le mur.

— À propos, Bubbles, une dernière chose.

— Oui, monsieur Salvo.

— Tu es toujours en instance de licenciement pour faute grave. Ne l'oublie pas.

Comment aurais-je pu l'oublier? Je n'avais jamais eu autant de boulot.

CHAPITRE 21

La vieille bâtisse en brique de l'Union Hall se situait sur Shale Street, une petite rue tranquille bordée d'arbres et de massifs de fleurs. Je m'attendais à trouver un minimum de gens affairés à préparer les festivités du soir. J'avais tout faux. L'endroit était totalement désert quand je débarquai avec la Camaro.

À part peut-être la présence de Stinky.

Je me garai un peu plus loin et revins à pied vers le bâtiment. Il comportait deux entrées, une à l'avant et une plus petite à l'arrière en ferraille. J'imaginai que Stinky se glissait par là pour s'introduire dans sa planque en toute discrétion. Toutes les deux étaient cadenassées.

Je me plantai sur le trottoir d'en face pour surveiller les alentours. La salle était à égale distance – un pâté de maisons – de l'église Saint-Stanislas où maman et Geneviève étaient parties tartiner du pain (et même davantage) et du Hole, le bar cradingue depuis lequel on m'avait envoyé le fax assassin à en-tête du *News-Times*. Je frissonnai en pensant au criminel qui avait composé le numéro du Passion Peak dans cette cabine publique juste à côté du rade.

J'entendis une voiture se garer à l'arrière du bâtiment. C'était maintenant ou jamais. Je devais absolument me faufiler à l'intérieur et dégotter Stinky le plus rapidement possible.

La fenêtre des toilettes du rez-de-chaussée était mal fermée. Je fouillai dans mon sac, j'attrapai ma lime à ongles et m'en servis comme levier. Bingo !

Je me laissai tomber sur le sol en carrelage. Paf ! Mon talon gauche explosa et je manquai me répandre par terre. À 15,99 $ la paire, il ne fallait pas s'attendre à des miracles de robustesse. Je claudiquai, clic, clac, jusqu'à la sortie, et me retrouvai dans un long couloir plongé dans la pénombre.

— Y a quelqu'un ? lançai-je en clic-claquant de plus belle.

Le parquet en bois, couvert de poussière de charbon et de crasse, geignait pitoyablement sous mes pas.

— Stinky ? Tu es là ?

Je me fis un porte-voix avec les mains.

— Eh ! Stinky ! C'est moi, Bubbles ! hurlai-je.

Aucun écho. À part un léger craquement dans ce qui semblait être la grande salle de réunion, droit devant. Je me plaquai contre le mur, l'oreille aux aguets. *Nada.*

Je passai la tête. D'épais rideaux vert bouteille masquaient les fenêtres. Apparemment, il était venu du monde plus tôt dans la journée. On avait dressé une estrade dans le fond, probablement pour accueillir un orchestre. Une large banderole blanche tendue juste au-dessus annonçait les prochaines agapes. Ça puait la bière éventée, le cendrier froid, les saucisses grillées et le café.

J'allais me tirer quand mon regard fut attiré par une série de photos en noir et blanc accrochées près de la porte d'entrée. Autant de fantômes remontant de mon passé. Les yeux blancs dans des visages de suie. Les traits tirés, les lèvres closes. Pas un sourire. Comme si leurs âmes s'étaient depuis longtemps retirées dans les profondeurs de la terre.

Des mineurs. Principalement des hommes. Mais aussi quelques enfants.

Terrible.

Le premier cliché représentait un ado de l'âge de G., les joues creuses, triant à mains nues un énorme tas de charbon. Debout à côté de lui, un mec en costard. Sûrement le patron. En 1900, indiquait la légende, le salaire journalier était de soixante-dix cents. Le petit gars devait être mort depuis longtemps.

La photo suivante montrait un concasseur. Les mineurs chargeaient de gros blocs de charbon dans un grand wagonnet qu'ils tiraient ensuite jusqu'au sommet d'une longue pente d'où le minerai était précipité dans le vide. La scène baignait dans un énorme nuage de poussière noire qui devait s'infiltrer partout, sous les vêtements, dans le nez, dans la bouche, jusqu'aux poumons.

Les trois photos d'après avaient été prises à l'intérieur de la mine. Les hommes, sans autre protection qu'un bonnet en laine, s'affairaient dans les galeries étayées avec de grosses poutres. Un père et son fils posaient fièrement côte à côte, le visage méconnaissable sous la couche de suie et de sueur mêlées. Hommes et mules partageaient le même calvaire.

— Doux Jésus ! soufflai-je entre mes dents, réalisant subitement que je ne savais vraiment pas grand-chose sur la famille de mon père.

Les Yablonsky avaient atterri dans ce coin après avoir quitté l'Europe, bossant dur dans ces trous à rats principalement dirigés par des Gallois et des Irlandais. Mon père était mort dans un accident à la fonderie où il travaillait, à Lehigh. Je m'interrogeais, sans réponse, sur ce qu'avait été la vie de mes ancêtres dans cet enfer. Il ne me restait qu'à fixer ces visages anonymes parmi lesquels, peut-être, un de mes grands-oncles ou un de mes cousins éloignés me rendait mon regard.

La suite de l'expo était consacrée aux catastrophes minières. Éboulements. Coups de grisou. Une maison avalée par le gouffre qui s'était subitement ouvert sous ses fondations. Puis venait la liste des mineurs de Slagville tués au labeur : Darah, John et Joseph Howland, Robert et John O'Connell, Seamus et Sean. Chaque famille avait perdu plusieurs de ses membres. Un père qui voulait sauver son fils. Des frères ensevelis ensemble. Et tout ça pour soixante-dix cents par jour. Des millions de tonnes extraites pour un salaire de misère.

Le dernier cliché avait été pris dans la prison du comté où les Molly Maguires furent détenus puis pendus pour avoir tué quelques grosses huiles du charbon dans les années 1870. Hommage leur était rendu dans le texte accompagnant la photo. Question : Ces mecs étaient-ils des assassins ou des victimes du système mis en place par les patrons de l'époque ?

Le fait est qu'ils n'y allaient avec le dos de la cuillère. Menaces, intimidations musclées, installations dynamitées ; ils terrorisaient les contremaîtres et tous ceux qui, en règle générale, qui désapprouvaient leurs actions. En bref, ce n'étaient pas vraiment des enfants de chœur, s'acharnant particulièrement sur les propriétaires des chemins de fer et des charbonnages. Des types comme Franklin B. Gowen, à la tête de la Reading Railroad, ou Asa Packer, fondateur de la Lehigh Valley Railroad, dont la fortune avait été estimée à cinquante-quatre millions de dollars à sa mort. Pour défendre leurs intérêts, Gowen et Packer n'avaient pas hésité à éradiquer toute contestation sociale, y compris au mépris des lois en vigueur, organisant leurs propres milices privées, soudoyant les juges qui avaient condamné à mort les Molly Maguires.

Je hochai tristement la tête. Ce n'était pas ce qu'on m'avait enseigné à l'école. Dans les manuels, Asa Packer était présenté comme un bienfaiteur, un philanthrope, fondateur de l'université de Lehigh, généreux donateur de tout un tas d'associations caritatives qui portaient encore aujourd'hui son nom.

Personne ne m'avait jamais dit qu'Asa Packer était à l'origine de la destruction des Molly Maguires, considérés par certains historiens comme les précurseurs du syndicalisme américain. Aucun prof, aucun instit ne jugea bon de nous raconter que ce type avait fait pendre sept défenseurs de la classe ouvrière.

Sept hommes.

Alexander Campbell, Michael Doyle, Edward Kelly, Thomas P. Fisher, James McDonnell, Charles Sharpe et John Donohue, surnommé Yellow Jack. Yellow Jack Donohue.

— Donohue, répétai-je à voix haute.

— À vot'e service.

— Avant toute chose, commença le chef Donohue en tirant les rideaux, j'pense qu'il serait prudent de n'pas essayer de me mener en bateau.

— Mais…

— M'interrompez pas, poursuivit-il en passant à la fenêtre suivante. J'suis au courant d'tout. Ça fait partie d'mon boulot. J'sais par exemple que Zeke Allen vous file le train, que vous avez rencontré McMullen à Limbo et que Koolball est passé hier chez vous à Lehigh.

La poussière des rideaux flottait dans la lumière de cette fin de matinée. Je m'étais assise sur l'estrade, priant pour que Stinky ne fasse pas une apparition-surprise.

— J'sais aussi que Chrissy Price s'est évaporée dans la nature et qu'sa fille est venue vous trouver. J'me demande bien pourquoi. (Le dernier rideau tiré, il vint s'installer sur une chaise en face de moi.) Ce que j'sais pas, en revanche, c'est c'que vous fichez ici. J'vous conseille de me l'expliquer gentiment avant que je vous colle au trou pour violation de propriété privée, effraction et, disons, ajouta-t-il en hochant la tête, dégradation d'édifice public.

— Je n'ai rien dégradé du tout, protestai-je.

À part mes pompes.

— Et la fenêtre des chiottes ? La peinture a sauté. C'est comme ça que j'ai vu que quelqu'un s'était introduit dans l'bâtiment.

Je croisai les jambes et essayai de la jouer décontractée.

— J'ai cru bêtement que Stinky avait pu se cacher ici. Apparemment, j'avais tort.

— Pourquoi ?

— C'est évident, poursuivis-je dans un silence de mort. Toutes les portes étaient verrouillées et la fenêtre des toilettes n'a pas dû être ouverte depuis un sacré bail. Sans compter qu'avec les préparatifs de la fête, il y a sûrement eu pas mal de va-et-vient dans la semaine.

— Je dois donc en conclure que c'est pas Stinky qui vous a demandé d'le retrouver ici lors de son passage éclair à Lehigh ?

— Tout juste. Il ne m'a pas sollicitée du tout. (En fait, Jane s'était chargée de la commission. Je ne mentais pas vraiment.) Je l'ai déduit avec mes seuls petits neurones et je me suis plantée.

Donohue paraissait plus vieux que lors de notre première rencontre. La tignasse blanche légèrement plus clairsemée, la peau blafarde, le regard bleu voilé à force d'en avoir trop vu. Il était grand temps qu'il prenne sa retraite.

— O.K., Bubbles. J'vous crois. Mais je vous donne un dernier conseil, embraya-t-il en posant sa grosse paluche sur mon épaule, rentrez chez vous. Cet après-midi on donne une conférence de presse avec l'procureur. On est arrivé à la conclusion que McMullen a tué Bud Price à cause d'un conflit autour d'la Dead Zone. Comme vous l'avez expliqué dans vot'e papier. L'affaire est classée.

J'avais sorti mon carnet et commençai à noter fébrilement.

— Ça ne me dit pas qui a voulu nous éliminer, Stiletto et moi, vendredi dernier, répliquai-je.

— Exact. C'est pourquoi il faut que j'retrouve Koolball. Si vous savez où y se terre, faudrait me l'dire.

Je sentais le regard perçant de Donohue peser sur moi. Je ne levai pas la tête de mon calepin pour ne pas bégayer.

— Et Chrissy Price ? demandai-je. Qui l'a enlevée ?

— Personne, répondit-il en se levant. D'après ce que j'ai appris, cette nana aurait plutôt la jambe légère. L'seul moyen pour qu'elle soit fidèle, c'est de l'attacher au lit conjugal. L'patron du Circe m'a appelé après avoir essayé d'joindre sa fille. Chrissy aurait quitté le restaurant hier soir avec un mec en voiture bleue. Entre nous, j'plains sa fille.

Il agita l'index en direction de mon calepin.

— Ne notez pas ça. C'est *off the record.* Maintenant, on y va. Je veux plus vous voir traîner dans le coin.

— Compris, acquiesçai-je en rebouchant mon stylo puis en descendant de l'estrade. À propos, comment vous avez su pour Zeke ?

— Par sa mère. Elle avait peur que vous n'ayez une mauvaise influence sur son fils. Vous voyez c'que je veux dire.

— C’est elle qui vous a raconté ça?

— Non. C’est ce qu’elle a raconté au pasteur, le révérend Wyatt, hier soir au téléphone. (Donohue marchait devant moi, les menottes fixées à sa ceinture rebondissant sur ses fesses.) On est assez coulant sur les écoutes dans la région.

— C’est illégal, bredouillai-je en clic-claquant férocement pour le rattraper.

— Pas du tout. J’ai les mandats qu’y faut.

— Délivrés par un juge?

Il ouvrit la porte principale et nous nous retrouvâmes dehors en plein soleil.

— Par moi-même. Vous boitez?

Je lui montrai ma chaussure.

— Un cor au pied?

— Rupture de talon, répliquai-je.

— Bon Dieu! Qu’est-ce qui s’passe là-bas? reprit-il en pointant du menton le parvis de Saint-Stanislas où une douzaine de bonnes femmes en robes à fleurs, bas de contention, tabliers et coiffes blanches s’étaient attroupées autour d’une nana habillée en arbitre et de sa copine déguisée en bikeuse. Vilnia brandissait un index menaçant en direction des deux excitées tandis que surgissaient les rouleaux à pâtisserie.

— C’est ma mère, son amie Geneviève, et cette chère Vilnia, répondis-je. Vilnia a volé le journal de Nana Yablonsky et maman entend bien lui faire payer son indélicatesse.

— C’est une blague?

— Pas du tout. Le carnet contient des tas de recettes de cuisine. On fait quoi?

— J’crains le pire, annonça Donohue en attrapant son talkie-walkie. J’appelle des renforts. Pas question que j’intervienne seul dans c’genre d’embrouille.

CHAPITRE 22

— Bon, maintenant les deux teignes, vous sortez de la voiture ! lançai-je, tandis que maman et Geneviève s'extirpaient péniblement de la caisse.

Geneviève portait un gros bleu au menton et maman arborait un joli coquard à l'œil droit. Donohue devait être dans une phase de générosité parce qu'il n'avait envoyé personne au trou. À deux conditions : que maman et Geneviève quittent la ville juste après la fiesta et qu'elles ne déclenchent pas d'autre bagarre.

— On leur aurait foutu une belle avoine si tu n'avais pas appelé les flics ! s'insurgea maman en se dirigeant d'un bon pas vers le salon.

La cigarette collée derrière son oreille était cassée en deux et son rouge à lèvres débordait largement autour de la bouche.

— Il faudrait une escalope pour cet œil, ajouta Geneviève. Heureusement que je n'ai pas pris de pain en pleine tronche. Pete m'a invitée à la petite nouba ce soir. Il faut que je sois toute belle. Je me demande comment tu vas faire pour draguer dans ton état, Lulu.

Maman ouvrit la porte.

— Apprends, ma petite, qu'une femme comme moi n'a pas besoin de draguer. Ça lui tombe tout cuit dans les bras.

Elles filèrent directement dans la cuisine, probablement pour se taper deux gros sandwiches. Je montai dans ma chambre changer de chaussures avant de redescendre au salon voir ce qu'était devenue Sacha. Toujours pas de Jane.

En revanche, je trouvai G. en blouse orange s'activant, une brosse fluo à la main, sur la tête de Mme Wychesko.

— Mme Wychesko a pris un abonnement? demandai-je à Roxane qui faisait une pause cigarette derrière la caisse.

— C'est génial, n'est-ce pas? répliqua-t-elle. La rumeur s'est répandue en ville comme une traînée de poudre. Le carnet de rendez-vous est plein à craquer. Elles veulent toutes tâter de la *G. Touch*.

J'essayai de ne pas éclater de rire.

— La quoi?

— La *G. Touch*. C'est le slogan qu'il a trouvé. Il ferait un malheur à New York, poursuivit-elle en lui coulant un regard attendri comme s'il s'agissait de son petit animal de compagnie préféré. Tu ne le trouves pas mignon avec sa nouvelle blouse? Un cadeau de ma cliente du samedi onze heures.

— Tu savais que Donohue écoutait les communications?

Roxane écrasa son clope.

— Ça lui arrive. Les visiteurs s'en plaignent suffisamment.

— Vous avez des visiteurs ici?

— Tu plaisantes? Qui peut résister à la perspective d'une balade en wagonnet dans les entrailles de la terre?

Je frissonnai en repensant à ce qui s'était passé vendredi soir dernier.

— Moi, je peux. Un malade a essayé de nous tuer Stiletto et moi au puits numéro 9.

— Donohue ne fait rien de mal et je trouve ça plus rassurant. Tu devrais être contente.

— J'ai du mal à te suivre.

— Tu n'as pas reçu un fax envoyé depuis la cabine devant le Hole? Donohue a peut-être tout entendu.

— Comment veux-tu écouter un fax, Roxane? Non, ce qui m'inquiète, c'est que ce gros lourd ait pu enregistrer mes coups de fil au journal. Pourquoi tu ne m'as pas prévenue?

— Et toi, pourquoi tu m'as caché que Stinky se planquait à l'Union Hall?

La balle au centre.

— Je…

— Je pense que tu ne voulais pas que je le revoie, trancha-t-elle sèchement en se dirigeant vers le fond du salon où une cliente attendait son rinçage. Penchez-vous en arrière, madame Frazier, conseilla-t-elle en passant sa main sous le jet pour tester la température de l'eau. (Puis, me jetant un coup d'œil assassin :) Je me trompe, Bubbles?

— À mon avis, Stinky a une bonne raison de se cacher. Il veut aussi te protéger. Imagine que tu te prennes une balle dans le buffet.

Mme Frazier releva la tête de son *Cosmo*.

— Je me fous d'être blessée, protesta Roxane. Je l'aime et j'ai besoin de lui. Je veux le serrer dans mes bras, m'excuser, embrasser tout son petit corps imberbe.

— Eh ben! s'exclama Mme Frazier.

— D'accord, Roxane. Tu m'accompagnes à la soirée.

Mais promets-moi de ne pas me compliquer la vie. Pinky ?

— Pinky. Je mettrai ma petite robe bleue à motifs géométriques.

— Bonne idée. Le sang produit le meilleur effet sur le bleu.

L'incident était clos. Je me tournai vers G.

— Comment ça se passe, de ton côté ?

— Extra ! répondit-il en jouant du ciseau pour égaliser d'imperceptibles cheveux rebelles.

— Tu n'as pas de diplôme, tu t'en souviens ?

— Peut-être, mais j'ai du génie.

— J'avais oublié. G. pour génie, pas vrai ?

— La *G. Touch* ! répliqua-t-il en souriant de toutes ses dents.

— Tu as déposé Sacha à l'hôtel ?

— Non. On avait à peine tourné le coin de la rue qu'un flic nous a arrêtés. Il l'a emmenée avec lui. Du coup, j'étais de retour au salon moins de dix minutes plus tard.

Je repensai à Zeke Allen et à son gyrophare à trois ronds.

— Il ressemblait à quoi, ce flic ?

G. tendit à Mme Wychesko un miroir tout en lui retirant sa blouse dans la foulée.

— Un vieux mec. Encore plus vieux que Stiletto. Cheveux blancs. Pas l'air très commode. Il a fait monter Sacha à l'arrière de sa bagnole pour la conduire au poste.

Donohue. Il devait avoir coffré Sacha après la découverte de la bagnole de Chrissy sur le parking du Circe.

— Et Jane ? Elle est repassée par ici ?

— Vous me prenez pour votre secrétaire particulier ? protesta-t-il tandis que Mme Wychesko s'avançait vers la caisse. Non, pas de Jane. Elle n'a même pas appelé. Elle doit toujours être avec son prof. Et d'ailleurs, je m'en fous. Il faut que je songe à ma carrière. Je ne peux pas rester là à l'attendre toute ma vie… Eh ! vous allez où ?

Voir cet abruti de Tallow. À quatorze heures ma fille n'était toujours pas rentrée.

Il y avait de quoi s'inquiéter.

La jauge de ma Camaro était dangereusement basse et moi je me trouvais dangereusement fauchée. Je filai au centre-ville, à la recherche d'un distributeur. J'interrogeai un vieux type sur un banc qui, après m'avoir fait répéter ma question en mettant sa main en cornet derrière son oreille, m'indiqua le distributeur de boissons de la station-service.

Quelle nouille ! Slagville vivait encore à l'ère des comptoirs grillagés et des banquiers en manchettes de lustrine. J'entrai dans la première banque venue en croisant les doigts pour qu'ils ne me refusent pas mes derniers dollars disponibles.

— Aucun problème, répondit la nana derrière la caisse avec un immense sourire en me tendant les biftons. On ne peut pas dire que vous jetiez l'argent par les fenêtres. Vous devez gérer votre compte en bonne mère de famille. Faudrait venir nous voir. Bonne journée, madame !

Je rougis jusqu'aux oreilles et me caltai aussitôt.

Direction la station-service où mon petit garagiste, toujours aussi impeccable, me fit le plein en sifflotant. Je payai (cinq dollars pour l'essence !) et craquai pour un paquet de gâteaux, une boîte de chewing-gums, un Pepsi light et une carte du comté de Columbia.

Je venais à peine de dépasser le terrain de foot de Slagville quand j'aperçus l'éclat d'un gyrophare dans mon rétro. Peut-être Donohue venait-il s'assurer que je quittais définitivement la ville? À moins que ce ne soit encore un de ces malades qui jouaient au flic en arrêtant les nanas sur de petites routes désertes. Je pesai le pour et le contre et décidai de ne pas m'arrêter. On verrait bien. Je n'avais pas vraiment le temps de me faire emmerder aujourd'hui.

J'accélérai pied au plancher, si brusquement que ma Camaro parut retrouver une seconde jeunesse. Quatre-vingt-dix chrono, pas si mal! Mais pas suffisant pour semer l'importun qui venait de se porter à ma hauteur sur la file de gauche.

— Qu'est-ce que tu fous? me hurla Stiletto, cheveux au vent, à travers sa vitre baissée.

Je pilai, manquant m'envoyer dans le décor, tandis que la Jeep partait en dérapage plus ou moins contrôlé.

— Désolée, balbutiai-je quand nous fûmes garés. Je ne savais pas que c'était toi. D'habitude, ta Jeep est toujours décapotée.

— J'ai voulu tester. Je deviens sans doute raisonnable avec l'âge. Pas comme toi. Tu vois un gyrophare, et paf! tu accélères.

Je lui racontai ma seconde rencontre avec Zeke, et Stiletto s'accouda à la fenêtre côté passager. Il avait de si beaux yeux bleus.

— À propos, où as-tu dégotté ce gyrophare? demandai-je.

— Dix-neuf dollars quatre-vingt-dix-neuf chez Wal-Mart. C'est très pratique dans les embouteillages. Tu n'aimes pas?

Sans attendre ma réponse, il ouvrit la portière et s'installa sur le siège.

— Salut, poupée, souffla-t-il en me prenant par les épaules pour m'embrasser tendrement. On a un gros problème, ajouta-t-il à la fin du baiser.

— Tu veux dire, toi et moi ?

— Exact, fit-il en repoussant son fauteuil en arrière. J'ai retrouvé Zeke à Colorado Springs. Aux dernières nouvelles, je l'aurais envoyé là-bas pour se rencarder sur des Yablonsky installés dans le coin.

— Je n'ai pas de famille dans le Colorado.

— J'adore quand tu joues les nunuches, lâcha-t-il en me touchant le bout du nez. Non, je pense que quelqu'un a voulu l'éloigner du théâtre des opérations. Le plus rapidement possible pour éviter que nous ne nous rencontrions à Slagville et que nous ayons une petite explication.

Je m'absorbai dans la contemplation du petit saint Christophe que maman m'avait offert à l'époque où j'accumulais les prunes. J'avais eu beau lui expliquer que saint Christophe était le patron des voyageurs et non des horodateurs, elle n'avait rien voulu savoir.

— Tu sais qui se fait passer pour toi ?

— Une personne qui connaît mes déplacements, mon passé et surtout qui sait que j'ai une maison à Lehigh.

— Je ne vois pas le rapport.

Il serra les mâchoires. C'était hyper-sexy.

— Après ma visite dans le Colorado, Zeke s'est renseigné auprès de la compagnie de téléphone pour savoir d'où appelait l'imposteur. Je te le donne en mille. Tous les coups de fil provenaient de ma baraque à Saucon Valley.

— Doux Seigneur ! soupirai-je. Tu as appelé la police ?

— J'allais me gêner ! répondit-il. Mais les flics n'ont rien relevé de particulier. J'ai aussi demandé à la banque d'essayer de savoir qui vire le pognon sur le compte de Zeke. À l'heure qu'il est, le bonhomme est dans l'avion de retour. Je dois aller le chercher à l'aéroport de Lehigh tout à l'heure.

— Tu te barres déjà ?

Ce mec ne tenait pas en place plus d'une demi-heure.

— Il faut que je passe chez moi, Bubbles. Mais je voulais d'abord te revoir, déclara-t-il en triturant une de mes mèches de cheveux. Je t'aime, Bubbles. S'il t'arrivait quelque chose, surtout par ma faute, je ne m'en remettrais jamais. (Sa pomme d'Adam jouait au yoyo.) Viens avec moi. Je serais plus tranquille.

Il paraissait bouleversé. Cet homme de passion habitué à prendre des risques, ce play-boy impénitent était au bord des larmes.

— Je ne peux pas, bredouillai-je, la gorge sèche. Jane a disparu.

— Disparue ! s'exclama-t-il. Pourquoi tu ne m'as rien dit ?

— Parce que ce n'est pas encore certain. Elle est avec son prof en qui j'ai une confiance limitée. Si j'appelle la police montée, je crains qu'elle ne me le fasse payer très cher.

— Je comprends. Tu veux que je t'aide à la retrouver ?

— Non, je te remercie, répondis-je en repensant au spectacle pitoyable que nous avions donné avec Dan et Wendy la dernière fois. Je préfère me démerder toute seule. Je me donne jusqu'à minuit. Je te promets de t'appeler si j'échoue.

— Viens près de moi.

Je posai ma tête contre son épaule, les larmes aux yeux. Puis j'éclatai en sanglots. La disparition de Jane. Un faux Stiletto engageant un type pour m'espionner. Ça faisait beaucoup pour une petite coiffeuse.

— Tu n'es pas en bois, Bubbles, reprit-il après un moment. Mais tu as plein de ressources en toi… presque autant qu'à l'extérieur.

Il sourit, et se pencha pour m'embrasser, d'abord doucement puis passionnément. Le siège de la Camaro grinça tandis que je me jetais dans ses bras et que nos langues se mêlaient furieusement. Je sentis ses mains me caresser le dos sous ma chemise, les épaules, les hanches.

Il s'arrêta subitement pour me regarder.

— Mon Dieu, comme c'est bon, gémit-il avant de recommencer aussitôt.

Je me lâchai totalement. Déboutonnai fébrilement sa chemise pour dénuder son torse puissant, chargé de promesses. Puis je m'attaquai à sa ceinture, descendis vers sa braguette...

— Bubbles, soupira-t-il en fermant les yeux. Qu'est-ce qu'on fait de Jane?

Je me redressai subitement. Jane! Je ne pouvais pas décemment m'envoyer en l'air avec Stiletto pendant que ma fille se trouvait probablement en danger.

— Je ne crois pas que ce soit le bon moment, reprit-il en ajustant sa chemise. Je peux pas...

Je me recoiffai sommairement.

— Tu as raison.

— On remet ça à plus tard, ajouta-t-il, boutonné jusqu'à la glotte et ceinturé à mort. C'était vraiment génial. (Puis, ouvrant la portière :) Bonne chance avec Jane. Je suis sûr qu'elle va bien. Tu sais, c'est une petite nana pleine de ressources comme sa mère.

Il m'embrassa sur la joue avant de sortir. Je me penchai à la vitre.

— Stiletto! Et si c'était McMullen qui avait voulu nous tuer? On ne risque plus rien maintenant qu'il est mort.

— Ce serait trop beau, Bubbles, me répondit-il en démarrant sa Jeep. Aux dernières nouvelles, mon double a appelé Zeke ce matin pour lui demander de rester dans le Colorado. D'après lui, tout devrait être bouclé demain matin.

CHAPITRE 23

Il fallait absolument que je retrouve Jane. Le plus rapidement possible. Même au risque de me faire engueuler en déboulant comme un chien dans un jeu de quilles ? Tant pis. Je devais la ramener, même si je la dérangeais en pleine découverte de la pierre de Rosette des Celtes. Quelqu'un là-dehors avait essayé de nous éliminer Stiletto et moi en nous attirant dans un piège. Pourquoi ne s'en prendrait-il pas maintenant à ma fille ?

Filant sur les petites routes de l'arrière-pays minier bordées de terrils et d'installations désaffectées, je me posais la question à laquelle tout bon journaliste doit impérativement réfléchir : quel crédit donner à la parole des flics ?

Donohue affirmait haut et fort que McMullen, qui connaissait apparemment de gros problèmes financiers et se trouvait au bord du gouffre, avait buté Price avant de se donner la mort avec l'arme du crime. Tout un tas de raisons apparaissaient pour que McMullen eût flingué Price. Ce dernier avait peut-être découvert que la compagnie continuait à extraire clandestinement du charbon sous le terrain qu'il venait d'acquérir. Il l'aurait alors mise en demeure de tout arrêter.

À moins que ça n'ait un rapport avec les derniers travaux de Stinky.

Stinky et sa collection d'extincteurs.

Cette histoire me taraudait depuis le début. Que foutait Stinky avec tous ces vieux machins entreposés à la cave où il passait l'essentiel de ses journées avant de disparaître ? D'après Pete Zidukis, les grandes compagnies tueraient père et mère pour trouver un moyen d'éteindre l'incendie qui ravageait les sous-sols de Limbo. Des milliards entraient en jeu.

Des milliards pour McMullen qui en avait bien besoin. Des milliards pour Price qui pouvait tranquillement s'occuper de la construction de son casino, sans se soucier d'un feu menaçant constamment son chantier. Des milliards enfin pour Stinky, à supposer qu'il ait mis au point une recette miracle.

Spécialiste de la mine, ingénieur hors pair, Stinky connaissait, par-dessus le marché, parfaitement le terrain. Était-il absurde de penser qu'il avait réussi à trouver le moyen d'éteindre le brasier ? Ce qui expliquerait sa présence au puits numéro 9 en même temps que Price vendredi soir.

Mais ces trois-là n'étaient sûrement pas les seuls à vouloir décrocher le jackpot. Et pourquoi pas Donohue, le chef incontournable de la police ? L'hypothèse se tenait. Ayant mis toute la ville sur écoute, il pouvait être tombé sur une conversation de Stinky où il parlait de sa découverte et prendre alors la décision de passer à la caisse. Du coup, il m'expulsait de Slagville pour retrouver Stinky avant tout le monde.

Quant à Chrissy Price, elle avait pris la poudre d'escampette la nuit du suicide de Hugh McMullen, elle était toujours en vie et refusait de dire à sa fille où elle se trouvait. D'après Donohue, elle collectionnait les amants. Autant de raisons qui la mettaient en bonne place sur la liste des suspects.

Je passai devant l'église Saint-Ignatius, plantée comme une sentinelle dans les fumerolles montant des tréfonds de la terre, et tournai en direction de Troutwine Hill, l'ancien centre-ville, aujourd'hui laissé à l'abandon.

Un peu plus loin se dressait la caserne des pompiers. L'ironie du sort voulait qu'elle demeure l'un des rares édifices intacts du coin. Le bâtiment surplombait un réseau de rues ne menant nulle part. Il n'y avait malheureusement plus personne ni rien à sauver.

Je suivais les instructions que Jane m'avait laissées aux aurores pour venir assister à la conférence de presse de Tallow. À droite sur une route battue par les vents, puis à gauche après le panneau. Du pur pifomètre. Puis subitement, je me retrouvai secouée comme un prunier sur un chemin de terre défoncé comme un champ de manœuvres. Ma Camaro n'avait plus l'âge de ces virées champêtres.

Après deux bons kilomètres, la route s'arrêtait brusquement devant une petite baraque en rondins, genre pionnier. De là à imaginer une fermière en robe de coton occupée à baratter sur le seuil avec un tas de marmots dans les jambes et des poules picorant entre ses pieds, il n'y avait qu'un pas. Le tableau semblait parfait. À l'exception notable toutefois de la TR6 bleue garée dans la cour.

Courage, Bubbles! m'encourageai-je en sortant de ma bagnole. Le métier de mère n'est pas fait pour les mauviettes.

L'air sentait bon le pin et le feu de bois. Je frappai au chambranle de la porte.

— Y a quelqu'un ? criai-je. C'est moi. La maman de Jane.

Je poussai le battant.

— Entrez, puisque vous êtes déjà à l'intérieur, me lança Tallow dans son beau Barbour, occupé à étudier une carte posée sur une table de camping installée au milieu de la piaule.

Elle comportait un mobilier plutôt rustique. Une commode en sapin brut, un lit défait et un minuscule cabinet de toilette. Un poêle ronflait dans le coin opposé. Un vieil évier en grès et une pompe trônaient sous l'unique fenêtre donnant sur les bois.

— Je cherche Jane, dis-je en hésitant à faire un pas de plus. Elle est là ?

— Non. Elle est partie depuis un moment déjà. Elle voulait rentrer, répondit-il en enlevant ses lunettes. De toute façon, il n'y a plus rien à faire ici. Personne n'est venu à ma conférence de presse. Quelle désillusion, soupira-t-il en remettant ses lunettes pour continuer sa lecture. Tous des ignares.

Je n'avais pas croisé Jane en chemin. Ça ne me rassurait pas beaucoup.

— Ce n'est pas très prudent de l'avoir laissée partir toute seule comme ça.

— Je ne tiens pas une garderie, madame Yablonsky.

— Mademoiselle. Je suis divorcée.

— Mademoiselle Yablonsky, maugréa-t-il en tripotant nerveusement une pierre noire posée sur la table sans quitter la carte des yeux. J'enseigne à l'université. Si vous estimez que votre fille est trop jeune pour suivre mes cours, je vous suggère de lui en parler à l'occasion.

Je refermai la porte derrière moi et me ruai sur la pierre.

— Où l'avez-vous trouvée ?

— Quoi ?

— Il y avait la même dans la chambre de Chrissy Price à l'hôtel.

— J'en avais offert une à son mari, expliqua-t-il en rangeant la sienne dans sa poche avant de se lever pour aller recharger le poêle. Ces pierres sont en vente à la société historique de Lehigh.

— Ils vendent des cailloux ? Mais on en trouve partout !

— Ce ne sont pas de simples cailloux, s'insurgea-t-il en s'essuyant les mains au torchon accroché près de l'évier. Avez-vous déjà entendu parler de Stonehenge ?

— J'ai l'impression que ce nom revient souvent, ces derniers temps.

— Sachez que Stonehenge constitue une sorte de calendrier astronomique géant érigé il y a des milliers d'années dans le Wiltshire en Angleterre par des druides, les philosophes de l'époque celtique, si vous préférez. Les inscriptions retrouvées sur ce site sont en ogham, l'ancien alphabet des Celtes. Regardez, ajouta-t-il en ressortant la pierre de sa poche, là, le symbole de Wa qui peut se traduire par « mélancolie ».

Un vague « Y » qu'un enfant aurait mieux réussi.

— Et alors ?

— Alors, je n'ai pas découvert cette pierre en Grande-Bretagne, mais ici, à Limbo.

Il se dirigea vers une carte de la région punaisée au mur.

— Ce lieu-dit peu engageant connu sous le nom de Dead Zone était anciennement une colonie celte. Sans doute à cause de la topographie de l'endroit qui devait rappeler à ces nomades débarqués en 300 après J.-C. leurs origines galloises.

Ce mec commençait à me pomper avec sa rengaine.

— Preuve en est, les nombreuses pierres levées que j'ai découvertes dans les parages, ainsi qu'un trône de druide et un temple dédié au solstice d'été, poursuivit-il en me désignant une photo de caillasses en noir et blanc scotchée près du plan. C'est à cet endroit que j'avais convoqué ma conférence de presse. Évidemment, personne n'a daigné se déplacer et tous ces trésors vont être détruits pour laisser place à un… casino.

Il prononça ce dernier mot avec un léger accent de dégoût.

C'était le moment rêvé pour sortir mon bloc et mon stylo de journaliste d'investigation.

— Quel rapport entre ces découvertes et Chrissy Price ? attaquai-je bille en tête. Chrissy a en sa possession des objets provenant de vos fouilles et aurait été vue, d'après le chef Donohue, quittant le Circe dans une voiture bleue identique à la vôtre. Drôle de coïncidence, vous ne trouvez pas ?

— Il ne faut pas se fier aux apparences, répondit-il sans se démonter. Je suis en effet passé au Circe, mais je ne suis pas reparti avec Mme Price. Nous avons pris un verre au bar où j'ai plaidé ma cause en lui détaillant les raisons pour lesquelles je m'opposais à la construction du casino de son époux. Je n'avais pas réussi à convaincre Bud Price et je voulais tenter ma chance avec sa veuve. Je savais qu'elle se passionnait pour mes recherches. Alors j'ai foncé.

— Vous n'auriez pas pu attendre l'enterrement de son mari ?

— Et prendre le risque qu'elle se laisse influencer par une bande de vendeurs de bagnoles ne pensant qu'au fric ? Certainement pas.

— O.K., murmurai-je en prenant bonne note. (Voilà

en tout cas qui allait plaire aux Price.) Qu'est-ce que vous avez fait après le pot ?

— Je lui ai proposé de la raccompagner jusqu'à sa voiture, mais elle a refusé. En sortant du parking, je l'ai vue monter dans un vieux pick-up pourri. Je me souviens m'être fait la réflexion que ce véhicule ne pouvait convenir à une femme aussi délicate et cultivée que Mme Price.

— Il ment !

Jane se profilait dans l'encadrement de la porte, ses cheveux bleu électrique formant en plein soleil un étonnant contraste avec la forêt alentour. Elle tenait une pierre dans une main et des outils dans l'autre.

— À propos de Chrissy Price ? demandai-je.

— Ne dis pas n'importe quoi. Non, à propos de ses travaux.

— Pour l'amour de Dieu, cette fille est devenue folle ! s'exclama Tallow en levant les yeux au ciel.

Jane l'ignora totalement.

— Je suis au regret de vous annoncer, professeur Tallow, que je trouve vos techniques de fouilles pour le moins fantaisistes.

T-shirt noir et jean déchiré mis à part, Jane arborait l'assurance d'une vieille universitaire abonnée aux tournées de conférences.

— Voilà ce que j'ai découvert en me promenant dans les bois après votre conférence de presse ratée, embraya-t-elle en posant pierre et outils sur la table. C'était dans la petite cabane derrière la maison.

Le caillou était identique aux précédents, sauf qu'il manquait une barre au Y.

— Vos prétendus trésors archéologiques n'ont pas plus de valeur que la fameuse pierre de Lenape découverte en 1885 par un fermier du comté de Bucks.

— Hérésie ! protesta Tallow. J'ai été l'objet de beaucoup de critiques, mais personne ne m'a jamais fait l'affront de me traiter d'imposteur.

— Eh bien, moi, j'ose, répliqua Jane.

La pierre de Lenape ? Ça sonnait comme un truc de télé-achat.

— Et toi, maman, reprit-elle tandis que Tallow s'absorbait dans la contemplation du caillou suspect, qu'est-ce que tu fiches là ? Tu continues à m'espionner ?

— Pas du tout, pas du tout, ma chérie, bredouillai-je en exhibant mon carnet pour prouver ma bonne foi.

— Tu comptes venir me harceler de cours en cours l'année prochaine à la fac ? éructa-t-elle, abandonnant son ton professoral pour revenir à ses accents d'ado hystérique. Tu veux m'humilier ? C'est complètement dingue !

— Tu vas t'inscrire à la fac ? l'interrompis-je en refermant mon calepin. Tu as changé d'avis ? Tu ne vas plus récolter du café au Mexique ?

— On en a parlé avec G. et...

— Jamais elle n'intégrera l'université ! brailla Tallow. Je vous garantis qu'elle ne trouvera aucune place après ce qu'elle vient de faire ! C'est une menteuse, une affreuse menteuse !

— Ça m'étonnerait, dis-je. À mon avis, c'est plutôt vous qui aurez des comptes à rendre quand le père de Jane vous poursuivra jusqu'en enfer pour harcèlement sexuel sur mineure. Un sujet très sensible dans les milieux universitaires ces derniers temps.

— Vous n'avez aucune preuve.

— C'est tout le charme de la situation. Dan, mon ex-mari, ne s'encombre pas de preuves, habitué qu'il est à traquer le client dans les salles d'attente des hôpitaux. Jane nous a raconté que vous aviez passé toute la nuit de jeudi ensemble lors de votre petite cérémonie celte. C'est un délit fédéral. Dan aura vite fait de vous mettre la tête dans le sac.

— Maman ! coassa Jane.

Je l'interrompis d'un geste de la main.

— Vous imaginez l'effet sur vos supérieurs, l'achevai-je.

Tallow était devenu plus pâle que Keith Richard lors de sa énième transfusion sanguine. Il suait à grosses gouttes, les yeux dans le vague, cherchant désespérément une réponse adéquate.

— Merde ! gémit-il, le regard fixé sur la route. Il ne manquait plus que ça ! Vous commencez toutes à me faire chier !

Je tendis le cou pour regarder par la fenêtre. Un cabriolet BMW rouge s'avançait au ralenti sur le chemin, évitant soigneusement chaque pierre pour ne pas abîmer son précieux bas de caisse. Il s'arrêta devant la maison et la femme de mon ex-mari sortit en claquant la portière.

Wendy.

— Quand on parle du loup, soufflai-je.

— Sors de là, espèce d'escroc ! rugit-elle en ajustant son ensemble Talbot en cachemire tout en remontant l'allée d'un bon pas. Tallow ! N'essaie pas de m'échapper.

Elle tenait dans la main un petit objet noir.

Il allait y avoir du sport.

Elle ouvrit la porte si violemment qu'elle faillit lui rester dans les pognes. Wendy était drôlement remontée, son visage lifté révulsé au possible, les cheveux en désordre.

— Te voilà ! hurla-t-elle.

— Mon Dieu ! geignit Tallow, réfugié dans son cabinet de toilettes.

— Tu m'as bien affirmé que ce machin était un

authentique ogham ? Je l'ai montré à Amanda Crowe de la commission archéologique du comté de Bucks. Elle en a des tonnes. Et pour cause, ce sont des faux.

— Calmez-vous, madame Ritter, bredouilla-t-il. Je vous assure que c'est une vraie…

— Deux mille dollars ! Deux mille dollars fichus en l'air ! Je suis la risée de tous les membres du Cercle des amies de l'Histoire.

Tallow retira subitement la main de la poche de son Barbour.

— Attention, Wendy, il a une pierre dans la main ! criai-je.

— Le salaud !

Elle lança la sienne, qui décrivit un arc de cercle parfait à travers la pièce.

Je pris Jane dans mes bras. Tallow ouvrit des yeux exorbités lorsque le projectile l'atteignit en plein front avant d'aller finir sa course dans le miroir qui vola en éclats.

Le petit bonhomme glissa contre le mur et s'affaissa par terre. Un filet de sang coula le long de ses joues, puis sur son polo Ralph Lauren. C'est le mec du pressing qui allait être content. Je me précipitai vers lui en essayant de ne pas me couper avec les morceaux de verre. Son pouls était faible mais battait encore. Dommage.

— Il est simplement évanoui, pronostiquai-je.

— Tu parles d'une chochotte ! s'exclama Wendy.

— Joli coup ! applaudit Jane. Tu devrais faire du base-ball.

— Je soulève un peu de fonte tous les matins pour prévenir l'ostéoporose et je fais du tennis cinq fois par semaine. J'ai des biceps en béton.

Nouveau bruit de voiture dans la cour.

— C'est sûrement Mickey Sinkler, expliqua Wendy. Je

lui ai demandé de passer pour boucler ce pourri. J'espère qu'il a un avocat du tonnerre de Dieu parce que Dan voudra l'envoyer sur orbite quand il apprendra qu'il a essayé de me rouler dans la farine.

— Tu vois, Jane. Quand je te disais que papa n'avait pas besoin de preuves.

— En tout cas, merci, Jane, pour ton tuyau, poursuivit Wendy. Juste après ton coup de fil, j'ai appelé Amanda. J'étais hors de moi quand elle m'a confirmé qu'il s'agissait d'un faux. Ogham, mon cul !

— Par tous les saints ! gémit Mickey en apercevant Tallow vautré par terre. On peut savoir, mesdames, ce que vous avez encore fichu ?

Nous lui répondîmes toutes en même temps, et Mickey, probablement importuné par nos piaillements désordonnés, se boucha les oreilles. Quant au sort de Tallow, il opta pour appeler une ambulance. Enfin, quelque chose bougeait à Limbo.

— Vous auriez pu prévenir le commissariat du coin, Wendy, reprit Mickey tandis que nous attendions les secours. Je ne suis pas spécialement à votre service.

— Cher monsieur, j'ai acheté cette pierre à Lehigh, répliqua Wendy en le foudroyant du regard. Donc, dans votre circonscription, que je sache. C'était à vous d'intervenir.

— Et vous croyez que je n'ai pas autre chose à foutre que de m'occuper d'un tas de caillasse gribouillée ? contra Mickey.

L'ambulance arriva juste au bon moment et emmena Tallow. Mickey et Wendy partirent chacun de leur côté. Nous restâmes Jane et moi appuyées contre la Camaro à les regarder disparaître à l'horizon.

— Tu n'es plus attirée par les hommes plus âgés ? demandai-je.

— Terminé, répondit-elle en ouvrant la portière. Tu avais raison à propos de G. C'est un bon gars. Mais je croyais que tu préférais quelqu'un de plus mûr.

Ouais, pensai-je. J'ai toujours eu un faible pour les psychopathes.

CHAPITRE 24

— Qu'est-ce qu'on fait, maintenant? demanda Jane alors que je fonçais sur la Route 61 en direction de Slagville. On rentre chez Roxane? Les parents de Justin Torisky partent en voyage et je ne voudrais pas rater la boum. Vu la vitesse supersonique de la nouvelle bagnole de G., il faudrait partir avant sept heures si nous ne voulons pas arriver après que les flics auront emballé tout le monde.

— Pas de problème, tu seras à l'heure, répondis-je en prenant à droite dans une allée, négligeant le panneau « propriété privée » planté à l'entrée. J'en ai pour deux minutes. Une petite affaire à régler.

Les terrains aux alentours étaient couverts de poussière noire. Un énorme concasseur se dressait devant nous comme un robot géant rouillé jusqu'à l'os. Je m'arrêtai devant le bâtiment en briques rouges portant le logo de la McMullen Coal Inc. J'attrapai mon sac à main.

— On est samedi, maman. Ça doit être fermé, suggéra Jane en se penchant à la fenêtre.

Je sortis mon tube de rouge à lèvres.

— Sûrement, répliquai-je. Tu m'accompagnes?

Jane se tourna vers moi tandis que je me tartinais les lèvres avec mon bâton *Fuchsia FooFoo.*

— Toi, tu prépares quelque chose.

— Qu'est-ce qui te fait dire ça? répondis-je en refermant mon sac avec un petit sourire.

Une légère brise d'automne s'était levée. Les bureaux de la McMullen n'avaient pas dû être retapés depuis leur inauguration dans les années trente. Le vent s'engouffrait dans l'édifice par les nombreuses vitres cassées, les chariots abandonnés couinaient pitoyablement sur leurs rails, la porte d'entrée battait furieusement.

Curieux comme ces grands industriels bourrés de tunes comme Hugh McMullen ou le défunt Henry Metzger des aciéries de Lehigh aimaient à bosser dans des locaux délabrés alors qu'ils vivaient dans de somptueuses baraques. Je ne connaissais pas la maison de McMullen à Pittsburgh, mais j'imaginais que ça devait être costaud.

— Bienvenue chez John Steinbeck! lança Jane en poussant la lourde.

— Pourquoi tu me parles de piano? rétorquai-je.

— Tu confonds avec Steinway, maman. Steinbeck, c'est un écrivain.

Un vigile en uniforme bleu aussi dévasté que le reste regardait derrière son comptoir un match de foot à la télé. Il leva la tête en nous entendant débouler.

— C'est fermé, avertit-il en coupant le son du poste. De toute façon, il n'y a pas de boulot.

— Ça tombe bien, répliquai-je avec un immense sourire au *Fuchsia FooFoo* pour le mettre parfaitement à l'aise. J'en ai déjà un.

— Tant mieux pour vous, parce qu'ici ça sent le roussi, signala-t-il. Notre patron, M. McMullen, est mort brutalement hier soir.

C'était le moment de contre-attaquer. Je lui tendis ma carte professionnelle et me présentai : Bubbles Yablonsky, coiffeuse funéraire.

— Une quoi? reprit-il en retournant le bristol, vierge de toute mention mortuaire, dans tous les sens.

— Je suis spécialisée dans les enterrements.

— Vous coiffez les morts?

— Non, les vivants.

Jane ne savait plus où se mettre et arpentait le hall en contemplant les affiches et autres dépliants de l'industrie minière comme s'il s'agissait d'une expo d'artistes connus.

— Merde, commenta le mec en soulevant sa casquette pour se gratter un crâne sacrément dégarni. J'avais jamais entendu parler d'un truc pareil.

C'est parce qu'il ne te reste pratiquement plus de tifs, faillis-je répliquer par pur sadisme. Mais je résistai à la tentation et optai pour la formule tout en souplesse.

— C'est pourtant un élément essentiel de notre vie quotidienne, expliquai-je. Vous ne vous imaginez pas, par exemple, arriver à l'enterrement de votre vieille tante Jessie ou de votre patron peigné comme un dessous de bras. C'est là que j'interviens.

Il contempla de nouveau ma carte.

— Si je comprends bien, vous venez proposer vos services.

— Exactement. Vous savez qui s'occupe des funérailles?

Du coin de l'œil, j'aperçus Jane qui s'enfouissait la tête dans les mains.

— Je transmettrai vos coordonnées à la secrétaire du défunt, ronchonna-t-il en se tournant vers le match.

— Je préfère faire mes commissions moi-même.

Il m'indiqua du menton une pancarte au-dessus du comptoir : DÉMARCHAGE INTERDIT.

— D'accord, d'accord, répliquai-je en lui arrachant ma carte des mains. (Inutile d'alerter les McMullen.) Tu viens, Jane.

— Au revoir, monsieur, lança-t-elle en sortant.

— Quel gros naze ! explosai-je en regagnant la Camaro. Qu'est-ce que ça pouvait lui foutre de me donner le nom de cette bonne femme ? Je ne demandais même pas le prénom en entier. Une simple initiale aurait suffi.

Je mis le contact et fis rugir le moteur.

— Et tu lui veux quoi, à cette nana ?

Je passai mon bras derrière son appui-tête pour faire marche arrière.

— Ce n'est pas n'importe quelle nana. C'est la secrétaire de Hugh McMullen. Enfin, l'ex-secrétaire. Elle devait être très attachée à son patron. Imagine sa réaction en apprenant que les flics croyaient à la culpabilité de McMullen dans le meurtre de Price...

— Je crois qu'elle s'appelle Lamporini. Lucy ou Laura, je ne sais plus.

Screeech ! Je pilai, debout sur la pédale des freins.

— Louise Lamporini ?

— Oui, ce serait plutôt ça, répondit Jane en se penchant pour allumer la radio.

— Louise Lamporini, la secrétaire de Hugh McMullen ? Je lui ai ravalé la façade l'autre jour au salon pour aider Roxane. C'est une nana plutôt imposante.

— Ça devrait te faciliter les choses pour l'interview. À moins que tu ne lui aies fait une tronche de merlan frit. C'est déjà arrivé.

Je lui donnai une petite tape sur la tête.

— Arrête tes conneries ! Comment tu as appris son nom ? Attends, laisse-moi deviner. Tu l'as déchiffré à l'envers sur le bureau du vigile. Non, pas possible. (Puis je claquai des doigts, persuadée d'avoir trouvé.) Tu l'as lu dans le hall !

— J'ai tout simplement lu le *Slagville Sentinel* ce matin chez Tallow. On la citait dans un article, genre McMullen était un patron hyper-sympa et tout le tralala. (Jane éteignit la radio avec une petite moue dépitée.) Mais qu'est-ce qui t'arrive, maman ? Pourquoi tu te frappes le front contre le volant ?

Je relevai la tête, humiliée comme jamais.

— Ne raconte cette histoire à personne, ma douce. Surtout pas à M. Salvo. Quoi qu'il arrive.

Nous trouvâmes un Gary et une Louise Lamporini au 325 Main Street dans l'annuaire de Slagville dégotté dans la cabine publique devant le 7-Eleven. C'était à l'opposé de chez Roxane. En chemin, j'essayai de me souvenir de notre rencontre. Qu'avait-elle entendu de ma conversation avec M. Salvo ? Avais-je révélé des choses importantes ? À moins qu'elle ne soit passée au salon sur ordre de son patron pour m'espionner ?

— Dis-moi, Jane, tu as déjà fait du stop ? demandai-je tandis que nous passions devant une école.

Deux mômes jouaient dans la cour à la lumière automnale du couchant. Dans le lointain, une cloche appelait les fidèles à la prière. Il faisait nuit de plus en plus tôt.

— Tu m'as prise la main dans le sac avant-hier, tu ne te souviens plus ? répondit-elle. Tu ne vas pas me faire la leçon maintenant ?

— T'inquiète, poursuivis-je en tournant dans Main Street. (Nous étions au niveau des numéros cinq cents.) Je me demandais si tu connaissais le vieux truc de la nana qui joue du pouce tandis que son mec est planqué dans les buissons.

— Ouais. On a déjà testé avec G. D'après lui, les mecs ne s'arrêtent pas quand nous sommes tous les deux. Alors je me cogne tout le boulot.

J'imaginai G. dans les herbes hautes se précipitant au dernier moment pour grimper dans la bagnole. Mon Dieu, pourvu qu'il réussisse dans la coiffure, vire sa cuti et laisse enfin ma fille en paix!

Trois cent vingt-cinq. Un petit pavillon en brique avec petit jardinet et vigne vierge s'offrait à nos yeux. De la lumière brillait dans le living et une limousine verte sans âge était garée dans l'allée. Sûrement la tire de madame.

— Tu y vas, Jane. Tu frappes à la porte et tu racontes à Louise que tu es la petite cousine de Roxane. Là, tu improvises. Demande-lui si elle a oublié son portefeuille au salon. Je ne sais pas, moi. Démerde-toi pour qu'elle te fasse entrer. Et c'est là que je me pointe. Comme G. quand vous faites du stop.

— C'est bien compliqué, tu ne trouves pas? grommela-t-elle en sortant de la Camaro avant de se diriger vers la baraque.

Je stationnai un peu plus loin, puis revins sur mes pas. Jane et Louise papotaient tranquillement sur le seuil. Parfait.

Elles s'arrêtèrent brusquement en me voyant remonter l'allée.

— Je vous connais, vous! lança Louise en peignoir, les cheveux enveloppés dans une serviette. (Apparemment, elle sortait de la douche.) On s'est déjà vues chez Roxane.

— C'est ma mère, intervint Jane. Je vous en parlais à l'instant.

Je les rejoignis sous le porche. À travers les carreaux du salon, j'aperçus deux mômes en pyjama vautrés sur la moquette en train de regarder des dessins animés à la télévision.

— Bubbles Yablonsky, la maquilleuse, me présentai-je en lui tendant la main. Vous vous préparez pour la kermesse de ce soir?

Elle me serra la main sans grand enthousiasme.

— Disons qu'on sort entre nanas. Pour le reste, je vous préviens tout de suite : je ne vous raconterai rien sur M. McMullen. Ce ne serait pas loyal.

Je me tournai vers Jane.

— Tu lui as tout déballé?

Jane haussa les épaules.

— Qu'est-ce que tu voulais que je fasse? Salut, je suis une lointaine parente de Roxane et je viens voir si vous n'avez pas paumé votre larfeuille. Je me serais fait jeter.

— Elle a parfaitement raison, embraya Louise. C'était un peu gros. Tout ce que je peux vous dire, c'est qu'aucun des frères McMullen ne veut reprendre l'entreprise et que leur père n'est pas en très bonne santé. Il y a de la vente dans l'air. Désolée.

Un mec encore plus balèze que Louise sortit de la baraque et nous rejoignit sur le paillasson. Il n'avait pas l'air vraiment commode avec ses tatouages sur les avant-bras, son T-shirt Hell's Angel, sa barbe de trois jours et son regard méchant.

— J'me casse, Louise, dit-il en ajustant son blouson.

— Et tu vas où comme ça?

— Me balader.

— Tu devais garder les mômes. Je fais quoi moi, maintenant?

— C'est ton problème, répliqua-t-il sans se retourner.

— Quel gros con! souffla Jane entre ses dents.

Louise le regarda s'éloigner les mains sur les hanches.

— Mange au moins un petit quelque chose ! Je t'ai préparé des saucisses et de la purée avec plein de jus.

Gary s'arrêta aussitôt.

— Et des oignons ? demanda-t-il.

— Comme tu les aimes.

Il fit demi-tour, grimpa les marches quatre à quatre et s'engouffra dans la maison sans desserrer les lèvres. Louise nous adressa un sourire complice.

— Et voilà le travail ! commenta-t-elle. On en était où ?

Y aurait de la Sirène de Slagville là-dessous que ça ne m'étonnerait pas.

— La police est persuadée que Hugh McMullen a tué Price pour de sordides histoires d'intérêts, repris-je. Qu'est-ce que vous en pensez ?

— Je n'en pense rien, répondit-elle en se laissant tomber dans un fauteuil vert de jardin recouvert de plastique transparent. Hugh McMullen était une énigme pour moi. Si je devais le décrire, je dirais que c'était un riche play-boy qui ne pensait qu'à gaspiller le pognon de la famille en voitures, en voyages et en conneries.

Je sortis mon calepin de mon sac, mais Louise secoua lentement la tête.

— Je ne veux pas que ce soit publié. Si je vous dis tout ça, c'est pour que vous compreniez que je suis la dernière personne à pouvoir vous aider.

Super. Fin de non-recevoir. Je me croisai les bras sur la poitrine et m'appuyai contre le chambranle de la porte. Jane s'assit sur une chaise à côté de Louise. À l'intérieur, Gary s'était installé sur le canapé avec ses gamins, assiette à la main.

— Que votre patron ait été un play-boy ne signifie pas forcément qu'il négligeait ses affaires, repris-je.

— M. McMullen n'a jamais réussi à s'imposer, expliqua-t-elle. La figure de son père Donald demeurait encore trop forte dans la société. Quand ce dernier est rentré de la guerre en 45, il a repris l'affaire de son propre père. La mine avait déjà beaucoup souffert au sortir de la Grande Dépression. Il l'a remise sur les rails. Après son attaque, il y a cinq ans, il a tout transmis à Hugh qui s'est empressé de jeter l'argent par les fenêtres.

— Il n'en avait rien à secouer du charbon, dis-je.

— Il se moquait de tout, déclara-t-elle en défaisant sa serviette puis en passant la main dans ses cheveux encore humides. Mais il y avait le paternel. Le vieux l'appelait tous les jours pour lui secouer les puces. Jusqu'à l'année dernière où tout a commencé à fiche le camp.

— Pour le vieux ou pour le jeune ?

— Pour les deux. Donald a subi une seconde attaquc et Hugh en a profité pour l'envoyer dans une maison spécialisée. L'ancêtre parti, il a vendu la maison familiale pour s'installer définitivement à Pittsburgh. (Elle plia la serviette et la posa sur ses genoux.) Il ne gérait plus la mine que par téléphone. Ce qui explique que je n'aie jamais su ce qui se tramait entre lui et Bud Price. Hugh McMullen ne venait que très rarement à Slagville. Je n'étais au courant de rien.

— Que faisiez-vous de vos journées ?

Elle éclata de rire.

— Pas grand-chose. Je lisais les petites annonces pour trouver un autre boulot. La boîte était en train de couler.

— Vous connaissez un certain Karl Koolball ?

— Je veux ! J'ai dû envoyer un paquet de lettres à toutes les compagnies minières de l'État pour les mettre en garde contre ce type.

— Pourquoi ?

— M. McMullen se sentait responsable légalement

de son ancien employé. Il voulait les avertir que ce mec était dangereux et qu'il pouvait même devenir violent. Les journaux sont remplis de ces malades qui reviennent flinguer tout ce qui bouge à l'usine où ils bossaient.

Je savais par Roxane que Stinky avait une dent contre sa hiérarchie, mais pas à ce point.

— Quel genre de violence ?

Louise s'absorba dans la contemplation de ses orteils grassouillets.

— À vrai dire, je ne sais pas. M. McMullen m'a simplement demandé de m'occuper des bafouilles. C'était lui le patron, après tout.

Campagne de dénigrement, pensai-je.

— Vous connaissiez Stinky, je veux dire Karl, avant cet incident ?

— Jamais entendu parler de lui.

Je ne savais plus quelle question poser quand Jane intervint.

— C'était quand, cette histoire de lettres ?

— Il y a environ un mois.

Elle s'interrompit comme si elle hésitait à poursuivre.

Je la laissai hésiter. Lors de mes débuts dans le journalisme, je me précipitais toujours pour tendre une perche, anticiper la réponse de mon interlocuteur. En fait, je ne supportais pas le silence. Depuis, j'avais appris tout le bénéfice que l'on pouvait tirer de ces pauses. L'être humain déteste se retrouver face à lui-même trop longtemps.

— Je ne devrais pas le raconter, finit-elle par reprendre. En réalité, je l'ai envoyé bouler. Ce n'est pas très glorieux… Il voulait me faire bosser en plein *Labor Day.*

— Gonflé, le mec, lâchai-je pour l'encourager à continuer.

— Ça oui ! acquiesça-t-elle, apparemment encore sous

le choc du manque de savoir-vivre de son patron. Un type qui n'était jamais là. Et tout d'un coup, ça lui prend de débarquer à Slagville et de me convoquer l'un des rares jours où je peux rester avec mes gamins.

— Qu'est-ce qu'il voulait? demanda Jane.

— Ces foutues lettres. Et aussi que j'envoie des fleurs à sa maîtresse. Ce que j'ai fait tout l'été. Comme si je n'avais pas autre chose à foutre.

— Sa maîtresse? s'exclama Jane. Tu as entendu, maman? Hugh McMullen avait une maîtresse.

— Après tout, il faisait ce qu'il voulait de son cul.

— Mais pas du mien! protesta Louise. J'avais promis aux mômes de les emmener au ciné.

Je mis un petit moment à percuter.

— Je me souviens, maintenant, repris-je. Lors de notre rencontre à Limbo, il m'a dit qu'il n'était pas l'assassin de Price. Qu'il avait un alibi. J'ai pensé qu'il devait être avec un pote, mais il m'a renvoyée dans mes buts quand je lui ai demandé de me donner son nom.

Louise me jeta un drôle de regard.

— Ça devait être elle. Certain. 12, Tremont Road à Slagville.

Du bruit provint de la cuisine. Gary devait s'en repasser une seconde couche. Je me souvins que Louise avait rendez-vous avec ses copines.

— On ferait bien d'y aller, dis-je. Merci pour tout.

Je descendais déjà les marches quand l'idée la plus géniale de toute ma carrière me passa subitement par la tête.

— Dommage que vous n'ayez pas pensé à noter les numéros de téléphone appelés par Hugh quand il était au bureau. Mon patron adore les listes. Il dit toujours qu'un homme est plus souvent sauvé par un bout de papier que par un flingue.

— Il a probablement raison, répliqua Louise en poussant la porte. Bonne nuit.

— Bonne nuit.

Jane se jeta sur moi dès que nous fûmes dans la Camaro.

— Un homme est plus souvent sauvé par un bout de papier que par un flingue... Où est-ce que tu as trouvé ça, maman ?

— Dans une publicité pour du P.Q.

Je ne lisais peut-être pas souvent les journaux, mais je ne ratais jamais une bonne pub.

Je me concentrai sur le plan du comté de Columbia que j'avais acheté à la station-service. Jane se pencha sur la carte pour voir ce que je cherchais.

— Ouais, super. On va rencontrer la nana de McMullen.

— Tremont. D-5. (Je localisai avec mon doigt le carré à l'intersection des deux lignes.) Tu ne devais pas aller à une boum ?

— Je peux boire, fumer et danser quand je veux, mais ce n'est pas tous les jours qu'on rend visite à une bonne femme qui a tué son amant.

Je gardai mon index sur Tremont Road et me tournai vers mon adorable fillette.

— Boire, fumer et danser, tu disais ?

Elle me balança un coup de coude dans les côtes.

— Tu en as mis du temps à réagir. Tu ne deviendrais pas gâteuse, par hasard ?

CHAPITRE 25

Le soleil venait de se coucher quand nous arrivâmes à destination. Tremont Road était une petite rue planquée dans les faubourgs de la ville. Un lotissement de maisons à deux étages impeccablement tenu, malgré sa situation en dehors de Slagville. À croire que, dans ce pays du charbon, les habitants mettaient un point d'honneur à entretenir leurs baraques.

Tous, sauf ceux du numéro 12.

Pas de lumière extérieure et des tas de feuilles mortes sur la pelouse qui ne devait pas avoir vu la tondeuse depuis un bon moment. L'ensemble paraissait négligé.

— J'en ai presque la chair de poule, commenta Jane. Tu rajoutes des gargouilles sur le toit et on se retrouve en plein film d'horreur.

— C'est bientôt Halloween, répliquai-je en sortant de la bagnole. Tu viens ?

— Sans façon, répondit-elle en s'enfonçant dans son fauteuil.

Je sonnai longuement. Pas de réponse. J'allais me tailler quand l'allée des voisins s'illumina. Super. Je me dirigeai vers le numéro 14. Le paillasson portait cette inscription : BIENVENUE CHEZ LES JOYEUX DRILLES.

Un Drille mâle en T-shirt, jean cradingue et bottes en caoutchouc, ouvrit. Il sentait l'herbe fraîchement coupée et la fumée de barbecue. Au second plan, autour de la table, Mme Drille et deux petits Drilles.

— Désolée d'interrompre votre dîner, dis-je. Je ne vends rien.

— Dommage. Vous avez pourtant de beaux échantillons, gloussa le type.

Mme Drille se leva pour rejoindre son mari sur le seuil.

— Un problème? Vous avez crevé? Andy a tout ce qu'il faut. Il se fera un plaisir de vous dépanner.

Les deux gamins quittaient aussi la table.

— Elle a crevé! Elle a crevé! On va l'aider, papa! brailla le plus jeune.

— C'est gentil, mais mes pneus vont bien. (Puis, pointant du menton le douze Tremont Road :) Je suis venue voir votre voisine. Vous croyez qu'elle est à la messe? Descendue en ville?

Les quatre Drilles me regardèrent comme si je leur avais demandé de faire le guet pendant que je cambriolais la baraque. J'ouvris mon sac et tendis au paternel ma carte professionnelle, la même que j'avais filée au vigile de la McMullen Coal.

— Je suis coiffeuse.

Maman Drille fronça les sourcils en lisant le bristol par-dessus l'épaule de son mari.

— Je ne pense pas que Mme Sullivan ait besoin de se faire coiffer. Qu'est-ce que vous lui voulez?

— C'est assez personnel, répondis-je. Je quitte la ville ce soir et il faut absolument que je lui parle. Vous savez où je peux la trouver?

M. Drille me rendit ma carte.

— Je déteste jouer les oiseaux de mauvais augure, mais Mme Sullivan est morte. Elle nous a quittés samedi dernier.

— Morte ?

— Oh, ma chérie. Vous êtes peut-être l'enfant que Mme Sullivan a abandonnée il y a très longtemps, reprit la mère Drille. Quelle tristesse !

— Ne dis pas n'importe quoi, chérie. Tu vois bien qu'elle a à peine quarante ans.

Quarante ans ! Ça lui aurait coûté une couille de dire trente ? Dès demain, vitamine E, matin et soir.

— Il y a erreur, bredouillai-je. Je… je… enfin, je ne savais pas. Je lui envoyais régulièrement des fleurs.

Quelle menteuse ! J'allais finir en enfer.

M. et Mme Drille échangèrent un regard gêné.

— Alors, c'était vous ? reprit papa. On se demandait qui pouvait bien envoyer tous ces bouquets à une femme de quatre-vingt-dix ans.

Quatre-vingt-dix ans ? Hugh McMullen s'envoyait une nana de quatre-vingt-dix ans ?

— Elle était si seule, ajouta Mme Drille. À part son petit-fils…

— Son petit-fils ?

— Votre neveu, poursuivit-elle.

— Bon, moi je vous laisse, intervint M. Drille en retournant à son dîner – ces considérations familiales l'intéressaient apparemment moins que le sauvetage d'un pneumatique dégonflé.

— Vous savez où je peux le joindre ?

— Aucune idée. C'est marrant, vous êtes la seconde personne à me poser la question dans la semaine. (Elle se croisa les bras sur la poitrine en s'appuyant au chambranle de la porte.) Une journaliste de New York originaire de Slagville. Elle avait une toute petite voiture de sport bleue.

— Une toute petite voiture de sport bleue, vous dites ?

Je n'avais pas oublié ma virée cauchemardesque à fond les manettes sur les routes poussiéreuses et défoncées en sortant de la conférence de presse donnée à la mine.

— C'était une femme plutôt grande ? Rousse ? Conduisant comme une dératée ?

— Une vraie dingue ! Elle a failli écraser mes mômes qui jouaient au ballon devant la maison.

Roxane devint subitement pâle comme un linge en s'arrachant le masque à la gélatine maison que je lui avais tartiné sur la tronche.

— Esméralda Greene serait aussi sur le coup ?

— Je pensais pourtant être la seule à enquêter sur l'alibi de McMullen la nuit du meurtre de Bud Price, acquiesçai-je en jouant avec un tube de mascara pioché dans le *vanity case* de Roxane. Je me suis trompée. Apparemment, je me suis gourée sur toute la ligne.

— En tout cas, ton masque est extra, reprit-elle en se contemplant dans le miroir. Regarde cette peau !

Roxane se faisait toute belle pour ses retrouvailles avec Stinky. Autant dire qu'elle ne lésinait pas sur les soins, le maquillage et le vernis à ongles.

— Et c'est aussi moins cher que tous ces machins qu'on te vend dans le commerce, soulignai-je. Je me demande si je ne vais pas laisser tomber ces histoires de journalisme pour m'investir complètement dans un salon. Pas de réveil aux aurores le dimanche matin, pas de concurrence déloyale.

— Et pas d'articles chiants à se cogner dans les canards, ajouta Roxane en prenant une gorgée de Pepsi avant de se coller les faux cils. Remarque, tu as l'air de bien t'en sortir comme reporter. C'est quand même toi qui as révélé les magouilles de la McMullen Coal.

— Je te dois beaucoup. Sans les papiers que tu m'as filés, je ne serais pas allée bien loin, remarquai-je tandis que Roxane ajustait d'un millimètre celui de gauche, le nez collé à la glace. Qu'est-ce que tu feras si Stinky te demande ce qu'ils sont devenus ?

— J'espère qu'il aura la tête à autre chose, répliqua-t-elle en m'adressant un malicieux clin d'œil. Tu crois que je devrais me passer un coup de *lash* ?

— Bonne idée. Oh, merde !

— Un problème, ma douce ?

Elle avait peut-être un peu forcé le trait. Ses faux cils lui faisaicnt des yeux de cerf, voire de veau.

— Il est déjà huit heures ! J'ai oublié de passer mes coups de fil pour le barbecue républicain à Catasauqua.

— Laisse tomber ! dit-elle en se massant les tempes. On est samedi soir et tu ne penses qu'au boulot. Tante Lulu sera de la fête. Je vais essayer de convaincre Jane et G. de venir avec nous. Mais ils en ont sûrement plein les bottes de ce patelin sinistre. Ils préfèrent peut-être rentrer à la maison.

— Jane est invitée à une boum à Lehigh.

— D'accord, mais… (Elle leva un index peint en noir rehaussé d'un petit faux diamant en son centre.) … ce serait dommage que G. rate cette soirée. C'est l'endroit idéal pour se faire de nouvelles clientes.

— Tu crois que G. a vraiment du talent ?

— C'est un artiste-né, répliqua-t-elle. Au fait, M. Salvo a téléphoné tout à l'heure.

— Je n'ai pas envie de le rappeler pour m'entendre encore dire que je suis virée.

Une dernière touche sur les paupières.

— Ce n'était pas pour t'engueuler. Il voulait savoir si tu avais vu Stiletto. Ses patrons de l'AP le cherchent partout.

Je sentis mon estomac se nouer. Je devins rouge comme une pivoine au souvenir de Steve ensanglanté et inconscient dans le wagonnet l'autre soir.

Roxane remarqua mon malaise.

— Mon Dieu ! j'aurais dû prendre des gants. Mais t'inquiète, je suis certaine que Stiletto pète le feu. Tu as déjeuné à midi ?

Je repensai à mon petit-déj' avec Steve.

— Non.

— Quelle pitié ! Voilà pourquoi tu es si émotive. Va te choisir quelque chose dans la cuisine.

Elle entreprit de se brosser énergiquement les cheveux.

— Je vais me préparer un sandwich, dis-je en sortant de la pièce.

— Ensuite, n'oublie pas de te refaire une beauté, me lança-t-elle. On va être les reines de la fête ce soir.

J'attrapai le sans-fil et composai le numéro de Salvo au *News-Times*. Le combiné coincé sous le menton, j'explorai le frigo de Roxane. Malgré ma faim, je me voyais mal réchauffer un petit plat, avec les nerfs en pelote.

Où était Stiletto ? Pourquoi n'appelait-il pas ? Il avait pourtant promis de me passer un petit coup de fil.

— Salvo.

Il avait sa voix des samedis soir. Moins aimable que d'habitude.

— C'est moi, Bubbles.

— Tu es toujours à Slagville ?

Je dégottai un reste de laitue, une demi-tomate et un blanc de dinde.

Miam.

— Tu as appelé les gars de Catasauqua?

— Non.

— Bordel! J'ai besoin d'un petit papier pour annoncer l'événement. Qui? Quoi? Où? Comment? Je vais demander à Eddy de la nécro de me torcher ça. Stiletto est avec toi?

— Non.

Je coupai la tomate en tranches en balançant du jus partout.

— Tu ne sais pas où il peut être, ce con? Il ne répond pas chez lui à New York, ni au numéro qu'il a laissé par chez vous. Pas plus de chance à Saucon Valley et apparemment il n'a pas racheté de portable. L'AP voudrait qu'il couvre un voyage de dernière minute du Président dans le New Jersey.

Pas bon, pas bon du tout, Bubbles, me hurlaient mes petits neurones. Il aurait dû au moins te laisser un message. Il ne pouvait pas disparaître comme ça.

— Tu ne m'as pas interrompu depuis le début, s'étonna M. Salvo. C'est louche. Tu me caches quelque chose. Accouche.

— Un type se fait passer pour lui. Le mec a même eu le culot de passer des coups de grelot à un détective privé de Slagville depuis sa baraque de Saucon Valley.

— Par tous les saints! C'est quoi, ce mic-mac?

M. Salvo semblait vraiment préoccupé. Je pris deux tranches de pain de mie.

— Celui qui a embauché le privé voulait des infos sur moi. On pense que c'est lui qui nous a attirés, Stiletto et moi, dans le piège vendredi soir.

M. Salvo resta un moment silencieux. Je l'entendais tapoter nerveusement son stylo sur son bureau.

— Il faut que j'en parle à Dix Notch. Ne quitte pas.

Je me cognai la version instrumentale de *Chantons sous*

la pluie. Salvo me reprit en ligne au moment où je finissais de disposer la dinde.

— Pourquoi tu ne m'as rien dit avant? reprit-il. Surtout après la tentative de meurtre au puits numéro 9. Dix Notch veut tout savoir dans le moindre détail. Crache, Bubbles!

— Je ne sais pas grand-chose, à part ce que Steve m'a raconté sur les coups de téléphone passés depuis chez lui. Il connaît le privé qui nous file le train. C'est un brave garçon, Zeke Allen. Religieux et tout. Le faux Stiletto l'avait expédié dans le Colorado sous un prétexte pipeau. Il doit rentrer aujourd'hui.

— Et Stiletto, là-dedans?

— Il devait aller le chercher à l'aéroport de Lehigh à quatre heures cet après-midi, passer chez les flics, puis revenir ici.

Je mordis dans le sandwich. Ça me remplit l'estomac, mais sans le dénouer. J'étais morte d'inquiétude. Mon sixième sens s'agitait encore plus fébrilement que le vibromasseur pédicure du Dr Scholl.

— Je vais passer quelques coups de téléphone pour me rencarder, décida M. Salvo. Épelle-moi le nom de ton détective véreux.

— Il n'est pas véreux. C'est un mec super.

— Ne sois pas bêtasse, Bubbles. Tu es journaliste, nom de Dieu! Ne te laisse pas gagner par le sentimentalisme. J'écoute.

J'épelai et pris un autre morceau de sandwich.

— Allen, répéta Salvo. Comme Edgar Allen Poe. Tu rentres à Lehigh?

— Non, enfin je...

Je venais de m'apercevoir que je n'avais pas briefé M. Salvo sur mes prochaines retrouvailles avec Stinky. Dans la foulée, je devrais lui raconter que mon cher cousin était passé me voir à Lehigh. Et je me ferais drôlement remonter les bretelles pour hébergement d'un fugitif, obstruction à la justice... Il me rappellerait la déontologie et tout le tralala. En attendant, je jouais toujours les coiffeuses funéraires pour soutirer le nom d'une secrétaire. Autant dire que nous ne partagions pas la même conception de l'éthique.

— J'accompagne ma mère au bal. Sa copine Geneviève a une touche et elle voudrait concrétiser.

Ce n'était pas vraiment un mensonge. Maman et Geneviève se trouvaient déjà chez Pete Zidukis pour faire chauffer la machine.

— Et tu comptes rentrer quand ?

— Soyez tranquille, monsieur Salvo. Je serai au journal lundi matin à cinq heures comme convenu.

— Je m'en tape. Tout ce que je veux, c'est te retrouver saine et sauve.

— Vous allez mettre quelqu'un d'autre pour me remplacer ?

— Grand Dieu, non ! Lundi, cinq heures.

— Vu.

— Bubbles ?

— Oui.

— Tu n'es plus virée.

Ce coup-ci, c'était au tour de ma gorge de se nouer. Probablement la dinde.

— Merci.

Recette du masque de beauté de Bubbles

La gélatine m'a toujours fascinée. Les mômes s'en gavent au dessert. Les adultes y rajoutent de la vodka pour préparer des cocktails. Personnellement, je l'utilise pour me durcir les ongles. Les ados s'en servent comme masque de beauté. Cela dit, le masque à la gélatine nettoie presque aussi bien la peau qu'un bon sparadrap. *Attention !* Ne l'appliquez pas sur les zones sensibles, au-dessus de la lèvre supérieure, par exemple. C'est vraiment du costaud. Il ne faut pas non plus en abuser.

1 sachet de gélatine
1/2 cuillerée à soupe de lait
2 gouttes de glycérine
(En option : on peut remplacer le lait par du suc d'aloès)

Mélangez le tout dans un bol allant au micro-ondes, puis chauffez à fond pendant dix secondes. Attendez que ça tiédisse, puis appliquez sur le visage en évitant les zones sensibles et la naissance des cheveux. Laissez agir trente minutes, puis arrachez. Hydratez abondamment.

CHAPITRE 26

J'ouvris l'annuaire du comté de Columbia pour chercher le téléphone de Zeke. Il vivait sur Railroad Avenue, mais personne ne décrocha. Je laissai un message. Je pris une profonde inspiration et composai le numéro de l'autre Allen mâle de ma connaissance.

— Allôô !

Super, la môman de Zeke !

— Madame Allen, c'est Bubbles Yablonsky.

— La nana de Champ. Comment ça va, Bubbles ?

Je ravalai mon amour-propre et le reste de mon sandwich.

— Madame Allen, je suis très inquiète au sujet de Steve et de votre fils. Savez-vous s'ils sont rentrés ?

— Zeke est ici. Il fait une sieste, le pauvre. Il est épuisé avec tous ces voyages en avion.

— Est-ce que Champ est passé le chercher à l'aéroport ?

— Il a attendu une bonne heure et toujours pas de Champ. Il a pensé qu'il avait eu un empêchement. Du coup, il est rentré avec son 4×4 laissé au parking. À propos, j'espère que l'amie de votre maman va payer la réparation de son pot d'échappement. C'était plein de purée. Bonne, sans doute, mais…

J'éloignai le combiné de mon oreille. Blablabla. Blablabla. À la place de M. Allen, j'aurais déjà installé ma femme dans un caisson insonorisé.

— Je ne voudrais pas vous interrompre, madame Allen…

— Et pourtant c'est fait. Je vous trouve bien impulsive, mademoiselle. Brute de décoffrage.

Laisse courir, Bubbles, me commanda ma petite cervelle.

— Nous sommes très inquiets à propos de Steve. Nous craignons qu'il ne lui soit arrivé quelque chose de grave. Pouvez-vous me passer Zeke ?

— Vous avez essayé de joindre sa petite amie ?

— La petite amie de Zeke ?

— Mon Dieu, non ! Celle de Steve ! Esméralda. Ils bossent ensemble depuis des années, vous savez. Ce serait magnifique que ces deux-là se marient. Quel beau couple ! Ils pourraient s'installer ici. Slagville est un endroit idéal pour élever des enfants.

Je faisais des efforts incroyables, voire désespérés, pour ne pas lui hurler dessus.

— Qu'est-ce qui vous fait croire que Steve sort avec Esméralda ?

— Je suis tombée sur elle au supermarché cet après-midi. Elle n'avait pas le temps de parler, parce qu'elle devait aller chez Steve dans cette maison qu'il a à Saucon Valley. Je n'ai pas bien compris la suite parce qu'elle courait vers la sortie.

Je serrais le combiné tellement fort dans mes mains que je m'attendais à le voir éclater d'une minute à l'autre.

— Ce serait très gentil si Zeke pouvait me rappeler à son réveil chez ma cousine.

— Comptez sur moi, très chère.

Mon œil !

Après avoir raccroché, je restai cinq bonnes minutes à me demander : Je l'appelle ? Je l'appelle pas ? L'éternel supplice de toute femme amoureuse. À croire que cet engin a été inventé pour les faire souffrir.

Malgré le profond sentiment de commettre une grosse connerie, je composai le numéro de Stiletto à Saucon Valley. 1-610...

— Allô !

Le sang se glaça dans mes veines. Je me sentais subitement paralysée comme une lycéenne appelant son prof de gym pour se donner le frisson.

— Allô ? Qui est à l'appareil ? s'inquiéta la voix à l'autre bout du fil.

— Euh...

Je réalisai subitement que je soufflais comme un phoque et raccrochai.

Esméralda ! Elle était là-bas. Chez Stiletto.

Roxane dévala les escaliers, parée comme pour une virée à Atlantic City. Robe rouge éclatant à paillettes. Tignasse rousse en choucroute retenue par des clips fluo et boucles d'oreilles cubiques en zircon — ma contribution au tableau.

— Comment tu me trouves ? Tu crois que Stinky va mordre à l'hameçon ?

— Assurément, répliquai-je en pensant que Stinky l'emmènerait directement au HP en la voyant débarquer comme ça à une simple kermesse de quartier.

Le combiné que je tenais toujours se mit à sonner. Je le regardai bêtement. *Dring ! Dring !* Le numéro de Roxane devait s'être affiché sur le poste de Stiletto. Esméralda rappelait.

— Tu ne réponds pas? demanda Roxane.

— Nan. (J'appuyai sur la touche verte puis sur la rouge, la sonnerie cessa.) C'est encore M. Salvo. Il me soûle. On y va?

— Mais tu n'es pas prête. Tu ne peux pas y aller comme ça. Je nous prépare deux petits verres de vin chaud pour se mettre en train pendant que tu te fringues.

J'attendis qu'elle ait disparu dans la cuisine pour me baisser et débrancher discrètement le téléphone.

Avec le recul, je compris que je commettais ma première connerie de la soirée.

La fête battait déjà son plein quand nous nous garâmes devant l'Union Hall. Des cris et des sifflements saluaient à l'intérieur la performance de l'orchestre de bombas. Enthousiasme alimenté aussi à n'en pas douter par des flots de *bolio* – cocktail local plutôt décapant à base de whiskey.

— Tu ne viens pas? demanda Roxane en vérifiant son maquillage dans le rétroviseur.

— Non, je vais traîner dans le coin jusqu'à l'arrivée de maman et de Geneviève.

— Écoute, Bub, je sais que tu te fais un sang d'encre à cause de cette histoire de faux Stiletto. Il faut que tu puisses te défendre. J'ai pris la liberté de t'acheter ça.

Elle tira de son sac une sorte de tube oblong qui ressemblait beaucoup à un accessoire pornographique.

— C'est un… ?

— Mais non, répondit-elle en me tendant l'engin. C'est un fer à friser à piles. Très efficace pour se débarrasser des importuns. Tu le laisses chauffer une minute puis tu tapes.

— Merci, Roxane, dis-je en le rangeant soigneusement. Qu'est-ce que je ferais sans toi ? Tu es ma cousine préférée.

— Tout va bien se passer, tu vas voir. Dommage que Steve ne soit pas là.

Ouch ! Touchée. Je contemplai tristement ma tenue hyper-moulante en simili-serpent et mon petit top gris souris, acheté spécialement pour mon week-end romantique avec Stiletto, ce salaud que j'imaginais maintenant dans les bras d'Esméralda. Je me sentais ridicule, fringuée comme une princesse au milieu d'une bande de ploucs.

De grosses gouttes commencèrent à s'écraser sur le pare-brise.

— Merde, ma coiffure ! gémit Roxane en ouvrant son mini-parapluie. Tu as un plan ?

— Tu cherches Stinky pendant que je m'occupe de Donohue.

Ma première visite des lieux se solda par un échec. Non seulement je ne trouvai pas Stinky, mais j'avais sûrement dû mettre la puce à l'oreille au chef de la police, probablement aux aguets quelque part dans le coin pour tomber en premier sur le mec le plus convoité de la ville.

— Qu'est-ce que je ferai quand j'aurai mis la main sur mon mari ? s'interrogea Roxane. Avoue que ce serait con de tout déballer devant Donohue.

— J'ai une idée. On convient d'un code secret. Un mot.

Roxane pointa l'index en direction de mon sac.

— Fer à friser ? Quoi de plus naturel pour deux coiffeuses ?

— Excellent. Maintenant, file avant d'être trempée comme une soupe.

Elle partit en courant, puis s'engouffra dans la salle.

Les super-mamies arrivèrent un quart d'heure plus tard dans la Dodge antédiluvienne de Pete. Le roi des paranos portait une chemise écossaise jaune pisseux boutonnée jusqu'au menton sous une veste marron. Jean vert. C'était à chier. Mais seule l'intention compte et le bonhomme faisait visiblement de gros efforts.

Il contourna la bagnole au petit trot pour ouvrir la portière de ces dames. Maman sortit la première, tout en cuir, et se trémoussa – autant qu'une boule peut se trémousser – jusqu'à l'entrée. Geneviève la suivit, enveloppée dans un imper violet foncé qui la faisait ressembler à une grosse prune.

Je les rattrapai dans le hall et les mis au parfum des derniers développements de l'affaire. Pete et Geneviève partirent aussitôt dans leur délire.

— À mon avis, commenta cette dernière, c'est la FEMA[1] qui t'a collé Zeke aux fesses.

Pete acquiesça en connaisseur.

— Ces mecs en charge de la prévention des catastrophes sont de drôles de lascars. J'ai toujours pensé qu'ils avaient foutu le feu à Limbo. Rien que pour virer tout le monde et magouiller en paix. Je me méfie de toutes ces agences fédérales. Zeke est sûrement un de leurs agents. Je suis sûr que c'est lui qui a fait disparaître Stiletto.

Je répliquai que je ne savais pas pour qui travaillait Zeke et que la disparition de Steve n'était pas encore officielle. Je passai sous silence ma petite théorie perso sur ses probables parties fines avec Esméralda. Inutile d'endosser le rôle de la petite jalouse de service.

— Je compte sur vous pour garder les yeux et les oreilles grands ouverts, poursuivis-je.

1. *Federal Emergencey Management Agency* (Agence fédérale des situations d'urgence).

— Je monte le son, dit Pete en tournant à fond la molette de son sonotone.

Maman s'avéra une cliente plus coriace.

— Et qu'est-ce qu'on est censé chercher, Bubbles ?

— Je ne sais pas exactement. Si vous voyez quelqu'un attaché à mes basques…

— Tu veux dire qu'il y aurait un type, là, dans cette salle, qui voudrait faire capoter ta rencontre avec Stinky ?

— C'est possible, répondis-je en posant ma main sur son épaule. Et c'est là que vous intervenez.

— On lui casse la gueule ?

— Pas tout de suite. Maman, je veux que tu restes avec Donohue pendant que je m'occupe de Stinky. Débrouille-toi. Parle-lui de la baston de ce matin.

Pete porta les mains en cornet autour de son oreille.

— Il faut casser la gueule à Donohue ? brailla-t-il.

— Ne gueule pas comme ça, intervint Geneviève en lui décochant un coup de coude dans les côtes. Je t'expliquerai plus tard.

— Compte sur moi, lâcha maman en se recoiffant sommairement. Je crois qu'il a un petit faible pour moi.

Je haussai les épaules.

— Un type qui veut que tu quittes la ville avant le coucher du soleil.

— Ma pauvre chérie, tu ne comprendras jamais rien à l'alchimie du sexe, répliqua-t-elle. Sache que si Donohue m'a demandé de calter, c'est parce qu'il refuse de céder à la tentation. Ce mec est fou de moi.

— En attendant, il ne va plus rien nous rester à bouffer, geignit Geneviève. On y va.

J'avoue que nous fîmes sensation en pénétrant dans la salle. Les quatre as. Moi dans mon fuseau en serpent, maman en bikeuse, Geneviève la prune géante et Pete déguisé en poussin sourdingue.

Deux dollars l'entrée pour se gaver comme un chancre. Les tables recouvertes de nappes en papier croulaient sous les platées de nouilles, de légumes en tout genre, de desserts à l'infini préparés par les diverses associations du patelin. Des femmes en tablier servaient le chaland en lançant des vannes. Sur l'estrade, l'orchestre de bombas enchaînait les polkas tandis que les danseurs tapaient du pied comme des fous furieux.

— Je ne vois pas vos grandes rivales, glissai-je à maman, une assiette de salade de macaronis à la main. Je m'attendais à retrouver les Sirènes de Slagville en pleine effervescence.

— Je crois qu'on leur a sacrément foutu les jetons avec Geneviève. Mais t'inquiète, elles ne doivent pas être loin, poursuivit maman en s'attardant autour des plats de *pierogis*. Petits oignons, patates et cardamome. C'est signé !

— Qu'est-ce que tu veux dire ?

— Les Sirènes testent toujours de nouvelles recettes. C'est un puits sans fond. D'où le vol du carnet de Nana.

Maman sortit un canif de sa poche, l'ouvrit et coupa le *pierogi* en deux avant d'en goûter un tout petit bout.

— Ouais. Pas mauvais, mais trop salé pour mes artères.

Je me penchais pour en prendre un quand Donohue apparut sur le seuil de la salle, fier comme un paon, le pouce calé dans la courroie en cuir de son holster.

— Tu parles d'un frimeur ! soufflai-je à maman. Tu sais qu'il écoute les conversations téléphoniques. C'est un faux cul.

— Je le trouve plutôt sympa dans le genre type à poigne.

Sympa ! Le bonhomme se pavanait comme un coq en passant de groupe en groupe, ses grosses bottes martelant le plancher. Mais il ne veillait pas au bon déroulement de la soirée.

Il était là pour Stinky.

— Fais-moi confiance. Ce type en pince pour moi. Je l'ai senti tout de suite à la manière dont il m'a attrapé les poignets pour me passer les menottes, roucoula maman en sortant son poudrier décoré d'une tête de mort. Je te parie qu'il n'a jamais vu une femme aussi séduisante et féminine que ta mère.

— Tu devrais éviter ce genre de détail, dis-je en lui enlevant la cigarette qu'elle portait sur l'oreille.

Maman me l'arracha des mains pour la remettre aussitôt en place.

— Et mon côté rebelle, malheureuse ! Maintenant, regarde et apprend.

— Tiens, tiens ! s'exclama Donohue en nous voyant approcher. V'là la reine du rouleau à pâtisserie.

Maman m'adressa un petit clin d'œil.

— Qu'est-ce que je te disais, murmura-t-elle.

— J'vous croyais déjà en route pour Lehigh, m'dame Yablonsky, poursuivit-il. Oubliez pas qu'vous avez jusqu'au coucher du soleil pour déguerpir.

— Vous m'avez autorisée à assister à cette petite fête, minauda maman en se passant l'index dans le collier de clébard qu'elle portait autour du cou, collier qui disparaissait en fait entre ses épais bourrelets de graisse. On pourrait peut-être en profiter pour mieux se connaître ?

Donohue écarquilla les yeux d'étonnement. Il n'avait pas l'air du tout mordu, mais alors, pas du tout. Je décidai d'éviter à maman une seconde bourde et demandai au chef des nouvelles de Sacha.

Donohue ouvrit à nouveau de grands yeux.

— Pardon ?

— La fille de Chrissy Price. Nous en avons parlé ce

matin, ici même. Vous aviez l'air de plaindre cette pauvre gamine.

Il haussa les épaules.

— Comment vous voulez que j'sache ce qu'elle est devenue ?

Je sentis se former le même nœud à l'estomac qu'en apprenant la disparition de Stiletto.

— Le petit ami de ma fille qui la reconduisait à l'hôtel a été arrêté par un officier de police qui a emmené Sacha au poste.

— Il ressemblait à quoi, vot'e lascar ? demanda-t-il en attrapant son talkie-walkie.

— Cheveux blancs. D'un certain âge.

Donohue fronça les sourcils.

— Je suis l'seul correspondant à cette description dans l'coin. C'était peut-être un flic d'une aut'e juridiction.

Juridiction, mes fesses ! Dommage que G. ne soit pas là. L'affaire aurait été réglée en deux coups de cuillère à pot.

— Lui et ma fille sont repartis à Lehigh. Il aurait pu vous expliquer mieux que moi.

— Lehigh ? répéta-t-il en portant le talkie à sa bouche quand il aperçut Roxane s'avançant vers nous. Doux Jésus ! soupira-t-il.

Roxane en rajoutait dans l'outrance, limite pouffiasse. Maintenant que le sujet de Sacha arrivait sur le tapis, je serais bien restée à cuisiner Donohue pour essayer de comprendre ce qui s'était passé.

— Salut, chef! lança-t-elle. Super-soirée, n'est-ce pas ?

— Tu t'es mise sur ton trente et un, on dirait. Tu cherches l'âme sœur ?

— Ce n'est pas parce que mon mec s'est tiré que je dois arrêter de vivre.

— Y s'est vraiment tiré ?

Elle le regarda droit dans les yeux.

— Affirmatif. Rayé des cadres, le Stinky. Je suis encore jeune.

Je retins mon souffle en attendant la réaction de Donohue.

— T'es une brave fille, Roxane, dit-il. Tu mérites mieux.

Ouf !

— Merci, chef, répliqua-t-elle. (Puis, se tournant vers moi :) Par hasard, Bub, tu n'aurais pas un fer à friser sur toi ?

Mon Dieu ! Elle avait trouvé Stinky. J'ouvris mon sac.

— J'en ai toujours un au cas où, répondis-je en sortant l'engin.

— Génial ! Cette mèche rebelle commençait à m'énerver. Vous permettez ?

Donohue esquissa un vague salut militaire de l'index.

— Tu m'accompagnes, Bubbles ?

— Évidemment. Maman, si ça ne t'ennuie pas de tenir compagnie à monsieur...

— Penses-tu, un homme si viril ! s'exclama-t-elle en s'accrochant à son bras. C'est un plaisir !

Donohue resta muet, le regard dans le vague, serrant son talkie-walkie à le casser.

— Tu crois qu'il a marché ? demanda Roxane sur le chemin des toilettes.

— On saura ça avant la fin de la soirée. Où est Stinky ?

— Je vais te montrer.

Elle me conduisit à travers un dédale de couloirs jusqu'à une porte apparemment fermée par un cadenas. Je m'aperçus qu'il suffit à Roxane de tirer simplement dessus pour l'ouvrir. Nous nous retrouvâmes dans une pièce aux murs en béton. Une grosse chaudière ronronnait dans le fond.

— La chaufferie ? Il se planquait dans la chaufferie ?

Roxane me fit signe de la boucler. Une ampoule nue pendait au plafond.

— Karl ? souffla-t-elle. Tu peux te montrer. Je suis avec Bubbles.

Stinky sortit d'un petit réduit sous l'escalier. Il semblait assez en forme pour un type qui vivait caché depuis une semaine. Cardigan vert bouteille, chemise blanche impeccable. Pantalon kaki. Plus de pellicules dans les cheveux, et il avait troqué ses lunettes contre des verres de contact. Ça lui allait plutôt bien.

Mais je n'étais pas là pour lui faire des compliments sur son look.

— Je suis vraiment désolé de t'avoir entraînée là-dedans.

Ce furent ses premiers mots.

— Entraînée dans quoi ? rétorquai-je en tirant mon carnet de mon sac.

Stinky secoua tristement la tête.

— Crois-moi. Ça partait d'un bon sentiment. Je voulais simplement éviter une catastrophe aux habitants de cette ville.

— Eh bien, c'est raté, ironisa Roxane.

— Ta passion pour les extincteurs, repris-je. Tu voulais éteindre l'incendie sous Limbo, n'est-ce pas ?

Stinky parut surpris que j'aie pu découvrir son secret.

— Comment tu l'as appris ?

— C'est une longue histoire (Puis, lui montrant le calepin :) Je peux ?

Stinky jeta un petit coup d'œil à Roxy.

— D'accord, mais promets-moi de ne rien publier sans mon accord. Je ne suis pas en fuite pour rien.

— Promis. Maintenant, parle-moi de ta découverte.

Stinky se passa nerveusement la main dans les cheveux.

— Voilà, en fait, mon truc marche au poil. En tout cas, ça marchait quand j'ai présenté mon projet à Hugh McMullen il y a quelques mois.

— Pourquoi il n'a pas donné suite ? Il y avait pas mal de pognon à se faire.

— Du fric ? s'étonna Roxane. Et tu ne m'as rien dit, Stinky ?

— Ça devait rester secret jusqu'à l'obtention du brevet, répondit-il. Mais McMullen a fait traîner les choses en longueur.

— Tu veux dire que tout le bazar qui était à la cave te servait pour tes recherches ? gémit Roxane. Et moi qui ai failli tout foutre à la poubelle. Quelle idiote !

— J'ai déménagé tout mon matos à la maison après ma démission. Dommage, parce que McMullen ne lésinait pas sur l'argent.

— Mais quelle idiote ! répéta Roxy.

Je notai fébrilement.

— Pourquoi tu es parti ?

— À cause des cartes, Bubbles, intervint Roxane en tapant du pied. On en a déjà causé cent fois. Non, ce qui m'intéresse, c'est de savoir ce que fichait la Lexus devant le puits numéro 9 le jour du meurtre de Price.

— Raconte-nous tout depuis le début, Stinky, repris-je.

— Après la première démo, McMullen m'a traité comme un prince. Gros salaire, bagnole… J'avais même un labo à moi tout seul pour développer mon invention.

— Et c'est là que tu as découvert le pot aux roses? demandai-je.

— Un soir, au printemps dernier, je me suis rendu au puits numéro 9 pour faire quelques tests. C'était l'endroit idéal. Des galeries abandonnées juste en bordure de la Dead Zone. Une fois à l'intérieur, je me suis vite aperçu que ce n'était pas si abandonné que ça. Apparemment, on avait continué à creuser.

J'écrivais à toute allure pour ne rien perdre.

— Tu l'as dit à McMullen?

— Je l'ai appelé chez lui à Pittsburgh. Il m'a répondu qu'il n'était pas au courant et qu'il allait se renseigner. Puis le temps a passé. Deux mois plus tard, je me suis rendu au service des cartes pour tout à fait autre chose. J'ai consulté celles du puits numéro 9 par simple curiosité.

— Rien n'avait changé, c'est ça? intervint Roxane.

Stinky l'embrassa sur la joue.

— Exact. Aucun plan n'avait été modifié. J'ai décidé de me renseigner sur ce point. J'ai attendu le week-end pour aller y voir de plus près. Merde, ils continuaient de creuser en direction de la Dead Zone. C'est là que j'ai commencé à paniquer.

— Parce que tu craignais pour la sécurité des mineurs? poursuivis-je.

— Pour la sécurité de tout le monde! s'exclama-t-il. Tout risquait de sauter. Badaboum!

— Ça fout les jetons, commenta Roxane.

— Tu as rappelé McMullen?

— Oui. Je me souviens, c'était *Labor Day.* J'ai pensé qu'il attendrait le lendemain pour me recevoir. Mais non. Il m'a demandé de le retrouver au bureau le plus rapidement possible.

— *Labor Day*?

Je repensai à Louise Lamporini qu'il avait aussi appelée ce jour-là.

— C'est à partir de ce moment que les choses ont dérapé.

Stinky baissa la voix et scruta la pièce alentour, comme s'il craignait de voir surgir un tas d'espions tapis dans l'ombre.

— McMullen était dans un état pitoyable et fumait clope sur clope. Il m'a ordonné de la fermer à propos des cartes. On a commencé à s'engueuler.

— Ce qui m'étonne, c'est qu'il ait pu te faire un pont d'or, repris-je. D'après mes sources, il était raide comme un passe-lacet.

— C'est bien ce qui me semblait. Je lui ai dit de laisser tomber, que je démissionnais. Je ne voulais pas bosser pour une boîte qui se foutait de la sécurité de ses employés. Le lendemain, McMullen m'a interdit l'accès à l'entreprise, puis il a envoyé des courriers à tous ses concurrents pour les avertir que j'étais un mec dangereux. Je l'avais drôlement mauvaise. Ma réputation et mon honneur professionnel étaient en jeu. Alors j'ai alerté Sommerville de la CS...

— La CS?

Encore un truc bizarre.

Stinky esquissa un sourire.

— Désolé, Bubbles. La Commission de sécurité.

— Je crois que Hugh McMullen ne se rendait pas compte de la gravité de la situation. Il était embourbé dans un tas de problèmes personnels.

— Alors tu t'es barré comme un voleur, poursuivit Roxane. Mais je ne comprends pas pourquoi tu t'en es pris à mes clientes.

— Je ne m'en suis pris à personne, je te le jure. Je suis parti pour te protéger. Avec toutes les rumeurs qui couraient sur mon compte, j'ai pensé que ce serait mieux pour ton commerce.

— Oooohh, mon loulou, gémit Roxane, les yeux embués de larmes.

J'étais complètement larguée. Si Stinky n'avait pas fait fuir les clientes du salon de Roxane avec des plaisanteries de mauvais goût, qui d'autre se trouvait en cause ?

Des rumeurs de voix parvenaient de l'étage. Nous nous regardâmes en silence. Le moment était mal choisi pour recevoir de la visite.

— Je ferais bien d'y aller, souffla Roxane. Donohue doit commencer à s'impatienter. (Elle planta un gros bisou sur les lèvres de Stinky avant de s'élancer dans l'escalier.) À tout à l'heure.

Dès qu'elle fut partie, Stinky parut se décomposer.

— Comment j'ai pu faire ça à Roxane ? Elle a épousé le plus gros nul de Slagville. Un gros naze qui se terre dans un trou minable et qui a peur de son ombre.

— Je crois que Donohue veut simplement te poser quelques questions, embrayai-je. Pour lui, l'affaire est classée. C'est McMullen qui a buté Price.

— Ce n'est pas Donohue qui m'inquiète, répondit-il en se rongeant les ongles.

— Oh ?

— Tu vas penser comme Roxane que je suis complètement parano, mais, honnêtement, Bubbles, j'ai eu pas mal de temps pour tourner et retourner cette histoire-là dans mon esprit et je suis persuadé que McMullen agissait pour le compte de quelqu'un d'autre. Il se montrait complètement incohérent lors de notre dernière rencontre.

— Son père, tu crois ?

Ça ne semblait pas impossible après ce que m'avait raconté Louise Lamporini sur le vieux.

— Ne dis pas de conneries. Il est pratiquement dans le coma. En tout cas, le bonhomme qui tirait les ficelles devait lui mettre une sacrée pression. D'ailleurs, Hugh ne finançait probablement pas directement mon projet. L'entreprise était exsangue, et les caisses complètement vides.

— Du coup, quand tu as décidé de tout plaquer, notre mystérieux inconnu est devenu menaçant. Ce qui expliquerait le comportement de McMullen quand tu es venu l'emmerder avec ton problème de cartes.

— Puis il a buté Price...

On perçut des bruits juste au-dessus. Le tintement du cadenas puis la voix de Roxane qui protestait énergiquement.

— Il faut que je me tire, souffla Stinky en se précipitant vers une sorte de boyau derrière la chaudière. Ça conduit à l'extérieur. Pas loin du terrain de foot.

Il disparaissait déjà dans l'étroit conduit quand je le rattrapai par le bras :

— Tu as vu McMullen tuer Price ?

— Nous sommes allés ensemble à la mine, Price et moi. Il était passé au Hole dans la soirée et m'accusait de faire le jeu de McMullen. Je lui avais alors raconté ce qui se tramait sous la Dead Zone. Il a insisté pour qu'on y aille tout de suite. C'est comme ça qu'on s'est retrouvés là-bas. Price devint fou de rage. Il voulait absolument appeler McMullen sur-le-champ. (Stinky poussa un profond soupir avant de poursuivre :) Il est parti en courant devant moi et c'est à ce moment-là que McMullen lui a tiré dessus. Puis, m'apercevant, il a tiré deux fois dans ma direction avant de se carapater par l'échelle.

J'avais bien entendu plusieurs coups de feu dans la mine. Je comprenais maintenant pourquoi McMullen semblait si pressé de retrouver Stinky.

— J'ai filé dans les bois en abandonnant ma voiture. McMullen la connaissait. Il devait m'y attendre.

La porte en haut des marches s'ouvrit et Roxane apparut sur le seuil.

— Bubbles ! Voilà Donohue ! cria-t-elle.

— Attends, l'arrêtai-je. C'est toi qui m'as envoyé le fax ?

— Quel fax ?

— Celui que j'ai reçu au Passion Peak m'avertissant qu'un homme d'affaires venait de se faire buter au puits numéro 9.

— Je ne sais pas de quoi tu parles, Bubbles. Comment j'aurais su que tu étais au Passion Peak ? (Puis, m'attrapant la main :) Maintenant, laisse-moi partir.

CHAPITRE 27

« Quand la fièvre monte, faut savoir faire sauter le string », comme on dit dans les loges de la boîte de strip-tease, *Des Filles à Gogo*, sur Stefko Boulevard. Malheureusement, je portais ce soir-là ma tenue serpent et défaire la fermeture n'était pas de la tarte.

Mais j'y arrivai à force de me contorsionner. Dans la foulée, je m'ébouriffai la tignasse.

— Qu'est-ce que…

Les yeux de Donohue lui sortaient littéralement de la tête tandis que j'apparaissais en lady Godiva au sommet de l'escalier.

— Bubbles ! s'exclama maman. Tu n'as pas fait ça ?

Roxane s'interposa.

— Je vous avais prévenu, chef. Fallait pas la déranger.

— Y a qui, là-dedans ? lança Donohue en pointant la chaufferie du menton.

— C'est pas un crime de se donner du bon temps, répliquai-je en commençant à me rhabiller.

— Eh, eh ! protesta-t-il, rouge comme une pivoine. Attendez un instant !

— Vous voulez que je reste à poil ? m'étonnai-je en battant innocemment des paupières.

— Non. Je..., bredouilla-t-il en me tournant brusquement le dos. C'est pas...

— Ouais, mais vous refusez que je me reloque, protestai-je. Je vous trouve drôlement gonflé. Refermez la porte et revenez quand je serai visible.

— C'est ridicule. J'sais que Koolball s'cache...

— Jack Donohue ! beugla maman, indignée. Si vous n'obéissez pas tout de suite, je vous promets que ça va jaser dans le pays. Le chef de la police poursuivi pour voyeurisme !

De rouge, Donohue vira au vert.

— Cinq minutes, bafouilla-t-il en s'éclipsant. J'vous donne cinq minutes.

— Qu'est-ce qu'on fait maintenant ? reprit Roxane dès que Donohue eut refermé la porte.

Je me rhabillai rapidement.

— D'après Stinky, ce passage mène au terrain de football. Maman, il faudrait que tu me dégottes un mec pour prendre la place de Stinky.

— Vu, répliqua-t-elle en se ruant dans l'escalier.

— Et choisis-le beau gosse, précisai-je. J'ai une réputation à soigner.

— Je commence à en avoir marre, pleurnicha Roxane, au risque de ruiner son mascara. Je voudrais tellement que tout redevienne comme avant.

— Priorité numéro un, retrouver le lascar qui manipulait McMullen, annonçai-je tandis qu'elle m'aidait à remonter la fermeture.

Bang ! Bang ! Bang !

Donohue commençait à s'impatienter.

— C'est fini ?

— Je ne retrouve pas mon soutien-gorge ! répliquai-je à travers la porte.

Un profond soupir succéda à un long silence.

— Et comment on va lui mettre la main dessus à ce bonhomme ? s'inquiéta Roxane.

— Ça ne devrait pas être trop dur, répondis-je en me recoiffant sommairement. Il doit s'agir du même gars qui a embauché Zeke Allen pour me filer le train. Un mec qui nous connaissait suffisamment bien pour nous attirer Stiletto et moi dans un piège. Je parie que c'est lui qui a enlevé Steve, espérant que j'irais le sortir de là.

— T'es folle, gémit-elle, pâle comme un linge. Tu veux te jeter dans ses griffes ?

— Bougez-vous de là, chef, brailla maman. Je vous fais signe dès que ma fille est décente.

Elle ouvrit la porte et dévala l'escalier.

— On dirait que tu ne t'en sors pas trop mal avec Donohue, dis-je.

— Le bonhomme ne sait plus où se foutre, répondit-elle. Bon, tu es décente ?

— Et toi ?

— Comme jamais, ma douce, répliqua-t-elle en se penchant sur la rampe. C'est bon, chef, vous pouvez venir.

Donohue descendit lentement les marches.

— J'sais quc Koolball cst ici, Bubbles.

Je pris l'air offusqué, mains sur les hanches et mine renfrognée.

— Sous-entendez-vous, cher monsieur, que je m'envoie en l'air avec le mari de ma cousine ici présente ?

— Essayez pas d'me la jouer, dit-il en se dirigeant directement vers le boyau. Ou j'vous colle au trou pour entrave à la justice.

— Vous l'aurez voulu, chef, répliquai-je.

— Karl ! Karl Koolball ! brailla-t-il dans l'étroit passage. Sors d'là immédiatement !

Nous attendîmes une poignée de secondes en silence. Roxane était de plus en plus pâle, les paumes ruisselantes de sueur. Je la pris gentiment par les épaules pour la réconforter.

— T'inquiète pas, tout ira bien.

— Pete, qu'est-ce que tu fous là ! s'exclama Donohue.

— Salut, chef.

Pete Zidukis apparut sur le seuil du goulot, les genoux maculés de terre et des toiles d'araignée dans les cheveux. Il s'étira longuement en faisant craquer son dos.

Pete Zidukis, le roi des paranos ! Quatre-vingts piges au compteur ! Maman n'avait pas lésiné sur la marchandise. Tant pis pour ma réputation.

— Bon Dieu, ça fait du bien !

— J'imagine, répliqua Donohue.

— Qu'est-ce que tu crois, Jack ? C'est pas pratique de se remuer là-dedans.

— J't'en prie, n'en rajoute pas ou j'te coffre, répliqua Donohue en pénétrant dans le tunnel, torche à la main. Vous vous êtes bien fichus d'ma gueule !

— J'en ai drôlement chié à quatre pattes dans ce machin, reprit Pete quand le chef eut disparu. C'était moins une, mais Koolball a réussi à s'enfuir.

— Merci, Pete, dis-je en lui plantant un gros poutou sur la joue. Qu'est-ce qu'on ferait sans toi.

— N'empêche que j'ai les genoux en bouillie.

— Tu es sûr que Stinky a pu se tailler ? intervint Roxane.

— Sûr et certain. Il ne veut pas que vous vous inquiétiez. Il va se tenir à carreau en attendant que ce soit fini. (Puis, se tournant vers moi :) Qu'est-ce qu'il voulait dire ?

— Je ne sais pas, répondis-je, mais je pense qu'il est temps de démêler toute cette histoire.

Il restait encore quelques pièces à placer pour terminer le puzzle. Où se trouvait Chrissy Price et qui avait fouiné dans nos affaires à Roxane et à moi ? Entre autres…

Donohue réapparut en ronchonnant.

— Il a réussi à s'barrer. Mais j'finirai par le coincer. Y peut pas quitter la ville.

Roxane baissa la tête pour dissimuler un sourire naissant.

— À propos, Bubbles, poursuivit Donohue en sortant son calepin, j'aurais b'soin du numéro du p'tit copain de vot'e fille. Je m'suis renseigné. Aucun flic du comté n'a embarqué une p'tite nana de dix-sept ans.

— Tu crois que Stinky va revenir ? me relança Roxane tandis qu'on rejoignait la kermesse.

— Il finira bien par se lasser de son trou, répliquai-je du tac au tac, l'esprit encombré d'un monceau de trucs.

— Je croyais qu'il avait réussi à s'enfuir.

L'orchestre nous servait une chanson de son cru : « Tu peux la prendre. J'en veux pas. Elle est trop grosse pour moi. » J'aurais bien entonné ma propre version : « Tu peux le prendre. J'en veux plus. Y regarde le foot à la télé et il pue des pieds. »

— Ce que tu peux être cruche ! gémis-je. Ton mec est sûrement allé se taper une petit bière. (Je regardai Donohue se servir une grosse part de tarte.) De toute façon, le chef n'a pas l'air bien pressé de le retrouver.

Geneviève vint nous rejoindre, son énorme bras enlaçant le cou de son Pete chéri.

— Alors, comment tu l'as trouvé, mon homme ?

— Pas mal, répondis-je distraitement.

— Tu n'as pas l'air enthousiaste, Bubbles, maugréa

Geneviève, visiblement déçue. Pete a deux broches dans les cannes. Souvenir de quarante ans à bosser dans la mécanique. Il ne peut plus sautiller comme un cabri, d'accord, mais tu pourrais quand même le remercier.

— C'est déjà fait, ma douce, protesta timidement Pete.

La mécanique ?

— Dis-moi, Pete. (Une idée venait de me traverser l'esprit.) Tu vois ce qu'est une Ford F1 ?

Il s'agissait de l'engin des gars qui étaient passés chez Price Family Ford. D'après Tallow, Chrissy avait quitté le restau dans un vieux pick-up, sans doute la même bagnole, pensai-je.

— Ouais, un sacré engin, répondit-il. Le modèle est sorti en 1949.

— Tu sais si quelqu'un en possède une dans le coin ?

Pete se pinça les lèvres, sans doute pour mieux réfléchir.

— Je crois me souvenir en avoir vu une ou deux lors de la dernière parade du 4 Juillet, reprit-il. Ce sont des objets de collection, maintenant. Je vais demander à Norbert. C'était lui l'organisateur du défilé, cette année.

Il se dirigea vers ledit Norbert et se planta devant lui avec des airs de conspirateur. L'autre se cala les pouces sous son imposante paire de bretelles rouges, hocha plusieurs fois la tête. Petite parlotte, puis Zidukis revint vers nous.

— Il y avait deux Ford F1 dans le défilé, précisa-t-il. La première appartenait à Geordie Hodgson, il l'a vendue à un couple de yuppies de Saint Louis. La seconde est à Seamus O'Malley.

— Qui c'est ? Il habite Slagville ?

— Allons, Bubbles, intervint Roxane. Tu ne connais que lui. C'est le mari de Vilnia.

CHAPITRE 28

— J'étais sûre que les Sirènes préparaient quelque chose ! s'exclama maman de retour des toilettes. On va leur montrer de quel bois on se chauffe. Et cette fois-ci pas de quartier ! J'ai le rouleau à pâtisserie qui me démange.

Lorsqu'elle se mettait dans cet état, maman me faisait penser à un terrier de Boston qui ne lâchait jamais sa proie. Grassouillet, méchant et les yeux globuleux. Toujours prêt à se jeter sur les mollets du facteur.

— Laisse tomber, répliquai-je. D'ailleurs, comment peux-tu dire que les Sirènes sont dans le coup ? Le mari de Vilnia a peut-être agi de sa propre initiative.

— Seamus prendre des initiatives ! Tu plaisantes !

La soirée touchait à sa fin, les gens commençaient à rentrer chez eux. Je consultai ma montre. Dix heures passées. Donohue se tenait à l'entrée pour canaliser la foule.

— Bonne route, lança-t-il à maman et à Geneviève. Vous rentrez à Lehigh. Direct...

— Je ferais bien encore quelques petits tours de piste, répliqua Geneviève.

Le bonhomme fronça les sourcils.

— Vous n'allez pas r'foutre le chambard ?

— Elles rentrent à Lehigh, chef, intervins-je, tandis que maman me foudroyait du regard. Vous pourriez même les raccompagner jusqu'aux limites du comté. La fête est finie.

— Bubbles ! s'étrangla maman. Tu...

— Excellente idée, l'interrompit Donohue en lui tendant le bras. M'dame ?

Maman accepta l'invitation, non sans m'avoir tiré la langue dès que le chef eut tourné la tête.

— On les laisse finir leur dernier morceau, reprit Donohue. Puis on y va.

Geneviève et Pete dansaient langoureusement sur une version de *Good Night Irène* jouée à l'accordéon. Pete avait sa tête posée sur l'imposant sein gauche de sa partenaire tandis que le couple évoluait lentement en crabe. Dans un esprit de réconciliation, maman entraîna Donohue sur la piste.

— On y va, soufflai-je à Roxane.

— Et Stinky ? s'inquiéta-t-elle quand nous nous retrouvâmes dehors. On pourrait profiter que Donohue est occupé...

— Laisse courir, répliquai-je en ouvrant la Camaro. Chrissy Price est en danger.

Je sortis ma carte du comté de Columbia, allumai le plafonnier et essayai de trouver un chemin de traverse pour aller chez Vilnia. Inutile de risquer d'être suivies. J'optai pour un itinéraire passant par les faubourgs.

— Tu crois que les Sirènes de Slagville auraient pu kidnapper Chrissy Price ? demandai-je à Roxane en arrivant sur zone.

— Je ne sais pas.

Roxane ouvrit la bouteille de Pepsi light qu'elle avait achetée à la kermesse.

— Ce sont toutes des femmes de mineurs, souligna-t-elle. On peut s'attendre à tout.

— Oh!

J'essayai de comprendre ce qui aurait pu pousser ces femmes de mineurs à kidnapper la veuve d'un vendeur de voitures assassiné. S'opposer à la construction du casino? À moins qu'elles ne traversent en ce moment une passe difficile et qu'elles comptent sur la rançon pour se refaire? Idiot. Je croisai les doigts pour qu'elles n'aient fait aucun mal à Sacha et à sa mère.

Je découvris le pavillon de Vilnia tout illuminé comme un centre commercial pendant les fêtes de fin d'année. La chaussée était encombrée de voitures rangées n'importe comment. Je décidai de me garer un peu plus loin.

Roxane dans sa robe incendiaire et moi dans mon ensemble hyper-moulant remontâmes la rue sur le trottoir opposé. Il faisait frisquet et je regrettai de ne pas avoir emporté une petite laine.

— Tu as un plan? s'inquiéta Roxane en arrivant à la hauteur de la maison. On frappe au carreau et on demande qu'elles nous rendent Chrissy Price et la môme?

— Non. On commence par essayer de savoir ce qui se passe à l'intérieur.

Mieux valait faire le tour du propriétaire avant d'investir la place. Vu le monde, on pourrait peut-être se glisser discrètement dans la cave. Avec un peu de chance, Chrissy et Sacha y étaient séquestrées.

Nous enfilâmes l'allée à pas de loup puis pénétrâmes dans le potager partiellement éclairé par la lumière de la cuisine. Les derniers légumes avaient été ramassés, ne restait plus que les tuteurs, la terre avait été retournée. Ça sentait l'humus et les feuilles en décomposition.

— Qu'est-ce qu'elles fichent? souffla Roxane, planquée derrière un massif de rhododendrons juste sous la fenêtre du salon.

Vilnia arpentait la pièce, les mains dans le dos. Elle dictait quelque chose à une femme installée devant un ordinateur. Une autre, assise à la table, semblait prendre des notes, le téléphone collé à l'oreille.

Je me rapprochai de Roxane sur la pointe des pieds pour mieux voir.

— Ma parole, on dirait Tammy devant la bécane, murmurai-je. Et là, ce ne serait pas la vieille qui ne voulait plus lâcher Stiletto?

— Mon jeudi dix heures?

— Ouais, sûrement.

— Eh! Regarde près de la porte, mon vendredi dix-huit heures.

— Mme Wychesko!

Elle venait de pénétrer dans la pièce, un plateau couvert de tasses de café fumantes.

— Elles sont toutes là. À gauche, mon samedi huit heures.

Tout ce petit monde s'agitait avec une frénésie digne d'une tour de contrôle à l'heure de pointe.

— C'est l'effervescence, soufflai-je. Je me demande ce qu'elles préparent...

— Elles ont peut-être kidnappé Chrissy Price pour la vendre à un cheik arabe pété de tunes, suggéra Roxane. À moins qu'elles ne bossent pour la CIA, qui entretiendrait, paraît-il, des réseaux dormants dans les petites villes de province.

— Et c'est toi qui traites ton mari de parano?

— En tout cas, elles ont l'air drôlement organisées.

Je n'ai jamais vu autant de femmes bosser ensemble en silence. Généralement, quand elles sont plus de deux, ça n'arrête pas de jacasser.

À propos de potins, j'eus comme une révélation subite.

— Ce ne serait pas les nanas que Stinky a essayé de faire chanter ?

— Exact !

— Sauf que nous savons maintenant que Stinky n'y était pour rien.

— Ouais, et alors ?

— Réfléchis. Si ce n'est pas ton mec qui a écouté leurs conversations, à ton avis, qui ça peut être ?

Roxane resta un moment silencieuse, les yeux dans le vague.

— Le même gars qui menaçait Hugh McMullen ?

— Non ! Il ne pouvait pas être dans les petits papiers de toutes ces dames.

— J'ai du mal à te suivre.

Le moment d'agir se présentait. Une des Sirènes venait de passer dans la cuisine et se dirigeait vers la porte. Je me tapis dans l'ombre de l'auvent. Elle sortit sur le seuil et s'alluma une clope. Je bondis sur elle par-derrière et lui plaquai la main sur la bouche, comme Stiletto m'avait fait à l'auberge.

Elle se débattit, essaya de crier. Je resserrai mon étreinte. Roxane se précipita pour m'aider, mais resta figée sur place.

— Nom de Dieu, Bubbles ! C'est la bonne femme que j'ai vue dans le journal.

— Missy poisse, gémit ma captive.

— Chrissy Price !

— Relâche-la ! m'ordonna Vilnia.

Je sentis le contact froid du canon d'un revolver contre ma colonne vertébrale. L'argument se suffisait à lui-même. Je libérai Chrissy.

— Maintenant, les mains en l'air ! Toi aussi, Roxane !

Roxane ouvrait des yeux comme des *doughnuts*.

— Taille-toi, Chrissy, criai-je. Cours chez les voisins. Appelle la police !

Chrissy, qui n'avait pas lâché sa cigarette, prit une longue taffe et me cracha la fumée au visage. Elle ne paraissait pas du tout paniquée.

Surtout fâchée.

— Vilnia, c'est qui, cette pétasse ?

— Je suis venue pour vous sortir de là, Chrissy, expliquai-je. Tirez-vous !

— Bubbles Yablonsky ! s'exclama-t-elle. La petite coiffeuse qui fourre son nez partout.

— Exact, acquiesça Vilnia en me poussant de la pointe du flingue. Rentrons avant d'avoir ameuté tout le quartier. Toi aussi, ma grande.

— Tu ne vas pas nous tuer ? gémit Roxane. Comme tu as tué Price ?

— Ce n'est pas moi qui l'ai buté, répliqua Vilnia. C'est McMullen.

— Non ?

— Je t'expliquerai, Roxane. Tu étais remontée dans la salle quand Stinky a lâché le morceau, intervins-je. Dites donc, ça va durer longtemps ces histoires de mimines au plafond ? Je commence à avoir mal aux articulations.

— Asseyez-vous. (Nous prîmes chacune une chaise.) Je pense qu'il est inutile de faire les présentations. Je crois que vous connaissez tout le monde.

Les clientes de Roxane nous firent un petit signe amical depuis le salon. La cuisine n'était plus aussi rutilante que lors de ma première visite. Un tas de dossiers s'amoncelaient sur la cuisinière. Le plan de travail disparaissait sous des piles de journaux. Envolés, les bocaux de soupe, les beignets aux pommes. Remplacés par une ronéo et des rames de papier. Même Vilnia avait changé. Elle portait un jogging Adidas noir et des baskets.

Chrissy Price ouvrit le frigo, en sortit une bouteille d'eau minérale et quitta la pièce sans un mot.

Plutôt tranquille, la disparue !

— En tout cas, Bubbles, reprit Vilnia, je suis contente de t'avoir mis le grappin dessus avant que tu fiches tout en l'air.

— Tout quoi ? Qu'est-ce que vous fabriquez ici ?

— Notre projet pour Slagville, répondit-elle. Mais vous devez avoir faim avec toutes ces émotions.

Elle sortit une tarte du garde-manger et en coupa de belles parts qu'elle nous tendit.

— Merci, Vilnia, dit Roxane.

Je lui balançai un coup de coude dans les côtes.

— Tu déconnes ou quoi ? Cette femme nous a menacées avec un flingue !

— J'adore le chocolat, ça donne la pêche, ajouta-t-elle en se jetant sur sa part tandis que je repoussais la mienne dédaigneusement.

— Mesdames, aucune objection pour que je mette Bubbles au courant ? lança Vilnia à la cantonade.

Un murmure approbateur parcourut l'assistance, puis chacune se remit au travail.

Vilnia se servit une tasse de thé et vint s'asseoir en face de nous.

— Il y a une trentaine d'années, mon fils, le garçon le plus charmant qu'on puisse rencontrer, est venu ici faire l'ouverture de la chasse au daim. Il se trouvait dans les bois avec ses potes quand il a fait une chute mortelle dans un puits abandonné.

Je baissai les yeux. Pauvre Vilnia.

— Je m'en souviens, marmonna Roxane, la bouche pleine de gâteau. Affreux.

Vilnia hocha la tête.

— C'était il y a très longtemps, mais on ne se remet jamais de la mort d'un enfant. Toutes les femmes réunies ici ont perdu quelqu'un. Un père, un frère, un mari. À cause de la mine. La plupart sont morts, à la suite d'un accident de travail ou ont contracté une maladie des poumons. Tout ça pour un salaire de misère tandis que les patrons s'en mettaient plein les poches. La McMullen Coal porte la lourde responsabilité de toutes ces existences brisées.

— Et donc vous avez décidé de vous venger en éliminant McMullen, intervins-je.

Vilnia avala un gorgée de thé, puis reposa lentement sa tasse.

— Une femme de mineur ne répond jamais à la violence par la violence. Nous savons mieux que personne que, derrière chaque individu qui meurt, il y a une mère qui souffre. (Elle me regarda droit dans les yeux.) Nous l'avons vécu dans notre chair.

— C'est affreux, répéta Roxane en fondant en larmes.

Vilnia se pencha au-dessus de la table pour lui tendre son mouchoir.

— Du coup, vous gavez vos hommes de petits plats pour les empêcher de faire des conneries, persiflai-je.

— C'est comme ça qu'on survit, admit Vilnia. Une solution simple à un problème complexe.

Le téléphone sonna. Une femme, dans la cinquantaine replète, décrocha et balança une rafale de oui, non. Elle reposa le combiné, attrapa sa veste en laine sur le dossier de sa chaise et prit son sac à main.

— Je dois y aller, Vilnia, lança-t-elle. C'était mon fils. Il faut que je passe le prendre au gymnase.

— Arch ne peut pas y aller?

— Ne dis pas n'importe quoi. Il doit s'être endormi devant la télé.

Elle calta en nous envoyant de grands signes de la main.

— C'est tout le drame, commenta Vilnia. Toujours à courir, jamais un moment de repos.

— Ça ne me dit pas ce que vous fabriquez ici, répliquai-je. Qu'est-ce que vous voulez?

— Nous voulons que ça change. Nous exigeons pour commencer que les compagnies minières rebouchent enfin leurs trous. L'eau est glacée dans ces crevasses et on ne peut s'en sortir seul tellement la roche autour est glissante. C'est la noyade assurée en cas de chute.

— Elle a raison, intervint Roxane. Ça arrive souvent dans le coin. La région est un véritable gruyère.

— Mais notre vrai but est beaucoup plus ambitieux, poursuivit Vilnia en prenant une profonde inspiration. Nous voulons l'arrêt de l'exploitation des mines. Pour toujours. C'est trop dangereux, trop cruel, trop sale et une calamité pour l'environnement. Il faut que ça s'arrête.

Je me calai sur mon siège et attrapai ma part de gâteau. Au fond, Vilnia était une sorte de Molly Maguires light. Comment ne pas être d'accord avec elle?

— Et le boulot? demandai-je.

— Le projet de Price, mais le malheureux s'est fait buter. Alors on a repris le flambeau, lança Vilnia en jetant un coup d'œil en direction du salon grouillant d'activité. Tous les soirs depuis la disparition de Bud, on bétonne le dossier du casino pour pouvoir décrocher le feu vert de la Commission. Et je t'assure que ce n'est pas un boulot de tout repos.

Une rafale de rires enregistrés explosa dans l'autre pièce. Chrissy Price venait de brancher la télé.

— C'est notre dernière chance, souffla Vilnia en la pointant du menton.

— Pourquoi l'avez-vous kidnappée ? demandai-je.

— On ne pouvait pas se permettre qu'elle passe aussi à la trappe. Si elle mourait, la Dead Zone risquait de tomber entre des mains indélicates. Nous avons décidé de la mettre à l'abri.

Tammy lui tendit un document qu'elle venait d'imprimer. Je me demandai à qui pouvait appartenir ces mains indélicates. Sans doute à la même personne qui avait poussé McMullen au suicide.

Vilnia finit de lire le papier et le posa sur la table.

— Il fallait aussi éviter qu'elle revende la Dead Zone à McMullen. Les travaux de Stinky avaient changé la donne…

Roxane faillit en tomber de sa chaise.

— Tout le monde à Slagville était au courant, ma parole ! s'exclama-t-elle. Tout le monde, sauf moi !

— Tu es fringuée comme l'as de pique, ma pauvre fille ! répliqua Vilnia en hochant la tête. Ces épaulettes sont affreuses. On dirait un joueur de foot !

Roxane en resta bouche bée.

— Pourtant, repris-je, avec Stinky, vous étiez les maîtres du jeu. Sans compter que McMullen était hors du coup depuis la démission de Stinky.

Vilnia leva l'index.

— Exact. Bud a proposé à Stinky de poursuivre ses recherches chez lui en prenant tous ses frais à sa charge.

L'incendie éteint, il était certain de recevoir un avis favorable de la Commission.

— J'ai vraiment l'air d'une conne, gémit Roxane.

— Il faudra te faire une raison, répliquai-je. Tu sais où est Louise? J'aurais besoin de lui poser quelques questions.

Vilnia se leva pour déposer sa tasse vide dans l'évier.

— Qui ça?

— Louise Lamporini, répondis-je. Je sais qu'elle est là. Je l'ai vue tout à l'heure par la fenêtre.

— Je ne sais pas de quoi tu parles, bredouilla-t-elle, les mains tremblantes.

— C'est une des vôtres. Une Sirène de Slagville. J'ai reconnu sa façon de faire avec son mari…

Dans le salon, toutes les nanas avaient arrêté de bosser pour nous observer. Je décidai de lui foutre la pression maximum.

— Louise était la secrétaire de Hugh McMullen. C'est elle qui a tapé les lettres accusant Stinky d'être un fou furieux. C'est à ce moment que vous avez commencé à boycotter le salon de Roxane en inventant cette histoire de chantage. Stinky vous faisait peur parce que Louise vous avez raconté qu'il était dangereux.

Roxane poussa un profond soupir.

— Pas facile de tenir un commerce, maugréa-t-elle. Les clientes vous quittent sans avoir le courage de vous expliquer en face ce qui ne va pas.

— Elle vous a aussi raconté que Stinky était sur le point d'aboutir, poursuivis-je. Vous vous êtes empressées de transmettre la bonne nouvelle à Price.

Vilnia n'en finissait plus de pâlir.

— Louise était votre seul lien avec la McMullen Coal. Un genre de taupe, pour ainsi dire. Elle agissait dans l'ombre. D'un autre côté, elle ne voulait pas perdre son boulot. Il y a un troisième larron intéressé par les recherches de Stinky et l'achat de la Dead Zone. Pas vrai, Vilnia ?

Elle resta muette comme une tombe.

— Ce que je ne comprends pas, c'est pourquoi il n'a pas tout simplement essayé de racheter le brevet à Stinky. Curieux qu'il ait préféré garder son identité secrète tout en pressant McMullen comme un citron. D'ailleurs, il l'a pressé si fort que ce dernier s'est suicidé.

— Pauvre McMullen, souffla Vilnia. Mais qu'est-ce que Louise vient fiche là-dedans ?

Je trouvai plus malin de ne pas relever le brusque retour en grâce de Louise.

— Elle avait accès aux listings téléphoniques. McMullen réglait l'essentiel de ses affaires par téléphone. Il devrait être facile de retrouver notre troisième homme.

Vilnia ne broncha pas. Une vraie tête de mule polonaise.

— Si tu ne veux pas le faire pour moi, fais-le au moins pour Sacha. La fille de Chrissy. Elle aussi a disparu. Aux dernières nouvelles, elle aurait été embarquée dans une voiture de police. Mais Donohue m'a affirmé qu'il n'y était pour rien et qu'aucune nana de son âge n'avait été arrêtée dans tout le comté.

Vilnia me regarda droit dans les yeux.

— Si Sacha est entre ses mains, la partie est fichue. Dis-moi ce dont tu as besoin.

Cinq minutes plus tard, Louise Lamporini, qui s'était cachée dans la cave en nous voyant débouler, distribuait les listings téléphoniques de la McMullen Coal à toutes ses collègues. Par chance, elle avait eu la présence d'esprit de passer prendre les documents au bureau avant de se pointer chez Vilnia. Sans doute à cause de ce que je lui avais raconté quelques heures auparavant. Il ne restait plus qu'à les éplucher.

— Je ne voudrais pas vous casser la baraque, lança-t-elle en examinant le relevé du mois d'août. Mais j'ai commencé à regarder dans la cave et je n'ai rien trouvé de bizarre. Je crois qu'on aurait plus de chances avec les appels passés depuis le domicile.

Chrissy Price, qui apparemment n'avait pas entendu les dernières nouvelles concernant sa fille, dormait profondément sur le canapé du salon.

Vilnia préférait la laisser dormir. Je n'étais pas vraiment d'accord avec elle sur ce point. En tant que mère d'ado, j'aurais aimé être mise au parfum tout de suite. Mais Vilnia pensait qu'il s'agissait d'un piège.

— Il veut pousser Chrissy à réapparaître. Nous devons l'empêcher de s'exposer inutilement.

— On devrait donner un nom au mec que nous cherchons, intervint Roxane. Ce serait plus pratique.

— Pourquoi pas Donald Trump ? proposa Vilnia. Ça doit être quelqu'un dans ce genre-là.

— Et si c'était vraiment Donald Trump ? s'inquiéta Roxane. On n'aurait pas l'air con !

— Trump fait surtout ses tunes dans l'immobilier à New York, répliqua Vilnia. Ça n'a rien à voir avec le secteur minier ou les aciéries.

L'acier, songeai-je. Impossible d'y échapper quand on vit en Pennsylvanie. C'est comme un parasite qui s'insinue partout dans le corps social.

Tout en étudiant les listings de septembre, je repensai au Donald Trump de l'acier que j'avais connu. Ce cher Henry Metzger. Une crapule qui avait prospéré sur le dos de ses ouvriers sans aucun état d'âme. Il négociait et réglait tout depuis son bureau, devenant au fil des années une sorte de Dieu tout-puissant régnant en despote sur son empire. Même ses associés le craignaient comme la peste.

Les syndicats n'avaient aucune prise sur lui, pas plus d'ailleurs que le président des États-Unis qui tenta de le convaincre entre deux trous au golf de se montrer moins inflexible avec les grévistes. Les écolos n'eurent pas plus de succès en bloquant l'usine à cause des produits hautement toxiques rejetés par ses cheminées. Le mec était intouchable.

En tout cas jusqu'au jour où sa femme eut la fantaisie de buter un certain Chester Zug, ancien éboueur de son état, dans un parc, avant de tenter d'étouffer l'affaire. Grosse boulette qui, conjuguée au fait que Stiletto et moi avions presque été témoins du meurtre, devait précipiter sa chute. La mort le rattrapa en Amérique centrale où lui et sa charmante épouse pensaient s'être mis à l'abri. Un banal accident d'avion. Triste fin pour un triste sire.

— C'est bizarre, il n'y a pratiquement aucun appel durant ces trois jours, dis-je à Louise.

Elle regarda la feuille par-dessus mon épaule.

— Normal, c'était le week-end de Labor Day. Tu te souviens, on en avait parlé. Il voulait que je vienne bosser.

C'étaient des appels longue distance. Deux à New York et un troisième commençant par l'indicatif 345.

— C'est quoi, ce numéro où la communication n'a duré qu'une minute ?

Mme Wychesko s'activa sur le clavier de son ordinateur.

— Je vais voir sur Yahoo. Quel numéro ?

Je répétai.

— Sand Pointe Road dans les îles Caïmans, lut-elle en remontant ses lunettes sur le nez.

— Paradis fiscal, commenta Vilnia. Sûrement une des nombreuses magouilles de McMullen.

— Non, attends ! la coupa Mme Wychesko en pointant un doigt sur l'écran. La ligne est enregistrée au nom de Zug. Chester Zug.

Tu parles d'un choc. Je n'en croyais pas mes oreilles.

— Tu as bien dit Chester Zug ?

— Regarde, c'est écrit là.

Vilnia me prit par les épaules.

— Un problème, Bubbles ? Tu le connais ?

— Je veux ! C'est moi qui ai découvert son cadavre.

Je savais maintenant qui avait envoyé le fax, prévenu Stiletto et embauché Zeke Allen. Quelqu'un qui connaissait bien le passé de Steve, qui possédait une clé de chez lui et était au courant de nos relations.

Henry Metzger. Plus puissant que jamais.

CHAPITRE 29

— C'était l'été dernier, commençai-je. Stiletto et moi sommes tombés sur un cadavre dans le parc de Lehigh. Il s'agissait apparemment d'un mec tué par un chauffard. La victime s'appelait Chester Zug.

Un murmure parcourut l'assistance. Vilnia approcha une chaise pour s'asseoir.

— La conductrice du véhicule qui avait fauché Chester s'appelait Merry Metzger. C'était la femme de Henry Metzger, l'ancien patron de la Lehigh Steel et sans conteste l'homme le plus puissant de Lehigh. Peu après la fin de mon enquête, leur avion s'écrasait en Amérique centrale où ils trouvèrent la mort.

— J'ai entendu parler de ce type, dit Vilnia. La Lehigh Steel bossait avec pas mal de compagnies minières dans le coin. L'acier a besoin de charbon et réciproquement.

— La Lehigh Valley Railroad relie d'ailleurs les deux villes, ajouta Roxane.

— Exact. J'y réfléchissais justement l'autre jour. (C'était à mon tour de tourner autour du pot.) En fait, si le mec qui se fait passer pour Stiletto connaît aussi bien son sujet et peut tranquillement se balader chez lui, c'est parce que cette maison lui a appartenu un jour. (Je m'arrêtai, incapable d'affronter ce qui s'annonçait comme le pire des scénarios.) Henry Metzger était, et je crains qu'il ne le soit toujours, le beau-père de Steve.

Chacune d'entre nous regarda sa voisine en ouvrant de grands yeux.

— Écoutez-moi bien, les filles, repris-je en posant mes deux mains sur la table. La personne qui veut racheter la Dead Zone, celle qui a embauché Zeke Allen pour me filer le train, qui a fait pression sur Hugh McMullen n'est autre que Henry Metzger.

— Mais je croyais qu'il était mort, protesta Vilnia.

— Mon petit doigt me dit qu'il n'est pas si mort que ça, répliquai-je. J'aurais dû m'en douter. Henry Metzger est un monstre capable de convaincre les gens les plus honnêtes de mentir, de voler ou de tuer pour lui. Il n'aura pas hésité à corrompre un obscur juge d'Amérique centrale. Je parie que c'est lui qui tire les ficelles dans toute cette histoire depuis les îles Caïmans.

— Elle a raison. Henry Metzger est vivant.

Nous nous retournâmes toutes en direction de Chrissy Price qui venait de se réveiller, les cheveux en bataille, la mine chiffonnée.

— Chrissy ! ordonna Vilnia. Retourne te coucher.

— Je n'ai plus sommeil. Henry Metzger est vivant, répéta-t-elle.

— Comment le savez-vous ? demandai-je. Et pourquoi ne m'avoir rien dit ?

— Parce que personne ne m'a rien demandé. (Puis, balayant l'assistance du regard :) Maintenant, êtes-vous prêtes à m'écouter ou préférez-vous me renvoyer dans mon lit pour regarder des dessins animés à la télé ?

Vilnia l'invita à s'asseoir.

— Avant de rencontrer Bud, j'étais hôtesse d'accueil

dans un casino d'Atlantic City. D'ailleurs, ajouta-t-elle en levant la main, je vous signale que c'est moi qui ai eu l'idée d'installer un casino dans la Dead Zone. Vous pourriez me remercier.

— Merci, bredouilla Roxane.

— Je m'occupais des chefs d'entreprise, dont pas mal de Lehigh. Je devais connaître leurs boissons préférées, me charger de leurs déplacements, leur réserver une place à la table de baccara quand l'envie leur en prenait...

— J'imagine qu'ils avaient aussi souvent envie d'autre chose, n'est-ce pas, Chrissy? intervins-je.

Elle me foudroya du regard.

— Exact, Bubbles. Mais je vous avertis que je vous casserai personnellement la gueule si jamais vous dites quoi que ce soit à Sacha. Vu? En attendant, j'étais la préférée de Metzger. Je savais ce qu'il voulait, quand et comment. J'étais vraiment aux petits soins pour lui.

— Tu parles d'un boulot, lâcha Roxane.

Je lui balançai un discret coup de coude.

— Je connaissais aussi très bien le timbre de sa voix. Les clients apprécient beaucoup d'être reconnus au téléphone. Il m'appelait au bureau pour m'annoncer qu'il arrivait le vendredi et le tour était joué. (Elle tira sur les pans de son vieux T-shirt.) J'ai évidemment quitté mon boulot après mon mariage avec Bud et nous nous sommes installés à Lehigh. Au Country Club, j'évitais Henry, mais j'entendais parfois sa voix au bar ou à l'autre bout de la salle. Je me sentais toujours mal à l'aise, pas à ma place, minable.

Vilnia lui tendit un verre d'eau et Tammy lui prit la main.

— Courage, Chrissy. On est avec toi.

— Un soir, dernièrement, nous dînions Bud et moi

à la maison. Sacha avait déjà mangé. En vérité, Bud ne supportait pas de l'avoir toujours dans les pattes. Mais c'est une autre histoire. Le téléphone a sonné. Nous étions mercredi, le jour de sortie de la bonne. Je suis allée répondre. Il m'a demandé si Bud était là. J'étais morte de trouille, avec l'impression d'entendre une voix d'outre-tombe.

Elle éclata en sanglots et Roxane lui passa un rouleau absorbant. Chrissy se moucha avant de poursuivre :

— J'ai répondu : « Henry? C'est toi? » Et il a simplement dit : « Passe-moi Bud. » Alors, je lui ai passé Bud.

— Et après? demandai-je.

Elle s'essuya les yeux.

— Je ne sais pas exactement. Bud a emporté le combiné dans la bibliothèque et il a fermé la porte. Il est revenu complètement furibond. « Je dois descendre à Slagville », m'a-t-il expliqué avant de partir. Il n'avait pas touché à son steak. C'est la dernière fois que je l'ai vu vivant. Je suis venue à Slagville pour essayer de comprendre.

Chrissy pleurait maintenant comme une fontaine. Quand les larmes commencèrent à se tarir, je lui demandai si elle avait raconté tout ça aux flics.

— Pas tout. Seulement que Bud avait rendez-vous avec Koolball, mais je ne leur ai rien dit sur Henry Metzger. Ils m'auraient prise pour une folle. Henry Metzger est officiellement mort.

Elle haussa tristement les épaules.

Je m'absorbai dans la contemplation de mes chaussures en essayant de trouver les mots justes.

— Chrissy, si Metzger est vivant, pensez-vous qu'il puisse se trouver à Slagville?

— Oui, bredouilla-t-elle en s'essuyant les joues du revers de la main.

— Cet après-midi, une voiture de police a emmené Sacha.

Elle me regarda, horrifiée.

— Où ?

— Le petit ami de ma fille la reconduisait à son hôtel quand ils ont été arrêtés par les flics.

Chrissy commença à trembler de tous ses membres.

— Cette môme ! Je lui avais pourtant interdit de sortir jusqu'à ce que Donatello passe la prendre dimanche à l'auberge pour la ramener à Lehigh.

— Écoutez-moi, Chrissy, repris-je en l'attrapant par les épaules. Le chef Donohue m'a certifié qu'aucun officier du comté de Columbia n'avait ramassé de jeune fille dans la journée. D'après le petit copain de Jane, l'homme était d'un certain âge, cheveux blancs. Je pense qu'il s'agissait de Henry Metzger.

Un voile obscurcit le regard de Chrissy. Je n'oublierai jamais son expression, qui traduisait de la pure terreur. La terreur d'une mère prête à se battre comme une louve.

— Je le tuerai, dit-elle en se levant. Où est ce salaud ?

— Retenez-la ! ordonna Vilnia.

Les femmes se ruèrent sur elle pour la maîtriser en douceur. Vu les gabarits, Chrissy n'avait aucune chance de leur échapper.

— File, Bubbles ! cria Vilnia. On s'occupe de tout ici. Va accomplir ta mission.

Je déposai Roxane au Main Mane et en profitai pour me changer. Minijupe noire, T-shirt blanc et cardigan orange. En redescendant avec ma valise, je trouvai Roxane près du téléphone, le cordon à la main.

— Regarde, dit-elle en agitant le bout de fil. On dirait que quelqu'un est venu visiter la maison et qu'il a neutralisé les téléphones. Et s'il s'était planqué dans un placard en attendant que tu te tailles pour me tomber dessus?

Je me frappai le front du plat de la main.

— Quelle tache! C'est moi qui ai débranché le poste!

Elle s'agenouilla pour remettre la prise.

— Pourquoi tu as fait ça?

— Je ne sais pas. Une connerie. Viens, que je te fasse un gros bisou. Je me tire.

Je posai ma valoche pour la prendre dans mes bras. Elle me serra très fort contre elle.

— Je ne sais pas comment te remercier, Bubbles. Tu as sauvé notre couple. Et maintenant, c'est ce que tu t'apprêtes à faire pour Slagville, la préserver de la destruction totale.

— Tu exagères, Roxane.

— Je sais. Mais fais gaffe à toi. Je n'aime pas beaucoup ton idée d'aller seule chez Stiletto. Pourquoi tu n'appelles pas la police?

— Je le ferai, promis, répondis-je. Mais t'inquiète. Je pars avec Zeke. Si j'arrive à le réveiller.

— Je préfère ça.

Elle resta un moment sur le seuil tandis que je rangeais ma valise dans le coffre. Je démarrai en lui adressant un dernier salut de la main. Les rues de Slagville étaient désertes et encore humides après les grosses averses du début de soiree L'horloge du tableau de bord indiquait deux heures du matin. Dans trois petites heures, je devais être au canard. L'espace d'un soupir, je crus voir le saint Christophe hocher la tête, comme s'il désapprouvait mon initiative de retourner à Lehigh en pleine nuit sur des routes mouillées et glissantes. J'étais vannée, au bout du rouleau.

Je ne le reconnus pas tout de suite dans le rétroviseur quand je me garai devant chez lui.

— Tu te tailles, Bubbles?

— Oh, mon Dieu, Zeke! J'ai cru mourir de peur. Je suis si contente de te voir. Tu veux bien m'accompagner chez Stiletto, à Saucon Valley? Je crois qu'il a de gros ennuis. C'est son beau-père, Henry Metzger, qui tire les ficelles depuis le début.

— Tu ne peux pas retourner à Lehigh, objecta-t-il. Je te l'interdis.

— Quoi? m'étonnai-je en ouvrant la portière. Il y a un problème?

C'est alors que je remarquai le revolver braqué sur moi.

— Tu viens avec moi. Maman nous attend.

CHAPITRE 30

Se retrouver face à Mme Allen en robe de chambre, une part de tarte aux myrtilles dans une main et un fusil en travers des genoux à deux heures du matin paraissait déjà surréaliste, mais il fallait encore supporter le décor de la pièce, entièrement lambrissée. J'étouffais littéralement.

Je ne voyais pas la moindre possibilité de s'échapper dans cette pièce sans fenêtre, revêtue de panneaux de bois. Mme Allen trônait près de la porte, calée dans son rocking-chair. Sans doute en guise de décoration, des têtes de daims étaient accrochées aux murs. Je me demandais si le vieux Allen n'en avait pas fait un peu trop en retapant la piaule.

— Tante Martha faisait la meilleure tarte aux myrtilles de la région. Avant de la passer au four, elle y ajoutait un petit verre de brandy. C'était son secret de fabrication. (Mme Allen se balança en repensant à ses jeunes années.) J'ai essayé sa recette une bonne dizaine de fois. Mais c'était trop liquide…

— Où est Zeke ? la coupai-je.

— Tu ne vas pas revenir là-dessus, Bubbles. Zeke n'est

un homme pour toi. C'est un garçon à l'ancienne. De nos jours, les femmes veulent prendre la place des mecs. Elles veulent travailler, tenir les cordons de la bourse. De mon temps, mon mari me donnait une poignée de dollars les jours de paie, et basta. C'était à moi de me démerder pour acheter la bouffe et le reste. Jamais je n'ai demandé de rallonge. Il faut se montrer moins agressive avec les hommes, Bubbles. J'imagine que si ton premier mari t'a quittée, c'est parce qu'il ne supportait plus que tu lui dises ce qu'il devait faire.

Une seule issue s'offrait à moi : la porte. Je me trouvais à deux enjambées de la vioque. Il suffisait de me lever et de lui tomber dessus pour la neutraliser d'une bonne droite. Mais je ne pouvais pas me résoudre à assommer une bonne femme qui aurait pu être ma tante. Sauf si elle continuait à me bassiner sur la façon dont je devais m'aplatir devant les mecs.

— Aujourd'hui, il est bien content de m'avoir. Il adore les tartes aux myrtilles, même si les petits pépins lui donnent des gaz.

Gloups. Je devais la faire taire. Je fouillai discrètement dans mon sac et activai le fer à friser de Roxane.

— Ce sont les petits désagréments de la vie.

— Oh, mon Dieu, Champ ! m'exclamai-je.

Mme Allen se retourna vers la porte. Je plains les gens qui ne regardent jamais les séries B à la télé. Ils se font toujours avoir avec des trucs vieux comme la lune.

Whack ! Je lui plantai le fer à friser sous les naseaux.

Elle lâcha son assiette pour se couvrir le visage avec les mains.

Plaf !

J'en profitai pour attraper le fusil et filer vers la sortie.

— Earl ! hurla-t-elle. Earl ! Au secours ! Elle a renversé le gâteau !

J'entendis le lit grincer à l'étage. M. Allen se précipitait pour venir en aide à son épouse. Le temps de retrouver ses lunettes…

Je me souvins soudain que Zeke était parti avec les clés de la Camaro. Merde !

Que Dieu bénisse Geneviève ! Sa parano avait parfois du bon. À force de me répéter que le pire était toujours certain et que je me comportais comme une tête de linotte, j'avais accepté qu'elle planque un double des clés dans une petite boîte aimantée sous la plaque d'immatriculation. Grâce au ciel, elle s'y trouvait toujours.

La route conduisant à la maison de Steve était une sorte de chemin de terre bordé de grands chênes et de petits murets en pierre. Pas un seul réverbère n'éclairait la voie et je commençais à piquer du nez, à quatre heures du mat'. Je regardai mon compteur : vingt kilomètres à l'heure. Même dans les cimetières, je ne conduisais pas si lentement.

Deux fenêtres étaient allumées quand j'arrivai devant l'imposante baraque blanche. Stiletto avait viré les domestiques en héritant des lieux, ne gardant qu'un jardinier et une femme de ménage qui passaient une fois par semaine. La maison aurait dû être déserte. À moins que Stiletto…

Je zappai l'option Esméralda. De toute façon, sa bagnole n'était pas en vue et je ne me sentais pas d'humeur à aller vérifier dans le garage.

Je coupai le contact, attrapai le fusil de Mme Allen et me dirigeai vers le perron. La porte d'entrée était ouverte.

Je m'arrêtai un instant. Je pouvais encore tourner les talons, remonter dans la Camaro, filer à Lehigh et réveiller Mickey pour lui annoncer que Henry Metzger était revenu sur terre. Seul hic, je n'avais que le témoignage de Chrissy qui croyait avoir reconnu sa voix au téléphone. Mickey appellerait les petits hommes en blanc pour m'emmener directement chez les dingues.

Non. Ce coup-ci, il faut que je me dépatouille seule, me dis-je. Je caressai le canon du fusil. Au fond, c'était comme un chien. J'adorais les chiens et je détestais les armes à feu. Autant lui donner un nom. Elvis.

— Gentil, Elvis, murmurai-je en poussant la lourde.

Nous pénétrâmes Elvis et moi dans le vaste hall avec son superbe escalier en marbre. À chaque fois, ça me faisait le même effet. J'étais sur le cul devant la beauté des lieux. Une magnifique lampe en cristal trônant sur un somptueux guéridon en chêne éclairait une partie de la terrasse. Sublime.

Moins classe, les gémissements d'une femme en pleine partie de jambes en l'air à l'étage.

Je me précipitai dans l'escalier, l'oreille aux aguets.

— C'est pas possible, marmonnai-je en serrant Elvis contre moi. Non?

Crac. Crac. Hum. Hum.

— Steve, oh, Steve. Oui, vite!

Bingo! C'était le pompon! Dire que je m'étais traînée depuis Slagville, au risque de m'envoyer dans le décor sur des routes détrempées parce que j'imaginais que Stiletto courait d'affreux dangers. Et voilà que je débarquais, crevée, affamée, glacée jusqu'aux os, stressée à mort, pour découvrir que monsieur s'envoyait en l'air avec cette pouffiasse d'Esméralda Greene.

— Allez, on y va, Elvis, dis-je en gravissant les marches quatre à quatre. Ils vont voir ce qu'ils vont voir.

Nous enfilâmes le long couloir à fond de train, droit vers les gémissements. Inutile de prendre des gants, de frapper poliment à la porte. Un bon coup de pompe!

Esméralda leva la tête de l'oreiller.

— Bubbles !

Le sang se figea dans mes veines. C'était comme zapper au milieu de la nuit et tomber tout d'un coup sur un porno.

— Mais...

— Vite, gueula-t-elle en se débattant comme une furie. Ces machins me cisaillent les poignets.

Esméralda gisait en sous-vêtements sur le lit. Une culotte en coton grisâtre et un soutien-gorge blanc tout simple. Étonnant pour un mannequin spécialisé dans la lingerie. Elle était attachée avec des menottes aux quatre coins du plume à baldaquin de Stiletto.

— C'est la première fois que j'entre dans cette chambre, observai-je en découvrant les parquets en chêne, les murs blancs et la hauteur de plafond impressionnante.

— Le moment est mal choisi pour une visite des lieux. Vous avez un trombone ou un truc dans le genre ?

De grands doubles rideaux crème, un fauteuil en cuir près d'une table basse couverte de bouquins. J'imaginai Stiletto – évidemment à moitié nu – dans cet environnement de rêve...

— Bubbles ! Vite ! Steve est blessé.

Tilt ! Je fouillai dans mon sac et en tirai une épingle à nourrice. Je commençai par le poignet gauche en farfouillant dans la serrure qui ne tarda pas à céder. Je m'attaquai aux trois autres en silence jusqu'à ce qu'Esméralda soit complètement libérée.

— Où est-il ? demandai-je.

Elle s'assit sur le bord du lit.

— Je ne sais pas, répondit-elle en se massant les chevilles. Je ne l'ai pas vu. J'ai simplement entendu un coup de feu il y a environ une heure. Inquiétant...

— Vous jouez à quoi, tous les deux ? Qu'est-ce qui s'est passé ?

Elle mit son jean, soigneusement plié, qu'elle attrapa sur la chaise.

— Rien, répliqua-t-elle sèchement. J'enquêtais sur Hugh McMullen dont je voulais faire le portrait…

— C'est vous qui êtes passée à Tremont Road ?

— Exact. Je cherchais Wilma Sullivan. Qui vous l'a dit ?

Je réfléchis avant de répondre. Je l'avais peut-être libérée d'une position inconfortable, mais nous étions toujours en concurrence sur ce job.

— J'ai découvert l'existence de Mme Sullivan toute seule, comme une grande. Ses voisins m'ont appris sa mort et qu'une nana en voiture de sport bleue était déjà venue se renseigner. Qu'est-ce que vous fichiez là-bas ?

— Hugh McMullen avait fini par avouer aux flics sa présence chez elle la nuit du meurtre de Price. C'était sa nounou dans sa jeunesse. Elle était malade ces derniers temps. Il lui avait envoyé des fleurs tout l'été. J'imagine qu'il comptait sur elle pour se constituer un alibi en béton armé.

— Difficile à un cadavre de venir témoigner.

Elle sourit.

— Difficile aussi de contredire les affirmations de McMullen. Quoi qu'il en soit, je m'apprêtais à quitter Slagville quand j'ai reçu un appel sur mon portable me demandant de passer chez Steve à Saucon Valley.

— Qui vous a appelée ?

Elle enfila son pull en cachemire. Pendant une poignée de secondes je ne vis qu'une grosse touffe de cheveux auburn dépasser du col.

— Un homme se présentant comme le père de Steve. C'était urgent. (Elle regarda autour du lit, à la recherche de ses pompes.) J'ai trouvé ça bizarre.

Et pourtant, c'était vrai. Enfin presque. Stiletto n'ayant

pas connu son père biologique, le pauvre garçon n'avait jamais eu d'autre paternel que Henry Metzger.

Je me baissai pour ramasser une paire de ballerines Étienne Aigner près du fauteuil.

— Vos chaussures.

— Merci, dit-elle en les enfilant. Après le coup de fil, je me suis précipitée ici. C'est lui qui a ouvert. Puis il m'a très gentiment invitée à entrer.

— Grand, repris-je en me relevant. Cheveux blancs. L'allure d'un Paul Newman.

— Bronzé à souhait.

Sympa, la vie aux îles Caïmans.

— Et alors?

Elle frissonna de la tête aux pieds. Choc post-traumatique, pauvre chérie!

— Puis il m'a offert à boire et nous avons parlé de mon boulot. Si ça faisait longtemps que je bossais à l'AP, ce que je pensais des chances des Républicains de retrouver la majorité au Sénat. Pendant toute la discussion, je me demandais ce qu'il pouvait y avoir d'urgent là-dedans.

Le pouvoir! Il était venu reconquérir le pouvoir. Tout Henry Metzger tenait dans ce mot. C'était plus important que l'usine, que l'argent... On se trouvait devant un mec assoiffé de pouvoir.

— Après deux whiskies-Coca, je commençais à être pompette. Le téléphone a sonné. Il m'a demandé de répondre. C'était vous, je suppose.

Je baissai les yeux en rougissant.

— C'est alors que les choses ont commencé à merder. Pas possible que deux simples petits verres me mettent dans un état pareil, reprit-elle en se massant les tempes. Je me souviens vaguement qu'il m'a aidée à monter dans cette chambre et à m'étendre sur le lit. Quand j'ai repris mes esprits, j'étais à poil et menottée aux poignets et aux chevilles, et cela, il y a environ une heure. Puis vous êtes arrivée. Pourquoi ?

Je décrochai le téléphone. Pas de tonalité.

— Je croyais que Stiletto pouvait être ici. Il...

— Non, je veux dire pourquoi s'en prendre à moi ? Nous bossons ensemble de temps en temps Steve et moi. Point barre. Pourquoi son père m'a-t-il fait venir ici ? Pourquoi m'a-t-il droguée puis attachée sur le lit ? C'est quoi, cette histoire ?

Je reposai le combiné.

— Vous n'aviez jamais rencontré son beau-père auparavant ?

— C'était la première fois que je le voyais.

— Et certainement pas la dernière, dis-je en pointant la porte du menton.

Henry Metzger souriait de toutes ses dents.

— Salut, Bubbles. Ça fait un bail !

Il portait un col roulé en cachemire blanc sur un pantalon de flanelle grise. Le flingue dans sa main droite détonnait avec l'ensemble.

— Posez votre arme, Bubbles.

Je serrai le fusil contre moi.

— Ce n'est pas une arme. C'est Elvis.

Il me fixa comme on regarde un enfant récalcitrant puis me fit signe de poser Elvis sur le lit. N'étant pas très douée avec ces machins-là, je m'exécutai sans broncher. Henry s'avança dans la pièce en nous tenant en joue. C'était un tout petit flingue avec crosse en nacre. Vraiment mignon. Un pékinois par rapport à Elvis.

— Les mains en l'air.

Encore ! Ça commençait à devenir lassant.

— Mais c'est mon revolver ! s'exclama Esméralda.

— Je l'ai trouvé dans la boîte à gants de votre voiture, répliqua-t-il. J'avais emporté le mien, au numéro de série effacé pour l'occasion, mais celui-ci s'est avéré beaucoup plus adapté au scénario que j'ai en tête.

— C'est-à-dire? continua Esméralda.

— C'est-à-dire, intervins-je, qu'il va nous buter l'une après l'autre et qu'il va disposer les corps de façon à faire croire qu'on s'est foutu sur la gueule à cause de Stiletto et que l'affaire a mal tourné.

— Ah!

— Comment pouvez-vous dire ça, Bubbles? Vous savez bien que je ne suis pas un assassin.

— Ça dépend de ce que l'on entend par assassin. C'est vrai que vous n'êtes pas du genre à régler vos comptes en jouant de la gâchette ou du couteau.

Il hocha légèrement la tête.

— Merci, Bubbles.

— Mais vous avez causé la mort de milliers de gens. Et je ne parle pas uniquement de ceux que Brouse, votre tueur à gages, était chargé d'éliminer physiquement. Combien d'ouvriers avez-vous envoyés à la mort en rognant sur la sécurité? Vos mains sont couvertes de leur sang, monsieur Metzger.

- Quel discours! Très émouvant. Vous deviez être bonne en dissertation à vos cours du soir!

— Pas mauvaise, mentis-je.

— J'imagine.

J'imagine, mon cul! Apparemment, il n'allait pas nous tuer lui-même. Son porte-flingue devait être à la bourre. Cette petite conversation n'avait d'autre but que de gagner du temps.

— Puisque nous avons visiblement un petit répit en attendant notre bourreau, je serais curieuse de savoir comment vous avez survécu au crash?

Il plongea son regard bleu acier dans le mien.

— L'Amérique centrale est l'endroit rêvé pour mourir quand on a de l'argent.

— Et du fric, il doit vous en rester un bon paquet bien à l'abri dans une banque des îles Caïmans, je suppose.

— Exact. Sans compter que Steve en a touché suffisamment pour qu'il ne se montre pas trop curieux. Le pactole est sur un compte numéroté. Libre d'impôts.

— Je peux baisser les bras ? J'ai mal aux épaules.

— Non.

Il y a des jours comme ça.

— À votre place, je serais resté là-bas à siroter des piñacoladas en contemplant une mer turquoise. Vous vous emmerdiez tout seul ?

— Vous oubliez les milliards du gisement du Mammouth, Bubbles. J'avais besoin d'un nouveau contact. Chrissy Price, par exemple. Hugh n'aurait jamais dû me parler des recherches de Koolball.

— Quelles recherches ? demanda Esméralda.

— Pour éteindre l'incendie, répondis-je.

Je me mordis aussitôt la langue, mais j'en avais déjà trop dit.

— Joli jackpot, poursuivit Esméralda. Effectivement, Hugh McMullen n'aurait jamais dû vous mettre dans la combine.

— Il n'avait pas le choix. Ce brave garçon me devait vingt millions de dollars. En fait, il était au bord du dépôt de bilan. Alors il a contacté mon ancien avocat et ami, Max Factor, pour demander une rallonge.

— Pourquoi votre avocat ? s'enquit Esméralda.

Nom de Dieu, elle était en train de me souffler mon scoop sous le nez !

— Parce que le vieux McMullen s'était déjà tourné vers nous quelques années auparavant. Je lui avais donné l'argent en échange d'une participation majoritaire dans sa boîte. La transaction devait demeurer secrète. Après ma mort virtuelle, Max a continué à gérer mes affaires. Je me fichais complètement de la McMullen Coal, mais je voulais absolument m'offrir le gisement du Mammouth.

— Le vieux à l'asile et Hugh McMullen dans vos griffes, il ne vous restait plus qu'à ramasser le gros lot, dis-je.

— J'ai tout organisé depuis mon yacht en pêchant le barracuda. Mais il y avait un os. Bud Price. Il devait quitter le jeu. Hugh était d'accord pour l'éliminer. (Il soupira profondément.) J'ai pris le premier avion pour la Pennsylvanie afin de veiller au grain.

— C'est vous qui avez appelé Price chez lui pour lui raconter que Stinky s'était rabiboché avec McMullen.

— Exact. Price s'est précipité au Hole pour avoir une explication avec Koolball. Et c'est là que vous entrez en jeu.

Je souris.

— C'est du propre, Bubbles ! s'exclama Esméralda. Bosser sur une histoire dans laquelle on est juge et partie. Vous n'avez décidément aucune morale !

Je fermai les yeux. Je commençais à en avoir ma claque de tous ces journalistes sortis de l'école et n'ayant que les mots « éthique » et « déontologie » à la bouche.

— Je ne *savais* pas. Je ne *savais* pas que j'étais manipulée. J'ignorais que le fax était un faux et que c'était Henry Metzger qui nous tendait un piège à Stiletto et à moi en nous envoyant faire les cons au puits numéro 9.

— Génial, non ? embraya Metzger. En fait, c'est une idée de Max. Puisque Price devait se rendre avec Koolball à la mine ce soir-là, pourquoi ne pas en profiter pour se débarrasser aussi de vous et de Stiletto ? J'avais appris par mon informateur que vous étiez parente avec Stinky. On faisait sauter la mine et adieu les gêneurs.

— En tuant votre fils ? bredouilla Esméralda, incrédule.

— Beau-fils et grand emmerdeur devant l'Éternel. Tout comme vous, Bubbles. Vous saviez trop de choses sur moi. Il fallait vous éliminer en même temps que Price.

— On ne peut pas dire que vous ayez l'esprit de famille très développé, commentai-je.

— Ça non, acquiesça Esméralda.

— McMullen s'est chargé de Price puis a déclenché l'explosion.

Sauf que McMullen n'avait pas les épaules d'un tueur professionnel et qu'il avait paniqué, pensai-je.

— Restait le problème Koolball, ajouta Metzger. Impossible de le tuer. Lui seul pouvait éteindre l'incendie. Malheureusement, il s'était évanoui dans la nature et j'ignorais ses intentions. Je n'avais qu'une certitude. Qu'il essaierait de vous joindre, Bubbles. Puisque vous aviez survécu. Les choses se compliquaient.

— C'est pour ça que vous avez embauché Zeke en vous faisant passer pour Stiletto

— Exact.

Il me sourit comme si j'étais une élève surdouée

— Et vous avez mis Hugh sous pression pour qu'il retrouve Stinky. Un truc du genre : Amène-moi Koolball et je te promets que personne n'ira en prison.

— Dommage que vous ne le lui ayez pas livré, Bubbles. Hugh serait encore en vie. Vous devez vous sentir coupable.

— Non.

La porte d'entrée claqua bruyamment.

— Y a quelqu'un ? lança une grosse voix depuis le hall.

— Là-haut, répondit laconiquement Henry.

— Vous allez me tuer simplement parce que j'ai fait mon boulot de journaliste ? intervint Esméralda.

— C'est Bubbles qui a réussi à me démasquer, lui répondit-il. C'est une excellente professionnelle, beaucoup plus forte qu'on ne pense. Quant à vous, vous vous êtes seulement trouvée au mauvais endroit au mauvais moment. Ça arrive.

J'essayai de rester impassible même si, il faut bien le reconnaître, je me sentais plutôt flattée par le compliment.

— Où est Sacha ? demandai-je.

Quelqu'un gravissait lentement l'escalier.

— Sacha est à l'abri en attendant la suite. C'est pour moi la garantie que Chrissy Price acceptera de me céder en sous-main soixante-quinze pour cent du gisement du Mammouth.

— Et Steve ?

Metzger se tourna vers la porte pour accueillir son visiteur.

— Vous êtes en retard, dit-il.

— J'ai fait c'que j'ai pu, répondit Donohue.

C'était donc lui le fameux informateur ! Celui qui lui avait révélé mes liens de parenté avec Stinky Koolball.

Donohue porta l'index à son chapeau.

— Bubbles, Esméralda, si j'm'attendais ! (Puis, se frottant les mains :) On commence par laquelle ?

Metzger nous regarda alternativement.

— D'abord Bubbles Yablonsky. Elle m'a donné trop de fil à retordre. Esméralda m'a posé beaucoup moins de problèmes. Vous finirez par elle.

— Ça m'va.

— Vous êtes sûr, chef? dis-je.

— J'comprends pas, marmonna-t-il en tirant son flingue de son holster.

— On peut baisser les bras ?

Les deux hommes se consultèrent du regard avant d'acquiescer.

Pas trop tôt. Ça commençait à faire drôlement mal.

— Je veux dire, vous êtes sûr de ne pas avoir de problèmes avec votre conscience, chef? repris-je.

— Qu'est-ce que ma conscience a à fout'e là-d'dans? répliqua-t-il.

— Votre grand-père s'appelait Yellow Jack Donohue, pas vrai ?

J'essayai de me souvenir des photos que j'avais vues à l'Union Hall.

— Et alors ?

— Ce même Yellow Jack Donohue qui a été pendu sur ordre de gens comme Franklin Gowen ou Asa Packer ?

Henry Metzger lui tendit le revolver d'Esméralda.

— Prenez plutôt celui-ci et fermez-lui le clapet pour l'éternité.

Ils échangèrent leurs armes.

— Avec plaisir, dit Donohue en relevant le chien. Et alors ?

— L'homme pour qui vous allez devenir un assassin, répliquai-je en pointant Metzger du doigt, est de la même étoffe que ceux qui dirigeaient la Lehigh Valley Rail Road en 1870. Henry Metzger, comme Asa Packer et Franklin Gowen, n'aime pas les syndicats. Il n'en a rien à foutre des ouvriers. C'est à cause de lui que mon père est mort et que je fais encore des cauchemars la nuit. Il a tué mon père et je suis sûre qu'il n'aurait pas hésité à éliminer Yellow Jack Donohue à l'époque.

— Comme ça ?

Donohue braqua le revolver d'Esméralda et tira.

L'écho du coup de feu se répercuta dans toute la maison.

Henry Metzger s'effondra sur le parquet. Mort.

— Putain ! bredouilla Esméralda en contemplant le filet de sang qui s'écoulait du trou que Metzger portait en plein front.

Je restai sans voix. Tétanisée. Qu'est-ce qui allait se passer maintenant ?

— Désolé, m'dames, mais fallait qu'vous soyez témoins, expliqua-t-il en s'agenouillant pour prendre le pouls de sa victime. On aurait pu l'traîner en justice, mais j'suis trop vieux. Valait mieux qu'y meure tout d'suite.

Je tendis la main pour attraper Elvis.

— Non, Bubbles. Tu peux lui faire confiance.

Stiletto venait de faire irruption dans la pièce, Zeke sur ses talons.

— Steve ! s'exclama Esméralda en ouvrant déjà les bras. Je suis...

Stiletto la laissa plantée là pour courir me serrer contre lui.

— Bubbles, murmura-t-il en m'embrassant passionnément.

Il saignait abondamment. Blessé à l'épaule, sa chemise était rouge et toute poisseuse. Le visage blême, de gros cernes sous les yeux, il me regardait avec une intensité incroyable.

— Ça va ? demanda-t-il en s'écroulant dans mes bras. Je t'aime tellement.

Je l'agrippai de toutes mes forces et le traînai jusqu'au lit. Esméralda écarta le fusil.

— Il est en état de choc ! criai-je en attrapant une couverture pour le couvrir. Il faut l'emmener aux Urgences.

— Merde ! souffla Zeke. Le téléphone est coupé.

— J'ai mon portable, répliqua Esméralda. Il est dans mon sac. Où est mon sac ?

— Eh, Allen ! lança Donohue, toujours agenouillé. Qu'est-ce t'as fichu, mon gars ? J't'avais dit de l'conduire à l'hôpital quand on l'a trouvé dans la cave.

Il prit son talkie-walkie pour appeler des secours.

— C'est ce que j'ai fait, mais il s'est réveillé dans la voiture, répondit Zeke. Il voulait revenir ici chercher Bubbles.

Je posai ma tête contre la poitrine de Stiletto. C'était la première fois de ma vie que je priais avec autant de ferveur.

Puis je sentis la main de Zeke me tirer en arrière.

— Trop tard, Bubbles. Je crois que c'est fini.

ÉPILOGUE

Inutile de préciser que je ne me déplaçai pas pour connaître les résultats du vote des grévistes à Hellertown. De toute façon, le meeting n'eut jamais lieu. Cinq heures du mat', c'est un peu tôt. Surtout pour des grévistes. Par contre, je me tapai le barbecue des Républicains à Catasauqua. Reportage que Dix Notch attendait avec plus d'impatience que mon papier sur le *come-back* pour le moins malheureux de Henry Metzger.

Max Factor, évidemment, eut pas mal de comptes à rendre, ayant permis à son patron d'usurper l'identité de Chester Zug, et s'étant aussi mouillé dans l'élaboration du plan destiné à éliminer les gêneurs, comme Price, Stiletto ou ma pomme.

Un plan diabolique qui aurait dû fonctionner s'il n'avait pas été contrecarré par l'intervention de deux entités inattendues : le Pr Tallow et les Sirènes de Slagville.

Max Factor avait appelé Chrissy à l'auberge vendredi soir pour qu'elle le rejoigne au bar du Circe afin de lui révéler certaines infos confidentielles sur la mort de son mari. Malheureusement pour Factor, Tallow tomba le premier sur sa proie. D'abord pour la faire renoncer au projet de casino qui allait détruire de pseudo-vestiges celtiques, puis pour tenter de la convaincre de subventionner les fouilles. Une bonne heure en tout. Chrissy, au bord de la crise de nerfs, avait préféré se tirer. Et c'est là, en attendant qu'on lui amène sa voiture, qu'elle avait été kidnappée par le mari de Vilnia et sa petite bande. Max Factor s'était lancé à leur poursuite avec sa Mercedes, mais les vieux avaient réussi à le semer dans leur pick-up pourri.

Metzger et Factor n'avaient plus d'autre solution que d'enlever Sacha. Initiative qui devait briser leur alliance, jusqu'alors au beau fixe, avec Donohue.

Max Factor avait approché le chef dès le début de l'année, juste après que Metzger eut appris par McMullen la nature des travaux de Stinky. En vieux routiers des affaires, ils savaient pertinemment qu'un allié dans la police ne pouvait être que profitable. Et c'est ainsi que, forts des informations fournies par Donohue, concernant mes liens de parenté avec Stinky et ma prochaine arrivée au Passion Peak en compagnie de Stiletto, ils purent agir. En échange, Donohue devait toucher une coquette somme pour étoffer sa retraite.

Donohue, ayant surpris la conversation entre les deux hommes après le rendez-vous manqué avec Chrissy et leur projet concernant le rapt de Sacha, avait décidé d'arrêter les frais, peut-être en souvenir de son glorieux ancêtre. Pour lui, les événements prenaient une mauvaise tournure.

McMullen mort, Metzger avait besoin d'un nouveau tueur. Donohue lui proposa de se charger du sale boulot, lui passant un coup de fil juste après la kermesse.

Dans la foulée, Donohue avait alors téléphoné à Zeke pour lui demander de l'accompagner à Saucon Valley. Ce dernier avait retrouvé et secouru Steve blessé, qui se trouvait dans la cave. Pendant ce temps, Donohue nous rejoignait à l'étage pour honorer son « contrat ». On connaît la suite.

Donohue fut suspendu de ses fonctions de chef de la police en attendant la fin de l'enquête sur la mort de Metzger. Il plaida la légitime défense, ce qu'Esméralda et moi avions confirmé. Quant à Sacha, retrouvée chez Max Factor, elle l'avait défendu bec et ongles pour lui avoir sauvé la vie Donohue devrait s'en tirer pas trop mal.

Max Factor fut arrêté pour enlèvement et séquestration, tentative de meurtre (sur ma personne dans les sous-sols de Saint-Ignatius) et détournement de fonds, sans compter sa radiation du barreau. D'après Dan, les charges pesant sur lui étant pour la plupart d'ordre fédéral, il devrait finir ses jours au pénitencier d'Allendale, l'un des plus durs de Pennsylvanie.

Pour Chrissy, Stinky et les Sirènes de Slagville, l'avenir apparaissait radieux. Stinky avait déposé son brevet et confié l'exploitation de son invention à Chrissy dans le cadre de la toute neuve Buss Enterprises (Buss étant une contraction de Bud et de Chriss). Chrissy s'était engagée à éteindre l'incendie sous Limbo, puis à accomplir le vœu de son défunt mari de construire un casino. Les Sirènes étaient aux anges.

Restait à convaincre les autorités de Slagville et de Limbo de renoncer à la poule aux œufs d'or. Mais le temps travaillait pour eux. Comme disait Vilnia, il n'y avait pas le feu au lac.

J'essayai de comprendre pourquoi elle m'avait envoyé son mari et ses potes pour m'espionner. Elle m'avoua que les Sirènes avaient trouvé louche ma présence sur les lieux du meurtre le jour de l'explosion du puits numéro 9, et leur petite enquête faite, elles étaient rentrées à Slagville convaincues de mon innocence. La suite consistait à enlever Chrissy avec leur pick-up.

Roxane retrouva Stinky comme prévu en train de siroter une bière au Hole et le convainquit de revenir à la maison. Elle lui confessa en pleurant la perte de sa précieuse boîte de documents et il avoua sans se faire prier que c'était lui qui les avait dérobés, après la lecture de mon papier dans le *News-Times* sur la McMullen Coal et la reprise illicite de l'exploitation de la mine sous la Dead Zone. Grand parano devant l'Éternel, il avait craint pour ses papiers et décidé de les récupérer coûte que coûte, d'où son intrusion chez moi à Lehigh, le lendemain.

Dans la foulée, il était revenu chez Roxane la nuit d'après pour se taper un petit hamburger… D'où l'incendie que G. avait si courageusement éteint.

Zeke Allen pour sa part ne nous quittait plus. Pas seulement à cause des bons rôtis de maman ou de la purée de Geneviève, mais parce qu'il semblait beaucoup apprécier les qualités intellectuelles et l'intelligence de ma fille, Jane. Ils faisaient de longues virées en vélo et discutaient pendant des heures de religion. Réincarnation. Puissance de l'esprit. Extase sexuelle. Jane lui révéla le bouddhisme et Zeke lui offrit une superbe édition de la Bible de Jérusalem. C'était quand même moins nul que de se farcir des journées entières à regarder en boucle des épisodes de *South Park* avec G.

Zeke s'en voulait toujours de m'avoir braqué avec une arme. C'était pourtant à la demande de Steve. Devant l'incapacité de me joindre chez Roxane – j'avais débranché le téléphone –, il devait m'empêcher à tout prix de me rendre à Saucon Valley où Metzger m'attendait. Zeke m'avait trouvée devant chez lui… Le brave gars avait pensé qu'en me disant la vérité, je n'aurais de cesse de me précipiter là-bas. Il ne s'était pas trompé de beaucoup.

On bossa ensemble avec Esméralda sur le papier. Mais par téléphone, fax ou mail, aux quatre coins du monde – surtout pour elle. C'était sympa, sauf quand elle me renvoyait mes brouillons truffés de fautes corrigées de la première à la dernière page. Et puis, je me méfiais. Elle prétendait qu'elle n'était pas amoureuse de Stiletto... Mon œil ! J'avais surpris son regard alors qu'il se pointait sur le pas de la porte, cette affreuse nuit. Cette conne croyait sincèrement qu'il était revenu pour elle. On ne me la fait pas.

J'avais plutôt intérêt à veiller au grain. D'autant que Stiletto avait survécu à sa rencontre avec la mort. Gravement blessé, l'AP reporta d'un mois son départ pour l'Angleterre où il devait diriger leur agence. Mais le meilleur est à venir.

Le lendemain de sa sortie de l'hôpital, il m'avait annoncé son désir d'approfondir sa quête spirituelle, affamé qu'il était de pureté et de vraies valeurs, et qu'en conséquence il renonçait aux plaisirs de la chair pendant quelque temps.

Pour faire court, Stiletto me faisait le coup du vœu de chasteté.

— Tu comprends, il existe autre chose dans la vie que de la risquer aux quatre coins du monde, me dit-il en s'étirant mollement devant un bon feu dans sa maison de Saucon Valley.

— Je sais, Steve.

— La carrière. Le danger. Les voyages. Ça ne pèse pas lourd au moment de mourir.

— Tu crois ?

Nous étions couchés par terre, la tête posée sur des coussins en train de nous réchauffer les pieds après une longue balade dans les bois. À part sa quête spirituelle, Stiletto passait beaucoup de temps à s'unir… avec la nature.

— Donner. Partager. Aimer. Ce sont les seules choses qui comptent, Bubbles. (Il me passa le bras autour du cou et me serra contre lui.) Tu ne penses pas ?

Surtout, reste calme, pensai-je.

— Si, soufflai-je.

— Tu serais d'accord de faire un bout de chemin avec moi ?

Je me tournai pour le regarder, les larmes aux yeux.

— Mariage ?

— *Peace Corps*. Prendre soin de ceux qui n'ont rien. Dans les jungles impénétrables de l'Asie. Les savanes arides de l'Afrique. Deux ans, Bubbles. Deux ans à se consacrer aux autres. Tu veux bien ?

— Si ça t'amuse, soupirai-je.

Pas besoin des *Peace Corps*.

Avec Stiletto, j'avais trouvé à qui donner le meilleur de moi-même.

FIN

Achevé d'imprimer sur les presses de

BUSSIÈRE
GROUPE CPI

à Saint-Amand-Montrond (Cher)
en mai 2007

FLEUVE NOIR
12, avenue d'Italie
75627 Paris Cedex 13

— N° d'imp. : 071891/1. —
Dépôt légal : mai 2007.

Imprimé en France